ANDREA SCHACHT

Mit falschem Stolz

Andrea Schacht

Mit falschem Stolz

Historischer Roman

blanvalet

FSC
www.fsc.org
MIX
Papier aus verantwortungsvollen Quellen
FSC® C014496

Verlagsgruppe Random House FSC-DEU-0100
Das FSC®-zertifizierte Papier *Holmen Book Cream*
für dieses Buch liefert Holmen Paper, Hallstavik, Schweden.

1. Auflage
Taschenbuchausgabe März 2013 bei Blanvalet Verlag, München,
einem Unternehmen der Verlagsgruppe Random House GmbH

Redaktion: Dr. Rainer Schöttle
Umschlaggestaltung: © Johannes Wiebel | punchdesign,
unter Verwendung von Motiven
von Bridgeman Art Library und akg-images
lf · Herstellung: sam
Satz: Uhl + Massopust, Aalen
Druck und Einband: GGP Media GmbH, Pößneck
Printed in Germany
ISBN 978-3-442-37847-0

www.blanvalet.de

Dramatis Personae

Alyss – siegelführende Händlerin und Herrin über ein vielfüßiges Hauswesen, das sie mit leichter Hand zu zähmen weiß.

Marian – Alyss' Zwillingsbruder, der allmählich merkt, dass er sich seinen Verpflichtungen nicht entziehen kann.

Das Hauswesen

Arndt van Doorne – Alyss' Ehemann, den das gerechte Schicksal ereilt.

Merten van Doorne – Arndts Stiefsohn, der sich mehr und mehr dem Hauswesen anpasst.

Hilda – die Haushälterin, die ein strenges Auge auf die Herrin des Hauses hat.

Peer – Handelsknecht, der ein begehrliches Auge auf die Haushälterin wirft.

Leocadie – Alyss' schöne Base, die sich in der Liebe ihres Ritters sonnt.

Frieder und Lauryn – Geschwisterpaar, das bereit ist, allerlei Neues zu lernen.

Hedwigis – Alyss' Base, die ihre Liebe zum Pelzwerk pflegt.

Tilo – Alyss' junger Vetter, der kuhäugige Verehrung gegen eine verantwortungsvolle Zuneigung tauscht.

Magister Hermanus – der ehemalige Hauspfaff, der eine Läuterung erfahren hat.

Malefiz – schwarzer Kater, Hüter des Weingartens.

Benefiz – Spitz, der schwanzlose Hüter des Hauswesens.

Jerkin – ein weißer Jagdfalke, der sich mit seinem Heim abgefunden hat.

Herold – ein schwarzer Hahn, der seinem Hühnervolk mit lauter Stimme vorsteht.

Gog und Magog – Ganter, Gänse und ein paar Gössel, die der Bratröhre bisher knapp entgangen sind.

Freunde, Bekannte, Verwandte, Feinde

John of Lynne – englischer Tuchhändler, der zu Kniefällen bereit ist und auch andere dazu überreden kann.

Catrin von Stave – Alyss' und Marians Ziehschwester, eine eben gerade sprachlose Begine.

Mats Schlyffers – Messerschleifer mit Wolfsrachen, dem man unsachgemäßen Gebrauch seiner Werkzeuge unterstellt.

Gislindis — Mats' Tochter, die Worte finden muss.

Fredegar von Sechtem – Ritter und Freund der Familie vom Spiegel.

Gebrüder Brouwer – Richwin und Wynand, Pelzhändler.

Mechtild – Tilos Mutter und Johns verständnisvolle Gastgeberin.

Arbo von Bachem – Ritter von hohem An- und edlem Aussehen, Leocadies Verlobter.

Magister Jakob – Notarius, der durch seine Augengläser allerlei scharfsichtig beobachtet.

Pater Henricus – Franziskaner, der zu salbungsvollen Predigten an unpassenden Stellen neigt.

Pitter – Bader und ein Mann mit vielen Freunden, die zusammenstehen.

Susi – Pitters Schwester und Baderin.

Franziska und Simon – die Adlerwirte mit der Lizenz zum Brauen.

Trine und Jan van Lobecke – geschäftige Apotheker mit wachsamen Ohren und insbesondere Trine mit einer empfindsamen Schnüffelnase.

Lore – Päckelchesträgerin, die auf Köchin umlernt und dabei manche Dummheit begeht.

Caspar van Mechelen – ein armer Student, der zu Geld kommt.

Endres Overstoltz – ein überaus stolzer Schöffe.

Anton Scriver – ein Handlanger.

Wynfrida – Eselswirtin.

Und natürlich dürfen nicht fehlen

Almut und Ivo vom Spiegel – Alyss' und Marians liebende Eltern.

Vorwort

Man bemühte sich um Gerechtigkeit, auch im Mittelalter. Verbrechen mussten aufgeklärt, Schuldige bestraft werden. Die Methoden waren schlichter als heute, hier und da auch radikaler, aber dass jeder Gefangene gefoltert wurde, bis er seine Untat gestand, entspricht nicht der Wahrheit.

Gerade in Köln gab es zu der Zeit, in der Alyss ihrem Hauswesen vorstand, bereits ein differenziertes Rechtswesen. In dem spielten die Schöffen eine maßgebliche Rolle. Sie standen dem Richter bei der Urteilsfindung zur Seite und mussten daher von angesehenem Stand sein. Ein Anwärter auf das Amt musste mindestens vierundzwanzig Jahre alt sein, frei von körperlichen Fehlern, unbescholten und ehelich geboren. Kurzum, man kam aus den besten Familien. Eine juristische Ausbildung hingegen war nicht erforderlich, diese Voraussetzung setzte sich erst nach und nach durch.

Und natürlich war das Schöffenamt begehrt, denn man genoss Ansehen und Einkünfte. Die man sich aber verdienen musste. Daher unterteilte sich das Schöffenkollegium in Schöffenbrüder und eigentliche Schöffen. Die Schöffenbrüder waren die Auszubildenden, aus denen die eigentlichen Schöffen ihren Nachwuchs wählten. Der

Kandidat musste dann vom Erzbischof »gewäldigt«, im Amt anerkannt werden und lud anlässlich dieser Ernennung seine Schöffenkollegen zu einem gewaltigen Essen ein.

Die gewählten Schöffen wiederum unterteilten sich in verdiente und unverdiente Schöffen, wobei Erstere das Amt bereits ausgeübt hatten und dafür ihre Einkünfte erhielten, während Letztere noch als »Nachrücker« auf ihren Einsatz warteten.

Nach der großen Umwälzung Ende des 14. Jahrhunderts, die mit der Unterzeichnung des Verbundbriefes besiegelt wurde, war es auch für gewöhnliche Kölner Bürger möglich, in das Schöffenamt gewählt zu werden, aber schon bald versammelten sich hier doch wieder die Mitglieder der alten Geschlechter – der Patrizierfamilien. Das Wort Klüngel soll hier nicht fallen.

Die Aufgabe der Schöffen war es vor allem, durch Befragung der Angeklagten die Umstände einer Tat herauszufinden, Zeugen zu vernehmen, Tatorte zu besichtigen und Berichte zu verfassen, die dem Richter die Urteilsfindung erleichterten.

Und Essen zu geben.

Bei allen möglichen Gelegenheiten.

1. Kapitel

Müde, doch auch zufrieden zog Catrin sorgsam die Decke über die schlummernde Mutter und ihr neugeborenes Kind und strich der jungen Frau die verschwitzten Locken aus der Stirn. Die Entbindung war ein harter, den ganzen vorigen Tag und die ganze Nacht andauernder, bisweilen blutiger Kampf gewesen.

»Ein hübsches, gesundes Mädchen«, flüsterte sie, und der Gaffelführer der Wollenweber, Meister Albrecht, nickte. Auch er wirkte erschöpft, doch er lächelte auf sein Weib und sein Kind nieder.

»Dank Euch für Euren Beistand, Frau Begine.«

»Eine Arbeit, Meister Albrecht, die ich gerne verrichte. Ein neues Leben ans Licht der Welt zu holen, ist jede Anstrengung wert. Aber nun will ich heimkehren. Mir fallen bald die Augen zu.«

»Ich begleite Euch, Frau Catrin.«

»Nein, nein, es ist ja nur eine Straßenecke weiter. Bleibt hier bei Eurer neuen Familie.«

Sie sah ihm an, dass er genau das lieber tun würde, und sie selbst zog es vor, die wenigen Schritte alleine durch den anbrechenden Morgen zu gehen und ihren eigenen Gedanken nachzuhängen. Ein gut gefüllter Geldbeutel wurde ihr in die Hand gedrückt, und leicht schwankend vor Müdigkeit verließ Catrin das Haus, ohne die fleckige Schürze abzunehmen.

Die Sonne war noch nicht aufgegangen, aber es wurde bereits hell, und die ersten Morgensänger zwitscherten in den Gärten. Zwei wohlgenährte Katzen schlenderten vor Catrin durch die Gasse, ganz selbstbewusste Herren ihres Reviers.

Die kühle Herbstluft – der leichte Geruch von faulen Äpfeln und gärendem Wein schwebte darin – belebte ihre Sinne wieder, und sie beschloss, statt umgehend, wie es sich gehört hätte, den Konvent am Eigelstein aufzusuchen, der ihr seit Jahren ein trautes Heim war, noch ein kleines Stück weiter zu den Weingärten zu wandern, wo die letzten reifenden Trauben an den Rebstöcken hingen. Bislang war sie noch keiner Menschenseele begegnet, und die Stille, die über der Stadt lag, tat ihr wohl. Ihre Gedanken wanderten von der nächtlichen Geburt fort, ziellos von hier nach da, und verweilten für einen Moment an dem Wunsch, selbst ein Kind zu haben. Traurigkeit senkte sich über sie. Es war ihr verwehrt. Durch eigene Schuld. Es hatte Männer gegeben, die um ihre Hand angehalten hatten – sie hatte sie abgelehnt und trotzig das Leben im Konvent der Beginen gewählt. Einen hatte es gegeben, der ihr Herz berührt hatte, ihm hatte sie allerdings aus Schüchternheit nie ihre Gefühle gezeigt. Und dann war es plötzlich zu spät gewesen.

Entsetzt stellte Catrin fest, dass sie genau zu der Stelle in den Weingärten gewandert war, an der man vor zwei Jahren Robert van Doorne erschlagen aufgefunden hatte. Ihre Hand krampfte sich um den Stoff der Schürze, und sie wollte sich abwenden. Ein leises Stöhnen jedoch hielt ihre Bewegung auf. Entsetzliche Bilder stiegen vor ihren Augen hoch – Robert in seinem Blut, verwundet, hilflos.

Sie folgte dem Geräusch, und was sie erblickte, war weit schlimmer als das, was ihr ihre Erinnerungen vorgegaukelt hatten.

Sie wollte schreien, doch ihr Mund blieb stumm. Ihre Hände zerrten an dem starken Leinen ihrer Schürze, rissen Fetzen heraus. Und noch immer kam kein Laut aus ihrer Kehle.

So entdeckte sie der Rübenbauer, und als er die beiden Männer zu ihren Füßen sah, brüllte er: »Mörder, Diebe! Holt die Wachen! Holt die Wachen!«

Fensterläden sprangen auf, Türen wurden geöffnet, und der Ruf »Holt die Wachen! Holt die Wachen!« setzte sich durch die Gassen fort bis zum Eigelsteinturm.

2. Kapitel

Alyss streckte sich genüsslich im Bett aus und blinzelte kurz zum Fensterladen. Die Sonne war noch nicht aufgegangen, und Herold, der martialische Hahn, schien noch den Kopf in die Federn zu stecken. Sie knautschte die dicke Daunendecke und wollte noch einmal in tiefen Schlaf sinken. In diesem Moment erschütterte ein Beben das Bett, und mit einem Maunzen landete Malefiz, der Hofkater, auf ihrer Brust.

»Mhm?«

»Mirrrr!«

»Na gut.«

Sie umfasste sein rabenschwarzes Hinterteil. Malefiz schnurrte, laut und ausgiebig.

Alyss lachte leise und dämmerte über dem gemütlichen Geräusch aus seiner Katerkehle wieder ein.

Herolds Weckruf riss sie jedoch bald wieder aus den Träumen – was sie bedauerte, denn es waren angenehme Träume, in denen ein gewisser englischer Handelsherr eine Rolle gespielt hatte. Anders als früher schüttelte sie den Gedanken an John of Lynne nun nicht mehr ab. Es mochte nicht richtig sein, sich die Sehnsucht nach ihm einzugestehen, denn sie galt noch immer als ein verheiratetes Weib. Aber seit ihr Vater, Ivo vom Spiegel, ihren

Gatten der Stadt verwiesen hatte und die Möglichkeit der Eheauflösung in eine denkbare Nähe gerückt war, hatte sie begonnen, ganz leise Hoffnungen zu hegen. Sicher war, dass John eine Neigung zu ihr gefasst hatte. Und vielleicht war er auch wirklich nicht der Windbeutel, den vorzugeben er sich vom ersten Tag ihrer Bekanntschaft an Mühe gegeben hatte.

Alyss reckte sich, Malefiz protestierte leise, drehte sich auf den Rücken und präsentierte ihr seinen Bauch. Gehorsam kraulte sie ihn. Der Kater war gewöhnlich ein unnahbarer Herr, der eher die Krallen einsetzte als die Samtpfoten. Aber in diesen stillen, traulichen Momenten ließ er es zu, dass Alyss ihn koste. Sacht nahm er ihre streichelnde Hand zwischen die Vorderpfoten und leckte ihr die Finger ab. Das Grummeln in seiner Kehle schwoll an.

Und brach ab, als ein weiterer Hausgenosse mit einem Satz und einem fordernden Winseln auf der Decke landete.

»Benefiz!«, sagte Alyss vorwurfsvoll, und Malefiz, sofort auf den Beinen, den Schwanz gesträubt, gab ein warnendes Fauchen von sich.

»Klöff«, meinte der schwanzlose Spitz und schaute beide mit treuherzigen Augen an.

Draußen im Hof führte Herold seinen krähenden Chor an, klapperte Hilda mit den Eimern am Brunnen, Mädchenstimmen giggelten über irgendetwas Spaßiges, und die schrille Stimme der Gänsehirtin Lore ergoss blumige Beschimpfungen über Gog und Magog, die heidnischen Gänsevölker, die sich um drei Gössel vermehrt hatten.

Es war höchste Zeit, aufzustehen und sich den Tagespflichten zu stellen.

In der Küche dampfte es aus dem großen Kessel, als sie eintrat, und Leocadie, Alyss' schöne junge Base, schnipselte mit verträumtem Gesicht Äpfel klein, die über den Morgenbrei gegeben werden sollten. Lauryn, die zweite der drei Jungfern, die Alyss in ihrem Hauswesen aufgenommen hatte, um sie zu guten Wirtschafterinnen auszubilden, brachte einen Korb Eier herein und setzte ihn vorsichtig auf dem Tisch ab.

»Ich hab den Falken gefüttert«, bemerkte Lauryn trocken.

Leocadie schreckte auf und errötete.

»Oh, danke.«

»Leocadie, es gehört zu deinen Pflichten, dich um den Vogel zu kümmern. Es ist ein kostbares Tier. Deine Träumereien von einem edlen Ritter dürfen nicht dazu führen, dass du den Falken vernachlässigst.«

Alyss sprach streng mit dem jungen Mädchen, wenngleich sie sogar ein wenig Verständnis für sie hatte. Auch sie war in der letzten Zeit hin und wieder von Tagträumen heimgesucht worden. Aber ein großes Haus und ein Geschäft zu führen, verlangte beständige Aufmerksamkeit, und wenn Leocadie erst mit Ritter Arbo von Bachem verheiratet war, würde sie einem weit größeren Anwesen vorstehen als dem Haus eines Weinhändlers.

»Verzeiht, Frau Alyss. Ich werde Jerkin nachher gleich aufsteigen lassen.«

»Nach unserem Besuch bei den Brouwers, Leocadie.«

Hedwigis, die Dritte im Bunde der Jungfern, betrat die Küche mit einer Kanne Milch und nahm die letzten Worte mit einem gierigen Funkeln in ihren Augen auf.

»Wir besuchen die Pelzhändler, Frau Alyss?«

»Ich habe mit ihnen verabredet, dass wir heute Vormittag die Pelze für Leocadies Brauttruhe aussuchen können. Sie haben eine neue Ladung aus dem Osten bekommen und mir versprochen, die schönsten Stücke für uns zur Seite zu legen.«

»Nur für Leocadie?«

»Leocadie ist diejenige, die heiraten wird, Hedwigis.«

»Man kann sich doch auch an dem Anblick erfreuen«, meinte Lauryn. Sie hatte eine vernünftige Art und war so uneitel, wie Hedwigis eitel war.

Tilo, der Sohn von Alyss' Tante Mechtild und ihrem Gatten, dem Tuchhändler Reinaldus Pauli, polterte die Treppen hinunter, begleitet von dem ihn fröhlich umtänzelnden Benefiz. Und durch die Tür zum Hof kam Lore gestürzt und landete schliddernd vor dem langen Küchentisch.

»Gibt's noch was zu essen?«, keuchte sie.

Hilda, die Haushälterin, musterte das spillerige Mädchen missmutig.

»Natürlich gibt es noch etwas zu essen. In diesem Haus gibt es immer etwas zu essen!«

Alyss unterdrückte ein Kichern, das in ihrer Kehle aufzusteigen drohte, und setzte ebenfalls eine gestrenge Miene auf.

»Ja, aber nur für Mädchen mit sauberer Schürze und gewaschenen Händen.«

»Dann kriegt der Tilo nix!«

»Und du Göre erst recht nicht«, gab der drauf und zupfte zwei Entenfedern von Lores schmuddeligem Kittel. »Wird mal wieder Zeit für ein Bad.«

»Wasser is unjesund fürn Leib!«

»Nur innerlich«, korrigierte Lauryn. »Frau Alyss, wir stecken diesen übelriechenden kleinen Schmutzlappen nachher in die Pferdetränke und schrubben ihn mit Bimssteinen ab.«

»Das macht ihr nicht, das ist gotteslästerlich. Das ist …«

»Wolltest du etwas zu essen haben, Lore?«

Das Gekeife verstummte. Unter ihren kurzen roten Locken schielte Lore zu Alyss auf. »Aber nich in der Pferdetränke, Frau Herrin. Da nich.«

»Im Zuber, mit heißem Wasser. Ich achte drauf, Herrin«, ließ sich Hilda vernehmen, füllte einen Napf reichlich mit Brei und gab ebenfalls reichlich Sahne und Honig darüber. Dann schob sie ihn der Gänsehirtin zu, und Leocadie krönte das Ganze noch mit einer Handvoll Apfelschnitze. Das stopfte das kleine Giftmäulchen, und einigermaßen manierlich faltete Lore die Hände und wartete, bis alle anderen auch ihre Schalen gefüllt hatten.

Die Beginen hatten einen guten Einfluss auf das Kind aus der Gasse, dachte Alyss und widmete sich ebenfalls ihrem Brei. Drei Tage in der Woche besuchte Lore inzwischen den Konvent am Eigelstein, lernte höchst unwillig das Alphabet und sehr willig, der dortigen Köchin zur Hand zu gehen. Es hatte einige Kämpfe gekostet, die Päckelchesträgerin dazu zu überreden, aber inzwischen hatte sie sich mit der Beschneidung ihrer Freiheit abgefunden. Catrin, Alyss' Ziehschwester, die als Begine lebte, hatte ihr berichtet, dass Lore sich in der Küche durchaus geschickt anstellte, und das Rechnen mit Schock und Mandel, Maß und Scheffel, Unze und Pfund lernte sie dabei geradezu spielerisch. Die Münzen kannte sie sowieso schon immer, und gieriges Feilschen lag ihr im Blut.

Sie hatten den Tisch eben abgeräumt, als Merten an der Vordertür klopfte. Hilda ließ den Stiefsohn des abwesenden Hausherrn mit der üblich mürrischen Miene ein, aber Alyss begrüßte ihn mit einem freundlichen Kopfnicken.

»Du hast Abrechnungen für mich dabei?«

»Ja, Frau Alyss. Und neue Aufträge.«

Seit einigen Monaten lieferte Merten ihren Wein an auswärtige Kunden, und bisher schien er recht erfolgreiche Geschäfte zu tätigen. Es überraschte Alyss noch immer, dass er mit einem solchen Ernst bei der Sache war, denn seit sie ihn kannte, hatte er ein Leben als Tagedieb geführt, der auf Kosten seines Stiefvaters lebte und sich meist mit den Gecken in der Stadt und vor den Toren herumtrieb. Immerhin hatten ihm diese Beziehungen gute Adressen beschert, an die er den süffigen Pfälzer Wein verkaufte, den Alyss von den Winzern am Rhein bezog.

»Tilo, begleite uns ins Kontor. Ihr Jungfern fegt die Kammern und macht die Betten. Lange werden wir nicht brauchen, dann brechen wir zu den Brouwers auf.«

»Ja, Frau Alyss«, ertönte es im Chor.

Sie ging voraus, und Tilo folgte mit Merten.

»Feines Wämschen, das«, hörte sie den Tuchhändlersohn sagen, und als sie sich umdrehte, sah sie, wie Tilo den Stoff der eng auf Mertens Figur geschneiderten Jacke zwischen den Fingern rieb. Merten legte schon immer Wert auf seine Kleidung und scheute auch nicht vor übertriebenem Zierrat zurück. Seine Schuhe hatten lange Schnäbel, seine Beinkleider prunkten in blauen und weißen Streifen, unter dem rotbraunen Wams quollen die Ärmel eines blütenweißen Hemdes hervor.

»Vom hart verdienten Lohn erworben«, antwortete Merten fröhlich und holte ein ledergebundenes Buch hervor.

Gemeinsam gingen sie die Posten durch, Alyss klapperte mit dem Abakus, Tilo machte säuberliche Eintragungen in dem Registerband, in dem die geschäftlichen Abwicklungen dokumentiert wurden, dann übergab Merten den Beutel mit den Münzen, und Alyss setzte ihr Siegel auf die Quittung für das erhaltene Geld.

»Geh mit Peer und Tilo die neuen Lieferungen durch, und lass die Fässer zur Seite stellen«, sagte sie schließlich und erhob sich. »Ich muss mit den Jungfern zum Alter Markt.«

»Natürlich, Frau Alyss. Tilo sag, gibt es Neuigkeiten von Frieder und Master John?«

»Wir haben keine Nachrichten, aber ich bin sicher, dass sie zur Herbstmesse nächste Woche zurück sein werden, nicht wahr, Frau Alyss?«

Sie nickte.

»Und von meinem Vater?«

Alyss maß ihren Stiefsohn mit einem langen Blick.

»Ich habe nichts von ihm gehört«, antwortete sie gleichmütig, und Merten hob die Schultern, so, als sei das auch ihm gleichgültig.

Vielleicht war es das auch, dachte Alyss.

Die Gebrüder Brouwer – Richwin und Wynand, wie Alyss inzwischen herausgefunden hatte – waren zwei angesehene Pelzhändler, mit denen sie im vergangenen Jahr in Geschäftsbeziehung getreten war. Da sie ihre Weine aus der Pfalz bezog, hatte es sich angeboten, Rauwaren auf dem Weg nach Speyer mitzunehmen, wo sie sie mit einem stattlichen Gewinn verkaufen konnte. Beide waren angenehme Männer, ehrlich und kenntnisreich auf ihrem Gebiet. Richwin, der ältere, war mit einer zurückhaltenden jungen Frau aus Riga verheiratet, Wynand – er mochte eben Anfang dreißig sein – war noch unbeweibt.

Die beiden Händler begrüßten Alyss und ihre kleine Schar ausgesprochen zuvorkommend, und nachdem sie eine prächtige Auswahl an edlen Pelzen begutachtet hatten und Leocadie – von unfehlbar gutem Geschmack – sich für einige Fuchs-, Hermelin- und Marderfelle entschieden hatte, lud Wynand die Käuferinnen zu einem Glas Wein ein, das Alyss im Namen der Jungfern annahm. Sie hatte ihre Gründe, sich noch weiter mit den Pelzhändlern zu unterhalten, und wandte sich an Richwin.

»Für dieses Jahr sind meine Geschäfte mit Speyer abgeschlossen, Meister Richwin, aber im nächsten Frühjahr will ich wieder ein paar Fässer weißer Pelze mitnehmen.«

»Wir werden darauf achten, Frau Alyss. Und sollte ein Fässchen von diesem köstlichen Rheinwein den Weg zu uns finden, werden wir sicher auch einen guten Preis für Euch machen.«

»Das Fässchen sollt Ihr schon nächste Woche haben – ich nehme nicht nur Pelze, sondern auch Geld dafür.«

Richwin nickte lächelnd.

»Ohne Zweifel, Ihr seid eine harte Verhandlungspartnerin.«

Es war ein nicht ganz ernstes Gespräch. Sie schätzten einander und verstanden ihre gegenseitigen Interessen.

»Wie macht sich Euer neuer Gehilfe, Meister Richwin?«

Der Hauspfaff, der, wie sich herausgestellt hatte, gar kein Pfaffe war, hatte nach einem schrecklichen Herzeleid eine Wandlung durchgemacht und arbeitete nun als Schreiber im Kontor der Brouwers.

»Hermanus zeigt sich gewissenhaft, das muss ich sagen. Er mag gelegentlich recht schwülstig daherreden, aber er hat eine gute Hand für Pelze, und wenn er auch mit Zahlen nicht sehr geschickt umgeht, so macht seine präzise Schrift das wieder wett. Noch nie waren unsere Geschäftsbücher so lesbar und sauber geführt.«

»Das freut mich zu hören. Richtet ihm aus, dass er wieder einmal zu uns zum Essen kommen soll. Mein Hauswesen würde gerne seine Erlebnisse von der Pilgerfahrt hören.«

»Seid Ihr sicher?«

»Doch, ja. Oh, er verbreitet sich bei Euch oft darüber.«

»Weitschweifig. Mein Weib, ihre langmütige Seele sei gepriesen, weiß sich bald keinen Rat mehr.«

»Man kann ihm ganz einfach sagen, dass er den Mund halten soll. Und wenn man gleichzeitig etwas zu essen vor ihn stellt, wirkt das umgehend.«

»Ich will ihr diesen Vorschlag unterbreiten.«

Sie tauschten noch ein paar Neuigkeiten aus, plauderten über die anstehende Messe, und schließlich blickte

Alyss zu ihren drei Schützlingen, die sich eifrig mit Wynand unterhielten. Hedwigis, so fiel ihr auf, hatte leicht gerötete Wangen und strahlende Augen. Ein böser Verdacht kam Alyss – schon einmal hatte das Mädchen sich verliebt und dabei die übelsten Seiten seines Charakters offenbart.

»Ihr schaut beunruhigt, Frau Alyss?«, fragte Richwin leise.

»Je nun, Euer Bruder scheint die Mädchen zu entzücken. Das ist nicht ganz ungefährlich.«

»Ihr habt recht, Frau Alyss, wir Männer sind gefährliche Geschöpfe. Und ausgerechnet Wynand möchte sich an mir ein Beispiel nehmen und sich alsbald ein Weib suchen.«

»Er wird ihnen die Köpfe verdrehen.«

»Schwerlich der Jungfer Leocadie, und Eure Lauryn scheint mehr an dem Pelzgeschäft interessiert als an ihm.«

»Mhm. Eigentlich schade. Lauryn ist ein Mädchen von großem Verstand.«

»Und Hedwigis eine Tochter aus angesehenem Hause.«

»Ist ihm das wichtig?«

»Nein, Frau Alyss. Soweit ich meinen Bruder kenne, sucht er ein Weib, das ihm eine gewisse Zuneigung entgegenbringt. Würde es Euch sehr stören, wenn er seine Bekanntschaft mit der jungen Hedwigis vertiefen wollte?«

Alyss zauderte einen Augenblick. Hedwigis konnte sehr hochnäsig auftreten und hatte einigen Dünkel, an dem ihre Mutter nicht ganz unschuldig war. Doch die letzten Monate hatte sie sich sehr gebessert. Eigentlich wäre es gar keine so schlechte Idee …

»Nein, es würde mich nicht stören, aber sollte Euer Bruder wirklich ernsthaft eine Verbindung in Erwägung ziehen, wäre es angebracht, das Gespräch mit ihrem Vater, dem Baumeister Bertolf, zu suchen.«

»Ich werde ihn darauf hinweisen.«

Alyss erhob sich und gab den Jungfern einen Wink mit der Hand. Gehorsam erhoben sie sich, dankten artig für die Gastfreundschaft und wurden von den Gebrüdern Brouwer zur Tür geleitet. Auf dem Heimweg fühlte sich Alyss ein wenig wie Lore, die eine Schar schnatternder Gänse vor sich herscheuchte.

3. Kapitel

Mochte Lore auch der Meinung sein, dass Wasser schädlich für den Leib sei – viele andere teilten diese Ansicht nicht. Pitters Badehaus an der Marspforte erfreute sich einer reichlichen und reinlichen Kundschaft. In der Schwitzkammer lagen frische Reisigbündel bereit, in großen Zubern, gefüllt mit heißem Wasser, konnte man leichte Mahlzeiten und kühlen Wein zu sich nehmen. Allerlei Gespräche heiterer, aber auch ernsthafter Art wurden geführt, denn vor allem Händler und ehrliche Handwerker, Männer wie Frauen, suchten das Badehaus auch auf, um Neuigkeiten auszutauschen und das eine oder andere Geschäft in entspannter Stimmung in die Wege zu leiten. In einem Nebenraum wurden eifrig stoppelige Männerwangen geschabt und, wenn nötig, kleine Operationen ausgeführt. Pitter selbst war ein kundiger Barbier, seine Kunst sehr gefragt. Seit Kurzem beschäftigte er einen gelehrigen Gehilfen, der es verstand, gewandt mit den scharfen Messern umzugehen. Lediglich die Tatsache, dass er sein Gesicht ständig unter einer tief in die Stirn gezogenen Gugel verbarg, machte einige Kunden misstrauisch. Dennoch hatte es sich herumgesprochen, dass er weit unblutiger barbierte als viele seiner Kollegen und sich auch mit der Pinzette geschickt der schmucken Bärtchen annahm, die mancher Geck gerne zur Schau stellte. Maulfaul war er allerdings, was aber nicht so unangenehm auffiel, denn die Prozedur des Bartscherens verlangte von dem Klienten eine möglichst unbewegte Miene. Inzwischen war bekannt geworden, dass der Geselle, den Pitter mit dem bedenklichen Namen Malefiz anredete, eine gute Hand hatte, wenn es darum ging, Geschwüre zu öffnen oder Furunkel oder lästige Warzen zu entfernen oder auch dann und wann mal einen Aderlass vorzunehmen.

Gerade eben aber sollte eine weit delikatere Operation durchgeführt werden. Ein Mann der Wache war zu Pitter gekommen und hatte über eine Pfeilspitze geklagt, die in seinen Oberschenkel eingewachsen war. Die Verletzung lag schon einige Monate zurück, ein unkundiger Feldscher hatte den Pfeil herausgezogen, dabei aber den Schaft abgebrochen und lediglich die Wunde verbunden. Sie war zwar mit einem dicken Narbengewebe verheilt, doch hatte der Mann weiterhin große Schmerzen im Bein, die ein ständiges Hinken zur Folge hatten.

»Es wird Euch Schmerzen bereiten, Willem«, meinte Pitter, der das entblößte Bein betrachtete. »Wir müssen die alte Wunde aufschneiden.«

»Einen kurzen Schmerz gegen die ständigen zu tauschen soll mir recht sein.«

»Nun dann. Wir werden Euch festbinden müssen.«

»Warum das? Ich werde Euch schon nicht vom Lager springen.«

»Nicht willentlich, aber wenn Ihr zuckt, kann es sein, dass das Messer größeren Schaden anrichtet, als es soll.«

Nach kurzem Nachdenken nickte der Wachmann und ließ sich mit breiten Lederriemen den Oberkörper und die Beine an den Stuhl binden. Er akzeptierte nach einigem Zureden auch die Augenbinde, damit er die Vorbereitungen zur Operation nicht mitbekam.

»Die frisch geschliffenen Messer, Malefiz!«

Der Gehilfe suchte bereits aus einem Kasten nach den Klingen und wollte sie dem Bader reichen. Eine Handbewegung jedoch deutete ihm an, dass er den Eingriff vornehmen sollte.

Marian, in Pitters Badehaus Malefiz genannt, atmete tief ein. Es gehörte zu seiner selbstgewählten Ausbildung, auch die chirurgische Technik zu meistern, und bisher hatte er die kleineren Operationen recht gut erledigt. Das heute war neu für ihn. Aber er hatte geübt – in der Küche seiner Schwester: Unter Hildas kritischen Augen hatte er Hühnerbeine, Schweinshaxen und Lammkeulen seziert. Er hatte die anatomischen Schriften studiert und wusste, wie die Muskeln aufgebaut waren, wo Knochen und Adern verliefen.

Doch ein Schweineschinken war totes Fleisch. Das, was hier vor ihm lag, gehörte einem lebenden Menschen. Und ein solcher hatte Gefühle – und er spürte den Schmerz.

Unseligerweise besaß Marian die Gabe, sich in den Schmerz eines anderen einfühlen zu können, und es kostete ihn große Willensanstrengung und den erflehten Beistand Marias, der Trösterin der Kranken, sich davor zu wappnen. Zunächst aber half ihm die Gabe, die Quelle des dauerhaften Stechens aufzuspüren, die die eingewachsene Pfeilspitze verursachte. Er markierte die Stelle mit einem feinen Schnitt der scharfen Klinge und sah zu seinem Lehrmeister auf. Der nickte ermutigend.

»Macht Ihr bald mal?«, grollte der Patient.

»Sofort«, sagte Pitter.

Und Marian senkte das Messer in das Fleisch.

Es war im Grunde eine kurze Operation. Der Fremdkörper war schnell gefunden, extrahiert, die Wunde mit einer gebogenen Nadel und einer Sehne genäht, mit blutstillendem Pulver versehen und fest verbunden. Aber als es vorüber war, zitterte Marian. Pitter scheuchte ihn aus dem Raum, und dankbar wusch er sich die blutigen Hände in dem Becken, das Susi, Pitters Schwester und Baderin, ihm reichte. Auch den Becher gewürzten Apfelwein nahm er entgegen und tat einen großen Schluck.

»Ihr müsst das nicht tun, Herr Marian«, meinte Susi und streichelte seinen Arm.

»Ich muss es nicht, aber ich will es.«

»Ihr seid stur.«

Marian grinste leicht.

»Ich bin eigentlich feige.«

»Ohne Zweifel. Habt Ihr Euren Eltern inzwischen erzählt, was Ihr hier in unserer Badestube treibt, oder gaukelt Ihr ihnen noch immer übertriebenes Reinlichkeitsbedürfnis vor?«

Marian biss sich auf die Unterlippe. Ja, er war wirklich feige. Er hatte es seinem Vater noch immer nicht gestanden. Ivo vom Spiegel war zwar einverstanden damit, dass sein Sohn sich zu einem Heiler ausbilden ließ und nicht als sein Nachfolger in den weit verzweigten Geschäften des Handelshauses tätig werden wollte, aber weder seinen

Abstecher in die Hebammenkunst, die er als Weib verkleidet erlernt hatte, noch seine Lehre bei dem Henker hatte er gutgeheißen. Das Erlernen der Arzneimittel hingegen hatte er für nützlich erachtet, die Tätigkeit als Barbier, so fürchtete Marian, würde sein äußerstes Missfallen erregen, auch wenn Pitter zu Ivos persönlichen Freunden gehörte.

Und das Missfallen des Herrn vom Spiegel war etwas, das Marian mehr als fürchtete.

Weil er seinen Vater liebte und weil er sich sicher war, dass er dessen hohen Ansprüchen nie genügen würde.

Darum war er feige, und deshalb nuschelte er auf Susis Frage auch nur: »Mein Vater weilt auf dem Gut. Er überwacht das Keltern der Trauben.«

»Und Eure Frau Mutter?«

»Führt die Geschäfte. Ich sehe sie kaum.«

»Feigling!«

»Sag ich doch.«

Eine Weile blieb Marian in dem Kämmerchen sitzen und blies ein wenig Trübsal. Sosehr er sich auch nach seiner letzten Handelsfahrt gewünscht hatte, nie wieder reisen zu müssen, nie wieder solchen Grausamkeiten ausgesetzt zu sein wie dem Überfall, der auf die Händlergruppe ausgeübt worden war, der er angehört hatte – die Entscheidung, das medizinische Handwerk zu erlernen, hatte inzwischen ein, zwei Risse bekommen. Und als er im Frühjahr nach Deventer gereist war, um seinen Freund John of Lynne, der verwundet aus der Hand der Piraten entkommen war, nach Hause zu bringen, hatte er bemerkt, dass das Reisen doch keine so große Last darstellte. Er wusste nur zu gut, wie sehr sein Vater sich wünschte, dass er dessen Aufgabe als Fernkaufmann übernehmen würde. Alle, die Ivo vom Spiegel bisher als mögliche Nachfolger in Betracht gezogen hatte, waren nach kurzer Zeit von ihm mit mehr oder weniger deutlichen, häufig aber auch vernichtenden Worten des Kontors verwiesen worden.

»Mist, Maria!«, flüsterte Marian. Diesen heftigen Ausruf hatte er seiner Mutter abgelauscht. Frau Almut pflegte ein vertrautes Verhältnis zur Gottesmutter, in dem sie auch vor deutlichen Worten nicht zurückschreckte. Maria schien es mit Langmut zu ertragen, und er wusste ganz genau, dass seine Mutter die Heilige Jungfrau auch schon darum gebeten hatte, ihm endlich die Einsicht zu schenken, seines Vaters Wunsch zu erfüllen.

»Malefiz!«

Pitters Stimme klang fordernd, und Marian erhob sich pflichtbewusst.

Er mochte feige sein, aber er war auch stur.

Als er in die Barbierstube trat, war der Wachmann verschwunden, die blutigen Spuren der Operation beseitigt, und es stand ein großer, breitschultriger Mann im Raum, dessen dunkle Haare wie von Silber bestäubt wirkten. Auch auf seinen mageren Wangen schimmerte es silbern und schwarz.

Marian zog sich die Gugel tiefer in die Stirn.

»Nein, ich möchte nicht von deinem Gehilfen barbiert werden, Pitter. Du wirst das Messer selbst schwingen«, erklärte der Mann.

»Du willst ein tapferer Ritter sein und fürchtest die Klinge eines Jünglings?«

»Sie käme mir zu nahe an die Gurgel.«

»Ach, und wenn ich sie führe, dann bist du voll Vertrauen?«

»Sagen wir so – Vertrauen in meine Fähigkeit, dir deine Kehle mit dem eigenen Barbiermesser schneller durchzuschneiden, als du an meine gelangst.«

»Großmaul!«

»Nur meiner Fähigkeiten sehr sicher.«

»Angeber!«

»Schön, es gibt andere Badehäuser.«

»Wo dir die Barbiergehilfen Schrunden in dein hübsches Gesicht schnitzen werden.«

»Genau wie die Gehilfen hier. Also, Pitter, lass mir einen Becher Wein bringen, und walte deines Amtes.«

»Den Wein sollst du bekommen, aber mein Gehilfe wird dich scheren.«

»Und Schrunden in mein hübsches Gesicht schnitzen …«

»Eitler Pfau!«

Marian zog die Gugel noch ein Stückchen tiefer, jetzt aber, um sein Grinsen zu verstecken.

Er kannte den Ritter Fredegar von Sechtem seit Langem. Er war ein Freund seiner Eltern, Pitters Kamerad aus Jungentagen. Den Abenteuern, die die beiden zusammen bestanden hatten, hatten er und seine Schwester Alyss schon von Kindheit an mit Begeisterung gelauscht. Als sie eben sieben Jahre alt waren, hatten sie der Schwertleite des jungen Ritters beiwohnen dürfen, und in den

Jahren danach war Herr Fredegar oft genug zu Gast in ihrem Haus gewesen. Bei einem Turnier in Köln hatte Herr Fredegar sogar das Turnierband von Marians damals elfjähriger Schwester angenommen. Er erinnerte sich noch sehr genau daran, wie stolz Alyss gewesen war, dass der Ritter in seinem blauweißen Wappenrock für sie gekämpft hatte.

»In Gottes Namen, dann soll der Tropf mich scheren. Die Haare kann er mir auch gleich stutzen.«

»Gewiss, edler Herr Ritter. Und seid versichert, er ist gewandt mit dem Kautereisen, sollte es zu blutigen Wunden kommen.«

Geschäftig kramte Marian in den Messern und zog selbstverständlich mit großer Geste auch den Stahl hervor, um ihn in die Kohlenpfanne zu legen. Blutende Wunden wurden oft mit den glühenden Eisen verschlossen. Keine angenehme, aber praktikable Lösung. Allerdings pflegte man sie nicht bei den kleinen Schnittwunden anzuwenden, die beim Rasieren entstehen konnten.

Ritter Fredegar beobachtete ihn mit scharfen Blicken, als er sich auf den Barbierstuhl setzte.

»Leidet der Junge an Kopfkrätze, dass er sich so unter seiner Gugel verstecken muss?«

»Nein, nein. Nur seine verwachsene Fratze verschreckt oft die Kunden«, erwiderte Pitter und legte Fredegar ein weißes Leinentuch um Brust und Schultern.

»Pass auf, Malefiz, dass das Blut nur auf das Leinen spritzt und nicht die vornehme Kleidung des Ritters besudelt«, mahnte er dann.

»Er soll mich barbieren, nicht massakrieren!«, knurrte

Fredegar. Und als Marian mit dem Messer in der Hand an den Stuhl trat, schoss seine Hand unter dem Leinen hervor und zerrte dem Badergehilfen die Gugel vom Kopf.

»Als hätte ich mir das nicht denken können. Jung-Marian!«

»Stets zu Diensten, Herr Fredegar. Hebt das Kinn, damit ich an Eure Kehle komme.«

»Aber ganz gewiss nicht, Freundchen. Ich glaube kaum, dass du des Barbierens mächtig bist. Bei deinem Milchgesicht reicht doch ein weicher Lappen, um die feinen Fusseln abzureiben.«

»Manche Frauen lieben weiche Wangen mehr als raue Stoppelfelder. Ich bin Gott dankbar für meine samtige Haut, die mir allerlei blutige Schrunden erspart. Aber gelernt habe ich den Umgang mit den scharfen Messerchen von Eurem Freund, dem Badermeister Pitter höchstselbst, und geschliffen wurden die Klingen von Gislindis' zarter Hand. Also vertraut Euch mir an, edler Herr.«

»Wer mag Gislindis sein?«

»Des Messerschleifers schöne Tochter«, erklärte Pitter grinsend. »Die, soweit ich es beurteilen kann, einer samtigen Wange gegenüber höchst geneigt ist.«

Fredegars Augen gingen zwischen Marian und Pitter hin und her, dann nickte er.

»Beweis dein Können, Marian. Ich will den Zauber samtiger Wangen probieren.«

Pitter hatte bereits das Becken mit heißer Lauge bereitgestellt, und Marian weichte das Gesicht des Ritters mit feuchten Tüchern ein. Während die Bartstoppeln geschmeidig wurden, kämmte er die Locken und stutzte sie um einige Fingerbreit. Während dieser Tätigkeit berichtete er auch über die letzten Entwicklungen in seiner Familie.

»So so, da hat der Herr Ivo dem Gemahl deiner Schwester endlich das gebührende Donnerwetter angedeihen lassen. Ich habe mich schon immer gefragt, warum er dieser Ehe zugestimmt hat.«

»Alyss wollte den Arndt van Doorne zum Mann. Und er kann ihr wenig abschlagen. Meine Mutter war gegen diese Verbindung.«

»Frau Almut ist ein Weib von großer Weisheit. Ich habe vor, sie, sowie ich über samtige Wangen verfüge, aufzusuchen.«

»Jetzt nehmt Ihr mich aber in die Pflicht, Herr Fredegar!«

»Weiß sie denn, dass du hier den Gehilfen spielst?«

»Wie Ihr sagtet, sie ist eine weise Frau. Aber bindet es ihr nicht direkt auf die Nase.«

»Aha.«

Dann schwiegen beide, während Marian mit ruhiger, sicherer Hand die Bartstoppeln abschabte. Es floss kein einziges Tröpfchen Blut dabei, und anschließend fuhr der Ritter sich anerkennend über die frisch rasierte Haut.

»Immerhin hast du dieses Handwerk gemeistert.«

Schwungvoll entfernte Marian das Leinentuch, und der Ritter stand auf.

»Ich begleite Euch zum Haus meiner Eltern, Herr Fredegar. Für heute habe ich genug für diesen Leuteschinder hier gearbeitet.«

Frau Almut, in einem braunen Gewand aus weichem Wolltuch, doch ohne Kopfbedeckung, begrüßte sie lebhaft. Es hatte zwar die Zeit einige Fältchen in ihre Züge gegraben, doch überwiegend solche, die von heiterem, vielleicht auch nachdenklichem Gemüt zeugten. Sie empfing Ritter Fredegar mit einer herzlichen Umarmung, doch Marian bemerkte, dass ein Schatten über ihrer frohen Laune lag. Er hoffte, dass nicht er die Ursache für diese Düsternis war.

»Habt Ihr Nachrichten von meinem Vater erhalten?«, fragte er vorsichtig.

»Er ließ mir durch den Boten ausrichten, die Trauben schmeckten wie der reinste Sauerampfer, die Rebstöcke faulten an den Wurzeln, die Läuse nagten die Blätter bis zum Stumpf ab, und der Most dünstete den fauligen Odem der Hölle aus.«

Das war es also nicht.

»Er wird die Trauben mit seinem scharfen Blick dazu bringen, mehr Süße zu produzieren, die Rebstöcke mit einigen harschen Worten innerlich aufrichten, über die Blattläuse das Gericht des Herrn niedergehen lassen und den Most in seine Schranken weisen.«

»Das nehme ich auch an. Er ist zufrieden.«

»Ihr seid es nicht?«

Ein hurtiger Blick streifte Marian.

»Nein, ich bin in Sorge. Kommt mit in den Saal, Fredegar, Marian. Frau Clara hat mich aufgesucht.«

Die Meisterin der Beginen, schlank, fast zerbrechlich in ihrer grauen Tracht, sah verhärmt aus. Das jedoch gehörte zu ihrem üblichen Arsenal von Hilfsmitteln, mit denen sie ihre Ziele zu erreichen pflegte, und hatte zunächst nichts zu bedeuten. Doch diesmal malte eine echte Sorge graue Farbe in ihr Antlitz.

»Marian, hast du Catrin heute schon getroffen?«, empfing sie ihn, als er in die Stube trat.

»Nein, Frau Clara.«

Die Begine rieb sich mit den Händen über das Gesicht.

»Sie war zu einer Entbindung gerufen worden«, erklärte Almut ihm, mit einem feinen Unterton, den er verstand. Sie vermutete, dass er ihr möglicherweise zur Seite gestanden hatte, auch wenn das einem Mann strengstens verboten war. Aber er hatte von Catrin – in Weibergewändern verkleidet – die Hebammenkunst gelernt.

Er sah seiner Mutter in die Augen und schüttelte unmerklich den Kopf. Sie erwiderte die Geste mit einem leichten Senken der Lider und erklärte: »Der Wollenweber Meister Albrecht hat eine Tochter bekommen. Catrin hat sein Haus vor der Morgendämmerung verlassen. Den Konvent hat sie nicht erreicht.«

»Bei Alyss habt Ihr sicher schon nachgefragt, Frau Clara.«

»Natürlich, und auch bei Frau Mechtild und bei Peter Bertolf. Ich bin ratlos, Marian.«

»Könnte ein Hilfesuchender sie auf dem Weg angesprochen haben?«

»Könnte, aber dann hätte sie Nachricht geschickt. Ich habe große Angst, dass ihr etwas zugestoßen sein könnte.«

Marian teilte diese Befürchtung.

»Ich werde mich auf die Suche machen, Frau Clara.«

Wenn jemand wusste, was sich in der Dämmerung in den Straßen der Stadt abspielte, dann die Gassenjungen und -mädchen, die ihr Geld mit Lastentragen und dem Überbringen von Botschaften verdienten. Die Päckelchesträger aber standen unter Pitters Schutz.

»Ich werde mich ebenfalls umhören, Frau Clara«, erklärte sich Fredegar bereit.

»Ihr habt sicher wichtigere Dinge zu erledigen.«

»Abt Lodewig wird etwas warten können, und mit dem Kämmerer des Erzbischofs habe ich mich erst für morgen verabredet.«

Marian nickte ihm kurz zu und verabschiedete sich von seiner Mutter und der Meisterin, um denselben Weg zu gehen, den er eben gekommen war – zurück zum Badehaus an der Marspforte. Pitter versprach ihm, die Päckelchesträger nach der vermissten Begine zu fragen und ihm Botschaft zu schicken.

»Wenn ihr etwas zugestoßen ist, Marian… Frag auch im Turm nach«, sagte er mit ernster Miene. Die Vorstellung behagte Marian nicht besonders – es würde bedeuten, dass man eine unbekannte Tote gefunden hätte. Aber der Bader hatte recht, auch das musste man in Erwägung ziehen.

4. Kapitel

Der Falke kreiste oben im weißbetupften Blau, als Alyss, den schnüffelnden Spitz an ihrer Seite, durch die abgeernteten Weinreben wanderte. Die Ernte in diesem Jahr war gut gewesen, etliche Fässer Wein würde sie aus den Trauben erhalten. Nicht die beste Qualität und wahrlich nicht zu vergleichen mit den süffigen Gewächsen aus dem südlicheren Rheinland. Aber als Würzwein, mit Nelken, Paradieskörnern, Honig und noch einigen anderen Zutaten, sollte er ihnen im Winter schmecken. Und wehe demjenigen, der sich beschwerte.

Alyss war stolz auf ihren Weingarten.

Hinten an der Umfassungsmauer blühten an ihrem Sanktuarium noch immer die Rosen. Mit einer kleinen Schere schnitt sie einige verwelkte Blüten heraus und setzte sich dann auf die Bank, um für einen Moment zu verschnaufen.

War sie selbst auch im Augenblick beinahe ohne Sorgen, so machte sie sich doch Gedanken um Catrin. Vorhin war Frau Clara bei ihr gewesen in der Hoffnung, dass ihre Ziehschwester sich bei ihr eingefunden haben könnte. Es sah Catrin so gar nicht ähnlich, einfach zu verschwinden, ohne jemandem eine Nachricht zu hinterlassen. Aber möglicherweise war die Beginenmeisterin auch wieder einmal überängstlich. Catrin mochte auf einen Fremden schüchtern und sogar ein wenig schusselig wirken, doch war sie eine pflichtbewusste und zuverlässige Person von großer Hilfsbereitschaft und Fürsorge. Genau wie Marian vermutete Alyss, dass sie möglicherweise einen Menschen in Not getroffen, ihm geholfen und darüber die Zeit vergessen hatte.

Allerdings war es nun schon Nachmittag und kurz vor der None, und noch immer hatte sie keine Nachricht aus dem Konvent erhalten, dass Catrin wohlbehalten eingetroffen war.

Alyss kraulte Benefiz, und als der Hund plötzlich die Ohren aufrichtete und leise jiepte, sah sie auf.

»Bruderlieb, hast du deine blutigen Taten für heute vollbracht?«

»Noch nicht ganz. Es gilt noch einen Turmvogt vom Leben zum Tode zu befördern.«

»Heilige Mutter Maria, was ist geschehen?«

Marian setzte sich neben sie und legte ihr den Arm um die Schulter.

»Schlimmes, Alyss.«

»Sprich.«

»Man hat Catrin und Mats Schlyffers in der Tollkammer angekettet. Der Trottel von Turmvogt behauptet, sie seien die zwei Schwachsinnigen, die einen Mann umgebracht hätten.«

»Wir müssen sie dort rausholen.«

»Zweifellos. Nur – Alyss – es kommt noch schlimmer.«

»Was?«

»Der Mann, den sie angeblich umgebracht haben sollen, ist …«

Als ihr Bruder zögerte, keuchte Alyss entsetzt: »John?«

»Nein, so schlimm ist es nun doch wieder nicht. Der Tote ist Arndt van Doorne. Dein Gatte.«

Alyss machte den Mund auf und schloss ihn wieder.

»Sicher?«, fragte sie dann heiser.

»Ich habe den Leichnam in Augenschein genommen. Er ist es.«

»Er sollte nicht hier sein.«

»Nein, aber ich glaube nicht, dass man ihn von weit her gebracht hatte. Die Leichenstarre hatte noch nicht eingesetzt. Er muss in den frühen Morgenstunden gestorben sein. Man fand ihn an dem Winzerhäuschen nahe der Stelle, wo auch einst sein Bruder Robert erschlagen wurde. Bei ihm lag Mats, das blutige Messer noch in der Hand, besinnungslos. Catrin hat die beiden wohl gefunden, als sie von Meister Albrecht kam. Jemand hat die Wachen gerufen, und man hat sie in den Turm gebracht. Und da Mats nicht sprechen kann und Catrin nur stammeln konnte, hat man sie als Schwachsinnige eben in die Tollkammer gebracht.«

»Idioten! Alle wissen, dass Mats wegen seines Wolfsrachens nicht sprechen kann, aber schwachsinnig ist er nun wirklich nicht. Und Catrin stottert zwar, wenn sie aufgeregt ist, aber …«

»Sie hat Arndt erkannt. Sie war übermüdet und mehr als aufgeregt, nehme ich an.«

»Hast du dem hirnlosen Turmvogt nicht gesagt, dass sie eine Begine ist?«

»Nein, Alyss, ich habe nur den Leichnam als Arndt ausgewiesen. Man hat mich in die Tollkammer geführt, aber ich dachte mir, dass ich die Namen der beiden besser noch nicht preisgebe, bevor wir wissen, auf welche Weise wir sie dort herausbekommen.«

»Ob Mats ihn umgebracht hat?«

»Nein, gewiss nicht. Auch wenn der Anschein dafür spricht.«

»Warst du schon bei Gislindis?«

»Mein nächster Weg. Doch zuvor wollte ich mich mit dir beraten.«

»Gut.«

»Trifft es dich?«

»Dass Arndt tot ist? Vielleicht – kein Mensch soll eines gewaltsamen Todes sterben. Aber Trauer – nein. Ich werde für seine Seele beten. Wichtiger ist es aber, den Lebenden zu helfen und den Mörder zu finden. Geh du zu Gislindis, ich werde unsere Mutter aufsuchen und sie um Hilfe für Catrin bitten und mich dann mit Magister Jakob beraten.«

»Eine gute Idee. Ritter Fredegar ist bei ihr, auch er wird uns helfen.«

»Dann lass uns aufbrechen. Das Hauswesen muss für eine Weile ohne mich auskommen.«

Frau Clara hatte das Patrizierhaus am Alter Markt bereits verlassen, und Alyss wurde von ihrer Mutter mit bedrückter Miene empfangen. Diese wandelte sich von Sorge zu kaltem Zorn, als sie die Neuigkeiten hörte.

»In der Tollkammer!«, knurrte sie. »Da haben sie mich

auch mal gefangen gehalten. Damals hat Clara mich dort herausgeholt.«

»Mama?«

»Eine ganz und gar unschöne Geschichte. Ich werde zum Turm gehen und die Wachen das Fürchten lehren.«

»Nein, bitte nicht. Magister Jakob wird sich darum kümmern. Ich bin schon auf dem Weg zu ihm. Sucht Ihr den Konvent auf und berichtet den Beginen.«

»Natürlich. Oh, ich könnte …«

Trotz der entsetzlichen Situation fand Alyss ihren Witz wieder und empfahl ihrer Mutter: »Maria, der Schild der Streitenden, wird Euch beschützen.«

»Sie wird nicht nur Schild, sondern auch Schwert bereithalten müssen.«

»Wo ist Herr Fredegar?«

»Hat Clara zurückbegleitet und wird jetzt im Kloster von Groß Sankt Martin mit dem Abt saufen«, schnaubte Frau Almut und stürmte die Stiege hinunter. Alyss folgte ihr, doch vor der Tür trennten sich ihre Wege.

Magister Jakob bewohnte ein Haus gleich hinter dem Alter Markt, und schon wenige Augenblicke später klopfte Alyss an seine Tür. Ein stämmiges Weib öffnete ihr und raunzte sie an: »Der Magister hat die Kränk, der ist für niemanden zu sprechen.«

»Das mag schon sein, aber ich habe mit ihm zu sprechen. Richtet ihm aus, dass Frau Alyss hier ist.«

Das Weib schlug die Tür zu, es polterte drinnen, und nach einer Weile kam sie wieder.

»Der Herr Magister bedauert außerordentlich«, sagte sie gespreizt. »Er kann Euch wirklich nicht empfangen.

Doch sollte Euer Herr Bruder vorsprechen, wird er gerne bereit sein, sich mit ihm zu verständigen.«

Das hörte sich so ungewöhnlich aus dem Mund der derben Frau an, dass Alyss zwinkern musste. Offensichtlich aber wollte der Notarius ihr auf diese Weise etwas mitteilen. Vermutlich hatte es mit der »Kränk« zu tun, die ihn befallen hatte und deren er sich schämte. Marian als Heiler gegenüber würde er keine derartigen Bedenken tragen. Alyss nickte also und gab der Haushälterin auf: »Ich werde meinen Bruder so bald wie möglich vorbeischicken. Richtet Magister Jakob meine besten Wünsche aus.«

»Mach ich.«

Rums – war die Tür wieder zu.

Alyss überlegte, was sie als Nächstes unternehmen konnte. Marian mochte noch bei Gislindis weilen oder wieder zum Turm gegangen sein. Ihm hinterherzulaufen war wenig sinnvoll. Besser war es, sich einen anderen Beistand zu suchen, um den beiden Gefangenen zu helfen. Priesterwort hatte ein hohes Gewicht in solchen Fällen, und Pater Henricus schätzte Catrin sehr.

Alyss eilte zu den Franziskanern. Und hier hatte sie Glück, denn Pater Henricus hatte gerade seine Studien abgebrochen und wollte einen Weg durch die Weingärten unternehmen, um sich an den Schönheiten der Natur zu erbauen.

»Aber selbstverständlich, liebes Kind. Ich eile. Man darf diese armen Geschöpfe doch nicht in der Tollkammer anketten.«

Alyss musste sich jedoch den ganzen Weg über Vorhaltungen von dem guten Pater machen lassen, dass sie unbegleitet durch die Stadt gelaufen war. Sie gab sich reumütig und verschwieg dem Mann, der einst ihr gütiger Lehrer gewesen war, dass es sich bei dem Toten um ihren Ehemann handelte. Das hätte den herzensreinen, doch weltfremden Priester in tiefste Verwirrung gestürzt. Und ihr seinen unerwünschten Trost eingebracht, statt sein Trachten darauf zu richten, ihren Freunden beizustehen.

Pater Henricus mochte ein sanfter Mann sein, doch er war auch von großer Hartnäckigkeit, wenn es galt, Bedürftigen zu helfen. Das lernten der Turmvogt und die Wachen kurz darauf. Alyss hielt sich wohlweislich zurück, sie zügelte die ungeduldigen Worte, mit denen sie den Männern zu befehlen wünschte, Catrin und Mats freizulassen. Der Pater erreichte es auf seine milde Art, dass man ihn zu den Gefangenen vorließ. Sie folgte ihm und den Wachen so unauffällig wie möglich und erlebte dann, wie wahrlich überzeugend Henricus Catrins Stellung als geachtete, gottesfürchtige Begine darstellte und ihre Verwirrung ob des furchtbaren Erlebnisses glaubhaft erläuterte.

Catrin, mit starken Lederriemen an ein Bett gebunden, schwieg, sandte aber Alyss flehentliche Blicke. Die gab ihr mit einem aufmunternden Nicken zu verstehen, dass Hoffnung bestand. Mats hingegen, mit Ketten gefesselt, starrte nur dumpf vor sich hin. Er wirkte wie ein verwundetes Tier, und sie konnte den Wachen nicht verdenken, dass sie ihn für schwachsinnig hielten.

»Wir können sie nicht freilassen, Pater Henricus. Sie

haben einen Mann umgebracht«, beharrte der Turmvogt. »Das müsst Ihr einsehen. Ihnen muss der Prozess gemacht werden. Wenn sie unschuldig sind, wird es sich vor Gericht erweisen.«

»Doch ist Frau Catrin keine Frau von Witz und Sinnen. Wenn sie schon ihre Unschuld beweisen muss, dann bringt sie in die Turmstube. Ich komme für die Kerkermiete auf«, mischte sich Alyss nun doch ein.

»Wer seid Ihr, Weib?«

»Alyss vom Spiegel, Tochter des Ratsherrn Ivo vom Spiegel«, sagte sie so kühl wie möglich.

»Und Ihr bürgt für diese Frau?«

»Sie ist meine Ziehschwester, ich kenne sie zeit meines Lebens.«

»Nun gut. Bringt sie in das Gelass oben«, wies der Turmvogt die beiden Männer an.

»Und behandelt sie sanft, sie ist verstört«, fügte Pater Henricus hinzu.

»Begleitet Ihr sie, Pater«, sagte Alyss leise. »Ich will versuchen, mit Mats zu sprechen.«

Catrin schwankte, als sie aufstand, doch sie stützte sich auf den starken Arm des Wachmanns und verließ mit dem Priester an ihrer Seite die Tollkammer. Alyss ging zu dem Messerschleifer. Der Turmvogt packte sie am Ellenbogen und riss sie zurück.

»Er ist gemeingefährlich. Nähert Euch ihm nicht.«

»Mats Schlyffers ist der gutmütigste Mann unter Gottes Sonne«, fauchte sie. »Nur sprechen kann er nicht. Seht Ihr denn nicht, dass er einen Wolfsrachen hat?«

»Wie ein wildes, blutrünstiges Tier!«

»Quatsch!«

Alyss machte sich los und ging zu dem zusammengekauerten Mann.

»Mats, erkennt Ihr mich? Ich bin Alyss, eine Freundin Eurer Tochter Gislindis.«

Umflorte Augen richteten sich auf sie.

Sachte streichelte sie seine Hand.

»'onya«, lallte er.

Alyss brauchte einen Moment, bis sie verstand.

»Nein, ich bin nicht Ronya, dein Weib. Ich bin Alyss. Du kennst mich doch, Mats. Du hast meine Rebmesser geschliffen.«

»'lindis.«

»Ja, Gislindis wird bald hier sein und sich um dich kümmern.«

Er war verwirrt. Vielleicht hatte er den Mord beobachtet, vielleicht war er auch betrunken. Eine Wolke von Bierdunst umgab ihn. Es war vermutlich jetzt nicht viel aus ihm herauszubekommen. Gislindis verstand sein gutturales Sprechen besser und würde auch wissen, wo ihr Vater sich in der Nacht aufgehalten hatte. Sie streichelte noch einmal Mats' Hand, erhob sich dann und wandte sich an den Turmvogt.

»Und nun lasst uns die Angelegenheit der Kerkermiete klären.«

Catrin würde ein Bett, eine warme, saubere Decke und ein Polster bekommen, dreimal am Tag eine gute Mahlzeit, Kleider zum Wechseln und Wasser zum Waschen. Besuch durfte sie unter Aufsicht auch empfangen. Das war es, was Alyss für sie erreichte. Als sie den Turm am Eigelstein verließ, traf dort eben Marian ein. Er wirkte ungehalten.

»Catrin ist im Kerker, ich zahle die Miete. Mats ist noch in der Tollkammer. Er ist wie von Sinnen«, fasste sie kurz zusammen.

»Ich kümmere mich um ihn. Auch wenn Gislindis sich nicht helfen lassen will.«

»Wird sie schon noch. Magister Jakob ist krank. Er wollte mich nicht zu sich lassen, will aber mit dir sprechen, Bruder Heiler.«

»Was hat er?«

Alyss schnaubte: »Die Kränk, wie sein Hausweib sagt.«

»Das kann vieles sein. Ich suche ihn auf.«

5. Kapitel

Magister Jakob lag im Bett, grauer noch als sonst, und der Gestank des Bettstuhls verpestete die Luft in der Kammer. Marian riss das Fenster auf, ohne auf die Proteste der Haushälterin zu achten, die die frische Luft für schädigend hielt.

»Unsinn. Hier kann man ja kaum atmen. Leert das Nachtgeschirr, und wascht es gründlich aus, Weib. Und dann wechselt die Laken.«

Mürrisch folgte die Haushälterin diesem Befehl.

»Sie ist nicht unwillig, aber es ekelt sie«, murmelte der Notarius schwach.

»Ich muss nicht fragen, was Euch fehlt. Was habt Ihr gegessen, Magister Jakob, dass Euer Gedärm solch einen Aufstand treibt?«

»Nichts, was nicht andere auch zu sich genommen hätten.«

»Und die sind noch gesund?«

»Keine Ahnung. Seit zwei Tagen kann ich das Haus nicht mehr verlassen.«

»Gestattet Ihr, dass ich Euch untersuche?«

»Besser Ihr als ein Medicus«, sagte der Magister noch tonloser, als es gewöhnlich seine Art war. Vorsichtig tastete Marian seinen Leib ab und stellte einige Fragen.

»Könnte die Ruhr sein. Die schmerzhaften Krämpfe, der Durchfall, Appetitlosigkeit, Kopfschmerz. Habt Ihr Brunnenwasser getrunken, Magister Jakob?«

Er schüttelte schwach den Kopf.

Die Haushälterin kam wieder hereingeschlurft. Wenn sie auch kein angenehmes Weib war, so schien sie doch reinlich. Das Nachtgeschirr war sauber, sie hatte frisch gewaschene Laken dabei und einen Korb mit Brot und Braten.

»Der Patient sollte derzeit nur flüssige Nahrung zu sich nehmen, gute Frau. Seid Ihr in der Lage, eine kräftige Fleischbrühe zu kochen?«

»Sischer dat!«

»Und Traubensaft könnte ebenfalls hilfreich sein.«

»Is jut!«

Sie nahm den Brotkorb wieder mit, und als sich die Tür hinter ihr geschlossen hatte, fragte Magister Jakob: »Was wollte Eure Schwester von mir?«

»Einen Rat, aber sie hat die Angelegenheit selbst in die Hand genommen. Ich werde Euch ein Mittel gegen die Krämpfe schicken lassen, Magister Jakob. Lasst das Fenster offen, und wenn Alyss das nächste Mal vorbeikommt, gewährt ihr Einlass.«

»Es ist nicht recht …«

»Versucht, sie davon abzuhalten.«

Magister Jakob wollte widersprechen, doch ein heftiger Krampf raubte ihm die Worte.

Die Abenddämmerung verdunkelte schon die schmalen Gassen, als Marian sich auf den Weg zu seiner Schwester machte. Es gab noch einiges zu besprechen. Und auch glaubte er nicht, dass die Nachricht von Arndts Tod sie so gänzlich unberührt lassen würde. Der Mann war ein hinterhältiger Geselle, ein Lügner und Betrüger gewesen, aber einst hatte er sich um sie beide gekümmert, damals, als Köln sich im Aufruhr um den Verbundbrief befand. Er hatte ihnen geholfen, nach Burgund zu ihrer Tante Aziza zu reisen, wo sie die unruhigen Jahre in Sicherheit verbrachten. Nicht ohne Hintergedanken hatte er dies getan, so beurteilte Marian es aus jetziger Sicht. Arndt van Doorne war ein Geschäftemacher gewesen, und den Ratsherrn und Patrizier Ivo vom Spiegel sich zu Dank zu verpflichten, war verlockend. Weshalb ja Marians Vater dann Arndts Ehe mit Alyss zugestimmt hatte. Sie war in den ersten Jahren auch glücklich mit ihm gewesen, zumal sie schon bald den kleinen Terricus zur Welt gebracht hatte. Ein launiges Kerlchen, aufgeweckt und munter – und doch starb er, noch nicht drei Jahre alt, weil die verdammte Amme pflichtvergessen gewesen war.

Danach war es auch in der Ehe immer unglücklicher geworden, Alyss trauerte, Arndt suchte Trost bei anderen Weibern. Und verschwendete das Geld – nicht nur das aus seinem Weinhandel, sondern auch Alyss' Mitgift. Außerdem hatte er sich in betrügerische Machenschaften verwickelt und schließlich sogar die kostbare Brautkrone gestohlen und verkauft. Alyss hatte mit Magister Jakobs Hilfe Brautschatzfreiung beantragt und erhalten und war damit nicht mehr gezwungen, die Schulden ihres liederlichen Gatten zu bezahlen. Der war darob derart ungehalten gewesen, dass er sie verprügelt hatte – nicht zum ersten, jedoch zum letzten Mal. Denn schließlich hatte ihr Vater eingesehen, dass er sich in dem Mann geirrt hatte, und ihn mit einer dramatischen Geste der Stadt verwiesen. Das alles war im Frühjahr geschehen. Warum Arndt nun doch wieder in Köln aufgetaucht war, darüber musste man sich Gedanken machen.

Das hungrige Hauswesen war um den Küchentisch versammelt. Kaum hatte Marian sich auf die Bank neben Alyss gesetzt, stand auch schon eine Schüssel mit einem deftigen Ragout vor ihm, und Tilo goss ihm einen Becher Apfelwein ein.

»Wie geht es dem Magister?«

»Übel. Er hat den Durchlauf, und seine borstige Haushälterin weiß ihn nicht zu pflegen.«

»Ich werde mir Einlass erzwingen und mich um ihn kümmern.«

»Erzwingen brauchst du ihn nicht, er ist bereit, meinen Anordnungen zu folgen.«

Marian brach sich ein Stück knuspriges Brot ab und löffelte mit Genuss seine Schüssel leer.

»Frau Alyss?«

Lauryn schob ihre leere Schale beiseite.

Marian sah auf.

»Du hast es ihnen noch nicht gesagt?«

»Nein. Aber ich sollte es jetzt wohl tun.«

»Ja, Schwesterlieb, denn es ist von Wichtigkeit.«

Alyss seufzte.

Dann berichtete sie von dem Mord, und entsetztes Schweigen lastete über der Küche. Hilda bekreuzigte sich,

Leocadie murmelte ein leises Gebet, Hedwigis biss sich auf die Lippen, Lauryn jedoch stand auf und legte ihren Arm um Alyss' Schultern.

»Er war ein harter, ungerechter Mann. Aber Mord …«

»Nein, der Tod sollte ihn nicht auf diese Weise ereilen«, sagte Marian. »Noch weniger aber dürfen Unbeteiligte als seine Mörder verurteilt werden. Wir brauchen eure Hilfe, um ihre Unschuld zu beweisen.«

»Was Ihr am einfachsten tut, wenn man den wirklichen Mörder fasst«, grollte Hilda.

»Hat irgendjemand von euch eine Idee, warum Arndt van Doorne sich in Köln aufhielt?«, fragte Marian in die Runde.

»Um Frau Alyss lästig zu fallen?«, schlug Hedwigis vor.

»Um krumme Geschäfte zu machen«, lautete Tilos Erklärung.

»Letzteres mit Gewissheit. Aber mit wem?«

»Ich werde meinen Vater fragen.«

Es klang bedrückt aus Tilos Mund: Im vorigen Jahr hatte Reinaldus Pauli sich in Schmuggelgeschäfte mit Arndt verstrickt. Doch Marian war zuversichtlich, dass sein Onkel aus deren Folgen eine bittere Lehre gezogen hatte und nicht weiter mit van Doorne Handel trieb.

»Frag deinen Vater, Tilo, aber unterstelle ihm nichts Böses. Arndt wird sich mit jemand anderem getroffen haben, den er kannte. Mag sein, dass dieser seine Betrügereien entdeckt und ihn daraufhin im Streit erstochen hat.«

»Warum aber war Mats bei ihm?«, fragte Lauryn in die Runde.

»Vielleicht war er unseligerweise Zeuge der Auseinandersetzung. Der Mörder schlug ihn besinnungslos und hinterließ das blutige Messer in seiner Hand.«

»Gislindis sollte mit ihm sprechen«, meinte Leocadie. »Sie versteht ihren Vater doch und kann dem Turmvogt erklären, wieso er dort war.«

»Ich habe ihr geraten, nicht zum Turm zu gehen«, sagte Marian. »Die Tröpfe dort würden sie möglicherweise gleich dabehalten. Ich hoffe, sie hört auf meinen Rat«, setzte er hinzu.

»Warum sollte sie nicht, Bruder mein? Ich glaubte, du besäßest ihr Vertrauen.«

Er zuckte mit den Schultern.

»Sie gibt sich sehr zurückhaltend.«

»Hast du sie bedrängt?«

»Nein, ich doch nicht.«

Hilda mischte sich ein, die Arme in die Hüften gestemmt: »Die Schlyfferstochter wird einen eifersüchtigen Liebsten haben, Herr Marian.«

»Sie ist ein anständiges Mädchen.«

»Pfff. Sie tanzt und singt auf dem Markt und schwenkt ihre Röcke. Und sie hat einen kecken Blick. Das zieht die Laffen an.«

»Hilda, mäßige dich. Gislindis ist von heiterem Gemüt, aber nicht leichtlebig«, sagte Alyss. »Marian, ich werde morgen mit ihr reden. Sie sieht und hört viel. Vielleicht weiß sie, wann oder warum Arndt hergekommen ist.«

»Danke, Schwesterlieb.«

»Mir kommt noch ein Gedanke, Marian. Mats wirkte benommen, und es lag Bierdunst um ihn. Ich weiß nicht, ich halte ihn nicht für einen Trunkenbold. Was hältst du davon, mit Trine zu ihm zu gehen?«

»Um zu schnüffeln. Sehr gut. Es könnte sein, dass man ihm etwas in den Trank gegeben hat, das ihn benebelte.«

»Merten – vielleicht hat der seinen Vater getroffen«, meinte Hedwigis plötzlich.

Tilo schüttelte den Kopf. »Glaub ich nicht. Er hat heute Morgen gesagt, er hat keine Nachrichten von ihm.«

Man stellte noch etliche Mutmaßungen an, aber als die Glocken zur Komplet läuteten, verabschiedete Marian sich.

Als er am nächsten Tag gerade nach Sonnenaufgang an der Apothekentür klopfte, öffnete ihm Meister Jan mit einem Gähnen.

»Leidest du unter Schlaflosigkeit, Marian?«, wurde er begrüßt.

»Krampfhafte Bettflucht. Ist dein hübsches Weib schon wach?«

»Die ist auch so eine grässliche Bettflüchtige«, murrte der Apotheker und schob den Vorhang zur Seite, der die Offizin vom Verkaufsbereich trennte. Trine werkelte am Kamin, doch nicht die schwefligen Dünste bitterer Arzneien füllten den Raum, sondern der Duft von süßen Eierkuchen. Ein goldlockiger Junge hing an ihrem Gewandzipfel und hatte ein rot verschmiertes Mäulchen. Als er Marian erkannte, zupfte er heftiger an dem Stoffzipfel und gestikulierte eifrig mit seinen kleinen Fingern.

»Marian!« krähte er dabei. Trine, taubstumm, doch höchst aufmerksam, wandte sich um und lächelte Marian strahlend an. Sie wies auf den Tisch und die Pfannkuchen.

»Er wird uns die Haare vom Kopf fressen, wenn du so freigebig bist«, gab Jan seinem Weib zu verstehen, woraufhin sie ihren langen honigblonden Zopf unter dem Tuch hervorzog, das ihre Haare bedeckte, und ihn Marian vor das Gesicht hielt. Quietschend vor Freude tanzte der Kleine um ihn herum, als er so tat, als würde er einen großen Happen daraus abbeißen.

»Bei dir ist ja nichts mehr zu holen, Jan. Du bist der Alptraum eines jeden Haarscherers.«

»Na, wenigstens habe ich noch einen gesunden Bartwuchs. Dir sollte ich mal eines unserer Mittelchen zum Einreiben der Wangen verabreichen, damit aus dem Flaum ein mannhafter Bart wird.«

»Ich entzücke lieber durch meine Haarpracht«, sagte Marian und fuhr sich eitel mit der Hand durch die Locken. Trine kicherte und zupfte daran. Dann stupste sie ihn mit einem Finger auf die Nase und gestikulierte: »Du hast andere Sorgen, die dich hertreiben.«

Er verstand die Fingersprache recht gut, aber er überließ es Jan, ihr zu übersetzen, weshalb sie ihm in den Turm am Eigelstein folgen möge.

»Aber natürlich. Mats ist ein guter Kerl, er sorgt auch für unsere Instrumente. Aber erst essen wir die Eierkuchen«, befahl Jan und setzte sich an den Tisch, auf dem sich Pergamente, Tiegel und Mörser ein buntes Stelldichein gaben.

Freundlich war der Turmvogt ihnen nicht gesinnt, als Marian noch einmal begehrte, Mats Schlyffers zu sehen.

»Ihr solltet damit warten, bis er befragt worden ist. Es wird morgen einer der Schöffen hier sein und über das weitere Verfahren bestimmen.«

»Ich habe Euch gestern schon gesagt, dass Mats nicht sprechen kann.«

»Was wollt Ihr denn dann hier?«

»Frau Trine hat Arzneien für ihn, Turmvogt. Der Mann ist krank. Wollt Ihr, dass er Euch im Turm stirbt?«

Der Turmvogt schien die Folgen zu überdenken und kam offensichtlich zu dem Schluss, dass sie ihm in einem solchen Fall nicht zu Ruhm und Ehre gereichen würden. Ein missmutiger Wachmann begleitete Marian und Trine nach oben. In der Tollkammer lag heute ein weiterer Mann, der mit Knurren und Grunzen an den starken Bändern zerrte, mit denen man ihn an das Bett gebunden hatte.

»Ein richtiger Toller« gab Trine Marian zu verstehen. »Kenn ihn. Er wird gewalttätig.«

Dann ging sie auf Mats zu. Der Messerschleifer lag apathisch auf einem Strohsack und schien sie nicht zu erkennen. Trine beugte sich über ihn und schnüffelte. Nicht nur an seinem Mund und seiner Nase, sondern auch an seinen Kleidern.

»Was ist mit der Arznei?«, herrschte der Wachmann sie an. Marian zog an Trines Beutel am Gürtel. Sie verstand und holte einige runde Kügelchen hervor. Da Marian die Kunst des Pillendrehens bei ihr gelernt hatte, und das an einer Honigmasse, ahnte er, dass sie Mats diese süßen

Pastillen zwischen die Lippen schob. Zumindest erschien ein glückseliger Ausdruck auf seinem Gesicht, als er die Leckerei kostete.

»Es hilft, dem heiligen Vitus sei Dank«, sagte Marian salbungsvoll und nahm Trines Hand, um ihr aufstehen zu helfen.

Als sie wieder vor der Tür waren, zeigte Trines Gesicht einen besorgten Ausdruck. Aber bis zur Apotheke musste Marian sich noch gedulden, denn den Feinheiten ihrer Gestensprache konnte er nicht folgen. Jan aber kannte sich aus, und auch er machte eine ernste Miene.

»Bilsenkraut. Er riecht noch immer stark nach Bilsenkraut. Damit würzt man gelegentlich die Grut für das Bier. Aber bei ihm ist der Geruch so stark, dass es daher alleine nicht kommen kann.«

»Will also heißen, dass ihm jemand Bilsenkraut in anderer Form verabreicht hat?«

»Es sieht so aus. Und zwar in nicht unbeträchtlicher Menge. Das erklärt auch seine Benommenheit. Sie kann noch Tage anhalten.«

»Also muss ich wohl herausfinden, in welchen Tavernen oder Schenken Mats sich aufgehalten hat.«

»Dann tu das, Marian«, meinte Trine und drückte ihm grinsend ein Beutelchen mit Honigpastillen in die Hand. »Das wird dir die Kraft dazu geben!«

6. Kapitel

Alyss hatte keine gute Nacht gehabt. Zuerst hatte sie vor dem kleinen Eckaltar gekniet und versucht, für Arndts Seele zu beten. Aber es kamen ihr nur auswendig gelernte Worte über die Lippen, sie selbst fühlte sich seltsam unbeteiligt. Anschließend ging sie zu Bett, und das leise Klicken der Hundetatzen zeigte ihr, dass der Spitz wieder ihre Gesellschaft suchte. Eigentlich hatte er sich mit Leib und Seele Frieder verschrieben, der ihn einst gerettet hatte, aber da der Junge nun auf Reisen war, schien sie dessen Platz in seinem Hundeherzen eingenommen zu haben. Er legte sich an das Fußende ihres Bettes und begann, ganz wie ein scharfer Wachhund, zu schnarchen.

Gewöhnlich nickte Alyss über diesen Geräusche ein, doch diesmal wollte der Schlaf nicht kommen. Die Ereignisse des Tages forderten ihren Tribut. Fragen tauchten auf, auf die sie keine Antwort fand, Erinnerungen, schmerzliche Bilder von einem kleinen Jungen drückten auf ihr Gemüt, sie sah sich selbst, glücklich mit der goldenen Brautkrone auf dem Haupt, zur Kirche schreiten …

Jetzt war sie zur Witwe geworden.

Witwe.

Das Wort riss sie aus den Kissen.

Witwe.

Sie hatte seit Monaten mit Billigung ihrer Familie und mit Magister Jakobs Unterstützung einen Weg gesucht, ihre Ehe mit Arndt van Doorne aufzulösen.

Nun war das Band gerissen.

Doch um welchen Preis?

Hatte sie es sich zu sehr gewünscht?

Vorsichtig, um Benefiz nicht zu wecken, stand sie auf. Der schwanzlose Spitz jaunerte im Schlaf. Sie fuhr ihm sanft über das Fell.

»Ich komme wieder. Ich muss nur ein bisschen an die Luft.«

Sie schlug sich ein dickes Wolltuch um die Schultern und schlich, die Pantinen in der Hand, die Stiege nach unten. Leise trat sie durch die Küchentür in den Hof.

Mondlos war die Nacht, kühl und ein wenig klamm lag die Luft in dem dunklen Geviert. Sie wanderte über das Pflaster, schaute in den Verschlag, der Jerkin, den Falken, behauste. Der Vogel hatte seinen Kopf in das Gefieder gesteckt und rührte sich nicht. Alyss setzte sich neben dem Verschlag auf ein leeres Weinfass und schaute in den Sternenhimmel.

Vielleicht würde der Uhu wieder über die Dächer schweben und sich auf ihren Arm setzen. Doch eigentlich fürchtete sie das majestätische Tier, denn bisher hatte er sie immer vor einem drohenden Unheil gewarnt. Sie lauschte auf sein langgezogenes »Uhuuu«, doch die Nacht war still.

Oder?

»Üüüü!«, klagte es irgendwo. »Ü…üüü!«

Alyss wandte ihren Kopf in die Richtung, aus der das

Geräusch gekommen war. Und schon sah sie vor dem Hintergrund des sternenflimmernden Nachthimmels einen Vogel gleiten. Langsam stand sie auf und blickte zu ihm hoch. Noch langsamer streckte sie den Arm aus und flüsterte: »Kleiner Freund, besuchst du mich?«

Das Käuzchen zog eine zögernde Schleife um sie, dann landete es flatternd auf ihrer Hand. Klein war der Geselle, eben eine Handspanne groß. Seine runden Augen wurden von den Federkränzen um sie herum noch betont, und seine befiederten Füße krallten sich fest in ihre Finger. Ruckartig ging sein Kopf hin und her. Dann machte er den Schnabel auf und sah Alyss verlangend an. Sie musste lächeln.

»Bettelst du etwa um Futter?«

Das Käuzchen zwinkerte.

Vorsichtig griff sie in den Futterbeutel, der an Jerkins Verschlag hing, und ertastete ein Stückchen Fleisch.

Mit einem Schnapp verschlang der Vogel den Happen und klapperte dann mit dem Schnabel.

»Du bist ja ein lustiger Geselle«, wisperte Alyss, und er flatterte, als hätte er sie verstanden. Dann aber blickten seine Augen unruhig, und sie warf ihn mit einer geschickten Bewegung aus dem Handgelenk in die Luft. Das Käuzchen stieg auf, ließ noch einmal sein »Üüüü!« ertönen und flog über das Stalldach davon.

»Nun, mag ja sein, dass Käuze den Tod künden, Kleiner, aber du schienst mir eine andere Botschaft zu bringen. Doch welche, mein Freund, muss ich wohl noch herausfinden.«

Malefiz, schwarz wie die Nacht, strich ihr am Bein entlang. Sie folgte seinem schwindenden Schemen bis zum Tor, das in den Weingarten führte.

»Lass mir ja das Käuzchen in Ruhe, du Satansbraten«, murmelte sie ihm hinterher und wandte sich dem Haus zu.

Diesmal kam der Schlaf zu ihr, wenn auch ihre Träume wirr und beklemmend waren.

Der Morgen traf sie müde und wenig erholt an. Der erste Gedanke, der sie nach dem Erwachen anflog, galt wiederum ihrem verstorbenen Gemahl.

Sie musste sich um seine Beerdigung kümmern. Das war sie ihm schuldig. Was sie wieder zu Pater Henricus brachte.

Und für Magister Jakob sorgen.

Und sie musste mit Gislindis sprechen.

Das zuerst. Die Lebenden gingen vor, die Toten konnten warten.

Alyss legte nach dem Morgenmahl die Aufsicht über das Hauswesen in Lauryns Hand. Das Mädchen sah sie mit einer Mischung aus Entsetzen und Stolz an.

»Für ein paar Stunden nur. Bis zur Sext werde ich zurück sein. Ihr anderen habt zu respektieren, was Lauryn anweist. Haben wir uns verstanden?«

»Ja, Frau Alyss.«

Zum Glück ist ihr Bruder Frieder noch nicht von seiner Reise zurück. Sonst hätte es ganz sicher kleine Machtkämpfe gegeben, dachte Alyss und machte sich auf den Weg zur Burgmauer, wo Gislindis mit ihrem Vater wohnte.

Die Tochter des Messerschleifers öffnete ihr. Auch sie sah übernächtigt und erschöpft aus.

»Wohledle Frau, bringt Ihr Nachrichten? Oh, verzeiht, ich bin außer mir vor Sorge.«

»Dann bittet mich herein, Gislindis, damit wir unsere Sorgen teilen können. Nein, ich habe keine Nachrichten, aber mein Bruder wird sicher bald welche bringen.«

Das Häuschen war reinlich und aufgeräumt, auf der langen Werkbank vor dem Kamin lagen die Werkzeuge, die Mats benötigte, um Messer zu reparieren, Hefte zu schnitzen und feine Klingen zu schleifen. Es stand auch ein Kasten mit Schreibzeug dort. Ein Buch mit marmoriertem Einband lag daneben, in dem, wie Alyss wusste, Gislindis ihre Schreibübungen vornahm.

»Nehmt Platz, wohledle Frau«, sagte Gislindis und wies auf den Stuhl neben dem Kamin. Sie selbst zog sich einen Hocker heran.

»Ich suche nach Antworten, und diesmal, fürchte ich, werdet Ihr sie mir nicht aus der Hand lesen können.«

»Nein, meine Gabe versagt, wenn es um meine eigenen Sorgen geht. Doch fragt allemal.«

Alyss nickte. »Mats war benommen, Gislindis, er muss große Mengen Bier getrunken haben. Zumindest roch er so. Wo hat er sich vorgestern Abend hinbegeben?«

»Mats trinkt wohl mal einen Becher Bier, Frau Alyss, doch nie so viel, dass er trunken wird.«

»Das glaube ich gerne, er scheint mir besonnen genug. Dennoch – es gibt Anlässe, da mag ein Mann seine Zucht vergessen. Drückten ihn Sorgen?«

»Nein, keine einzige. Er war heiteren Sinnes, denn die

Geschäfte laufen gut in letzter Zeit. Und daran seid Ihr und die Euren nicht ganz unschuldig. Vornehme Häuser lassen sich von ihm die Messer schleifen, und wir haben einen guten Vorrat für den Winter erwirtschaftet. Nein, Sorgen haben wir nicht.«

»Dann mag Freude der Grund für den Trunk gewesen sein?«

Gislindis schüttelte den Kopf.

»So ist er nicht. Nein. Er trinkt, wenn ihm ein Bier schmeckt.«

»Und wessen mundet ihm am besten?«

»Dann und wann sucht er den Adler auf. Ihr kennt das Gasthaus.«

»Natürlich. Das Bier der Adlerwirtin ist berühmt. Wollte er vorgestern dorthin?«

»Ich weiß es nicht, wohledle Frau. Wenn ich es nur wüsste. Ich war am Abend bei einer Freundin, und als ich nach dem Kompletläuten nach Hause kam, war er nicht hier. Es kümmerte mich, aber ich traute mich in der Dunkelheit nicht mehr nach draußen.«

»Das war klug von Euch.«

»Aber die Nacht wachte ich und hütete das Licht am Fenster. Am Morgen ging ich zum Gasthaus, doch die Adlerwirtin war zur Geburt eines Enkelkindes gegangen, die Schankmägde konnten sich an Mats nicht erinnern, und der Wirt war den Abend zuvor noch in der Schmiede gewesen, weil er einen eiligen Auftrag auszuführen hatte.« Sie seufzte. »Mit großer Sorge ging ich zum Turm am Eigelstein und fragte einen Wachmann nach Mats Schlyffers. Und als ich bat, ihn aufsuchen zu dürfen, wies man mich barsch ab.« Wieder seufzte sie. »Ich hätte im Turm entschiedener auftreten sollen, aber ich war ängstlich und sagte nicht, dass Mats mein Vater ist.«

»Was hätte es genutzt, Gislindis? Schlimmstenfalls hätte man Euch auch noch dort behalten und als Mats' Komplizin beschuldigt.«

»Ja, so sagte Euer Bruder auch.«

»Dessen Hilfe Ihr nicht annehmen wollt.«

»Nein, wohledle Frau. Ich kann nicht immer die Hilfe der Euren annehmen. Es ist schon genug, dass wir über Eure Empfehlung gute Aufträge bekommen.«

»Nun, das ist eine andere Sache, über die ich beizeiten mit Euch sprechen möchte. Jetzt aber meine Bitte. Ihr habt gehört, wer der Mann ist, der ermordet wurde.«

»Ja, und es liegt kein Bedauern in Eurer Stimme.« Ein Hauch von einem Lächeln huschte über Gislindis' Züge. »Grämt Euch deswegen nicht. Ich habe Ehrlichkeit immer für erträglicher gehalten als Heuchelei.«

»Wohl wahr. Aber dennoch muss ich wissen, warum van Doorne sich in der Stadt aufgehalten hat.«

»Nachdem Euer Vater ihn verbannt hat? Ich verstehe. Ich werde meine Ohren danach ausrichten.« Und dann ergriff sie Alyss' Hand und senkte ihren Blick auf die Linien darin. Alyss wusste inzwischen, dass sie nicht wirklich das Schicksal daraus las, sondern diese Geste nutzte, um sich auf das zu konzentrieren, was an Bruchstücken von Erinnerungen, von Bildern und zufällig gehörten Worten sich zu der gestellten Frage dabei als Antwort formte.

»Es ist Herbst, die Vögel sammeln sich, um nach Süden zu fliegen. Von Norden kommen sie den Rhein hinunter. Ein Falke begleitet sie und sucht seinen Horst. Ein struppiger Diener ist bereits eingetroffen. Bald ist Messezeit.«

Sie hob den Kopf, Alyss biss sich auf die Lippe.

»Johns Diener.«

»Ist er das?«

»Ich glaube schon. Wo habt Ihr ihn gesehen?«

»Ich weiß es nicht. Irgendwo. Ich achte jetzt auf ihn.«

»Danke. Und, Gislindis – auch ich stehe zu dem Wort meines Vaters. Wann immer Ihr eine Bitte habt, werde ich sie erfüllen.«

»Da seien Gott und alle Heiligen vor, wohledle Frau.«

»Dennoch. Und nun muss ich weiter, es ist noch so viel zu erledigen. Sollte ich Neuigkeiten hören, sende ich Nachricht.«

»Ihr seid gut zu mir, wohledle Frau.«

»Ich war auch schon mal Alyss für Euch.«

»Das schickt sich nicht.«

Alyss sah Gislindis an, wie sie so mit hängenden Schultern und traurigen Augen vor ihr stand. Sie machte einen Schritt auf sie zu und zog sie in ihre Arme.

»Es schickt sich für Freundinnen«, sagte sie sanft. Dann ließ sie sie wieder los und verließ das Häuschen.

Marian hatte die Haushälterin des Notarius mit borstig völlig richtig beschrieben, fand Alyss kurz darauf. Etliche graue Haare sprossen an deren wuchtigem Kinn, aber wenn ihre Stimme auch rau klang, schien sie doch ein verantwortungsvolles Weib zu sein. Das Haus war sauber und aufgeräumt, gelüftet worden war auch, und in einer Kohlenpfanne verströmten aromatische Kräuter einen leichten Duft. Das rotbraune Kätzchen des Magisters lag auf dem Kopfkissen des Patienten und beendete das Pfotenlecken, als sie eintrat.

»Frau Alyss, verzeiht, wenn ich liegen bleibe.«

»Ich würde Euch nicht verzeihen, wenn Ihr aufstehen würdet, Magister Jakob. Wie geht es Euch?«

Es sah eingefallen aus, und seine Haut wirkte wie altes Pergament. Seine Lippen waren rissig vor Trockenheit. Ohne lange zu fragen, trat Alyss vor und schob den Arm unter das Kopfkissen, um ihm zu helfen, in eine aufrechtere Position zu kommen. Dann nahm sie den Becher mit Traubensaft, der auf dem Bettkasten stand, um ihn an seinen Mund zu halten. Dankbar nahm er ein paar Schlucke.

»›Die beste Regel heißt Diät,
die in der Ärzte Bücher steht.‹
Das wusste schon der kluge Freigedank.«

Mit diesen Worten wollte Alyss den Patienten aufmuntern, doch der stöhnte nur: »Es ist grässlich.«

»Ihr braucht Pflege. Ich werde Lore und Lauryn zu Euch schicken. Lauryn ist geschickt mit Kranken, und Lore wird Euch aufheitern.«

»Lasst die Jungfern, wo sie sind. Mit mir geht es doch zu Ende.«

»Magister Jakob, das verbiete ich Euch strengstens. Ihr seid nicht befugt zu sterben!«

War da ein winziges Zucken um seine Augen?

»Bin befugt zu tun, was ich will.«

»Aber ganz und gar nicht. Wir haben eine Vereinbarung,

Notarius, auch wenn die Umstände Eure kostspielige Beratung nun unnötig machen.«

Magister Jakob zwinkerte noch einmal.

»Ah, die Frage der Eheauflösung. Warum ist mein kostenloser Rat in dieser Frage obsolet geworden? Hat Arndt van Doorne gelobt, seinen Lebenswandel zu bessern?«

»In gewisser Weise. Er hat mich zur Witwe gemacht.«

Der Notarius fuhr so heftig auf, dass das Kätzchen empört miauend das Lager verließ.

»Wie das?«

Alyss zog den Sessel an den Alkoven und berichtete.

»Dammich«, kommentierte der Magister ihren Bericht und schwieg nachdenklich mit geschlossenen Augen. Dann hob er die Lider wieder, und sie erkannte das alte Funkeln in seinen Augen.

»Ich kann zwar in meinem bedauerlichen Zustand nicht selbst zum Turm gehen, um bei den Befragungen dabei zu sein, aber ich kann dafür sorgen, dass ich eine Abschrift der Protokolle erhalte. Sie werden hilfreich für Euch sein. Und ich werde Euch meinen kostspieligen Rat dazu aufdrängen, Frau Alyss.«

»Das hatte ich befürchtet. Also, nicht sterben, Magister, und dulden, dass die Mädchen Euch besuchen und Euch ihre Fürsorge angedeihen lassen. Und nun trinkt noch einen Schluck.«

Als der Notarius sorglich zugedeckt in den Kissen lag, lockte Alyss das Kätzchen unter dem Sessel hervor und setzte es ihm wieder auf das Kopfpolster. Es tretelte ein paarmal und rollte sich dann schnurrend zusammen.

Über die Besuche war der Vormittag verstrichen, und Alyss beschloss, zunächst einmal zu prüfen, ob das Hauswesen Zähmung durch ihre Hand bedurfte. Wie es schien, verhielt es sich aber friedlich, und gerade als sie sich dem Kelterhaus zuwenden wollte, trat Pater Henricus durch die Toreinfahrt.

Erfreut wechselte sie die Richtung. Sein Besuch ersparte ihr einen weiteren Weg. Doch die Freude verwandelte sich im Nu in einen leichten Ärger.

»Mein liebes Kind, warum hast du es mir gestern nicht schon gesagt!«, rief er und stürzte auf sie zu. »Alyss, meine Tochter, wie musst du trauern! Komm, meine Liebe, ich will dich in dein Sanktuarium begleiten und mit dir beten.«

Das Hauswesen versammelte sich auf leisen Pfoten im Hof, hielt gebührend Abstand, aber alle Ohren waren gespitzt und warteten darauf, was geschehen würde.

»Pater Henricus, bitte. Ich habe meine Gebete gesprochen, das Leben geht weiter.«

»Aber nein, Kind, du darfst zurücktreten und dich deinem Kummer hingeben. Du hast deinen Gatten verloren, es muss dir das Herz zerreißen.«

»Ich ertrage es, Pater Henricus. Und ich wollte Euch nach der Sext schon aufsuchen, um Euch zu bitten, ihn christlich zu begraben.«

»Alyss, Alyss, du musst nicht so tapfer sein. Der Tod eines geliebten Gatten bedeutet doch auch, dass ein Teil des anderen verwundet ist. Und Wunden brauchen Zeit, um zu heilen. Ich will dir Trost spenden in dieser dunklen Stunde.«

Alyss biss die Zähne zusammen und mäßigte ihren Ton. Dennoch sah sie keine andere Möglichkeit, als den gütigen Pater zu bestürzen.

»Mag sein, Pater, dass bei Eheleuten, die in Liebe und Vertrauen verbunden sind, die Seele des verbleibenden Gatten blutet. Doch Arndt und ich hegten keine Zuneigung zueinander. Ich benötige keinen Trost.«

Entgeistert sah der Franziskaner sie an.

In ihrem Augenwinkel nahm Alyss eine Bewegung wahr und erkannte ihren Bruder, der an der Toreinfahrt stand. Das Hauswesen schlich sich näher.

»Ihr wart natürlich in Liebe verbunden, Kind. Ich selbst habe euch getraut und gesehen, wie tief eure Zuneigung gründete.«

»Von kurzer Dauer war der Traum, Pater. Er hielt, solange ich blind war für die Fehler des Arndt van Doorne.«

»Fehler verzeiht man in der heiligen Ehegemeinschaft. Ich habe es dir oft gesagt: Du bist zu ungeduldig mit den Menschen, und du magst mit unbedachten Bemerkungen den Ärger deines Gatten erregt haben.«

Ja, sie hatte die scharfe Zunge ihrer Mutter Almut geerbt, und keine gnädige Jungfrau Maria stand ihr zur Seite, um sie zu zügeln. Also entfuhr es ihr: »Bedacht waren meine Worte noch, Pater Henricus, als ich erfuhr, dass er nach dem Tod von Terricus lieber die Huren aufsuchte, als in mein Bett zu kommen. Bedacht waren sie auch noch, als ich merkte, dass er sein Geld verschwendete. Unbedacht wurden sie erst, Pater Henricus, als ich herausfand, dass ich seine Schulden zahlen sollte. Unbedacht wurden sie auch, als ich seine unlauteren Geschäfte mit Schmuggelware bemerkte. Unbedacht wurden sie vor allem, als ich entdeckte, dass er meine Brautkrone gestohlen hatte. Da ergriff ich schließlich Maßnahmen und ließ mir Brautschatzfreiung zusichern. Ein wenig harscher wurden meine Worte, als er mich darob blutig schlug, Pater Henricus.«

Dem empfindsamen Franziskaner stand der blanke Schrecken im Gesicht.

»Kind, das musst du dir eingebildet haben. Frauen verstehen nichts von Geschäften«, stammelte er.

»Pater Henricus, so leid es mir tut, Euch berichtigen zu müssen«, sagte Marian und stellte sich an die Seite seiner Schwester. »Alyss hat mehr Geschäftsverstand, als Arndt je besessen hat. Sie hat sich nichts, aber auch gar nichts davon eingebildet. Ihr könnt unsere Eltern dazu befragen.«

»Aber … aber …«

Es ging weit über das Verständnis des guten Priesters hinaus, dass eine solche Schlechtigkeit in seinen von ihm behüteten Schäfchen schwären konnte, fürchtete Alyss, und sie empfand Mitleid mit seiner Fassungslosigkeit. Doch Marian war noch weit härter zu ihm.

»Neben all dem Tort, Pater Henricus, den der Arndt van Doorne meiner Schwester angetan hat, hat er sich zudem des Brudermords schuldig gemacht. Im vorigen Frühjahr heuerte er den kindischen Riesen Yskalt an, Robert mit dem Hammer zu erschlagen.«

Ein Keuchen ging durch das Hauswesen.

Alyss hatte diesen Umstand von John erfahren, aber mit niemandem außer Marian darüber gesprochen. Nun war es offenbar.

Pater Henricus betete leise.

»Nein, Pater Henricus, nicht Vergebung soll ihm zuteilwerden. ›Verflucht seist du auf der Erde, die ihr Maul hat aufgetan und deines Bruders Blut von deinen Händen empfangen‹«, zitierte Alyss leise. Und Marian ergänzte: »Wie Moses sagt.«

»Deshalb sollte er auch nicht neben Robert begraben werden. Verscharrt ihn in ungeweihter Erde draußen vor der Stadtmauer«, fauchte Alyss.

»Kind!«

Pater Henricus schluchzte und nahm ihre Hände. Sie schüttelte sie ab. Wut, kalte Wut füllte ihre Kehle mit Bitternis. Ehrlichkeit ist besser als Heuchelei, hatte Gislindis gesagt. Ja, und weitaus wohltuender. Sie war selbst erstaunt über die Wucht ihres Zornes, der sich nun seinen Weg brach.

»Die Leute werden reden«, sagte Hilda leise. »Auch wenn Ihr recht habt – tut Euch das nicht an, Herrin.«

»Sie hat recht, Schwesterlieb. Er soll ein ordentliches Grab bekommen. Es weiß kaum einer von seinen Schandtaten. Man wird es nicht glauben und dir nachsagen, dass du üble Nachrede führst.«

Alyss holte tief Luft.

»Also doch Heuchelei. Aber bitte, begrabt ihn nicht neben Robert. Das hielte ich nicht aus. Und Catrin auch nicht.«

»Nein, gewiss nicht. Ich will Merten fragen, wo seine Eltern liegen. Mag man ihn an ihrer Seite begraben.«

»Die Ärmsten werden sich im Grab herumdrehen«, flüsterte Alyss so leise, dass nur Marian es hörte. Der aber beruhigte sie: »Was hat unser Vater zum Leben nach dem Tode gesagt? Man solle ihn in ein gemütliches Grab packen, wo man seine Gebeine in Ruhe verrotten lässt.«

Dieser deutliche Wunsch des Herrn Ivo vom Spiegel verfehlte seine Wirkung nicht. Alyss schnaufte kurz und fing sich dann wieder.

»Wohl denn, Pater Henricus. Seid so gut und kümmert Euch um Arndts sterbliche Überreste. In diesem Haus wird er jedoch nicht aufgebahrt. Und legt die Bestattung so bald wie möglich fest. Ich übernehme die Kosten für das Grab.«

»Mein Gott, Kind, was ist nur mit euch geschehen? Ich werde für dich beten.«

»Betet lieber für all die unseligen Frauen, die an ähnliche Ehemänner gefesselt sind und ihr Leid tragen müssen. Und nun entschuldigt mich, das Hauswesen verlangt meine Aufmerksamkeit.«

Alyss strebte zur Küche und ließ den Pater im Hof stehen. Marian folgte ihr, und auch die anderen Mitbewohner versammelten sich um den Küchentisch.

»Er hat wirklich seinen Bruder Robert ermorden lassen?«, fragte Tilo, sichtlich erschüttert.

»Ja. Yskalt hat es John auf dem Sterbebett berichtet. Und nun wollen wir die Vergangenheit ruhen lassen. Marian, Gislindis hat mir gesagt, dass Johns Diener Bob in der Stadt ist.«

»Was nur heißt, dass er ebenfalls bald eintreffen wird. Und unseren Frieder mitbringt.«

Hilda säbelte Scheiben von einem großen Schinken, Hedwigis sägte an einem Brotlaib herum, und Lauryn schenkte Most aus dem Krug in Becher. Die Aussicht auf die Rückkehr der Reisenden hob augenblicklich die Stimmung.

»Trine hat auch etwas herausgefunden«, sagte Marian und schnitt den Schinken auf seinem Brettchen in kleine Stücke. Eines landete unter dem Tisch in Malefiz' schwarzer Schnauze. »Bilsenkraut hat Mats' Sinne vernebelt. Und zwar mehr, als man gewöhnlich in die Biergrut tut. Jemand hat ihm mit Absicht eine betäubende Tinktur verabreicht.«

»Er geht hin und wieder zum Adler. Ich werde Frau Franziska einen Besuch abstatten. Hat Trine eine Idee, woher man Bilsenkrauttinktur bekommt?«

»Aus der Apotheke«, grinste Marian.

»Klar, aber nicht aus ihrer.«

»Nein, und je nachdem, welche üblen Absichten man mit den Tropfen hegt, wird man wohl auch heimlichere Quellen aufsuchen. Sie nannte einige Zaubersche, die möglicherweise damit handeln.«

»Was aber nur wieder den Verdacht auf Mats lenkt. – Könnte er im Rausch gemordet haben?«

»Wir müssen warten, bis er wieder bei Vernunft ist.«

7. Kapitel

Lore schuppte Fische. Sie tat es nicht ungern, denn die Fische waren frisch und rochen eigentlich nach gar nichts. Ganz anders als die, die sie von zu Hause kannte. Die stanken. Obwohl sie direkt am Fischmarkt wohnten.

Überhaupt – zu Hause, was war das schon? Ein Verschlag, in dem sie schlafen konnte, ein Haken an der Wand, an dem sie ihren Kittel aufhing. Ihre Schwester, ewig misslaunig, die Kinder, ständig hungrige Duckmäuser, ihr Schwager, der Ruderknecht, der ihr nachstellte. Nun ja, nachdem sie ihn mit einem Fischmesser in die Schranken gewiesen hatte, nicht mehr. Aber in der letzten Zeit ging sie nur noch zum Schlafen in das Haus. Und das musste sie eigentlich auch nicht mehr. Die Beginen hatten ihr ein Kämmerchen über dem Torhaus angeboten.

Aber bei den Bejinge leben – nee, das ging denn doch zu weit.

Obwohl die nett waren. Dreimal in der Woche besuchte sie sie, lernte Lesen und Schreiben – mühselig, aber Frau Alyss zuliebe. Rechnen auch, das ging flott. Aber die meiste Freude bereitete ihr die Arbeit in der Küche. Die Köchin, Frau Tina, die konnte wirklich was. Die hatte auch nichts dagegen, wenn Lore zwischendurch mal einen Happen probierte. Und – heilige Martha mit dem Kochlöffel, was war das Essen hier gut!

Lore war ein rechtes Leckermäulchen geworden. Das schimmelige Brot, den harten Käse, die Kohlpampe ohne jedes Gewürz – Zeug, das sie früher nicht verschmäht hatte, nur um satt zu werden, das widerte sie heute geradezu an. Die fetten Würste, die delikaten Mehlspeisen, die feinen Eiergerichte, die gut gewürzten Suppen – ja, und vor allem die Käferwecken, die Hilda so köstlich zu backen verstand, das war jetzt ihre Nahrung. Und in dem Mehl, das bei den Beginen und bei Frau Alyss verwendet wurde, waren tatsächlich keine Käfer – oder das, was sie früher einmal dafür gehalten hatte. Aber süße Rosinen gab es reichlich.

Die Fische waren geschuppt, Lore griff zu dem anderen Messer, mit dem sie ihnen die Bäuche aufschlitzte und sie ausnahm. Auch das ging ihr flink von der Hand, und sie ließ dabei ihre Gedanken schweifen.

Seit sie in Frau Alyss' Küche gelandet war, hatte das Glück sie nicht mehr verlassen. Das war ganz sicher so. Auch wenn das hieß, dass sie einmal in der Woche in den Badezuber musste. Und nicht mehr so oft durch die Stadt streifen durfte, um mit den anderen Gassenkindern Päckelches auszutragen.

Obwohl, Kinder waren sie nicht mehr. Sie selbst war inzwischen fast fünfzehn, und seit sie so reichlich zu essen bekam, zeichneten sich unter ihren weiten Gewändern sogar schon einige weibliche Rundungen ab. Bah, sogar ein winzig kleines Bäuchlein hatte sie bekommen.

Also, ja, das Leben hatte eine gute Wendung genommen,

und Geld verdiente sie auch. Das Gänsehüten brachte ihr zwar nur Futter und Kleider ein, aber die Hausarbeiten bei dem komischen Kauz, dem staubigen Magister, die wurden bezahlt. Und die Münzen trug sie immer bei sich, in einem Beutel um den Hals. Die würde ihr der raffgierige Schwager nicht wieder abnehmen.

Vielleicht sollte sie doch in das Kämmerchen über dem Torhaus ziehen. Da wäre sie sicher, dass niemand ihre Sachen durchwühlte.

Könnte man überlegen.

So ungrad waren die Beginen nicht. Eigentlich mochte sie die Frauen ziemlich gerne. Vor allem Frau Catrin. Die hatte so eine sanfte Art, wenn sie etwas erklärte. Nie fühlte sie sich dumm bei ihr.

Lore legte den letzten Fisch in den Korb und nahm sich die Bohnen vor, die geputzt werden sollten.

Frau Catrin war im Kerker, das hatte sie am Morgen erfahren. Sie sollte angeblich den Arndt van Doorne umgebracht haben. Wat'n Quatsch!

Nie und nimmer würde Frau Catrin so etwas tun. Obwohl sie Frau Alyss' Ziehschwester und beste Freundin war und alle wussten, was für ein Swinigel der van Doorne war. Und was noch schlimmer war: Niemand wollte der armen Frau beistehen. Sicher, sie hatten dafür gesorgt, dass sie aus der Tollkammer rauskam, aber sie schmachtete noch immer im Kerker. Das war ungerecht.

Lores Vorstellung vom Kerker kam ihrer eigenen Behausung sehr nahe, nur dass dieser Ort noch zusätzlich von gefräßigen Ratten und geilen Wachmännern heimgesucht wurde. Das Grauen davor machte sie so zittern, dass sie sich fast mit dem Gemüsemesser in den Finger geschnitten hätte.

Es musste doch etwas geben, womit man Frau Catrin helfen konnte. Bestimmt waren die Wachen bestechlich, und dann könnte sie fliehen. Aber dazu würde Lores kleines Guthaben wohl nicht reichen. Besser wär es, wenn man den richtigen Mörder finden würde. Dann müssten sie sie freilassen.

Und dazu hatte Lore auch schon eine Idee.

Mörder, das waren grobe, ungewaschene, zerlumpte Gesellen, die schnell mit dem Messer waren, wenn sie ein reiches Opfer fanden. Und ein solch liederlicher Mensch lungerte seit einigen Tagen um den Konvent herum. Ein Bettler, hatte Lore zunächst gedacht und einen Hauch von Mitleid verspürt. Ein hungriger Mensch, der sich nicht einmal traute, laut um milde Gaben zu jammern, wie es die professionellen Bettler taten. Also hatte sie ihm, weil sie wusste, wie schmerzhaft ein leerer Magen sich anfühlte, schon einmal ein Schmalzbrot zugesteckt. Der Mann war so demütig dankbar gewesen. Deshalb hatte sie ihm gestern und vorgestern auch etwas gegeben – eine Wurst, zwei Äpfel … Sie selbst war ja inzwischen immer satt, wenn sie ehrlich war. Da konnte man schon mal was entbehren.

Jetzt schalt sie sich dumm deshalb. Denn weil er auf ihre Freigebigkeit zählte, lungerte er ständig in der Gegend um den Konvent herum. Und da musste er auch dem van Doorne aufgelauert haben. Und ihn abgestochen haben. Ja, so musste das gewesen sein. Und die arme Frau Catrin hatte den Gemörderten dann gefunden.

Den Bösewicht sollten die Wachen besser holen.

Sowie die Bohnen fertig geschnippelt waren, würde sie zum Turm gehen und den Mann beschreiben. Jawoll!

Lore war mit sich zufrieden, als sie später am Tag hinter dem Hauswesen herging, das den Arndt van Doorne zu Grabe trug. Die Wachen hatten sich ihre Beschreibung angehört und den struppigen Bettler ausfindig gemacht. Er saß jetzt im Kerker und würde sicher bald die grausige Tat zugeben. Und dann war Frau Catrin von aller Schuld befreit.

Es war ein großes Gefolge, das dem Swinigel das letzte Geleit gab. Aber Lore wunderte sich über nichts. Er galt als reicher Weinhändler, und die Mitglieder der Gaffel Himmelreich wussten wenig von seiner krummen Seele. Was sie hingegen überraschte, war, dass Frau Alyss die Trauernde spielte. Lore glaubte nicht, dass sie wirklich so betrübt war, wie sie sich während der salbungsvollen Grabrede gab, die ein Franziskanerpater hielt. Doch als der von ewigem Leben und Auferstehung schwafelte, von der Vergebung aller Sünden und der Aufnahme ins Paradies, bemerkte Lore, dass Frau Alyss' linke Augenbraue sich nach oben hob. Der Priester lobte den Swinigel ja auch geradezu in den Himmel. Na ja, vielleicht war es ein böses Omen, wenn man über einen Toten nachteilig redete.

Hoffentlich war die trübsinnige Feier bald zu Ende und der Leichenschmaus begann. Ganz bestimmt gab es auch Käferwecken.

Die Aussicht auf Kuchen und Pasteten erheiterte Lore

sofort, sodass sie auch die letzten Segensworte geduldig abwartete und zufrieden zuschaute, wie die Erde sich über dem Toten schloss.

8. Kapitel

Der Leichenschmaus hatte Alyss erschöpft, nicht so sehr deshalb, weil sie eine Unzahl von Leuten zu bewirten hatte, sondern weil sie die Miene der Trauernden die ganze Zeit über hatte beibehalten müssen. Nun waren die Gäste gegangen, und die Jungfern räumten mit Hilda die Reste fort, Tilo rollte mit Peer, dem alten Handelsknecht, die leeren Fässer in den Hof. Sie selbst zog die Tür ihres Kontors hinter sich zu, mit der festen Absicht, ein paar liegen gebliebene Abrechnungen durchzusehen.

Doch dann saß sie einfach da, rupfte sich den Schleier vom Kopf und fuhr sich mit den Fingern durch die schwarzen Haare.

Nein, Trauer verspürte sie nicht. Und sie war ihren Eltern ausgesprochen dankbar, dass sie heute am Grab neben ihr ausgeharrt hatten. Ihr Vater war von seinem Gut in Villip gekommen, hatte gebrummt, dass es dem van Doorne eigentlich zu viel der Ehre sei, wenn er sich bei seiner Beerdigung sehen ließ. Aber Frau Almut hatte ihn nur angesehen und ihm für Alyss' Ohren hörbar zugeflüstert: »›Du sollst Leid tragen, wie er es verdient hat, etwa einen Tag oder zwei, damit man nicht schlecht von dir redet‹, hat Sirach empfohlen.«

»Schon ein Tag ist zu viel«, war die unwirsche Antwort,

aber der Herr vom Spiegel hatte sich dreingeschickt. Und in seinem schwarzen Gewand – aus feinstem Tuch, mit Seide gepaspelt – hatte er neben seiner Tochter gestanden, aufrecht und unerschütterlich, trotz seiner weißen Haare, die einzig von seinem hohen Alter kündeten. Doch je länger Pater Henricus seine salbungsvolle Predigt über die Anwesenden ergoss, desto mehr hatte Alyss seinen Unbill gespürt.

»Habe ich diesen Mann wirklich einst zu eurem Lehrer erkoren?«, murrte er schließlich. »Besser er hätte die Worte des Predigers gewählt, um diesen Kadaver der Erde zu übergeben.«

Ein erster Anhauch von Erheiterung hatte sie erfasst, und sie hatte leise gefragt: »Welche Worte genau, Herr Vater?«

»Hat der nicht gesagt: ›Und weiter sah ich Gottlose, die begraben wurden und zur Ruhe kamen, aber die recht getan hatten, mussten hinweg von heiliger Stätte und wurden vergessen in der Stadt‹?«

Sie lehnte sich an seine Schulter. Für die Umstehenden mochte es aussehen, als ob sie Trost bei ihm suchte, aber sie murmelte nur belustigt: »›Denn es geht dem Menschen wie dem Vieh … Es ist alles aus Staub geworden und wird wieder zu Staub.‹ Ja, Herr Vater, der Prediger Salomo hat eine weit erfrischendere Einstellung zu Leben und Tod als unser gütiger Pater Henricus.«

Staub war er nun, ihr betrügerischer Gatte, Brudermörder, Ehebrecher und vermutlich auch Urheber weiterer Verbrechen. Sein Testament kannte sie. Es war von Ivo vom

Spiegel aufgesetzt, von Arndt van Doorne vor Zeugen unterschrieben, von dem Notarius gesiegelt worden. Sie war alleinige Erbin seiner weltlichen Habe, nicht aber seiner Schulden. Das Haus gehörte zur Hälfte ihr, die andere Hälfte hatte Robert seinem Geschäftspartner und Freund John of Lynne vermacht. Der Weingarten gehörte ihr leider nicht mehr, ihn hatte van Doorne an einen Ritter von Merheim verkauft, um ihr ihre Mitgift zurückzahlen zu können. Doch aus einem unerklärlichen Grund hatte der neue Eigner ihr die Nutzung des Landes überlassen und zahlte dafür sogar noch ein Entgelt. Schon oft hatte Alyss sich gefragt, wer hinter dieser Transaktion wirklich stand. Der Ritter von Merheim schien eine Schimäre zu sein, ein Strohmann, der für den Kauf stand. Alyss vermutete, dass ihr Bruder hinter diesem Versteckspiel stand. Aber sie hinterfragte es nicht, denn sie war dankbar dafür, dass sie den Weingarten weiter pflegen und hegen durfte. Er war ihr Anliegen, seit sie in das Haus gezogen war und die verwilderten Rebstöcke zu neuem Leben erweckt hatte.

Unverrichteter Dinge verließ sie schließlich das Kontor, als die Dämmerung niedersank. Im Haus war Ruhe eingekehrt.

Müde trottete sie die Stiegen zu ihrer Kammer empor. Morgen war auch noch ein Tag.

Dieser neue Tag brachte ihr in der Frühe Marian und den Büttel, der ihr mit gewichtiger Miene ein Pergament überreichte.

»Der Schöffe hat die Malefikanten befragt. Magister Jakob hat für Euch eine Abschrift des Protokolls verlangt«, sagte er mit säuerlicher Miene. Offensichtlich fand diese Praktik nicht seine Billigung.

»Ich danke dir, Büttel«, erwiderte Alyss und nahm ihm mit sanfter Gewalt die Rolle aus den Fingern. Marian drückte dem Mann eine Münze in die Hand und bat ihn, sich für seine Mühen mit einem Bier zu stärken.

»Lass uns sehen, wie sich die Dinge entwickelt haben«, meinte er, als der Bote aus dem Hof geschlurft war.

»Komm mit ins Kontor.«

Dort breiteten sie das Schreiben aus und lasen Seite an Seite, was der Turmschreiber während der Gerichtssitzung protokolliert hatte. Der Schöffe Endres Overstoltz hatte den Vorsitz gehabt und selbst Mats Schlyffers verhört, der jedoch nur stumpfsinnig vor sich hingestarrt und jegliche Antwort verweigert habe. Auch Frau Catrin hatte seinen Angaben zufolge nur wirres Zeug gestammelt und konnte zu keiner seiner Fragen eine sinnvolle Antwort liefern. Schöffe Overstoltz leitete daraus seine erste These über den Vorgang des Verbrechens ab: Catrin und Mats, die Malefikanten, sind Schwachsinnige. Insbesondere Catrin sei so von Witz und Sinnen, dass ihre Eltern sie bei den Beginen eingesperrt haben. Seine *conclusio* lautete: Beide Malefikanten haben wie die blutrünstigen Tiere den wohledlen Herrn Arndt van Doorne umgebracht.

»Wer ist dieser Endres Overstoltz?«, fauchte Alyss.

»Keine Ahnung, Schwesterlieb. Aber so wie es aussieht, weit mehr ein Mann von Witz und Sinnen als alle Bewohner der Tollkammer zusammen.«

»Und aufgrund seiner überragenden geistigen Gaben

hat man ihm den Vorsitz der Gerichtssitzung angetragen?«

»Kein anderer fand sich dazu bereit, von den fünfundzwanzig Schöffen sind siebzehn erkrankt.«

»Wie denn das?«

»Da eben dieser unverdiente Overstoltz erst gerade zum Schöffen gewäldigt worden ist, musste er sein Einstandsessen geben. Magister Jakob nannte ihn einen Mann von Sparsamkeit. Der Wein, der gereicht wurde, war mit Wasser gepanscht. Vermutlich mit fauligem Brunnenwasser. Offensichtlich hat aber der Gastgeber selbst unvermischten Wein gesoffen.«

»Ein bemerkenswerter Mann, der Overstoltz!«

Marian zuckte mit den Schultern.

»Man wird ihn im Auge behalten. Unserem Notarius geht es übrigens etwas besser.«

»Das freut mich zu hören. Es ist schon erstaunlich, dass die alten Geschlechter wieder in Amt und Würden sind. Wenn man bedenkt, dass man sie vor acht Jahren fast alle aus der Stadt getrieben hat.«

»Verbundbrief hin, weiter Rat her, es sind eben Männer, die etwas von der Verwaltung verstehen.«

»Ja, vermutlich mehr als die Wollenweber und Schuster, die Bierbrauer und die Schlachter. Allerdings drängt sich mir der Eindruck auf, dass unser unverdienter Overstoltz auch nicht mehr von seinem Amt versteht als ein Flickschuster«, schnaubte Alyss.

»So ist es. Und da die Mehrzahl der Schöffen erkrankt ist, haben die übrigen seiner These zugestimmt. Also bleiben Catrin und Mats erst mal im Turm. Ich habe allerdings erreicht, dass Mats ebenfalls aus der Tollkammer in ein Turmgelass gebracht wurde, und bezahle die Kerkermiete für ihn.«

»Weiß Gislindis das?«

Marian seufzte.

»Bruderlieb, was ist zwischen ihr und dir vorgefallen?«

»Ich habe keine Ahnung, Alyss. Sie will nichts mehr von mir wissen. Sogar die Lektionen im Schreiben lehnt sie ab. Vielleicht hat sie wirklich einen Liebsten …«

»Sie war auch zu mir schrecklich förmlich.« Alyss rieb sich über die Stirn. »Sorgen wir erst einmal dafür, dass Mats und Catrin aus dem Turm freikommen.«

»Magister Jakob empfiehlt uns, Gnadengesuche einzusammeln. Möglichst solche von hochstehenden Persönlichkeiten.«

»Ja, das lässt sich machen. Ich wollte ohnehin den Gaffelführer der Wollenweber aufsuchen, dessen Weib sie bei der Geburt beigestanden hat.«

»Meister Albrecht ist ein angesehener Mann. Der allmächtige Vater auch, Alyss.«

»Unser Vater würde mit der Wucht seiner Persönlichkeit das Schöffenkolleg zu Mus zermalmen. Das ist noch nicht notwendig. Pater Henricus als Catrins Beichtiger könnte aber hilfreich sein. Er kennt sie von Kindheit an und wird ihr guten Leumund ausstellen. Allerdings …«

»Allerdings würdest du es lieber sehen, wenn ich ihn fragte.«

»Ähm. Ja.«

Marian kicherte. »Ich bedarf ja auch weniger Trost als du.«

So machte sich Alyss, begleitet von Lauryn und Lore, auf zu Magister Jakob, wo die beiden Mädchen sich um den Kranken kümmern sollten. Sie selbst besuchte den Wollenweber, der sie freundlich empfing. Ja, sein Weib und die kleine Tochter seien wohlauf, und selbstverständlich würde er für Frau Catrin gutsprechen und sein Gnadengesuch formulieren. Auch sein Freund aus der Gaffel Schwarzhaus, ein Färbermeister, hatte Frau Catrins Dienste bei der Geburt seiner Kinder in Anspruch genommen und sie als sehr umsichtige und sanfte Wehmutter kennengelernt. Seine Gnadenbitte würde auch Gewicht haben.

Zufrieden mit diesen Hilfsangeboten wandte Alyss sich zum Eigelsteinturm, um sich Zutritt zu den Gefangenen zu erwirken. Ein Wachmann führte sie zu Catrin und stellte sich mit dem Rücken an die Tür. Er war ein großer, vierschrötiger Mann, aber er nickte freundlich.

»Lasst Euch nur Zeit, wohledle Frau.«

Ihre Freundin saß zusammengesunken auf dem schmalen Bett und flocht die Finger ineinander.

»S… s… sie gl… gl…«

Mühsam, unendlich mühsam versuchte sie zu sprechen. Alyss setzte sich neben sie und nahm sie in den Arm.

»Langsam, Catrin, langsam. Ich stelle Fragen, und du nickst oder schüttelst den Kopf, ja?«

Ihre Ziehschwester nickte. Einst, vor sechsundzwanzig Jahren, hatte Alyss' Mutter Almut, damals selbst noch Begine, das kleine Mädchen getroffen. Sie hatte Mitleid mit der jungen Verwandten der damaligen Meisterin, Magda von Stave. Das Kind litt unter einem schrecklichen Stottern, worüber seine Familie nicht eben erfreut war. Almut nahm das Mädchen, als ihre eigenen Zwillinge geboren waren, bei sich auf. Catrin hatte Alyss und Marian stets mit aufopfernder Liebe betreut, war ihnen Schwester, Spielgefährtin, Lehrerin, Vertraute. Und in der freundlichen Umgebung des Haushaltes derer vom Spiegel löste sich ihre Zunge mehr und mehr. Nur wenn sie sehr müde oder beunruhigt war, stotterte sie gelegentlich noch.

Dass sie Arndt van Doorne in seinem Blut liegend gefunden hatte, hatte ihr die Zunge jedoch wieder gründlich gelähmt.

Jetzt saß sie steif und doch so zerbrechlich in ihrer Zelle, aber sie nickte, als Alyss ihre Bitte wiederholte.

»Gut. Dann hör zu, Catrin. Du bist, nachdem du dem Kind der Wollenweberin auf die Welt geholfen hast, in der Morgendämmerung aufgebrochen, um zum Konvent zu gehen. Die Begleitung von Meister Albrecht hast du abgelehnt. Ich nehme an, du warst erschöpft und wolltest alleine sein.«

Nicken.

»Du bist noch ein Stück weitergewandert, bis zu dem Winzerhäuschen. War das zufällig?«

Kopfschütteln.

Alyss streichelte Catrins Arm.

»Du hast an Robert gedacht«, sagte sie leise.

Ganz kleines Nicken.

»Wie schrecklich, Catrin. Du musst geglaubt haben, dass sich die Ereignisse wiederholen. Dort hat man ihn damals gefunden …«

Wieder ein Nicken.

»Das hat dir die Sprache geraubt. Ich verstehe. Trotzdem – Mats war zu dem Zeitpunkt auch schon dort?«

Nicken.

»Wach und munter?«

Kopfschütteln.

»Benommen, besinnungslos?«

Nicken.

»Marian hat Trine mit zu ihm genommen. Sie hat herausgefunden, dass man ihm Bilsenkraut verabreicht hat.«

Endlich ging eine Bewegung durch Catrins Körper. Sie richtete sich auf und versuchte wieder etwas zu sagen. Doch wollten die Worte sich nicht formen.

»Ist gut, Catrin. Aber – du! Du kannst doch auch ein paar Zeichen von Trines Fingersprache.«

Catrin sah auf ihre verschränkten Finger und löste sie langsam aus ihrer Starre.

»Ich habe das Protokoll der Gerichtssitzung gelesen.«

Die Finger bewegten sich, und Catrin machte das Zeichen für Schweigen und Angst.

»Ja, du konntest vor Angst nicht sprechen. Ein guter Schöffe hätte Geduld mit dir gehabt. Der Overstoltz scheint ein Esel zu sein.«

Nicken. Dann sagten Catrins Finger, dass sie ihn kannte.

»Du kennst ihn? Oh – dann ist es um so verwunderlicher, dass er so gar keine …«

Catrin deutete auf ihren Ringfinger, verschränkte die Hände wie zum Vertrag.

»Was? Du wolltest ihn heiraten?«

Heftiges Kopfschütteln.

Alyss hatte eine Erleuchtung.

»Deine Eltern wollten dich mit ihm verheiraten.«

Nicken. Dann hob Catrin die Finger, zählte mit ihnen auf zwölf.

»Vor zwölf Jahren?«

Nicken.

Kurz rechnete Alyss nach. 1391, noch vor den Verbundbrief-Unruhen, hatte der Overstoltz um sie angehalten. Und genau in diesem Jahr hatte Catrin die graue Tracht der Beginen gewählt.

»Das wusste ich nicht.«

»D… deine M… Mutter weiß.«

»Dann werde ich sie fragen. Du hast ihn abgelehnt, und dieser Endres scheint mir nicht der Mann zu sein, der eine Weigerung hinnimmt.«

»Schw… schwachsinnig.«

»Er, nicht du.« Plötzlich aber besann Alyss sich darauf, dass der Wachmann noch immer schweigend an der Tür lehnte. Sie sah kurz zu ihm hin, aber er schien in Tagträume versunken zu sein. Trotzdem nahm sie sich vor, das Thema Overstoltz zu meiden. Immerhin hatte Catrin ihre Sprache wiedergefunden, wenn auch die Worte noch recht mühsam über ihre Lippen kamen. Alyss erzählte ihr stattdessen von den Gnadengesuchen, die sie erwirkt hatte. Gelöster als zuvor lehnte Catrin sich an ihre Schulter und seufzte: »D… danke.«

»So, und jetzt werde ich sehen, was ich für Mats tun kann. Es wird Zeit, dass wir herausfinden, wo er sich in jener Nacht aufgehalten hat.«

Alyss löste sich von ihrer Freundin und stand auf. Der Wachmann tauchte aus seinen Gedanken auf und öffnete die Tür. Auf der schmalen Steintreppe ging er vor ihr, und an einer der Fensterluken blieb er stehen.

»Sie wird freikommen, wohledle Frau. Die Bejinge sind gute Weiber. Sie ham meinen Vater am Sterbelager begleitet und die Mutter versorgt, als sie krank war.«

»Ja, sie sind friedliche, hilfsbereite Frauen, und Catrin ist die sanftmütigste unter ihnen.«

»Die Gnadengesuche werden helfen. Und auch, dass wir einen Verdächtigen haben.«

»Es gibt einen neuen Verdächtigen?«

»Einen Herumtreiber, der sich am Ort der Mordtat aufhielt.«

»Hat er die Tat gestanden?«

»Nein, auch er kann sich nicht verständlich machen. Spricht in fremder Zunge. Verstanden haben wir nur, dass er Bob Servant oder so ähnlich heißt.«

Alyss biss sich auf die Lippen. Bob hieß Johns Diener. Servant bedeutete Diener. Was war da im Gange? Doch den Wachmann wollte sie nicht weiter ausfragen. Er war zwar freundlichen Gemüts, aber möglicherweise richtete sie mehr Schaden an als Nutzen.

»Ich danke Euch für Euer Entgegenkommen, Wachmann.«

Auf der Gasse schlug sie umgehend den Weg zur Marspforte ein. Marian würde im Badehaus heute wieder seine Fingerfertigkeit im Schneiden und Scheren üben. Die Glocken kündeten bereits die Sext, die Mitte des Tages, und eigentlich hätte sie sich um das Hauswesen kümmern müssen, aber es war ihr wichtiger, die Nachricht von Bobs Verhaftung weiterzugeben.

Das Badehaus war geöffnet, warmer Dunst zog durch die Tür in die frische Herbstluft. Alyss bat die Badermagd, die sie empfing, den Gesellen Malefiz zu ihr zu schicken. Der kam nach kurzer Weile auch, die Gugel tief in die Stirn gezogen.

»Du? Was gibt es?«, fragte er, ängstlich darauf bedacht, sich nicht zu erkennen zu geben.

»Beende deine Arbeit hier. Ich brauche deine Hilfe.«

»Geh nach Hause, ich komme gleich nach.«

Alyss traf rechtzeitig zum Mittagsmahl ein, das Hilda eben auf den Tisch stellte. Lauryn berichtete, dass Magister Jakob bereits wieder auf einem Sessel am Fenster saß und Lore ihn mit kölschen Sprüchen über das Geschehen auf der Straße erheitert habe.

»Na, er hätt et ärme Dier jehabt«, erklärte Lore trocken. »Und dünn isser, der Staub-Magister. Däm kamer et Vatterunser durch de Rebbe blose.«

Marian, der beim Eintreten diese Feststellung mitbekam, fragte: »Hat deine Behandlung gegen die Trübsal geholfen, Lore?«

Lore schaufelte sich eben mit dem Brotstück Fleisch und Soße in den Mund, und Lauryn antwortete mit einem kleinen Grinsen: »Er zeigt es nicht, aber ich glaube, er mag diese Gossengöre. Warum auch immer, sie hat ein Schandmaul, das man nicht mit Lauge ausgewaschen kriegt.«

»Versooch et!«, nuschelte Lore und blitzte die Runde herausfordernd an.

»Bestimmt nicht. Marian, die Wachen haben einen weiteren Mann festgenommen, von dem sie vermuten, dass er der Mörder ist. Bob mit Namen«, erklärte Alyss.

»Verdammt.«

»Ja, ich fürchte auch, dass es Johns Diener ist, zumal er vorgibt, unsere Sprache nicht zu sprechen.«

»Ich werde versuchen, mit ihm zu reden.«

Aber Alyss sah Tilo an, der im Frühjahr einige Monate zusammen mit John in England gewesen war.

»Beherrschst du die englische Zunge noch?«, fragte sie.

»Yes, Mistress Alyss!«

»Nimm ihn mit.«

9. Kapitel

Tilo und Marian wurden zu dem Kerkergelass geführt, das sich Mats und der neue Verdächtige teilten. Es war weit karger als das, was Catrin zustand, doch zumindest hatten sie Strohsäcke und Decken. Aus dem hohen, schmalen Fenster fiel Tageslicht auf die bärtigen Gesichter der beiden Männer. Mats hatte sich in seiner Ecke zusammengerollt und schien zu schlafen. Der andere Mann sah wach und aufmerksam auf, als sie zu ihm traten.

»Du nennst dich Bob Servant?«, fragte Marian freundlich und musterte den struppigen Gesellen. Er hatte Johns Diener noch nie gesehen, doch irgendetwas kam ihm eigenartig an ihm vor.

Tilo hingegen musterte ihn gründlich.

»Er ist der Diener eines englischen Kaufmanns«, sagte er leise. »Ich habe ihn auf meiner Reise im letzten Jahr schon mal gesehen.«

Marian zog den wackeligen Schemel an den Strohsack, auf dem Bob saß, und Tilo hockte sich auf den Strohsack. Der Gefangene rückte ein Stück ab, blieb aufmerksam.

»Die englischen Händler werden in wenigen Tagen in Köln eintreffen, nehme ich an«, sagte Marian. Tilo übersetzte.

»Zur Messe, Herr, wollte mein Master kommen.«

Die Stimme! Es war die Stimme, die Marian bekannt vorkam. Und das kleine Zucken seiner Lider, ein Zeichen vielleicht, dass der Mann ihn offensichtlich verstanden hatte, bevor Tilo seine Worte ins Englische übertragen hatte, war ihm auch nicht entgangen.

Der Wachmann grunzte und warf ihnen ungehaltene Blicke zu. Vermutlich war es ihm nicht geheuer, dass er der Unterhaltung nicht folgen konnte.

»Frag ihn, Tilo, warum er vor seinem Master gekommen ist.«

Aufmerksam beobachtete Marian den Mann. Diesmal hielt er die Lider gesenkt, sodass das Aufflackern des Verstehens nicht zu erkennen war. Und dennoch …

»Er suchte Unterkunft für seinen Herrn und Lagerraum für die Waren, Herr Marian.«

Unter dem struppigen Bart trat das Kinn ein wenig zurück, und die Filzkappe auf seinem Kopf ließ ahnen, dass sich das Haupthaar an den Schläfen schon lichtete.

»In der Nähe des Eigelsteins?«

»So hat mein Herr es mir aufgetragen.«

Nie und nimmer, dachte Marian. John gehörte die Hälfte von Alyss' Haus. Bisher hatte er seine Waren immer auf ihrem Speicher gelagert. Und gewohnt hatte er bei Frau Mechtild. Also hatte Bob am Eigelstein etwas anderes gesucht. Arndt vielleicht?

John hatte einiges über dessen Schandtaten herausgefunden. Sollte er seinen Diener beauftragt haben, van Doorne umzubringen? Nein, gewiss nicht. John war ein Kämpfer, er trug seine Fehden eigenhändig aus.

»Du kennst den Arndt van Doorne, Bob?«

Das Zucken in seinem Gesicht war diesmal nicht zu übersehen. Selbst Tilo sog unvermittelt die Luft ein, bevor er übersetzte.

»Arndt van Doorne?«

So wie er den Namen aussprach, würde ihn nur ein Kölner aussprechen. Aus Johns Mund klang es gänzlich anders.

Und in diesem Augenblick wurde für Marian das Unfassbare zur Gewissheit.

»So bist du eher ein Lazarus als ein Kain«, murmelte er. »Und ein Abel mehr als Kain.« Fest schaute er dem struppigen Diener in die Augen.

Der lächelte unter seinem Bart, wartete Tilos Worte ab und antwortete: »Tatsächlich wäre mir ein heißes Bad recht.«

Marian rümpfte die Nase und schnüffelte.

»›Oh Herr, er stinkt schon‹, wie Johannes erzählte. Wahrlich. Berichte, wie du zu diesem modrigen Geruch kamst.«

Der Wachmann räusperte sich und wollte einschreiten, aber Marian beschied ihn kurz: »Der Mann wird meinem Begleiter jetzt in seiner eigenen Zunge seine Geschichte erzählen. Wir werden dem Turmvogt berichten, was er uns zu sagen hat.«

Bob begann, Tilo lauschte mit immer faszinierterem Gesicht. Schließlich nickte er. Zu dem Wachmann gewandt, erklärte er: »Sein Herr ist John of Lynne, ein Tuchhändler, der Köln zur Herbstmesse aufsuchen will. Der Diener ist vorausgefahren, um ihre Quartiere vorzubereiten. Aber vor den Stadttoren ist er überfallen und ausgeraubt worden. Er war einige Tage von einem Schlag benommen und kann sich nicht erinnern, wie er in die Gegend vom Eigelstein gelangt ist. Daher hat er auch niemanden um Hilfe bitten können. Er hat sich wie ein Bettler verhalten und von den Beginen dann und wann ein Stück Brot zugesteckt bekommen. Von einem Ermordeten weiß er nichts. Er hofft, dass sein Herr bald eintrifft und ihm aus der misslichen Lage hilft.«

Der Wachmann gab ein unwirsches Geräusch von sich. Es war klar, dass er die Geschichte nicht glaubte. Aber das bereitete Marian keine Sorgen. John würde in der Tat bald eintreffen, und bis dahin würden sie das Gaukelspiel aufrechterhalten.

»Gehen wir, Tilo. Wachmann, sorg du dafür, dass der Mann ordentlich zu essen bekommt«, sagte er und drückte dem Mann einige Münzen in die Hand.

Als sie einige Schritte vom Turm entfernt waren, konnte Tilo sich nicht mehr zurückhalten.

»Es ist Herr Robert, Herr Marian. Er ist es wirklich. Es war …«

»Still, Tilo. Erzähl es uns, wenn wir alle beisammen sind. Einen Teil, glaube ich, habe ich sogar verstanden. Aber es sollte keine Menschenseele außer uns erfahren, was sich dahinter verbirgt. Master John und er haben ganz bestimmt ihre eigenen Pläne. Seit zwei Jahren schon, glaube ich.«

»Ja, so ist es.«

Tilo musste sich bis zum Nachmittag mit seiner Neuigkeit gedulden, denn Alyss lieferte mit Peer Wein an ihre

Kunden aus, Lauryn kümmerte sich wieder um Magister Jakob, Leocadie und Hedwigis tätigten für Hilda Einkäufe auf dem Markt. Marian schickte ihn ins Kontor und ging selbst mit dem Spitz in den Weingarten, um damit zu beginnen, die Reben zu schneiden. Aber zum Vesperläuten trafen nach und nach alle Mitglieder des Hauswesens ein, und endlich kam eine geradezu ungeheuerliche Geschichte ans Licht.

»Robert van Doorne lebt!«, eröffnete Marian der hungrigen Runde am langen Küchentisch.

Jeder Löffel sank, Hilda ließ klappernd die Kelle fallen, Alyss verschüttete den Apfelwein, den sie eben in ihren Becher gießen wollte.

»Wie bitte?«

Marian erklärte: »Robert van Doorne gibt sich seit letztem Jahr als Bob, den Diener von Master John, aus. Derzeit wird er im Kerker festgehalten und beschuldigt, Arndt van Doorne erstochen zu haben. Darum, merkt euch alle das, wird Robert für uns weiterhin Bob der Diener sein. Denn sollte auch nur einer der Wachleute oder Turmamtmänner, oder gar der Schöffen, herausfinden, dass er Arndts Bruder ist, kommt er in Teufels Küche. Ist das verstanden?«

»Hat er ihn denn umgebracht?« Hedwigis, mit funkelnden Augen, hatte sich als Erstes gefasst, und ihre Sucht nach Sensationen brach sich in dieser atemlosen Frage Bahn.

»Nein, das hat er nicht«, sagte Marian ungewohnt barsch. »Obwohl er allen Grund dazu gehabt hätte. Tilo, berichte!«

Tilo, der einen unverbesserlichen Hang zum Geschichtenspinnen hatte, sonnte sich in der Aufmerksamkeit. Er nahm erst mal einen Löffel Suppe, kostete ihn genüsslich und bekam von Lauryn einen Tritt ans Schienbein.

»Autsch!«

»Erzähl. Essen kannst du später.«

»Ich habe aber Hunger! Den ganzen Tag hat man mich herumgescheucht …«

»Tilo!«, sagte Alyss warnend. »Es ist wichtig.«

»Oh – ja, schon gut. Also, im Juli vor einem Jahr wurde Robert van Doorne ermordet aufgefunden. Wie wir inzwischen wissen, hat der Nordmann Yskalt ihn mit dem Hammer erschlagen. Nur dass der gedungene Mörder den falschen Mann erwischt hat. Und das kam so.«

John of Lynne und Robert, beide Tuchhändler, waren von England über Deventer nach Köln gereist. Doch schon zweimal hatte Robert seine Schiffsladungen an Seeräuber verloren, zuletzt im Oktober zuvor. Beide Male waren die Schiffe von den Friesen durch falsche Leuchtfeuer auf die Inseln gelockt worden, die Mannschaften und Passagiere gemeuchelt oder gefangen gesetzt und die Ladungen geplündert worden. Tuchballen, insbesondere die kostbaren englischen Stoffe, tauchten anschließend jedoch wieder in den großen Städten auf – die Häuptlinge verkauften ihre Ware zu günstigen Preisen an jeden, der zu zahlen bereit war. Schmuggelware, die nicht in den durch die Zünfte und Gaffeln geregelten Kanälen vertrieben wurde. Robert hatte entdeckt, dass die Tuche, die er erworben hatte, von seinem Bruder weiterverkauft wurden. Arndt van Doorne stand in enger Beziehung zu den friesischen Häuptlingen. John und Robert brauchten aber Beweise, dass er tatsächlich die Überfälle auf Roberts Schiffe mit ihnen verabredet hatte, und daher folgten sie dem Frachtkahn, auf dem Arndt die Tuchballen Richtung Köln brachte. Hier fanden sie heraus, dass er sie in Riehl an Land brachte und dort in der Scheune lagerte.

»Arndt hatte dort auch eine Buhle, Alyss«, sagte Marian leise.

»Glaubst du, das verwundert mich noch? Erzähl weiter, Tilo.«

»Robert und John wollten sichergehen, dass es Roberts Ware war, die er dort untergebracht hatte. Seine Tuche waren entsprechend gekennzeichnet. An dem Abend, als das Gaffelessen stattfand, hatten sie sich im Anschluss an das Gelage nach Riehl aufgemacht.«

»Robert hatte sich zu dem Anlass ein neues Gewand machen lassen, hellblau, mit grauem Eichhörnchenfell besetzt«, erinnerte sich Alyss.

»Richtig, beide waren vornehm gewandet zu der Feier gegangen, hatten aber schlichte, dunkle Kleider in einem leer stehenden Winzerhäuschen versteckt und sich dort umgezogen. Sie suchten die Scheune auf und sahen gerade noch, wie die Tuchballen verladen wurden.«

»Ja, das hat John uns damals schon berichtet«, sagte Marian. »Und nun scheint die Geschichte ein wenig von seiner Version abzuweichen. Denn er erzählte damals, sie hätten sich wieder umgekleidet und seien anschließend getrennter Wege gegangen.«

Tilo fuhr fort: »Nein, es ist etwas anderes geschehen.

Diese Darstellung hat John gewählt, um Robert zu schützen. Denn als sie zu dem Winzerhäuschen zurückkehrten, stellten sie fest, dass ihr Versteck entdeckt worden war, dass Roberts kostbare Gewänder, sein Gürtel und seine Tasche verschwunden waren. Dafür lagen ein paar Lumpen auf dem Boden. Robert ärgerte sich darüber, aber schlimmer wurde es, als sie den Toten am Wegesrand entdeckten, der in seinen Kleidern steckte. Es war beiden sofort klar, dass dieser Mord Robert galt, und sie hatten auch gleich Arndt van Doorne im Verdacht. Um Roberts Leben zu schützen, schickte John ihn in den Lumpen, aber mit einer reichen Börse versehen, aus der Stadt. Er selbst verbrachte die nächsten Tage und Nächte bei den Schwälbchen.«

»Ja, ich erinnere mich, wie stolz er sich mit seiner überwältigenden Männlichkeit brüstete. Er hat die Rolle gut gespielt, der John of Lynne«, sinnierte Alyss. »Und Robert hat sich also einen struppigen Bart wachsen lassen und sich als Bob in seine Dienste begeben.«

»Um weitere Nachforschungen anzustellen. Beide, John und Robert, waren hinter Arndt her. Seit jenen Tagen überwachten sie jeden seiner Schritte. Darum hielt sich Robert auch diesmal in Köln auf – er war Arndt gefolgt.«

»Weshalb er auch meine Brautkrone zurückbringen konnte. Jetzt verstehe ich …«

»Ja, Schwesterlieb, John weiß fein säuberlich zu schweigen. Wenn Robert aus dem Turm heraus ist, wird er uns sicher noch weit mehr erzählen können.«

Das Hauswesen hatte langsam wieder angefangen zu essen, doch keiner sagte ein Wort. Es war auch mehr als ungeheuerlich, was sie eben erfahren hatten. Selbst Hilda wusste keine dunklen Omen zu nennen, die auf diese Offenbarung gepasst hätten.

Leocadie war es dann schließlich, die leise ein unerwartetes Fazit zog.

»Frau Catrin wird glücklich sein«, sagte sie mit ihrer sanften Stimme.

Tilo lächelte.

»Robert hielt sich oft am Konvent auf, um zu sehen, ob es Frau Catrin gut ging.«

»Ich hoffe, du hast ihm nicht gesagt, dass auch sie im Turm gefangen gehalten wird«, fauchte Lauryn.

»Ich bin doch nicht blöde«, fauchte er zurück.

»Benehmt euch, ihr beiden. Ganz gewiss wird sich Catrin freuen zu hören, dass Robert lebt. Aber auch das wird sie erst erfahren, wenn es für ihn und auch für sie sicher ist. Schweigt alle darüber, schwört ihr das?«

»Ja, Frau Alyss!«

»Klöff!«

»Mau!«

10. Kapitel

Und wieder war Alyss eine unruhige Nacht beschieden. Doch diesmal nicht voll Sorge, sondern voller Wunder. Auf so viele Fragen, die die Vergangenheit ihr aufgeworfen hatte, fand sie jetzt Antworten. Johns Verhalten, das ihr oft seltsam vorgekommen war, ergab nun einen ganz neuen Sinn. Er und Robert hatten über sie gewacht.

Ein tiefes, warmes Glücksgefühl umfing sie, und mit einem Lächeln schlief sie schließlich ein.

Es wurde jedoch gleich nach dem Aufstehen überschattet. Leocadie kam mit der Nachricht zu ihr in die Kammer, dass es Lauryn entsetzlich schlecht ginge. Sie hatte die letzten Stunden über dem Nachtgeschirr verbracht und klagte über böse Leibschmerzen.

Alyss suchte sie sofort an ihrem Lager auf und fand das Mädchen blass, fiebrig und verschwitzt vor.

»Ich kann nicht aufstehen, Frau Alyss. Alles dreht sich mir. Und mein Bauch ist ganz durcheinander und tut weh.«

»Dann wirst du im Bett bleiben.« Alyss schalt sich unvorsichtig. Warum hatte sie sie nur zu Magister Jakob geschickt? Es war doch bekannt, dass die Ausdünstungen eines Kranken auch andere befallen konnten. Sie holte sich ins Gedächtnis, was Marian gesagt hatte, welche Maßnahmen er für den Notarius empfohlen hatte. Lüften, Reinlichkeit, Fleischbrühe und Traubensaft, hatte er gesagt. Und vielleicht wäre es auch ganz sinnvoll, Lauryn in ein anderes Zimmer zu bringen, damit ihre Krankheitsmiasmen nicht noch die anderen befielen.

Hilda half ihr, ein Lager in dem Kämmerchen über dem Stall zu richten, und Alyss untersagte dem Hauswesen, Lauryn aufzusuchen. Und sie untersagte Hilda auch auf das Strengste, sieben Kellerasseln in Milch zu kochen, um die der Kranken einzuflößen.

»Senken aber das Fieber«, grummelte die Haushälterin.

»Tun sie nicht, das ist einfach ekelig.«

»Medizin ist immer ekelig.«

»Das ist kein Garant, dass sie hilft. Keine Asseln, Hilda!«

»Aber dann wenigstens das Hemd umkehren.«

»Warum denn das?«

»Wenn man dabei spricht: ›Kehre dich um, Hemd, und du, Fieber, wende dich‹, dann vergeht die Hitze.«

»Meinethalben. Es wird Lauryn nicht schaden, ein frisch gewaschenes Hemd anzuziehen. Gleichgültig, wie herum.«

Nachdem die Gesunden und Kranken versorgt und die Pflichten verteilt waren, ging Alyss in den Weinkeller, um zwei Fässer auszusuchen, die Peer dann auf den Karren lud.

»Fahren wir zum Adler!«, befahl sie.

Im Gasthaus mit der Schmiede, das an der großen Straße stand, die Köln von Norden nach Süden durchquerte, war am Vormittag noch wenig Betrieb. Zwar hämmerte es eifrig in der Werkstatt, und ein halbes Dutzend schwerer Gäule wartete darauf, neue Schuhe angemessen zu bekommen, aber Gäste hielten sich noch nicht im Schankraum auf. Franziska, die Wirtin, fand Alyss in der Küche dahinter. Klein, doch zäh wie Leder, mit einem Mundwerk, das klappern konnte wie eine Mühle, zerlegte sie mit einem blitzenden Messer Teile eines großen Tieres, das noch nie einen Stall oder eine Weide gesehen hatte. Simon, ihr Mann, pflegte Beziehungen zu den Wilderern vor den Toren, was dazu führte, dass die Fleischsuppen, die in der Wirtschaft angeboten wurden, zwar kräftig und gehaltvoll waren, aber oft einen deutlichen Wildgeschmack zeigten. Es störte indes keinen der Gäste.

»Ich grüße Euch, Frau Wirtin!«

»Hach, die Frau Alyss. Welch eine Freude, kommt herein, beglückwünscht mich, ich bin zum achten Mal Großmutter geworden. Und ein strammes Kerlchen hat die Nys da geboren. Ganz mit den roten Haaren seines Vaters. Und rausgeflutscht ist er wie ein Kern aus einer reifen Pflaume.«

»Nun dann meinen Glückwunsch, Frau Franziska. Eure Familie wächst und gedeiht. Gut, dass ich ein Fässchen Roten und eines mit weißem Wein anzubieten habe, denn Ihr werdet doch sicher auf das neue Kind anstoßen wollen.«

»Am Sonntag, ja, wenn wir uns alle nach der Kirche versammeln. Kommt doch dazu, Ihr und die Euren.«

»Ich fürchte, wir sollten derzeit ein wenig Zurückhaltung walten lassen, Frau Franziska. Es ziemt sich nicht, gleich nachdem man Witwe geworden ist, an heiteren Feiern teilzunehmen.«

Die Wirtin kam hinter dem Tisch hervorgeschossen.

»Frau Alyss? Frau Alyss, Ihr?«

»Ihr habt es noch nicht gehört?«

»Nein, ich kam erst gestern Abend von Aachen zurück. Heilige Sankt Martha, was ist passiert?«

Alyss erzählte es ihr, wurde von etlichen Ausrufen unterbrochen, und Franziska schenkte ihnen dann jeweils einen Becher Wein ein.

»Ich muss mich setzen, Frau Alyss. Ja, ich muss mich erst einmal setzen. Der Mats, sagt Ihr, ist mit einem Messer in der Hand neben ihm gefunden worden?«

»So ist es.«

»Ich glaub es nicht. Der Mats nimmt Messer nur zum Schleifen in die Hand. Der bringt keinen um damit. Nicht der Mats.«

»War er denn an dem Abend hier im Adler, Frau Franziska? Gislindis sagt, er trinkt gerne einen Becher von Eurem Bier.«

»Lasst mich nachdenken. Ja, ja, er war am Sonntagabend hier. Viele waren hier. Es war ein rechtes Gelage, weil ein Jüngling Runde um Runde für alle bestellte. Er warf mit den Münzen nur so um sich. Weiß der Kuckuck, woher er die hatte. War wohl ein reicher Geck, der sich lieb Kind machen wollte.«

»Und darum hat der Mats mehr getrunken als sonst?«

»Keine Ahnung. Jetzt, wo Ihr es sagt – könnte schon sein. Er bleibt gewöhnlich bei einem Humpen. Aber diesmal war es sicher mehr. Oh Gott, Ihr glaubt, er hätte im Trunk Euren Ehegemahl abgestochen?«

»Nein, das glaube ich nicht. Sagt, Frau Franziska, verwendet Ihr manchmal Bilsen in der Grut?«

»Nein, nein, nein. Das habe ich einmal gemacht. Nein, davon werden die Männer toll.«

»Gut. Und – könnt Ihr Euch daran erinnern, wann Mats an dem Abend den Adler verlassen hat?«

»Puh, nein. Ich sagte doch, es war viel Volks hier, und laut ging es her. Aber gegen Mitternacht waren sie schließlich fort. Ich weiß noch, dass ich den Nachtwächter die Stunde ausrufen hörte, als ich den Riegel vorgelegt habe. Es sah furchtbar aus in der Schankstube. Aber darum durften sich die Mädchen und die Mägde kümmern, denn in der Früh kam der Bote von der Nys, und mit dem bin ich nach Aachen.«

Alyss trank den Wein aus, stellte den Becher ab und wehrte mit der Hand ein Nachschenken ab.

»Ich muss weiter, Arbeit wartet. Aber tut mir den Gefallen, Frau Franziska, fragt einige Eurer Stammgäste – vertrauenswürdige Männer verkehren ja bei Euch –, ob sie sich an den Mats erinnern.«

»Das will ich gerne tun. Es ist nicht recht, einen Mann festzusetzen, der sich nicht verteidigen kann.«

»Darum bemühen wir uns. Danke, Frau Franziska.«

»Wartet, ich will noch eben die Rechnung begleichen!«

Sie war eine ihrer besten Kundinnen, und darum gab Alyss ihr einen angemessenen Nachlass. Dann hieß sie Peer zum Alter Markt fahren, und dort, am Haus derer vom Spiegel, schickte sie ihn zurück in die Witschgasse.

Frau Almut empfing sie mit verrutschtem Tuch über den wirren Haaren und einer staubigen Schürze über dem Gewand. Das überraschte sie wenig, sie hatte ihre Mutter auch schon mit aufgesteckten Röcken, lehmverkrusteten Beinen und Schmutzschlieren im Gesicht Mörtel mischen sehen.

»Wir machen Hausputz. Und heute Nacht waren die Goldgräber hier und haben die Sickergrube geleert«, erklärte sie, machte aber eine einladende Geste ins Haus. »Du weißt ja, wie das ist.«

»Ja, Frau Mutter, und es lässt mich schließen, dass der Allmächtige nicht zugegen ist.«

»Dein Vater, Kind, ist zum Weinkeltern gezogen und wird mit bloßen Füßen in den Trauben herumstampfen.«

Diese Vorstellung hingegen rührte Alyss' krausen Sinn für Humor an, und sie bemerkte trocken: »Ich hoffe, er legt zu diesem Zweck wenigstens seine seidengefütterte Heuke an, damit der Wein eine vornehme Note erhält.«

»Eine alte, verschlissene Kutte trägt er dabei. Und irgendwie weckt die Erinnerungen …« Frau Almut lächelte versonnen, dann aber wurde sie ernst. »Du wolltest ihn sprechen?«

»Auch, aber vermutlich könnt Ihr mir ebenfalls weiterhelfen, Frau Mutter.«

»Dann komm mit in die Küche.«

Dieser Raum war weit größer als der in Alyss' Haus. Ein mächtiger Kamin beherrschte ihn, und blinkendes Kupfer hing an den Wänden. An einer Ecke des hell gescheuerten Tisches ließen sie sich nieder und achteten nicht auf die kleine Magd, die Pfannen putzte.

»Habt Ihr Catrin noch mal besucht, Frau Mutter?«

»Sicher, jeden Tag. Ich habe ihr einen Korb mit Tuch, Garn und Sticknadeln gebracht, sodass sie ihre Hände beschäftigen kann. Sie redet wieder ein bisschen.« Almut seufzte. »Sie ist ein so duldsames Weib.«

»Ja, bewundernswert.«

Tiefsinnig sahen Mutter und Tochter einander an. Beide waren alles andere als duldsam.

»Je nun, Frau Mutter. Kennt Ihr den Schöffen Endres Overstoltz?«

Almut gab ein verächtliches Grummeln von sich.

»Ah, Ihr kennt ihn.«

»Er hat Catrin verhört. Ich kenne ihn nicht gut … Wie man eben Leute so kennt. Ich weiß nur, dass er mal um Catrin angehalten hat. Ihr Vater – Gott hab ihn selig, und der Teufel möge ihn noch lange in trüber Brühe kochen – war damals überwältigt von dem Angebot. Ein Mann aus vornehmem Geschlecht wollte diese Missgeburt von Tochter ehelichen. Er wandte Druck an, aber Catrin – sie war ja bereits einundzwanzig – überlegte schon seit geraumer Zeit, sich den Beginen anzuschließen. Dein Vater und ich unterstützten sie, denn der Bewerber war in unseren Augen eine schlaffe Bleichwurz. Kurzum, Catrin legte das graue Gewand an, und ihr Vater musste dem Overstoltz absagen, was zu einer hässlichen Szene führte.«

»Dacht ich es mir doch! Der Overstoltz verträgt keine Ablehnung. Und jetzt lässt er diesen Ärger an ihr aus.«

»Muss man etwas unternehmen?«

»Wir haben schon getan, was notwendig ist. Drei Gnadengesuche werden bei der nächsten Gerichtssitzung vorgelegt. Außerdem gibt es einen weiteren Verdächtigen.«

»Sollte das nicht wirken, sag mir Bescheid. Gnadengesuche für Catrin werde ich dutzendweise beibringen können.«

»Ich weiß. Und es werden sicher auch wieder einige Schöffen von der Kränk gesundet sein, sodass die Stimme des Overstoltz' wenig Gewicht hat. Zu welchem Zweig der Familie gehört der eigentlich, Frau Mutter?«

»Ich glaube, er gehört zu denen vom Vogelsang, aber ich habe mich nie besonders für die Patrizierfamilien interessiert. Mein Vater hätte dir das alles erklären können.«

»Ist wohl auch nicht mehr wichtig. Viel zu kamellen hat der Endres Overstoltz vermutlich nicht mehr, wenn das gesamte Schöffenkolleg zusammentritt.«

»Ist der neue Verdächtige denn der Mörder?«

Alyss fiel es schwer, ihre Mutter zu belügen. Sie zupfte an ihrem Schleier und schüttelte dann den Kopf.

»Nein, wahrscheinlich nicht.«

Ein langer Blick streifte sie. Sie zupfte noch einmal an dem Tuch und wusste ganz genau, dass sie sich damit verriet.

»Schon gut, meine Tochter, ich frage nicht weiter. Oder besser, ich frage etwas anderes. Du und dein Bruder, ihr werdet es doch wohl nicht tatenlos den Schöffen überlassen, den Mord an Arndt van Doorne aufzudecken?«

»Nein, Frau Mutter, das werden wir nicht.«

»Seid vorsichtig. Kommt nicht auch bald dein englischer Kaufmann zurück?«

Alyss machte den Mund auf und schloss ihn wieder. Aber sie merkte die Röte, die ihr ins Gesicht schoss.

»Also bald. Das ist gut. Master John ist ein verlässlicher, kluger Mann.«

»Ist er.« Alyss stand auf. »Ich muss zurück. Lauryn ist krank, der Wein gärt, und die Brouwers wollen heute Leocadies Pelze liefern.«

»Dann eile, Kind. Und – solltest du deinen überaus reinlichen Bruder treffen, richte ihm bitte aus, dass sein Vater sich zukünftig von ihm den Bart stutzen lassen wird.«

So viel zum Gesellen Malefiz und der tief in die Stirn gezogenen Gugel.

Alyss machte, dass sie davonkam. Die *mater inquisitoris* war bei Weitem zu scharfsichtig.

Am Mittagstisch des Hauswesens hatten sich zwei Männer eingefunden, die der Gemeinschaft höchst willkommen waren. Wynand Brouwer hatte höchstselbst die Rauwaren vorbeigebracht, und Leocadie hielt mit wässrigen Augen einen weißen Fuchspelz in den Armen. Das empfindsame Mädchen liebte Felle nicht, sie sah immer die munteren Tierchen darin, die dafür geopfert wurden. Aber ihre Eltern hatten Anweisung gegeben, ihr die prächtigste Ausstattung zusammenzustellen, die möglich war, also gehörte in die Brauttruhe auch kostbares Pelzwerk. Hedwigis hingegen hatte leicht gerötete Wangen und schien sich an der Aufmerksamkeit zu erfreuen, die Brouwer ihr entgegenbrachte.

Merten aber wandte sich Alyss zu und lächelte sie strahlend an.

»Ich habe wieder einen Beutel Münzen für Euch in das Kontor gelegt, Frau Alyss. Ich weiß ja, dass Ihr Euren Verdienst sorgsam einteilt und zum Nutzen des Hauses verwendet. Doch solltet auch Ihr ein paar der schönen Pelze erstehen. Schwarze, weiche, Euren Haaren gleich.«

»Ich benötige keinen Putz, meine Truhen sind gut gefüllt. Aber die Abrechnungen werde ich nachher mit dir durchgehen.« Dann wandte sie sich an Hilda: »Wie geht es Lauryn?«

»Hab ihr das Hemd angezogen. Wenn Gott will, wird es ihr gegen das Fieber helfen. Aber sie wollte keine Suppe essen und schläft jetzt.«

»Ich kümmere mich nachher um sie. Hat sich Lore heute schon hier eingefunden?«

»Ist mit einem halben Dutzend Wecken und den Gänsen raus und geht am Nachmittag zu dem Magister, hat sie gesagt.«

Das Gassenkind also war gesund – sie war in einer solch schmutzigen und unreinen Gegend aufgewachsen, dass ihr die Dünste eines notariellen Durchfalls nicht zu schaden schienen. Alyss nahm das Brot an, das Leocadie ihr reichte, und tunkte es in die gut gewürzte Zwiebelsoße, die die Bratenscheibe auf ihrem Schneidbrett bedeckte.

Die Tischgespräche wandten sich den üblichen Haushaltsthemen zu. Der Verschlag des Falken musste gesäubert werden, im Hühnerstall war eine Stange zerbrochen, Fässer sollten gereinigt und das quietschende Rad des Frachtkarrens geschmiert werden.

Alyss fiel auf, dass Tilo still und in sich gekehrt in seinem Essen stocherte, und nahm sich vor, ihn nach seinem Kummer zu befragen. Die Entdeckung, dass Robert noch lebte, hatte alle ein wenig mitgenommen, und sicher kursierten im Hauswesen unzählige Schauergeschichten. Tilo hatte mehrere Monate mit Master John in dessen Heimat verbracht. Vielleicht hatte auch er einige Antworten auf ungelöste Fragen gefunden. Es mochten welche dabei sein, die ihn bedrückten.

Das aber war es nicht, was sich bald darauf herausstellte, als Alyss ihn, nachdem sie recht schnell mit Merten die Abrechnung durchgegangen war, ins Kontor bat.

»Es ist … weil Hilda sagt, der Lauryn … sie sagt, es geht mit ihr zu Ende, wenn man ihr nicht hilft.«

»Hat sie das gesagt?«

Er nickte bekümmert.

»Sie wollte ihr eine Arznei mischen, aber Ihr habt es verboten, sagt sie. Und sie hat keine Zeit, zu einem Priester zu gehen, um sich ihren Zettel weihen zu lassen. Und weil schon die Dohlen auf dem Dach über ihrer Kammer sitzen …«

»Tilo, Hilda ist eine sorgsame Haushälterin, aber sie ist auch schrecklich abergläubisch, das weißt du doch.«

»Ja, aber …«

»Sie wollte Lauryn gekochte Asseln einflößen.«

»Igitt!«

»Eben. Lauryn ist ein starkes junges Mädchen, sie wird sich ein paar Tage schwach fühlen, aber bald wieder gesund werden. Glaub mir, Tilo, sie wird gut gepflegt. Hilda sagt, sie schläft ruhig. Und das hilft in ihrem Fall am meisten.« Da Alyss ein kleines Teufelchen zwickte, fügte sie hinzu: »Wenn ich glaubte, dass es ihr wirklich schlecht ginge, würde ich nach ihrem Verlobten in Villip schicken.«

Im Januar, nach dem Tod des Vaters, hatte Lauryns Mutter ihre Tochter mit dem Stallmeister Wulf verlobt, einem stattlichen Mann, doch nach Alyss' Meinung nicht ganz derjenige, der zu dem klugen, verständigen Mädchen gepasst hätte. Sie hätte sie gerne als Eheweib in einem der großen Handelshäuser gesehen. Tilo mochte noch sehr jung sein und eine kalbsäugige Verehrung für die schöne Leocadie hegen, er war aber auch der Sohn und Erbe eines angesehenen Tuchhändlers. Dazu kam, dass Lauryn geradezu hilflos in ihn verliebt war.

Die Erwähnung des Verlobten zeigte die beabsichtigte Wirkung. Tilo knetete seine tintenbekleckten Hände.

»Sie wollte mich nicht sehen …«, nuschelte er.

Natürlich nicht. Welche junge Frau will schon, dass der Mann, den sie liebt, sie in ihrem Elend sieht?, dachte Alyss.

»Es ist nur vernünftig, Tilo, wenn erst einmal keiner zu ihr geht. Ich möchte nicht, dass das ganze Hauswesen auf der Nase liegt. Aber«, und dann lächelte Alyss eines ihrer seltenen Lächeln, »aber über ein paar Blumen würde sie sich sicher freuen. Hinten im Weingarten blühen noch die späten Rosen …«

Tilo trat von einem Fuß auf den anderen, dann stammelte er: »Rosen. Ja. Aber, Rosen … ähm … schenkt man die nicht seiner Liebsten? Ich meine, so wie Leocadie immer in ihren Gedichten aufsagt …«

»Ja, Rosen sind ein Zeichen der Zuneigung. Und Zuneigung, Tilo, ist eine äußerst hilfreiche Arznei.«

»Ja. Mhm… Ja, dann geh ich mal in den Garten. Ja. Ja, das mache ich. Und sag Hilda, sie soll ihr die Blumen bringen, richtig?«

»Tu das, Tilo.«

Er trampelte so eilig aus dem Kontor, dass die Tür mit einem lauten Schlag hinter ihm zufiel. Alyss sah ihm sinnend nach. Mochte der Samen endlich aufgehen. Denn sie stimmte sehr mit dem klugen Dichter Freigedank überein, der schrieb:

»Ein Weib wird vor sich selber wert,
wenn sie der Besten einer begehrt;
gleichwie der Mann sich höher trägt,
der einer hohen Liebe pflegt.«

Dann schlug sie jedoch resolut die Registerbände auf und nahm sich die Haushaltsausgaben vor. Und obwohl die Einnahmen reichten und sie sich wirklich ein paar schöne Pelze hätte leisten können, sah sie dazu nun wirklich keinen Anlass. Pah! Merten war ein aalglatter Schmeichler.

11. Kapitel

John of Lynne betrachtete den schlaksigen Jüngling, der neben ihm ausschritt. Ihm stand die helle Freude im Gesicht, als er durch das Rheingassentor trat und die vertrauten Gebäude musterte. John verspürte ein trauliches Glücksgefühl. Links von ihnen ragten die Türme von Groß Sankt Martin auf, vor ihnen führten die schmalen Gassen zwischen den spitzgiebeligen Häusern zum Heumarkt, doch nach rechts wandten sie ihre Schritte. Zur Sext hatte der Niederländer, das bauchige Schiff, das ihre Waren von der Nordsee transportiert hatte, angelegt. Das Entladen würden die Handelsknechte vornehmen. Zuerst galt es, sich um Lagerraum zu kümmern.

Ihn würden sie in der Witschgasse finden.

Lagerraum und noch einiges mehr, hoffte John.

Zum Beispiel ein herzliches Willkommen.

Welch ein Glück hatte ein Mann, wenn er nach einer langen Reise nach Hause kommen konnte. In ein Haus, in dem nicht nur der Küchenkamin Wärme verbreitete, das mit Lachen und Gezänk, mit Scherz und Trost, mit Übermut und Tränen, mit Träumen und mit Liebe erfüllt war. In dem es nach frischem Brot, reifen Äpfeln, süßen Kräutern und Rosen duftete und der gewürzte Wein frisch und kühl mundete.

»Ob sie schon auf uns warten?«, fragte Frieder aufgeregt.

»Sollten sie das? Wer wird dich schon vermisst haben, *youngman*?«

»Tilo – Mann, der hat mir doch auch gefehlt. Und Benefiz. Und der Falke.«

»Und die Maiden?«

»Na ja, nicht sooo sehr.«

»Du hast eine Schwester …«

»Ach, Lauryn kommt schon so zurecht. Und Leocadie hat ihren Ritter. Und Hedwigis – na ja. Aber Lore, die ist in Ordnung.«

John schmunzelte über die Reihenfolge der Namen, in der sich die Zuneigung seines Begleiters ausdrückte. Sein Freund Tilo, der Spitz und der Falke galten ihm am meisten. Dass die Maiden weit dahinter lagen, mochte daran liegen, dass er eine gewisse Rodwyn vermisste. Frieder glaubte zwar, dass seine heimliche Tändelei mit dem Hausmädchen unbemerkt geblieben war, aber John war sie dennoch aufgefallen.

Schon bogen sie in die Witschgasse ein, und Frieder warf all seine neuerworbene männliche Würde ab und begann zu laufen. John hingegen verhielt seine Schritte, genoss das langsame Heimkommen. Holzrauch stieg aus dem Kamin in die klare Herbstluft, das bleigefasste Glas der Fenster blinkte, Tauben gurrten auf dem Dach. Und eben kam mit einem sich überschlagenden Bellen ein kleiner, schwanzloser Spitz aus dem Tor gestürmt. Er sprang an dem Jungen hoch, wurde aufgefangen, geherzt, leckte Tränen von den Wangen seines Herrn und kläffte wie von

Sinnen. Ein Jüngling folgte, von dem hündischen Gelärme angezogen, und stürzte sich ebenfalls auf Frieder. Schon lagen die beiden im Straßenstaub und rangelten übermütig miteinander, umtänzelt von Benefiz, der versuchte, sich zwischen die beiden zu drängeln.

John stieß einen herrischen Pfiff aus. Der Spitz spitzte seine Ohren und kam dann auf ihn zugerast.

»Hey, *houndling*. Du bist zwar gewachsen, aber nicht klüger geworden.« Er lachte, als Benefiz ihn nach allen hündischen Regeln der Höflichkeit begrüßte und vor Freude seine Stiefel besabberte. »Nun, dann wollen wir hoffen, dass auch deine Mistress mich so liebevoll empfängt.«

Tilo und Frieder hatten inzwischen ihre Balgerei beendet und gingen, einander die Arme um die Schultern gelegt, durch das Tor. Er hörte Tilo brüllen: »Schaut mal, wer da ist!«

»Auf, Benefiz, auch mir, so hoffe ich, gilt diese Ankündigung.«

Der Spitz lief ihm voraus, und nun bewegte sich auch John mit großen Schritten auf das Tor zu. Ein Dutzend Hühner und sechs Gänse stoben mit ungehaltenem Getöse auseinander, ein schwarzer Hahn trompetete gereizt seinen Protest über den Hof, der Karrengaul wieherte, und zwei Maiden ließen polternd die Wassereimer fallen.

»Master John!«, riefen sie und liefen auf ihn zu.

Hilda stellte vorsichtig einen Korb mit Eiern auf den Boden und wischte sich die Hände an der Schürze ab.

»Master John«, knurrte sie und bemühte sich, ihre Freude hinter einer grimmigen Miene zu verstecken.

»Master John«, grüßte Peer ihn und grinste breit über sein faltiges Gesicht.

»Master John!« Tilo stürzte nun auch auf ihn zu.

Malefiz, der schwarze Kater, schlich herbei und rieb seinen Kopf an seinem Bein.

Ja, es war ein herzliches Willkommen.

Auch wenn Merten sich nicht daran beteiligte und stattdessen versuchte, sich ungesehen durch das Tor zu verdrücken.

John gab Hedwigis und Leocadie herzhafte Küsse, versuchte das Nämliche bei der Haushälterin und erntete eine drohend erhobene Hand, Tilo duldete eine Umarmung, Malefiz ein Kraulen zwischen den Ohren. Sogar der Falke wurde von Leocadie auf den Arm genommen und zu ihm getragen, damit er ihm über das Gefieder streichen konnte.

Wo war die Herrin des Hauses?

Er sah sich suchend um, und dann entdeckte er sie. Still, ganz unbeweglich stand sie am Tor zum Weingarten. Ihr Gewand war schlicht, den Schleier, der gewöhnlich ihr Haupt bedeckte, hielt sie in der Hand, die schwarzen Haare zu einem Zopf geflochten, schimmernd wie Rabenflügel.

Das Federvieh schwieg, ging ihm aus dem Weg. Das Hauswesen trat zurück, Hund und Kater setzten sich still nieder, als er zu ihr ging.

»My Mistress?«

»Master John!«

»Ihr habt Euch nicht an spitzen Nadeln gestochen und keine wütenden Wölfe auf Euch gelenkt?«

»So wenig wie Ihr mit Seeräubern und Vagabunden gekämpft habt, hoffe ich.«

»Unversehrt bin ich zu Euch zurückgekommen. Habt Ihr mich vermisst?«

»So viel, wie man die Pocken vermisst.«

»Welch glücklichen Mann Ihr aus mir macht. Doch ich habe den Duft einer schwarzen Rose entbehrt.«

»Ach, Ihr hättet Euch einfach schnäuzen müssen, um die Nase freizubekommen.«

»Es hätte nichts genützt, da ich mich doch auch nach ihren Dornen sehnte.«

Ein feines Lächeln hob die sanft geschwungenen Lippen, und die Augen unter den schwarzen Samträupchen ihrer Brauen, die stete Quelle seines Entzückens, leuchteten vor Heiterkeit.

»›Kann man denn Trauben lesen von den Dornen oder Feigen von den Disteln?‹, fragte schon Matthäus.«

»›Wie eine Lilie unter den Dornen, so ist meine Freundin unter den Mädchen‹, so sang Salomo«, erwiderte John und zwinkerte ihr zu. »Ihr seht, auch ich habe fleißig die heiligen Schriften studiert und allerlei Trost für meine Seele darin gefunden.«

Er hätte zu gerne weitergetändelt, doch nun trat Frieder auf die kratzige Herrin dieses anheimelnden Hauses zu, und sie widmete ihm ihre Aufmerksamkeit.

»Frieder, du bist ja ein Mann geworden!«, sagte sie staunend und nahm seine Hände.

Ein dunkelrot angelaufener Frieder stammelte wirre Begrüßungsworte, wurde geherzt und lief womöglich noch röter an. Die Sprache hatte ihn zur Gänze verlassen.

»Wie schön, dass du wohlbehalten zurück bist. Es wird deine Schwester erfreuen und ihre Genesung vorantreiben.

»Öhm. Äh …«

»Maid Lauryn ist krank?«, fragte John an seiner Statt. »Ich bemerkte schon ihr Fehlen. Ist es ernst?«

»Nein, nur unangenehm. Das Fieber ist schon gesunken, und sie befindet sich auf dem Weg der Besserung. So, und nun alle wieder an die Arbeit. Master John, Ihr habt Waren mitgebracht?«

»Die ich hier zu lagern hoffte.«

»Selbstverständlich. Und Wohnung nehmt Ihr bei Frau Mechtild?«

»Wenn sie mich aufnimmt. Mein erster Weg, Mistress Alyss, führte jedoch zu Euch.«

»So habt Ihr die Neuigkeiten noch nicht vernommen.«

»Gute oder schlechte, Mistress Alyss?«

»Urteilt selbst.«

Mit kalter Genugtuung vernahm John of Lynne, dass der Mann, den er für einen der übelsten Verbrecher hielt, das Zeitliche gesegnet hatte. Doch wohl war ihm dennoch nicht, als er hörte, dass sein Diener Bob, der Tat beschuldigt, im Kerker gefangen lag.

»Und, Master John, es blieb nicht aus, dass er von meinem Bruder erkannt wurde«, sagte Alyss leise. »Doch wir schweigen darüber.«

Das wiederum erleichterte ihn, wenn auch nur wenig.

»Ich werde sehen, was ich tun kann, Mistress Alyss. Wo finde ich Marian?«

»In Pitters Badehaus. Fragt nach dem Badergesellen Malefiz.«

Ungläubig starrte er sie an. Dann begann er schallend zu lachen.

12. Kapitel

Marian war ebenso erfreut, John wiederzusehen, wie Alyss' Hauswesen. Wieder hatte Pitter ihn gehen lassen müssen, diesmal jedoch mit etwas ungehaltenen Worten.

»Du hast dich verpflichtet, deine Arbeit hier zu leisten als Gegenwert für die Ausbildung, die du bei mir erhältst. Es ist die Art der feinen Herrchen, mal zu kommen, mal zu gehen, wie es ihnen beliebt«, hatte der Bader geknurrt.

»Ja, verzeih. Aber ich habe auch andere Pflichten, Pitter. Sie erfordern meine Aufmerksamkeit.«

»Entscheide dich, wem deine Aufmerksamkeit mehr gilt, Marian – dem Erlernen der chirurgischen Kunst oder deiner Familie.«

Es hatte Marian überrascht, so streng zurechtgewiesen zu werden. Aber als er nach dem Besuch im Turm durch die Straßen zu seiner Schwester wanderte, musste er sich eingestehen, dass Pitter nicht unrecht hatte. In den ersten drei Monaten war er regelmäßig seinen Aufgaben nachgekommen, hatte erst barbieren gelernt, dann den Aderlass. Blutstillen auf die unterschiedlichen Arten beherrschte er inzwischen, und wie man mit einer gebogenen Nadel und feinem Darm klaffende Wunden nähte, hatte er auch kräftig geübt. Doch Schneiden war etwas, das ihn unsägliche

Überwindung kostete. Schon das Entfernen kleiner Warzen oder Furunkel… Er schüttelte sich. Und zweifelte. Immer häufiger begann er in der letzten Zeit daran zu zweifeln, dass er wirklich zum Heiler berufen war.

Der Wunsch war dem Elend entsprungen, das er durchlebt hatte, als er bei der Rückkehr von seiner letzten Handelsfahrt vor zwei Jahren überfallen worden war. Nicht nur, dass er dabei beinahe zu Tode gekommen war – das Weib, an das er sein Herz verloren hatte, war dabei in seinen Armen gestorben. Die Hilflosigkeit, sie nicht retten zu können, hatte ihn tief verstört, und als er von den erstaunlichsten Heilern schließlich zusammengeflickt worden war und allmählich seine körperlichen Kräfte wiedererlangt hatte, war der Entschluss in ihm gereift, selbst ein Heiler werden zu wollen. Nicht Medizin wollte er studieren – die Ärzte, die ihn zu behandeln suchten, waren ihm samt und sonders wie hochtönende Dilettanten vorgekommen –, nein, die praktischen Anwendungen zu erlernen war sein Ziel. So hatte er sich die Hebammenkunst von Catrin, das Knocheneinrenken von Meister Hans, dem Henker, und die Arzneimittelherstellung von Trine und Jan beibringen lassen. Sein Vater hatte ihm seinen Willen gelassen, obwohl der eigentlich gehofft hatte, dass sein Sohn seine Nachfolge in dem großen Handelshaus antreten würde. Ein Grund mehr für Marian, einen beständigen Gewissensdruck zu verspüren.

Seine Schritte waren immer langsamer geworden, und als er unaufmerksam in eine stinkende Lache trat und beinahe auf den matschigen, faulen Kohlblättern ausgerutscht wäre, fasste er sich wieder.

Es gab dringendere Probleme zu lösen, als sich mit seinen Zweifeln herumzuplagen. John war am Tag zuvor eingetroffen, und am Abend hatten sie gemeinsam das Vorgehen besprochen. Auch John war der Meinung, dass Robert weiterhin als sein Diener auftreten sollte, würde aber am Montag bei der Gerichtssitzung für ihn bürgen. Die Geschichte, dass er ihn vorgeschickt hatte, um Quartier zu suchen, wirkte glaubhaft, desselben der Überfall vor den Toren. Es gab keine Zeugen, die ihn in der Nähe des Ermordeten gesehen hatten. Ein Gnadengesuch der Tuchhändlergaffel würde seine Argumentation stützen. Allerdings fragten sie sich, wer Bob, besser Robert, denunziert haben konnte. Das aber würde vielleicht auch bei der Sitzung zu erfahren sein.

Immerhin hatte das Gespräch, das John und er eben mit Robert geführt hatten, noch ein paar Lichter mehr auf Arndts Umtriebe geworfen. John hatte sich ausbedungen, ohne einen Wachmann mit seinem Diener reden zu dürfen. Eine Goldmünze hatte dies möglich gemacht. Und so hatte Marian erfahren, dass Robert John nicht nach England begleitet hatte, denn erstens wollte er Frieder nicht begegnen und zweitens hatte er vor, Arndt zu folgen, nachdem er der Stadt verwiesen worden war. Wie sie schon fast vermutet hatten, war Arndt erneut nach Marienhafe gereist, um seine unlauteren Geschäfte mit dem Friesenhäuptling Folcko wieder aufzunehmen. Er wollte das Plündergut von dem letzten Überfall, der John und Tilo beinahe das Leben gekostet hätte, in Bremen verkaufen. Aber Folcko hatte bemerkt, dass Arndt versucht hatte, ihn zu betrügen und um seinen Gewinn zu prellen.

Darum wurde er von den Friesen verjagt. Mittellos und abgerissen war er trotz der Drohung, dass seine Taten öffentlich angeprangert würden, nach Köln zurückgekehrt.

»Er ist bei seiner Buhle in Riehl untergeschlüpft. Und da habe ich einen Fehler begangen«, hatte Robert erklärt. »Ich dachte, er würde sich nicht durch die Stadttore wagen, also habe ich nicht widerstehen können und bin zum Beginenkonvent gegangen, um zu sehen, ob es Catrin gut geht.«

»Wann war das?«

»Am vorigen Sonntag. Ich sah sie mit ihren Schwestern zur Kirche gehen. Sie hingegen bemerkte mich nicht. So war ich es zufrieden und bin, kurz bevor die Tore geschlossen wurden, wieder zurück nach Riehl gewandert. Dort allerdings fand ich Arndt nicht mehr vor. Ich mache mir Vorwürfe, John. Hätte ich sorgfältiger meine Wache gehalten, hätte ich bemerkt, dass auch er die Stadt betreten hat. Und möglicherweise hätte ich sogar beobachten können, wer ihm ans Leben ging.«

»Verhindert hättest du es nicht?«, hatte Marian gefragt und nur einen langen Blick geerntet.

Nein, verhindert hätte Robert es nicht. Arndt selbst hatte seinen Tod in Auftrag gegeben.

»Ich habe von Montag an die Stadt nach ihm abgesucht, aber an keiner der möglichen Stellen fand ich eine Spur. Allerdings wollte ich auch nicht zu auffällig nach ihm fragen. Ihm zu begegnen, danach stand mir nicht der Sinn. Dass sein kalter Leichnam im Turm lag, wusste ich jedoch nicht. Und selbst wäre es mir bekannt gewesen, hätte ich nichts unternehmen können.«

»Wer hat dich an die Büttel verraten?«

»Keine Ahnung. Aber wisst Ihr, ein hässlicher Mann in Lumpen ist von vornherein verdächtig. Irgendein gottesfürchtiger Mensch hatte wohl Sorge, von mir in seinem Bett ermordet zu werden.«

»Wo hat man dich gefasst?«

Robert war verlegen geworden.

»Am Dienstagmorgen am Konvent am Eigelstein.«

»So so.«

»Ich hatte sie zwei Tage nicht gesehen und machte mir Sorgen. Gott im Himmel, hätte ich gewusst, wessen man sie anklagte …«

»Auch da hättest du nichts tun können.«

Ein Frachtkarren rollte an Marian vorbei und verspritzte schlammiges Wasser. Er sprang beiseite und prallte auf eine Wäscherin, die ihn gröblichst beschimpfte. Er entschuldigte sich zwar wortreich, aber das beendete das Keifen nicht. Also nahm er endlich seine Beine in die Hand und eilte durch die Gassen in Richtung Alter Markt. Es war Erntezeit, überall wurden von den Bauern die Früchte des Feldes angeboten. Körbe voller rotbackiger Äpfel gab es da, reife Birnen, gelbe Quitten, Kohlköpfe, Möhren, Zwiebeln und Gurken häuften sich an den Ständen. Aber auch Tontöpfe, in denen Obst und Gemüse eingelegt werden konnten, Krüge mit Essig, andere mit Honig, grobes Salz – alles, was zum Haltbarmachen diente, konnte man hier ebenfalls erwerben. Zähes Feilschen, lautes Anpreisen, Gelächter und Gezeter erfüllten die Luft, und wie immer bei diesen Geräuschen lauschte Marian unwillkürlich nach der fröhlichen Stimme, mit der Gislindis die Dienste ihres Vaters verkündete. Doch keines der kecken Liedchen erklang, der Schleifstein schwieg.

Mats wurde noch immer im Kerker festgehalten. Marian hatte kurz mit ihm gesprochen. Der Schleifer hatte seine Benommenheit überwunden, aber es war Marian nicht möglich, die gutturalen Laute zu deuten, mit denen er sich zu verständigen suchte. Immerhin bekam er genug zu Essen und hatte Kleidung und eine weitere Decke erhalten, hatte Robert gesagt.

Marian musste Gislindis aufsuchen. Auch wenn sie ihn nicht sehen wollte. Spätestens bei der Gerichtssitzung würde er erwirken müssen, dass sie mit Mats sprechen konnte, um endlich Klarheit darüber zu gewinnen, wohin ihr Vater sich in der Sonntagnacht begeben hatte, nachdem er den Adler verlassen hatte.

Über diese Gedanken hatte er die Witschgasse erreicht und betrat den Hof. Frieder stand mit dem Falken auf dem Arm am Verschlag und redete sanft auf das Tier ein. Das Käppchen hatte er ihm bereits abgenommen, und der Vogel hielt seinen Blick aufmerksam auf ihn gerichtet.

»Hast du gelernt, mit den Tieren zu reden wie der heilige Franziskus, Frieder?«

Der grinste.

»Nicht ganz genauso, aber sie verstehen sehr viel, wenn man sich Mühe mit ihnen gibt. Mehr, als man meint.«

»Das ist auch bei jungen Männern manchmal so.«

»Pff.«

»Wie geht es deiner Schwester?«

»Sitzt unten in der Küche und ist schon wieder in der Lage, Kuhaugen zu machen.«

»Du verstehst Tiere ja seit Neuestem. Warum gleicht sie einem Rind?«

Frieder warf den Falken ab, der sich sogleich in den graubewölkten Himmel erhob und einen lauten Schrei ausstieß.

»Tilo hat ihr Rosen gepflückt. Macht die Weiber ganz wibbelig.«

»Ja, das haben diese Gewächse so an sich. Hast du ihre Wirkung auch schon ausprobiert?«

»Mhm. Nicht mit Rosen.« Und dann zwinkerte er Marian zu. »Aber wibbelig werden sie bei mir auch.«

»Alle?«

»Alle, auf die es ankommt.«

»So hast du nicht nur Falkenweibchen gezähmt?«

»Es gab da eine süße Maid…«

»Und sie erhörte dich?«

Frieder brannte geradezu darauf, über seine Erfahrungen zu berichten. Vermutlich hatte er sich den Jungfern gegenüber nicht getraut, darüber zu sprechen. Marian ermutigte ihn also amüsiert, und was er erfuhr, stimmte ihn sogar noch etwas heiterer. Rodwyn arbeitete seit neun Jahren im Haus von John of Lynne, zusammen mit ihrem Bruder, der die Aufgabe hatte, die Kamine zu fegen und den Garten in Ordnung halten. Beide waren in Frieders Alter und anscheinend von lebenslustigem Gemüt. Was der frommen Hausherrin jedoch verborgen blieb, denn Margaret, Johns Weib, lebte vollständig zurückgezogen in ihren kargen Gemächern, ganz ihren Gebeten hingegeben.

»Eine erbärmliche Gestalt, Herr Marian. Mager, dass die Knochen klappern, bleich wie der Nebel über dem Meer und beständig in ein fleckenloses weißes Nesselgewand gehüllt. Sie isst nur einmal am Tag etwas ungewürzten Haferbrei und trinkt ausschließlich Wasser. Sie spricht mit hauchgleicher Stimme und schleicht barfuß durch die Räume.«

»Du bist sicher, dass du keinem Gespenst begegnet bist?«

Frieder prustete.

»Könnte man fast glauben. Die heilige Margaret ist schon so vergeistigt, dass sie fast durchsichtig ist. Aber sie hat dennoch scharfe Zähne. Der arme Master John. Ihn hat sie gehörig angegiftet, als er mich ins Haus brachte. Dabei gehört es doch ihm.«

Marian seufzte.

»Je mehr ich von Johns Eheweib höre, desto mehr drängt sich mir die Vorstellung auf, dass sie in ein Kloster gehört. Vornehmlich in eines der barfüßigen Nonnen, die ein Schweigegelübde ablegen müssen.«

»Diese Entscheidung, Herr Marian, haben wir ein wenig beschleunigt.«

Ein äußert unheiliger Ausdruck lag auf Frieders Gesicht, und Marian wollte eben nachfragen, als der Junge sagte: »Psst, später.«

Alyss scheuchte mit einem Besen die heidnischen Völker aus dem Weg, wofür Gog und Magog sie mit pöbelhaftem Geschnatter beschimpften.

»Unsere Gänsehirtin ist pflichtvergessen!«, erklärte sie.

»Ist sie selbst zum Essen nicht gekommen?«

»Nein, aber ich vertraue darauf, dass sie zum Abendmahl erscheint. Wolltest du zu mir, Marian?«

»Tatsächlich, jetzt, wo du mich fragst. Ja, ich wollte dir die Neuigkeiten aus dem Turm berichten und dich um einen Rat bitten.«

»Komm ins Kontor. Frieder, Jerkin hat eine Beute geschlagen, ruf ihn zurück!«

13. Kapitel

Sorgsam legte Alyss den Gürtel mit einer kostbaren Goldemaille-Arbeit in den Kasten, der ihren Schmuck enthielt. John hatte ihn ihr mitgebracht, und diesmal hatte sie sich nicht gesträubt, sein Geschenk anzunehmen. Nein, sie hatte sogar die originelle Arbeit bewundert. Die Schließe zeigte nämlich das Abbild ihres Siegels, doch statt des Spiegelwappens hielt die Frau einen Falken auf der Hand.

Ein Versprechen an die Zukunft?

Mochten sie auch stachelige Worte finden, wenn sie einander begegneten, in ihrem Herzen hatte Alyss sich doch schon lange eingestanden, dass John of Lynne der Mann war, dem sie vertraute und den sie achtete. Und den sie begehrte.

Ein Hindernis war beseitigt – Arndt war tot.

John hingegen noch verheiratet.

Dennoch hatte sie zum Besuch der Sonntagsmesse den Gürtel mit der Siegelschließe angelegt und auch die Jacke aus weißem Pelz getragen, die er ihr von seiner vorigen Fahrt mitgebracht hatte. Einige missbilligende Blicke hatte sie auf sich gezogen, aber sie war hocherhobenen Hauptes durch die Kirche geschritten, bei ihr das Hauswesen in seinem besten Staat. Nur Lauryn hatte sie noch nicht erlaubt mitzugehen. Sie war zwar fieberfrei und hatte auch wieder etwas Appetit, fühlte sich aber noch ein bisschen wackelig auf den Beinen. Außerdem lastete etwas auf ihrem Gemüt. Wie Alyss annahm, hing das mit den Rosen zusammen, die Tilo ihr geschickt hatte. Anfang des Jahres war sie noch glücklich und aufgeregt wegen ihrer Verlobung mit Wulf gewesen, doch als Tilo nach seinem Abenteuer bei den Seeräubern zurückgekehrt war, waren auch ihre Herzensnöte wieder erwacht.

Bei Gelegenheit würde sie sie deswegen noch mal zur Rede stellen. Doch heute war Sonntag, und die Woche war anstrengend und voller böser Überraschungen gewesen. Es war ganz richtig, dass man am siebten Tag ruhen sollte. Auch wenn der Herbst mit kühler, feuchter Luft Einzug gehalten hatte, nahm Alyss ihr Wolltuch um die Schultern und ging in den Hof hinunter, um den Falken fliegen zu lassen.

Vor anderthalb Jahren, kurz bevor Robert verschwunden war, hatte John ihr den weißen Gerfalken geschenkt. Eine ungeliebte Gabe zunächst, die sie so schnell wie möglich loszuwerden gedachte. Und nun – so vieles hatte sich seit dieser Zeit geändert. Der Vogel hüpfte auf ihre behandschuhte Hand und ließ sich über das Gefieder streichen. Das Häubchen brauchte sie schon lange nicht mehr, vermutlich auch die Riemen an den Füßen nicht. Er vertraute ihr, kam auf den leisesten Ruf seines Namens zurück, immer gewiss, dass ein Happen auf ihn wartete. Nächsten Monat, so nahm sie sich vor, würde sie es wahr machen: Sie würde Jerkin mit nach Villip nehmen und mit ihm zur Jagd reiten.

Der Ruhetag hatte ihr gutgetan. Aber schon am Montag setzte sich das Rad des Schicksals wieder mit Schwung in Bewegung. Sie sortierte eben die Pelze, die Brouwers für Leocadie geliefert hatte – das Mädchen selbst hatte sich nicht überwinden können, die Felle, die noch so sehr an die Tiere erinnerten, die sie einst gewesen waren, anzufassen –, als Hilda ihr meldete, dass Gislindis sie zu sprechen wünschte.

»Führe sie in den Saal, Hilda, und bring uns ein paar von deinen süßen Wecken.«

»Ihr macht ein Aufhebens um sie, als sei sie eine Patriziertochter«, murrte die Haushälterin.

»Um Patriziertöchter mache ich weniger Aufhebens. Und du auch. Oder wirst du Hedwigis zukünftig nicht mehr anschnauzen, wenn sie die Eier fallen lässt oder die Milch verschüttet?«

Hilda murmelte zwar noch unwillig etwas vor sich hin, brachte aber die Schlyfferstochter in den Saal, der die ganze Tiefe des Hauses ausmachte. Alyss schlug den Deckel der Aussteuertruhe zu und stieg die Treppe vom Dachboden, wo die Jungfern ihre Schlaf- und Arbeitskammer hatten, in den ersten Stock hinunter. Gislindis stand vor dem Kamin und sah sich in dem Raum um. Durch die bleiverglasten Fenster fiel das Tageslicht und ließ Kupfer- und Zinngeschirr auf den Borden schimmern. Die leuchtenden Farben des Teppichs, der den langen Tisch bedeckte, hoben sich gegen das dunkle Holz der reich geschnitzten Schränke und der glänzend gewachsten Bodendielen ab.

»Ein schöner Raum, der von Wohlhabenheit zeugt. Habt Ihr wohl, Frau Alyss?«

»Bislang zumindest fühle ich mich wohl, Gislindis. Was bringt Euch zu mir? Etwas, das dieses Gefühl verscheuchen wird?«

»Mag sein, dass es Euch verdrießen wird, aber wissen solltet Ihr es.«

Alyss setzte sich in den Scherensessel am Kamin und wies auf den anderen ihr gegenüber. Hilda betrat mit einem Korb Wecken und einem Krug Traubensaft den Raum, stellte beides auf den Tisch und holte, mit einem grimmigen Blick auf ihre Herrin, zwei der gläsernen Pokale aus dem Schrank.

»Danke, Hilda«, sagte Alyss und nickte ihr zu. Noch immer grummelnd schlurfte die Haushälterin heraus.

»Ich bin es nicht wert, von ihr bedient zu werden.«

»Was ist der Mensch wert, Gislindis?«

Alyss sah die junge Frau aufmerksam an. Ihr Gesicht wirkte müde, sie schien ihr magerer geworden zu sein. Die Sorge um ihren Vater mochte auf ihr lasten. Und mehr – ohne ihren Vater war auch ihre Zukunft unsicher. Sie konnten nur gemeinsam das Schleifergeschäft betreiben.

»Mein Vater ist nichts wert, denn er kann nicht sprechen. Ich bin nur wert, einem Mann Küsse oder die Gunst meines Leibes zu schenken. Ihr seid Geld wert, denn Ihr handelt mit Ware. Euer Bruder ist wert, denn er heilt …«

»So düster, Gislindis? Aber ich verstehe. Es mag scheinen, als ob man Euren Vater wie einen Schwachsinnigen behandelt, aber der Hohlkopf, glaubt mir, sitzt auf der anderen Seite im Schöffengericht. Nehmt einen Wecken, Gislindis.«

Sie tat es, brach ein Bröckchen ab und knabberte daran.

»Ich habe mit Mats gesprochen«, sagte sie unversehens.

»Das ist doch gut, oder?«

»Euer Bruder sorgt für ihn. So wie er auch die Kerkermiete begleicht. Ich will das alles nicht, aber ich muss es annehmen.«

Es hörte sich dermaßen bitter an, dass Alyss zusammenzuckte. Doch sie erwiderte nichts darauf, sondern fragte: »Was sagt Mats? Kann er sich erinnern, was in der Nacht geschehen ist?«

»Er ist im Adler gewesen, wie oftmals an einem Sonntag. Er sitzt gerne unter Menschen, beobachtet sie und hört zu. Die Stammgäste dort wissen, dass er nicht gut reden kann, trotzdem unterhalten sie sich mit ihm. Er wollte aber nicht lange bleiben, nur auf einen Humpen Bier. Es war lebhaft an dem Abend.«

»Ja, das sagte Frau Franziska auch. Die Messe naht, und die ersten Kaufleute und Handelsgehilfen treffen ein …«

»Ja, das fremde Volk zu sehen, daran ergötzt Mats sich gerne. Aber diesmal war ein Mann da, der wohl zu plötzlichem Reichtum gekommen ist und der in seiner Glückseligkeit die Gäste freihielt. Auch Mats hat einen zweiten Humpen geleert. Daran erinnert er sich. Dann aber verschwimmt alles, sagt er. Er fühlte sich trunken und wollte nach draußen gehen. Im Gedränge aber hat er sich den Kopf angeschlagen. Oder er wurde ihm angeschlagen. Mehr weiß er nicht.«

»Bilsenkrauttinktur macht den Menschen benommen.«

»Das Bier …?«

»Nein, nicht das Bier von Frau Franziska. Sie verwendet keine Bilsen in der Grut. Es war weit stärker, denn die Wirkung hat ja offensichtlich tagelang angehalten. Trine – Ihr kennt ja die Apothekerin – hat es an ihm gerochen. Jemand hat ihm die betäubende Essenz der Bilsen in das Bier getan, denke ich. Und ihn, als er wie trunken hinauswankte, bewusstlos geschlagen.«

Gislindis nahm noch einen Bissen von dem Wecken und spülte ihn mit dem Traubensaft hinunter. Ihr Blick hatte seine Trübe verloren und glänzte wieder.

»Man hat es ihm angetan, glaubt Ihr?«

»Ich bin von Mats' Unschuld überzeugt, Gislindis. Genau wie Marian sind wir es schon von Beginn an. Und so fügt sich eins zum anderen – jemand hat Euren Vater benutzt, hat versucht, das Verbrechen einem Mann anzulasten, der sich nicht wehren kann. Aber, Gislindis, wer immer das war, hat eines nicht bedacht – Mats mag zwar nicht selbst sprechen. Aber er hat Freunde, die es für ihn tun.«

»Geschenke verpflichten.«

»Nein, Gislindis, Ihr geht keine Verpflichtung ein.« Und Alyss erkannte plötzlich den unbezähmbaren Wunsch nach Unabhängigkeit, der Gislindis' Handeln bestimmte. Sie lächelte, und ihr seltenes Lächeln verfehlte seine Wirkung nicht. Gislindis lächelte zurück.

»Ich verlange Silbermünzen. Auch von Euch, Frau Alyss.«

»Sicher – eine Ware gehört bezahlt. Und Nachrichten, Wissen und Ratschläge sind Eure Waren. Aber oft genug, Gislindis, habt Ihr mir daneben auch Trost und Hoffnung geschenkt.«

»Habe ich das?«

Diesmal war sogar schon ein kleines Zwinkern in ihren Augenwinkeln zu erkennen, und mit zwei großen Bissen verschwand der Rest des süßen Weckens.

»Der Mann mit dem harten Blick unter verhangenen Lidern vermag seinen Zorn mit süßen Worten zu verbrämen. Doch er stellt viele Fragen über den Verbleib seines struppigen Dieners.«

»Das, Gislindis, ist mir nicht fremd.«

»Nein, und er wird Euch Rede und Antwort stehen. Jetzt.«

»Warum jetzt?«

Gislindis schüttelte leise lachend den Kopf.

»Ach, das wisst Ihr doch selbst, wohledle Dame.«

Alyss bemerkte, wie ihre Wangen heiß wurden, und sie nahm den Becher mit dem kühlen Saft, um ihr Gesicht dahinter zu verbergen. Gislindis' Blicke reichten bei Weitem zu tief.

»Dennoch, Frau Alyss – nichts ist ohne Kehrseite, und die Süße birgt Bitteres.«

»So will ich auch die bitteren Tropfen nehmen und hoffen, dass die Süße sie mildern wird. Sprecht.«

»Euer Gatte traf am Sonntag in Köln ein und wurde in einem Hurenhaus am Hungksrücken gesehen.«

»Gislindis, er hatte eine Buhle in Riehl. Sie wird sich weit mehr darüber grämen als ich.«

Die Schlyfferstochter nickte.

»Der Untreue wegen sicher. Doch ich weiß nicht … Es könnte mehr dahinter sein als die Lust eines geilen Mannes. Warum Geld ausgeben, wenn man eine Buhle hat?«

»Er hatte kein Geld mehr«, sann auch Alyss laut. »Ja, eine Frage, die nach Antwort sucht.«

Gislindis leerte ihren Becher und streckte die Hand über den Tisch.

»Ein Silberling, Frau Alyss.«

»Für geleistete Dienste?«

»Für einen Blick in Euer Pfötchen.«

Alyss nestelte ihren Beutel vom Gürtel und nahm die gewünschte kleine Münze heraus. Sie legte sie vor sich auf den Tisch. Gislindis nahm ihre Hand und schaute verträumt auf die Linien darin.

»Er kommt gerne auf Eure Faust zurück, der schöne Falke. Bänder sind gelöst, andere werden geknüpft. Doch hoch oben, versteckt hinter den dunklen Wolken, lauert einer mit schwarzem Gefieder.« Sie flüsterte nur noch, und die Härchen auf Alyss' Armen stellten sich auf. »Seit Langem, geduldig, bereit zu vernichten, was hell und schön ist. Hütet Euch vor dem Hinterhalt. Ihr besitzt zu viel von dem, wonach es ihn gelüstet. Hütet Eure Liebe vor den Augen der Welt.«

Gislindis gab ihre Hand frei, aber Alyss stellte keine Fragen zu dem, was sie gehört hatte. Sie würde keine Erklärung bekommen. Aber die Warnung war ernst, und sie würde sie beachten.

»Danke«, sagte sie stattdessen und schob die Silbermünze zu Gislindis. Flugs war sie verschwunden.

»Kommt Ihr alleine zurecht, Gislindis?«

»Ja, Frau Alyss. Für eine Weile noch.«

»Wenn nötig, schluckt bitte Euren Stolz herunter.«

»Er ist ein harter Brocken, mein Stolz.«

»Ich weiß. Erstickt nicht daran.«

Zu gerne hätte Alyss noch ihren Bruder Marian erwähnt, doch Gislindis war schon aufgestanden, sichtlich bestrebt, das Haus zu verlassen. Sie begleitete sie schweigend zum Tor.

Im Hof traf sie Peer, der ein leeres Fass zum Kelterhaus rollte. Er blieb stehen und meinte: »Ich hab dem Merten die letzten drei Fässer Roten aus Burgund mitgegeben, er hat einen Kunden in Rodenkirchen. Was wollt Ihr unternehmen? Nur noch den Pfälzer anbieten?«

»Darüber muss ich mir Gedanken machen, Peer. Besser wäre es, wir hätten auch Rotwein im Lager. Willst du nach Burgund reisen?«

»Ist eine lange Strecke.«

»Sollte ich Merten schicken?«, sprach sie ihren Gedanken laut aus.

»Traut Ihr ihm?«

Das tat sie nicht. Obwohl er sich im vergangenen halben Jahr tatsächlich verantwortungsvoll um den Weinverkauf an die Kunden vor der Stadtmauer gekümmert hatte. Aber ganz und gar verlässlich erschien er ihr nicht. Er kam und ging, wie er wollte, tauchte manchmal tagelang nicht auf, den Anteil an dem Verdienst, den sie ihm zugestand, gab er für allerlei Schnickschnack aus. Er war im Grunde ein eitler Geck und hatte den gewissenhaften Umgang mit Geld nie gelernt. Sie hatte Nachsicht mit ihm geübt, denn er hatte früh seinen Vater verloren, und seine Mutter hatte bald darauf Arndt van Doorne geheiratet, der sich wenig um ihn gekümmert und schon gar nicht seine Ausbildung im Handel unterstützt hatte. Dann starb, als er eben vierzehn war, auch seine Mutter. Nach ihrem Tod lebte Merten bei seiner Großmutter Trude de Lipa, eine zänkische Frau von großer Gehässigkeit. Von Arndt hatte er immer wieder Geld eingefordert, das ihm als Erbe seines Vaters de Lipa zustand, wie er argumentierte. Arndt gab ihm, worum immer er bat, später zahlte Alyss, nachdem sie festgestellt hatte, dass er wirklich keinen Geschäftsverstand besaß. Doch als sie herausgefunden hatte, dass Arndt seinen Handel mit Verlusten führte, hatte sie ihre Großzügigkeit beendet, und Merten musste sehen, wie er mit seiner Großmutter zurechtkam. Offensichtlich aber war Trude de Lipa geizig genug, ihren Enkel nicht zu unterstützen, und so hatte er sich angeboten, im Weinhandel mitzuarbeiten. Immerhin hatte ihn sein lustiger Lebenswandel mit vielen jungen Männern aus vermögenden Familien zusammengebracht, die ständig großen Bedarf an guten Weinen hatten.

Er lieferte die Fässer aus, rechnete, soweit sie es bisher feststellen konnte, ehrlich ab und erhielt seinen Gewinnanteil. Doch ihn zum Einkaufen in die Ferne zu schicken – nein, das Risiko mochte sie denn doch nicht eingehen.

Das Problem Rotwein aber brauchte sie nicht gleich zu lösen – anderes war weit wichtiger.

An diesem Vormittag würde wieder das Schöffengericht tagen, und John wollte sich dafür einsetzen, dass sein Diener von jedem Verdacht freigesprochen wurde, Arndt van Doorne umgebracht zu haben.

Mit Ungeduld wartete sie auf sein Kommen.

Es gingen das Mittagsmahl und auch der frühe Nachmittag darüber hin, bis schließlich Marian und John eintrafen. Alyss, die mit Frieder und Tilo im Rebgarten arbeitete, legte die Schere in den Korb und eilte auf sie zu.

»Catrin ist frei«, waren Marians erste Worte.

»Mein Diener ebenfalls«, ergänzte John.

Alyss murmelte ein leises Dankgebet. Dann rief sie das Hauswesen zusammen.

Die Jungfern eilten aus den Gemüsebeeten herbei, wo sie Kräuter beschnitten und Unkraut gerupft hatten, Hilda schubste Herold zur Seite, der nach ihren Waden hackte, Benefiz hechelte mit den Jungen aus den Reben herbei.

Sie versammelten sich in der Küche, und Marian begann seinen Bericht.

»Drei der Schöffen fehlten noch, sie liegen auf den Tod krank danieder, die anderen haben sich erholt. Overstoltz hat noch einmal versucht, Catrin und Mats als blutrünstige Tollhäusler darzustellen, aber die Gnadengesuche überzeugten die anderen Mitglieder des Schöffenkollegs. Einige kennen die Beginen und auch den Ruf, den Catrin als Wehmutter hat. Endres Overstoltz hat sich mit seiner gehässigen Anschuldigung ziemlich lächerlich gemacht.«

»Er ist ein *bonehead*, aber er war wütend.«

»Er war stinksauer, weshalb er darauf bestanden hat, dass Mats weiter im Kerker zu bleiben hat, bis er in der Lage sei, sich verständlich auszudrücken.«

»Was ja nie zu erwarten ist.«

»Ich wollte für ihn sprechen, aber John hat mich daran gehindert.«

Marian sah John einigermaßen ungehalten an.

»Es hätte die Angelegenheit nur schlimmer gemacht, mein Freund. Wir kümmern uns als Nächstes um ihn. Es geht ihm nicht schlecht in dem Gelass.«

»Ja, möglich«, sagte Alyss. »Aber Gislindis ist auf ihn angewiesen. Ihr entgeht viel Einkommen, solange Mats nicht die Messer schleift.«

»Ein dummer Gegner ist ein gefährlicher Gegner, Mistress Alyss. Er wartet nur darauf, seine Macht auszuspielen.«

Gislindis' Worte von dem lauernden Bösen kamen ihr wieder in den Sinn, und sie nickte, wenn auch nicht glücklich.

»Es war wichtiger, Bob zu entlasten.«

»Es ist Euch gelungen.«

»Mit einiger Mühe. Der Overstoltz, dieser *lousy ape*, hat sogleich eine neue Theorie aufgestellt, warum der schmutzige Bettler den wohlhabenden Kaufmann umgebracht haben muss. Er hat Bob befragt und glaubt aus seinen Worten ein Geständnis herausgehört zu haben. Ich habe seine Kenntnisse der englischen Zunge öffentlich einer Überprüfung unterzogen.« John grinste. »Diese beiden *youngmen* hier hätten ihre Freunde daran gehabt.«

»Wurdet Ihr sehr ausfallend, Master John?«, fragte Frieder.

»Ausgesucht ausfallend. Einige Jahre in der Tretmühle im Londoner Hafen haben meinen Wortschatz sehr kultiviert.«

»Einer der Schöffen erlitt einen Erstickungsanfall. Ich vermute, er gehört zu den Englandfahrern«, ergänzte Marian.

»Man nahm mir schließlich meine Bürgschaft ab, denn es gab keinerlei Hinweise darauf, dass Bob auch nur in die Nähe von Arndt gekommen war.«

»Wer hat ihn beschuldigt?«

»Eine Magd, die bei den Beginen arbeitet, sagte der Wachmann. Sie hatte wohl Angst vor dem zotteligen Mann, der sich in der Nähe des Konvents herumdrückte.« Über Marians Gesicht huschte dabei ein kleines Lächeln. Alyss verstand. So hatte Robert sich verdächtig gemacht.

»Ist Catrin wieder zu Hause?«

»Ich brachte sie vom Turm dorthin, während John sich um seinen Diener kümmerte.«

»Und mein Diener bleibt er«, betonte John mit einem strengen Blick in die Runde. »Auch jetzt noch!«

»Auch für Catrin?«

»Mistress Alyss, so schwer es mir fällt, ja.«

»Wir werden sehen.«

»Mistress Alyss, Leben hängen davon ab.«

»Tun sie das?«

»Versprecht mir zu schweigen, Mistress Alyss!«

Er sah sie eindringlich an, seine blauen Augen kalt unter den schweren Lidern. Alyss wollte aufbegehren, doch dann besann sie sich. Mochte Catrin noch zwei, drei Tage auf die gute Nachricht verzichten müssen.

»Nun gut. Aber auch ich habe eine Neuigkeit, Master John. Und die wird Euch mit Freude erfüllen, denn sie bedeutet, dass Ihr Eure Bekanntschaft mit den zärtlichen Schwälbchen erneuern dürft.«

Hilda schnaubte, doch Alyss überging dieses unwirsche Geräusch.

»Wie großmütig Ihr seid, Mistress Alyss. Darf ich meine überwältigende Männlichkeit wieder in Euren Dienst stellen?«

»Vergnügen und Pflicht miteinander verbinden, das ja. Es heißt, dass mein verstorbener Gatte seine letzten Stunden in einem Hurenhaus am Hungksrücken zugebracht hat.«

»Ei wei!«, kommentierte Marian.

»Und ich soll in Erfahrung bringen, wie es um seine Männlichkeit bestand?«

»Weniger dieses als das, was er wirklich dort wollte. Hieß es nicht, dass er kein Geld mehr, dafür aber eine Buhle in Riehl hatte?«

»So hieß es. Ich bringe Euch zuverlässig Nachricht, my Mistress. Gebt mir eine Nacht zügelloser Wonnen …«

»Heißt es nicht auch, dass die zügellos genossene Lust das Hirn der Männer aufweicht?«

»Frau Alyss, es sind drei keusche Jungfern am Tisch!«, wies Hilda sie zurecht, während die Angesprochenen versteckt in die Ärmel kicherten.

»Nun gut, wir haben alle die erfreulichen Neuigkeiten vernommen, und nun können wir mit unseren Arbeiten fortfahren. Tilo, Frieder, der Weingarten wartet, Lauryn, Hedwigis – zurück in den Gemüsegarten, Hilda, die Speisekammer muss gefüllt werden, tätige die entsprechenden Einkäufe. Leocadie, du begleitest mich zu den Beginen.«

»Tut, wie eure Mistress sagt, aber achtet auf eure Zungen. Und, Mistress Alyss – Ihr habt Euer Wort gegeben!«

»Ja, ja, ja!«

Alyss strebte aus der Küche, um das verwaschene Tuch,

mit dem sie während der Arbeit ihre Haare bedeckte, abzunehmen und gegen den gekräuselten Schleier zu tauschen. Als sie in ihre Kammer trat, zuckte sie im ersten Moment erschrocken zurück. Eine Blutlache leuchtete rot auf ihrem Kopfpolster.

Nein, kein Blut, wie irrwitzig war sie denn?

Rosen. Dunkelrote Rosen lagen da.

Mochte sie sich auch über Johns herrschsüchtige Worte geärgert haben, so stimmte sie die Gabe doch wieder milde.

Obwohl – das war so gar nicht seine Art …

Als sie die Blumen aufhob, fielen die Blütenblätter ab. Welk waren die Rosen.

Wieso welk? Und – als John mit Marian eintraf, hatte er keine Rosen in den Händen gehalten.

Seltsam.

Doch Leocadie klopfte schon an der Tür, und mit schnellen Bewegungen legte Alyss den Schleier an und verließ die Kammer.

14. Kapitel

Marian zauderte ein letztes Mal, dann zog er die Gugel wieder aus und bürstete sich seine rotbraunen Locken, bis sie glänzten. Die kleine Eitelkeit leistete er sich und dankte seiner Frau Mutter für diese Gabe. Seine Zwillingsschwester hatte die schwarzen, glatten Haare ihres Vaters geerbt, und sie würde in wenigen Jahren die ersten grauen Strähnen darin finden. Oder irgendwelche weiblichen Listen anwenden, um sie verschwinden zu lassen.

Die Gugel verdeckte seinen Schopf, das grüne Barett indes betonte den rötlichen Glanz. Die Gugel diente dazu, sein Gesicht zu verhüllen, denn einem Patriziersohn stand es nicht an, als Gehilfe eines Baders zu arbeiten, selbst wenn der Meister ein Freund der Familie war. Und außerdem – tja, und außerdem hatte er, wenn er ehrlich war, weder Lust noch Zeit, weiter Bärte zu schaben oder Warzen zu entfernen. Vielleicht sollte er sich doch erst einmal mit der medizinischen *theoria* beschäftigen. Wenn die anderen Angelegenheiten geregelt waren.

Und die schienen ihm inzwischen dringlich. Denn er hatte gründlich nachgedacht, seit Alyss ihm von Gislindis' Besuch berichtet hatte.

Das Gute war, dass Gislindis wenigstens noch mit seiner Schwester sprach und dass sie ihnen eine neue Spur verraten hatte. Das Beängstigende war jedoch ihre Warnung vor dem lauernden Bösen im Hinterhalt. Marian hatte sich von Gislindis einmal erklären lassen, was es mit dem Handlesen auf sich hatte. Es war eine Kunst, den Leuten das zu sagen, was sie sich wünschten. Menschenkenntnis besaß die Schlyfferstochter in überragendem Maße, und sie war von schnellem Witz und hellem Verstand. Doch er wusste auch, dass sie gelegentlich echte Ahnungen hatte. Vor Ostern hatte sie eine Bedrohung für seinen Vater verspürt und ihn gewarnt. Dann aber hatte sie selbst ihrem drängenden Vorgefühl nachgegeben und war in den Abendstunden zum Kloster von Groß Sankt Martin gekommen – just genau in dem Augenblick, als ein Wahnsinniger mit dem Messer auf Ivo vom Spiegel eindrang.

Sie hatte ihm mit ihrem beherzten Eingreifen das Leben gerettet, und das vergaßen ihr weder Marian noch Alyss.

Nun hatte sie wieder eine Warnung ausgesprochen, und die verdiente tatsächlich jede Beachtung. Mit etwas Überlegung war Marian dann selbst zu einem schrecklichen Verdacht gekommen.

Arndt van Doorne war ermordet worden, und jemand hatte Mats Schlyffers dazu benutzt, seine Tat zu vertuschen. Ein kluger Winkelzug, einen fast Stummen zu betäuben und ihn mit dem Messer in der Hand neben dem Leichnam abzulegen. Wer dachte sich so eine Scharade aus? Zum einen musste er einen Grund haben, Arndt umbringen zu wollen. Na gut, derer gab es vermutlich einige, denn der Mann hatte im Trüben gefischt, unlauteren Handel betrieben, um Lohn geprellt und allerlei eigennütziges Tun verfolgt. Aber Arndt war der Stadt verwiesen worden und mehr oder weniger heimlich zurückgekommen. Es musste ihn sein Feind also längere Zeit beobachtet haben. Und außerdem musste ebendieser auch Mats und seine Gewohnheiten kennen – wissen, dass er sich mit seinem Wolfsrachen nicht richtig artikulieren konnte und dass er sein Bier im Adler trank. Kurzum, der Mörder stammte aus Köln und kannte sich hier aus. Und er lebte ganz bestimmt weiterhin unter ihnen, sicher vor Entdeckung, solange der Verdacht weiterhin auf Mats fiel.

Und deshalb war Mats in Gefahr.

Denn wenn er sich erinnerte, wer ihn niedergeschlagen hatte, dann würde man auch den Mörder finden. Insofern war es vermutlich gar nicht falsch, den Messerschleifer im Turm zu belassen. Und auch nicht den Anschein zu erwecken, dass man auf der Suche nach dem wahren Täter war.

Dennoch sollte man den so bald wie möglich finden.

Weshalb Marians Gedanken nun zu den Schöffen weiterwanderten. Sie waren es, die den Mord aufzuklären hatten. Sie führten die Befragungen durch und bildeten sich ein Urteil. Im Falle Catrin und Bob hatten sie in der Mehrzahl vernünftig entschieden. In der Mehrzahl – was wiederum zu Endres Overstoltz führte, der offensichtlich seinen Schöffenruhm damit erwerben wollte, dass er van Doornes Mörder dingfest machte.

Und zwar auf Grund seiner krausen Theorien.

Mochte der Teufel wissen, was er sich als Nächstes ausdenken würde.

Warum lag ihm so viel daran, den armen Mats zu beschuldigen? Deckte er vielleicht selbst den eigentlichen Mörder?

Es war an der Zeit, sich den Overstoltz etwas genauer anzusehen. Frau Almut hatte ihn eine schlaffe Bleichwurz genannt, was nach Marians Ansicht eine treffende Charakterisierung war. Köln war ein Dorf, wenn es um Klatsch und Klüngel ging. Er selbst hatte einige Freunde in den Patrizierfamilien, die er zu den Overstoltzens befragen konnte. Allerdings waren die meisten in seinem Alter, und was immer dieser Endres in der Zeit der Verbundbrief-Unruhen getrieben hatte, war in ihren frühen Jugendjahren geschehen.

Marian zog sich die weichen Stiefel an die Füße. Es würde wohl recht nützlich sein, Magister Jakob einen Besuch abzustatten, sich nach seinem Befinden zu erkundigen, ihm die neuesten Entwicklungen zu schildern und ihn über Endres Overstoltz auszufragen.

Der Notarius saß an seinem Schreibpult, bleich wie das Pergament vor ihm, die Brille vor den Augen, den Federkiel in der Hand. Diesen legte er nieder und sah Marian über den Rand der Gläser an.

»Erzählt mir nicht, ich solle das Bett hüten«, begrüßte er ihn mit tonloser Stimme. »Ich weiß nicht, warum den Weibern so viel daran liegt, einen Mann ans Lager zu fesseln.«

Darauf fielen Marian etliche Antworten ein, jedoch wollte er keine davon vor dem trockenen Magister aussprechen. Nicht, dass der Mann keinen Humor gehabt hätte – den besaß er auf eine eigenartig hintergründige Art durchaus –, aber er war unbeweibt und das aus einem Grund, den er gut zu verheimlichen wusste.

»So Ihr Euch kräftig genug fühlt, eine Feder in der Hand zu halten, Magister Jakob, wird es Euch nicht schaden, das Krankenbett zu verlassen. Wie weit aber ist Euer Hirn schon wieder erstarkt, dass es juristische Spitzfindigkeiten erdenken kann?«

»Mein Gedärm war in Aufruhr, Herr Marian, nicht mein Hirn. Setzt Euch, und beichtet Eure Untaten, aus denen ich Euch befreien soll.«

»Ich bemühe mich, wenige Untaten zu begehen. Im Gegenteil, gute Taten säumen meinen Weg. Frau Catrin ist in ihren Konvent zurückgekehrt.«

Die kleine rotbraune Katze schlich sich an das Pult heran und schaute gebannt nach oben. Über den Rand ragte das Ende der Schreibfeder. Marian beobachtete sie, sagte aber nichts.

»So ist Frau Catrins Unschuld erwiesen?«

»Die Gnadengesuche und ihr guter Leumund überzeugten die Schöffen. Bis auf einen, Magister Jakob, und deswegen bin ich hier. Was könnt Ihr mir zu Endres Overstoltz sagen, Notarius?«

Die Katze setzte zu einem Sprung an, und schon hatte sie die Feder erjagt und zog stolz maunzend mit ihrer Beute ab. Der Magister sah ihr nach.

»Die Hälfte meiner Federn sind für die Katz«, bemerkte er tonlos und zog eine neue aus der Lade in seinem Pult. »Ach ja, der Overstoltz.«

Dann nahm er seine Augengläser ab, rieb sie unbeholfen an seinem Ärmel und betrachtete sie dann missmutig.

»Richtet Eurer Schwester aus, dass ich ihren Besuch erwarte.«

»Gewiss, Magister Jakob.«

Er legte die verschmierte Sehhilfe auf das Pergament, das er bearbeitet hatte, und wiederholte: »Ach ja, der Overstoltz.«

Marian, zwischen Ungeduld und Erheiterung schwankend, unterdrückte ein Seufzen.

»Ja, ja, der Overstoltz«, fuhr der Notarius fort. »Weiß gar nicht, wie der in die Bruderschaft aufgenommen wurde. War Anno 1400, ja. Ja, das war vor drei Jahren. Während der Unruhen hat er, wie fast alle Familien, die Stadt verlassen. Von den Overstoltzens sind einige hingerichtet worden. Ich nehme an, der Endres hatte die Bruche voll.«

Das kam wieder so trocken von dem Magister, dass Marian hüsteln musste.

»Nun ja, auch wir haben die Stadt verlassen, Magister Jakob.«

»Ihr wart Kinder, Euer Vater ist geblieben. Tja, aber der Overstoltz …«

Wieder versank der Notarius in Nachdenken. Das Kätzchen kam zurück, die gezauste Feder im Maul, und sprang auf seinen Schoß. Er kraulte sie und nahm ihr die Feder ab.

Was immer die seltsame Behäbigkeit des Notarius begründete, sie machte Marian ungeduldig, und darum fragte er in das schnurrende Schweigen hinein: »Was ist Eure Rolle bei den Schöffen, Magister Jakob? Wie kam es, dass Ihr an dem Festessen des Kollegs teilgenommen habt?«

»Ah ja, ich stehe den wohledlen Herren mit juristischem Rat zur Seite. Daher war ich befugt, an diesem Mahl teilzunehmen und den gepanschten Wein zu schlürfen. Overstoltz wurde eben aus der Bruderschaft in das Kolleg befördert. In dem war ein Platz freigeworden: Der alte van Geldern ist gestorben. Bei der Wahl hörte man nicht auf meinen Rat.«

»Ihr hättet einen anderen Kandidaten bevorzugt?«

»Es gibt derer mehrere. Man sieht eigentlich heutzutage die alten Namen nicht mehr gerne im Kolleg, aber einige der verdienten Schöffen haben sich für ihn ausgesprochen.«

»Könnte da nachgeholfen worden sein?«

Der Magister hob nur kurz seine Lider, senkte sie dann wieder. In seinem Blick aber lag eine Welt der Verachtung. Marian schloss daraus, dass auch er diesen Umstand vermutete. Sein Verdacht gegenüber dem overstoltzen Endres verdichtete sich.

»Schöffe Overstoltz ist also ehrgeizig und will sich bewähren. Man fragt sich, warum.«

»Er mag sich seinem Namen verpflichtet fühlen.«

»Möglich. Oder könnte er ein persönliches Interesse daran haben, dass der Mord an Arndt van Doorne nicht aufgeklärt wird?«

»Ich bin nicht befugt, eine derartige Vermutung anzustellen«, sagte der Notarius nüchtern. »Ihr indes dürft dies. Berichtet mir, was sich bisher zugetragen hat.«

»Kann ich auf Euer Schweigen vertrauen?«

»Zahlt, und Ihr seid mein Klient.«

Marian griff nach seinem Beutel und zog eine Goldmünze hervor.

Magister Jakob beäugte sie, setzte seine Augengläser auf, beäugte sie nochmals und schob sie dann wieder zu Marian hin.

»Ich hatte nicht von Gold gesprochen, Herr Marian. Kupfer habt Ihr nicht dabei?«

»Zwei Pfennige.«

»Ich werde Euch nicht berauben, einer reicht.«

Er war schon ein wunderlicher Kauz, der Notarius. Marian reichte ihm das Gewünschte und berichtete dann von John, seinem Diener Bob und dem vermeintlichen Tod des Robert van Doorne. Er berichtete auch von Overstoltz' Werbung um Catrin.

Der Notarius hörte mit unbewegter Miene zu, wie es seine Art war.

»Eine bemerkenswerte Mär, die Ihr zu schildern wisst.«

Das Kätzchen sprang von seinem Schoß und stromerte zu Marian. Er beugte sich hinunter und strich ihr über das seidige Fell. Mit kleinen Gurrlauten rieb sie ihren Kopf an seinem Bein.

»Anno 1391, sagt Ihr, hat der Overstoltz um die Tochter des von Stave angehalten? Nun, mag passend sein. Just in jenem Jahr starb sein Vater, der Gerard vom Vogelsang. Herr Marian, das alles will wohl durchdacht werden, und ich habe jetzt keine Zeit mehr, die ich mit Euch vertrödeln könnte. Schickt Eure Schwester her, sie muss meine Sehschärfe wiederherstellen.«

Sprach's, setzte sich die Brille auf und vertiefte sich in

das Schreiben auf seinem Pult. Dergestalt schroff verabschiedet erhob sich Marian und verließ mit einem gemurmelten Gruß das Studierzimmer. Der Magister sah nicht einmal mehr auf.

Im tiefsten Vertrauen darauf, dass der Notarius sich der Frage Overstoltz annehmen würde, lenkte Marian seine Schritte in Richtung Eigelstein. Nicht zum Turm, dort gab es derzeit nichts für ihn zu tun, sondern zu den Beginen. *Er* hatte John schließlich nicht sein Wort gegeben, über Roberts Rückkehr zu schweigen. Und seine geliebte Ziehschwester hatte so viel Ungemach erlebt – er hielt es für sein gutes Recht, ihr die Wahrheit zu sagen. Auch wenn das ein Unterfangen war, das mit großer Vorsicht angegangen werden musste.

Das Tor wurde ihm von der fröhlichen Pförtnerin geöffnet, und das Erste, was er sah, war Lore, die mit einer langen Stange Brote im Backes umherschob. Das Mädchen war also wohlauf, bemerkte ihn aber nicht. Er klopfte an dem kleinen Häuschen an, in dem unten die Schulstube eingerichtet war, und Frau Clara, die Meisterin selbst, öffnete ihm.

»Oh, Marian. Wie hübsch du aussiehst. Und wie schön, dass du uns aufsuchst. Ich habe wieder solch ein Ohrensausen. Du musst dir das gleich mal ansehen, ich kann kaum noch etwas hören.«

Sie nestelte bereits an ihrem Gebände, als Marian ganz leise sagte: »Ach, das beheben wir schnell mit ein paar Ohrenzwickern. Lasst sie mich eben auf der Wiese einsammeln.«

Frau Clara ließ ihr Gebende fahren und sagte empört: »Pfui, nein.«

»Ah, seht Ihr, schon hat es gewirkt«, antwortete Marian mit einem Grinsen.

»Du bist ein Schelm, Marian.«

»Nein, ein Heiler, der sich auf seine Kunst versteht. Ist Catrin im Haus?«

»Sie sitzt drüben bei den Seidweberinnen und stickt.«

»Dann hat sie ihre Zunge wieder gebändigt?«

»Vollständig, will mir scheinen, und sie übt sie mit Geschwätz.«

»So will ich sie davon abhalten und zur Pflicht rufen.«

»Aber nein, nein, Marian. Sie soll ruhig ihre Plauderei genießen. Sie hat lange genug die Klausur im Turm erlitten.«

»Noch besser, dann will ich sie mit weiterem Klatsch und Tratsch unterhalten.«

Er schlenderte über den Hof, begrüßte Lilith, die schwarze Konventskatze, Mutter des Revierfürsten Malefiz, und trat dann in das Haupthaus ein. Hier durchquerte er das Refektorium mit seinem langen Tisch, in dem sich derzeit niemand aufhielt, und öffnete dann die Tür zu der luftigen Werkstatt, in der drei Webstühle und vier Münder klapperten.

»Marian!«, riefen die Frauen im Chor, und es klang entzückt. Dieses Entzücken tat ihm wohl, und er verbeugte sich auf geschmeidigste Art. Dann besah er sich die schimmernden Gewebe, lobte die Feinheit der Stoffe und die Fingerfertigkeit der Weberinnen. Es brauchte seine Zeit, bis er Catrin von ihren Beginenschwestern losgeeist hatte, aber schließlich entführte er sie mit der Bitte, ihn in die kleine Kapelle zu begleiten, um ein Dankgebet für ihre Rettung zu sprechen.

Die Kapelle hatte seine Mutter Almut mit eigenen Händen gebaut, und sie war ein Schmuckstück des Konvents. Wohlerhalten und gepflegt trotzte sie seit sechsundzwanzig Jahren Wind und Wetter. Die beiden kleinen Kreuzblumen hatten etwas Moos angesetzt, der Sandstein eine etwas dunklere Farbe angenommen, doch der Holzboden schimmerte seidig und duftete nach teurem Bienenwachs. Das Licht aus der kleinen Fensterrosette warf sein Muster darauf, just vor den Altar aus marmoriertem Stein. Mutter Anna, kunstvoll geschnitzt, beugte sich fürsorglich über die kleine Maria und lehrte sie das Lesen. Doch in einer seitlichen Nische gemahnte eine zerlumpte Gestalt an die Vergänglichkeit des Lebens.

»Seit wann so fromm, Marian?«, fragte Catrin, als sie sich auf die Stufen zum Altar setzte. Das war ihre Angewohnheit, die sie hatte, seit Marian denken konnte. Schon als er noch ein Kind und sie ein ganz junges Mädchen gewesen war, hatten sie sich bei ihren häufigen Besuchen im Konvent immer hierhin zurückgezogen und auf genau diesen Stufen ihre kleinen Heimlichkeiten miteinander geteilt.

»Fromm, Catrin, bin ich seit wenigen Tagen, und das auch nur, weil ein Wunder geschehen ist.«

»Dir ist ein Wunder geschehen? Hast du einen Todkranken ins Leben zurückgeführt? Ein abgetrenntes Bein wieder angenäht, einen Blinden sehend gemacht oder ein gebrochenes Herz geheilt?«

»Spotte nicht, Catrin. Es ist etwas Wahres daran. Aber als Erstes sag: Wie geht es dir? Deine Zunge hat ihre Hemmung verloren, stelle ich fest.«

»Ja, deine Schwester half mir, sie zu lösen. Und deine Mutter tat das Ihrige dazu. Manchmal verfolgen mich noch die Schreckensbilder, aber sie verblassen allmählich, verschwimmen wie in einem trüben Spiegel. Es ist Schlimmes geschehen, aber ich habe meine Ruhe wiedergefunden.« Sie sann eine Weile still nach, dann meinte sie: »Damals, als es Robert traf, war es weit entsetzlicher.«

»Du denkst noch oft an ihn?«

»Ich bete jeden Abend für sein Seelenheil.«

Marian nickte.

»Und der Aufenthalt im Turm. Plagt dich die Erinnerung daran noch?«

Catrin lächelte.

»Marian der Heiler.«

»Es ist kein schöner Ort, Catrin.«

»Nein, aber dank der Unterstützung deiner Mutter und unserer Meisterin ist es mir im Turm nicht zu schlecht gegangen. Auch wenn sich das Essen nicht mit den köstlichen Gerichten unserer Frau Tina vergleichen ließ. Aber ich habe ein hübsches Schleiertuch für deine Schwester bestickt. Das kannst du nachher gleich mitnehmen, die letzten Stiche habe ich eben bei den Weberinnen daran vollendet.«

»Das wird sie sicher freuen. Sie gibt es ja nicht gerne zu, aber sie schätzt schöne Dinge durchaus.«

»Welche Frau tut das nicht?«, meinte Catrin mit feinem

Lächeln und schenkte der lehrenden Anna einen liebevollen Blick.

»Ja, Bruder Bertram, der sie geschnitzt hat, stand in der Gnade Gottes, der ihm seine Gabe schenkte. Catrin, warum bist du Begine geworden?«

Überrascht sah sie ihn an.

»Aber das weißt du doch, Marian.«

»Nein, eigentlich nicht. Du hättest auch heiraten können, nicht wahr?«

»Hätte ich. Aber mir behagte das Leben unter Frauen mehr. Hier bei den Beginen galt ich nicht als Handelsware. Hier wurde ich trotz meines Stotterns geachtet. Und die Arbeit als Wehfrau bringt Achtung.«

»Ja, das ist richtig. Und dennoch, Catrin – wenn ein Mann wie Robert dir begegnet wäre, hättest du dich dann ebenfalls zum Leben im Konvent entschieden?«

Catrin wickelte den Saum ihres grauen Gewandes um die Finger.

»Es g… gibt nicht v… viele Männer wie ihn.«

»Nein, Liebes, es gibt nicht so sehr viele seiner Art. Er war dir zugetan.«

Sie nickte, und ein Tropfen fing sich in ihren Wimpern.

»Catrin, der Ehehammel meiner Schwester war ein übler Kerl. Weit übler, als wir einst dachten. Es gab immer Spannungen zwischen den Brüdern.«

»Ja, ich weiß.«

»John of Lynne war Robert mehr Bruder als Arndt.«

»Ja, Marian, das war er wohl. Er ist ein harter, schweigsamer Mann unter seinem verbindlichen Wesen, aber Robert hielt große Stücke auf ihn.«

»So große, Catrin, dass er ihn mit seinem Leben beschützt hat.«

»Hat er das?«

»Er hat es getan, obwohl er anderen damit große Trauer und Schmerzen verursacht hat.«

Mit großen Augen sah Catrin ihn an.

»Was hat er getan?«

»Er hat ihn gerettet. In einem gefährlichen Spiel, Catrin, hat er sein Leben gerettet und beschützt. Ein Spiel, das noch nicht zu Ende ist – auch nach Arndts Tod nicht.«

»Was heißt das?«

Marian nahm ihre Hände in seine.

»Catrin, wir sind zum Schweigen verpflichtet. Darum verrate dich nicht mit deinem Wissen. Aber Robert lebt – der Mann, der damals in seinen Kleidern gefunden wurde, war ein Dieb, der sie angelegt hatte.«

Er hatte erwartet, dass Catrin zusammenbrechen würde, doch sie blieb ganz ruhig.

»So habe ich mich nicht getäuscht, Marian«, sagte sie leise. »Ich wollte es nicht glauben. Aber damals, als sie ihn aufgebahrt haben, bin ich heimlich zu ihm geschlichen. Sie wollten nicht, dass ich ihn sah.«

»Du hast ihn nicht erkannt?«

»Nein, ich zweifelte. Seine Hände, weißt du …«

»Ja, es war ein derber Bettler oder Streuner. Kein Mann, der die Qualität feiner Tuche mit den Fingerspitzen bestimmen konnte.«

»Wo ist er?«

»Bei John. Als sein Diener Bob. Und das wird er noch einige Zeit bleiben.«

Catrin biss sich auf die Lippen.

»Schütze auch du sein Leben. Es ist noch immer in höchster Gefahr.«

»Ja, sicher.«

»Catrin!« Ganz sanft sagte er es. »Catrin, wann immer er in Köln war, hielt er sich hier in deiner Nähe auf. Er wollte immer wissen, ob es dir gut geht.«

Und nun legte Catrin ihren Kopf an seine Schulter und weinte bitterlich.

15. Kapitel

John lächelte die junge Schlupfhure an, die mit keckem Röckeschwenken auf ihn zukam.

»Meister Johann! Ihr seid wieder in Köln?«

»Wie du siehst, Hedi. Und auf der Suche nach Unterhaltung.«

»Die will ich Euch gerne bieten. Mögt Ihr ein wenig bummeln? Der Fredi backt seine Pasteten noch immer drüben am Eck, und die Olivia bestickt noch immer schöne Taschen.«

»Und wenn ich nun nicht hungrig bin und keine hübsche Tasche brauche?«

Wieder kicherte Hedi.

»Dann können wir auch in meine Kammer gehen, und ich kümmere mich später um Essen und Täschchen.«

»Das würde mir gefallen.«

John folgte der jungen Frau zu einem schmalbrüstigen Haus, aus dessen oberem Fenster eine neugierige Vettel keifte.

»Die ist bloß neidisch, weil sie eine alte Dörrpflaume ist und keinen hübschen Mann mehr in ihr Bett bekommt«, erklärte Hedi und wies auf die Stiege. »Da hinein, Meister Johann. Und macht es Euch gemütlich. Ich hole uns einen Schoppen Wein.«

Die Kammer war zwar unordentlich, zwei Cotten hingen über einem Schemel, eine Decke knäuelte sich auf der klumpigen Matratze zusammen, Pantinen standen auf einem Schemel am Fenster, aber alles in allem war Hedi reinlich. John nahm die Pantinen herunter und setzte sich auf den Schemel. Mit einem Krug und zwei Bechern kam die Schlupfhure zurück.

»Ist kein schlechter Wein, Meister Johann, und ich habe Honig und Kräuter hineingetan. Aber er kostet extra.«

»Du sollst deinen Lohn bekommen, Hedi. Und zwar für deine Zeit und deinen Wein.«

»Was denn, nur für meine Zeit?«, schnurrte sie und setzte sich auf seinen Schoß. Sacht schob er sie von sich.

»Für deine Zeit, denn ich habe Keuschheit gelobt.«

»Huch!« Und wieder kicherte sie. »Ihr haltet mich für jeck, was, Meister Johann?«

»Nein, Hedi, es ist mir ernst.«

Er legte zwei Münzen auf die Fensterbank.

»Ja, aber … Ihr wollt wirklich nicht?«

»Nein, *sweetheart*. Aber dein Geplauder, das würde mich entzücken.«

Hedi hockte sich auf die Betttruhe und schüttelte den Kopf.

»Ein Mann wie Ihr und Keuschheit? Nicht einmal die Minderbrüder halten sich an ihre Gelübde.«

»Mag schon sein, aber ich bin kein Mönch.«

»Nein, wahrlich nicht. Es ist eine Verschwendung, Meister. Und Verschwendung ist Sünde.«

»Eine treffliche Argumentation. Dann werde ich jetzt sündigen und keusch bleiben.«

Hedi kicherte wieder und trank ihren Wein.

»Worüber soll ich denn plaudern? Über Liebesdinge?«

»Gerne, denn ich bin auf der Suche nach einem Mann, der Liebdienerinnen beglückt hat.«

»Ah, um Vergleiche anzustellen?«

»Nein, um zu hören, was er von ihnen begehrte und was sie ihm gaben.«

»Ihr hört Euch komisch an, Meister Johann. Ist es, weil Ihr unsere Sprache nicht richtig kennt?«

John mochte das junge Weib. Sie war zwar eine Dirne, aber nur wenn ihr der Sinn danach stand, verkaufte sie ihre Gunst an Männer. Sie war eine Leinenweberin, leichtherzig und schlau genug, ihre Münzen beisammenzuhalten. Er hatte sie bei seinem ersten Aufenthalt in Köln besucht und in jenen Tagen, als sie Roberts Verschwinden bewerkstelligt hatten, mit ihr und ihren Freundinnen heitere Spiele gespielt.

»Mag schon sein. Dann will ich versuchen, Klarheit in meine Worte zu bringen. Hedi, wenn ich ein Hurenhaus auf dem Hungksrücken aufsuchen wollte – welche gibt es dort?«

Hedi schmollte.

»Ooch, ins Hurenhaus wollt Ihr, und bei mir sprecht Ihr von Keuschheit?«

»Auch dort will ich Keuschheit üben.«

Jetzt kniff sie die Augen misstrauisch zusammen.

»Wolltet Ihr die Schwälbchen bekehren und zu Reuerinnen machen?«

»Aber um Himmels willen, nein. Ich suche einen Bekannten, der sich vielleicht dort aufgehalten hat.«

»Mhm, komisch trotzdem. Aber gut, es gibt dort zwei Häuser. Eines ist ein heimliches, das andere, die Eselin, betreibt die Hurenmutter Wynfrida.« Hedi rümpfte die Nase. »Das heimliche verrate ich Euch nicht.«

»Sonst wäre es ja auch nicht mehr heimlich. Das verstehe ich.«

»Wer ist denn der Mann, den Ihr sucht? Kann sein, dass ich ihn kenne.«

»Kann sein. Ein Weinhändler.« John beschrieb ihr Arndt, und sie schüttelte den Kopf.

»Nein, glaub ich nicht. Aber warum seid Ihr so begierig, ihn zu finden?«

»Oh, gefunden wurde er schon. Am letzten Montag, mit durchschnittener Kehle.«

Das tat seine Wirkung. Hedi riss die Augen auf, drückte sich die Hand auf den Magen und stöhnte.

»Hat die Wynfrida ihn gemeuchelt?«

»Das eben möchte ich herausfinden, Hedi. Würde sie so etwas tun?«

Das genüssliche Entsetzen löste Hedis Zunge, und sie lieferte John eine lebhafte Schilderung der Hurenmutter und ihrer Mädchen. Ein lebhaftes, aber auch reichlich abstoßendes Bild. Aber mit diesem Wissen gewappnet machte John sich auf den Weg zum Hungksrücken. Nicht ohne Hedi mit einem langen, heißen Kuss belohnt zu haben.

Aber ein Kuss nur, denn Keuschheit hatte er tatsächlich nach jenen lustvollen Nächten gelobt. Nicht, weil er die Sündigkeit dieses Verhaltens erkannt hatte, sondern weil Ehre und Treue Teil des Minnedienstes waren, den er leistete, seit er seine Mistress gefunden hatte.

Wynfrida, die Wirtin der Eselin war wie erwartet ein Bild von einem Weib. Ein Zerrbild jedoch. Ihre groben Züge waren faltig, um ihren Hals hing die Haut wie schlaffe Lappen, doch sie versteckte ihren schwammigen Busen nicht unter den Gewändern, ebensowenig wie ihre fleischigen, abstehenden Ohren unter der prachtvollen Haube. Ihre Stimme passte zu ihrem Aussehen, war tief und rau, und ihre Sprache war derb und beinahe unverständlich. John hatte größte Mühe, die in kölscher Zunge gesprochenen Worte zu deuten. Nur eines war ganz sicher – geschäftstüchtig war die Vettel. Sie pries ihm ihre Schützlinge an, drei ältliche, fette Huren, vier etwas ansehnlichere Weiber und zwei junge, Kinder fast noch, graugesichtig und von verderbtem Blick. Es kostete ihn viel Zeit, sie abzuwehren, und als er bemerkte, dass schmeichelnde Worte ihm nicht halfen, wurde er ebenfalls derb. Es war schließlich dann ein Zielen ins Ungewisse, aber er hatte Erfolg mit der Drohung, sie wegen des Mordes an Arndt anzuklagen. Einem der jüngeren Hürchen entwischte der Hinweis auf den lautstarken Streit mit dem Patron, der sein Geld eingefordert hatte. Die Hurenmutter ohrfeigte sie darob und stieß John mit Schmähworten aus dem Haus.

Er ließ es zu, und auf der Straße schüttelte er sich vor Ekel. Dann eilte er zum Alter Markt, um sich juristischen Rat zu holen.

16. Kapitel

Frau Almut hatte Nachricht geschickt, dass sich das Hauswesen zu einer kleinen Feier im Haus derer vom Spiegel einfinden möge. Catrins Befreiung aus dem Kerker war der eine Anlass, der zweite, nun, darüber hatte sich Alyss so ihre Gedanken gemacht. Vor allem, als sie hörte, wer alles eingeladen worden war. Beispielsweise Herr Fredegar. Und Herr Arbo ebenfalls, was Leocadie in Verzückung geraten ließ. Zwei Ritter würden die Tafel schmücken. Aber auch die Pelzhändler Richwin und Wynand Brouwer, was wiederum Hedwigis entzückte. Dazu Meister Peter und sein patrizisches Weib Wiltrud, was Alyss weniger entzückte. Hedwigis' Mutter war von hochnäsigem Dünkel und aufgeblasenem Getue. Nun ja, Frau Clara würde ihr auf ihre milde Art den Wind aus den geblähten Segeln nehmen. Magister Jakob hatte bedauerlicherweise sein Kommen abgesagt; noch fühlte er sich zu schwach, das Haus zu verlassen, John hatte jedoch zur Freude des Hauswesens zugesagt, an dem Festessen teilzunehmen.

Alyss legte ein Surkot aus dunkelrotem Wolltuch an, dessen Ärmel und Saum mit schwarzem Samt verbrämt waren. Ein kostbares Gewand, das sie selten trug, doch die Eitelkeit gab ihr den kleinen Schubs, es zu wählen.

Die hoch auf dem Kopf aufgesteckten Zöpfe bedeckte sie mit dem zarten Schleiertuch, das Catrin für sie bestickt hatte, und gewissenhaft zupfte sie einige ihrer schwarzen Löckchen darunter heraus. Der Silberspiegel zeigte ihr eine Frau von majestätischer Haltung, und genau das wollte sie erreichen. Sie war eine Witwe, doch sie stand einem Geschäft und einem Hauswesen vor, sie führte ihr eigenes Siegel und verfügte über ein ansehnliches Vermögen. Und sie war die Tochter derer vom Spiegel.

Es wurde Zeit, sich aus dem Schatten ihrer Eltern zu erheben.

Nicht dass sie diesen Schatten in irgendeiner Form abgelehnt hätte, sie liebte und bewunderte Ivo vom Spiegel und ihre Mutter Almut von ganzem Herzen. Aber seit sie die Nachricht von Arndts Tod erhalten hatte, fühlte sie, dass sich eine Veränderung anbahnte. Eine Last war von ihr genommen, ein Gefühl von Freiheit und Stolz auf die eigene Leistung erfüllte ihr Gemüt.

Die Jungfern, ebenfalls in ihren Festtagskleidern und mit blumengeschmückten Seidenchapels auf den offenen Haaren, brachen in bewundernde Rufe aus, als sie sich im Hof zu ihnen gesellte, um auf John zu warten. Frieder, in seinem besten Wams und mit sorgfältig gekämmten Haaren, starrte sie mit offenem Mund an, Tilo lächelte und verbeugte sich gewandt. Merten, ebenfalls als Teil des Hauswesens eingeladen, hatte sich in enge, farbenprächtige Beinkleider und eine schimmernde Schecke gewandet, von dem Barett auf seinen Locken nickte anmutig eine Feder, als er vor Alyss in die Knie ging.

»Frau Alyss, Ihr blendet uns alle mit Eurer Schönheit«,

sagte er, und John, der eben hinzutrat, ließ seinen schwerlidrigen Blick über sie streifen. Er jedoch kniete nicht nieder, sondern bot ihr geistesgegenwärtig seinen angewinkelten Ellenbogen.

»My Lady, seid Ihr geneigt, meinen Arm zu nehmen?«

»Brauche ich Eure Stütze, Master John?«

»Nicht Ihr, my Lady, meine Knie sind es, die weich werden bei Eurem Anblick. Eben erst erkenne ich, was damit gemeint ist, wenn man den Menschen die Krone der Schöpfung nennt.«

Ihr seltenes Lächeln flog über ihr Gesicht, als sie ihre Hand in seine Armbeuge legte.

»So nehmt denn meine Stütze an, Herr des Nordvolks.«

»Psst, nicht doch.«

Merten, so um seine ritterliche Artigkeit gebracht, bot Leocadie den Arm, Tilo Lauryn, die darob erstrahlte wie die Sonne im Morgenlicht. Frieder ging zu Hedwigis, die – allerdings nicht seinetwegen, sondern in Erwartung ihres Anbeters – ein freundliches Gesicht machte.

Lang war der Weg nicht von der Witschgasse zum Alter Markt, doch die Menschen auf der Straße blieben stehen, um der festlich gewandeten Prozession nachzusehen.

Der Herr vom Spiegel weilte noch immer auf den Gütern, doch Frau Almut empfing die Gäste an der Seite ihres Sohnes Marian und des Ritters Fredegar von Sechtem. Catrin und Frau Clara, zu diesem Anlass nicht in grauer Begintracht, sondern in lichtblauem und tannengrünem Tuch, begrüßten das Hauswesen mit großer Herzlichkeit. Frau Wiltrud jedoch überstrahlte alle in ihrem prunkvollen Putz, wenngleich ihre Miene eher säuerlich wirkte.

Die beiden Pelzhändler trugen, ihrem Stand entsprechend, Jacken, die mit allerfeinsten Fellen versehen waren.

»Alyss, bist du gewachsen, seit ich dich das letzte Mal sah«, meinte Fredegar mit einem kleinen Zwinkern, als sie ihm die Hand reichte.

»An meinen Nöten und Sorgen, ja.«

»Verzeih, ich habe unbedacht gesprochen. Du hast einen schmerz…«

»Nein, nein, Herr Fredegar. Bitte, erspart mir Beileidsbekundungen. Ihr habt Eure Geschäfte in der Stadt zu erledigen? Oder ist es der Ruf Eures Lehnsherrn, der Euch nach Köln führt?«

»Geschäfte und der Besuch bei Freunden.«

»Natürlich. Der würdige Abt Lodewig führt noch immer eine gute Tafel.«

»Fürwahr, und das Bier, das die Mönche brauen, kommt fast dem der Adlerwirtin gleich.«

»Was Ihr zum Vergleich probiert habt.«

»Und mir einiges an harschen Bürstenstrichen eingehandelt habe. Frau Franziska mag zwar einen grauen Zopf bekommen haben, aber ihre Krallen weiß sie noch immer zu gebrauchen.«

Auch mit der Wirtsfrau verband Fredegar, ebenso wie mit Bader Pitter und Abt Lodewig, eine bewegte Vergangenheit, die sie über alle Standesunterschiede zu Freunden gemacht hatte.

Nun aber galt es, ihren Begleiter vorzustellen. John hatte ruhig und gelassen neben ihr gestanden, doch sie bemerkte die feine Anspannung, das aufmerksame Beobachten unter seinen verhangenen Augen.

»Herr Fredegar, dies ist Master John of Lynne, ein Tuchhändler aus London, der meinem Schwager Robert van Doorne ein guter Freund war. John, der Ritter von Sechtem hat einst meiner Mutter das Leben gerettet und ist seit vielen Jahren ein Vertrauter unserer Familie.«

»Sir Fredegar!«

»Master John of Lynne!« Überraschung zeigte sich in Johns Gesicht, als Fredegar in englischer Sprache fortfuhr: »Vor einigen Jahren weilte ich einige Monate an dem Hof Eures Königs. Nicht ganz unvertraut ist mir Eure Zunge.«

»Ihr beherrscht sie gut. Doch wollen wir die hiesige pflegen, damit man uns nicht des Austausches ungeziemlicher Geheimnisse zeiht.«

»Aus welchem Teil des Landes stammt Ihr, Master John of Lynne? King's Lynn ist ein kleiner, aber nicht unbedeutender Hafen im Osten, nicht wahr?«

»Ein Städtchen, in dessen Nähe ich aufgewachsen bin, Sir Fredegar. Man treibt dort Handel mit den Nordmännern.«

»Und viele der Bewohner dieser Gegend stammen ebenfalls von den Nordleuten ab, habe ich mir sagen lassen. Ich begegnete einst dem Lord Thomas of Norwich bei Hofe. Ein Mann Euresgleichen, stattlich und blond und von hartem Stolz.«

Alyss hielt die Luft an. Was wusste Fredegar? Was würde John tun? – Der Lord of Norwich war sein Vater, der ihn verstoßen hatte.

»Ja, von hartem Stolz«, entgegnete der lediglich nüchtern.

»Ihr kennt ihn?«

»Ja.«

Fredegar nickte und wechselte das Thema. Er sprach von den Turnieren in London, in denen er gefochten hatte, und John erwähnte die Falkenjagd. Daraufhin gesellten sich Ritter Arbo und Frieder zu ihnen, und Alyss verließ die leidenschaftlich disputierende Gruppe, um Hedwigis' Eltern zu begrüßen.

»Ich finde es nicht sittsam von dir, Alyss, dich hier in deinem ganzen Putz zu zeigen«, rügte Wiltrud sie sogleich mit schriller Stimme. »Du bist eben erst Witwe geworden und solltest gebührend um deinen Gatten trauern.«

»Meine Tochter hat in ihrer Ehe genügend Kummer und Leid erfahren, Wiltrud«, fuhr Frau Almut dazwischen und schob Meister Peters Weib resolut der Beginenmeisterin in die Fänge.

Peter Bertolf, der Baumeister, hingegen legte Alyss die Hand auf den Arm. »Er war dir kein guter Gatte. Du siehst hübsch aus, Alyss.«

»Danke, Meister Peter. Wann werdet Ihr Dombaumeister?«

Es war ein altes Spiel zwischen ihnen beiden, dem es nicht an einem Körnchen Wahrheit fehlte. Meister Peter war ehrgeizig, und für den Dom zu arbeiten war das höchste Ziel eines jeden Baumeisters.

»Wird nicht mehr lange dauern. Aber erst müssen die Arbeiten am Bayenturm fertiggestellt werden.«

Sie tat so, als hörte sie aufmerksam zu, denn wenn ihr Onkel erst einmal von seinen Gewerken zu sprechen begann, fand er so leicht kein Ende. Zum Glück nickten ihr die Brouwers grüßend zu, und Wynand gesellte sich sogleich an Hedwigis' Seite.

Meister Peters Redefluss versiegte abrupt, und er fragte mit einem kritischen Blick auf die Pelzhändler: »Was hast du da angezettelt, Alyss?«

»Beschuldigt Ihr mich der Weberei, Meister Peter? Ich bin nicht gut darin, ich verzettele die Fäden immer.«

Er schnaubte.

»Dann scheinst du äußerst geschickt darin, Schicksalsfäden zu spinnen. Der junge Brouwer lässt meine Hedwigis nicht aus den Augen. Und sie himmelt ihn mit einem Schafsgesicht an…«

»Ein wohlhabender, gut beleumundeter Pelzhändler, soweit ich ihn kennengelernt habe. Wir machen gute Geschäfte miteinander.«

»So so.«

»Zu fein für einen Baumeister?«

»Für den nicht, aber mein Weib…«

»Will am liebsten einen Ritter für ihre Tochter. Doch Arbo ist Leocadie versprochen, und Fredegar hat Weib und Kinder. *Ich* halte große Stücke auf Wynand Brouwer.«

Die Mägde kamen mit Platten voll dampfenden Suppen, duftenden Braten und Brotkörben in den Saal, und man wandte sich dem Tisch zu. Fredegar geleitete Frau Almut zu ihrem Platz in der Mitte des langen Tisches, und mit einer gebieterischen Geste winkte sie John an ihre andere Seite. Alyss wollte sich zu ihm durchschlängeln, aber ihr Bruder kam ihr zuvor und drückte Catrin auf den Platz neben John. Er hingegen führte Frau Clara an den Tisch, sodass Alyss nichts anderes übrig blieb, als sich ihrer Mutter gegenüber niederzulassen. Merten setzte sich neben sie, der schöne Ritter Arbo verneigte sich und bat, mit Leocadie an ihrer anderen Seite Platz nehmen zu dürfen.

Es wurde aufgetragen, und über die Tafel breitete sich ritterlicher Glorienschein aus. Angeführt von Ritter Fredegar, der hübsch anstellig Frau Almut bediente, griff auch John zu und legte Catrin die besten Stücke vor. Verdutzt nahm Alyss wahr, dass Merten für sie die feinsten Fleischstücke von der Platte fischte, genau wie Ritter Arbo es für Leocadie tat.

»Übst du dich in höfischer Tischzucht, Merten?«

»Euch gebührt das Beste von der Tafel, Frau Alyss. Und ich habe oft genug an den Tischen der Adligen gespeist. Ich weiß, wie man den Hohen Frauen dient.«

Warum hört sich das nur irgendwie schmierig an?, fragte Alyss sich, nahm aber zierlich das knusprige Hühnerbeinchen entgegen, das er ihr reichte. Man aß und trank mit Behagen, aber so recht wollte ihr der Appetit nicht kommen. Sie sah zu Marian hin, dessen freundliche Miene der Beginenmeisterin galt, die wie üblich ihre Leiden aufzählte. Doch Alyss kannte ihn gut genug, um zu merken, dass etwas in ihm gärte. Auch John, eifrig um ihre Mutter und Catrin bemüht, strahlte eine gewisse Unruhe aus. Sie hatte beide Männer seit Montag nicht mehr gesprochen, und vermutlich hatten sie etwas herausgefunden, das von einiger Tragweite war. Catrin hingegen wirkte lebendiger als je zuvor, und einmal hörte Alyss, wie sie John nach seinem Diener Bob fragte. Auch da war etwas passiert.

Doch das hier war weder die rechte Zeit noch der rechte Ort, John und Marian nach dem zu fragen, was ihr spürbares Missbehagen verursachte. Geduld war nicht unbedingt Alyss' größte Stärke, und Mertens aufdringliche Schmeichelei wie auch Wiltruds beständige kleine Giftspritzer stellten ihr sittsames Benehmen auf eine harte Probe. Einzig die etwas unbeholfenen, aber gutwilligen Bemühungen Tilos, Lauryn ein ritterlicher Tischherr zu sein, hoben ihre Stimmung. Mochte sein, dass ein kleines Samenkorn zu keimen begonnen hatte. Denn seit einiger Zeit bekam Tilo keinen Kalbsblick mehr, wenn er der schönen Leocadie ansichtig wurde.

Trotz allem, das Fest verlief in Harmonie, Catrin erblühte in der sie umgebenden Freundlichkeit und zeigte keine Nachwirkungen der Kerkerzeit mehr. Als die Dunkelheit sich über die Häuser senkte, brach man auf, und mit Genugtuung bemerkte Alyss, dass Marian und John sich ihrem Trüppchen anschlossen. Eifrig schnatternd und schwatzend gingen sie im Schein der Fackeln, die Tilo und Frieder hielten, durch die Gassen, doch als sie das Haus erreicht hatten, scheuchte Alyss ihre Schutzbefohlenen in die Federn. Merten, der Anstalten machte, noch auf einen Schoppen zu bleiben, verabschiedete sie kühl, und Marian geleitete ihn resolut zum Tor.

»Er macht sich lieb Kind bei dir, meine schöne Schwester. Was verspricht er sich davon?«

»Ich weiß es nicht. Vielleicht ist es seine Art, mir Trost spenden zu wollen.«

»Oder hat ihn der Minne Pfeil getroffen?«

Alyss hüstelte.

»Gott, nein. Merten doch nicht. Eher will er mir einen höheren Anteil an den Gewinnen aus seinen Aufträgen abschmeicheln. Lass nur, Bruder mein, das wird schnell vorbeigehen. Wichtiger ist mir zu erfahren, was dich und John umtreibt. Gibt es unangenehme Nachrichten?«

John, der sich im Haushalt inzwischen gut genug auskannte, kam mit einem Krug Apfelmost aus der Vorratskammer.

»Wein haben wir zur Genüge getrunken, aber die kräftige Würze der Speisen hat mich durstig gemacht.«

Alyss musste ihm zustimmen und nahm dankbar den Becher entgegen.

»Und nun berichtet. Was habt ihr herausgefunden? Es drängt dich, dein Wissen über die Lippen zu bringen, Marian.«

Ihr Bruder grinste.

»Es hat seine komischen Seiten. Nun gut. Du kennst das Testament des Arndt van Doorne.«

»Sicher, ich war dabei, als er es unterschrieben hat, und es liegt sicher in meiner Truhe aufbewahrt.«

»Du bist Erbin aller seiner weltlichen Habe.«

»Das halbe Haus, mehr ist es nicht. Der Weingarten ist verkauft, und ein Vermögen an Münzen hatte er doch nicht mehr. Oder hat er noch irgendwo Waren gelagert?«

»Das müsste man noch herausfinden. Aber Schwesterlieb, du bist ein reicheres Weib, als du dachtest.«

»Wie das? Sollte Arndt verborgene Schätze gehortet haben?«

Ein erbostes Grummeln rollte aus Johns Kehle.

»Marian, es ist kein Anlass für Scherze.«

»Für gallige schon. Meine Schwester versteht so etwas, John. Alyss, dein räudiger Ehehammel hat offensichtlich aus dem Verkauf des Weingartens und vielleicht auch anderer krummer Geschäfte einen reichen Gewinn gemacht und mit dem Geld eine Eselin gekauft.«

Alyss sah ihn mit Unverständnis an.

»Eine Eselin. Ein Tier?«

»Eher ein Stall für jene lastentragenden Tierchen.« Marian grinste.

John, weit weniger amüsiert, erklärte: »Ein Haus, Mistress Alyss, mit diesem Namen.«

»Für seine Buhle?«

»Nein, Mistress Alyss. Das wäre zwar auch recht gallig, doch es ist weit bitterer. Das Haus steht am Hungksrücken ...«

»Eine üble Gegend.«

»Wohl wahr. Und es wird geführt von einem hässlichen Weib, das auf den Namen Wynfrida hört.«

Alyss sah von dem einen Mann zum anderen. Marian wirkte zwar noch immer belustigt, doch lag auch ein dunkler Zorn in seinen Augen. Sie wusste in diesem Moment, um welche Art von Haus und welche Sorte Eselinnen es sich handelte.

»Das sieht Arndt ähnlich«, knurrte sie. »Ein Hurenhaus, ja?«

»Ja, Mistress Alyss, und dazu noch ein besonders schäbiges.«

»Wie habt Ihr es herausgefunden?«

»Ein Schwälbchen zwitscherte mir dazu etwas ins Ohr, als ich von der dunklen Andeutung der Schlyfferstochter Gebrauch machte. Das Lied des Vögelchens führte mich zu jener trüben Behausung, und eine herbe Befragung seiner Bewohner förderte einen Patron zutage, mit dem man sich kürzlich gar heftig über die Zinszahlungen gestritten hatte. Magister Jakob, ein findiger Mann, verriet mir das Mysterium der Schreinsakten, die die bewundernswerte Verwaltung dieser Stadt führt. Mit Eures Bruders Hilfe nahm ich also Einsicht in dieses Verzeichnis der Gebäude und Grundstücke der Stadt und fand als Eigentümer jenes Eselshauses Arndt van Doorne eingetragen.«

Alyss knirschte mit den Zähnen. Männer mochten ja tatsächlich eine gallige Erheiterung bei dem Umstand verspüren, dass sie nun Erbin eines Hurenhauses war, ihr jedoch fehlte dazu jeder Sinn für Humor. Dieser verdammte Arndt – möge er in der Hölle schmoren! – hatte ihr selbst nach seinem unrühmlichen Ableben noch einen weiteren Klotz ans Bein gehängt.

»Ich werde zum Gespött der Stadt, wenn das bekannt wird. Und mein mühsam aufgebauter Handel wird darunter leiden. Allmächtiger! Marian, es leben drei Jungfern in meiner Obhut …«

Nicht Galle, sondern ätzende Säure sammelte sich in ihrer Kehle.

Nun war auch jegliche Erheiterung aus dem Gesicht ihres Bruders verschwunden.

»Ja, Schwesterlieb, du hast recht. Es ist ein Tort, den er dir damit angetan hat. Wir müssen verhindern, dass es jemandem zu Ohren kommt. John – was tun wir?«

»Ein anderer muss dieses Haus kaufen. So schnell wie möglich.«

»Man kann es nur meiner Schwester abkaufen. Sie ist die Erbin.«

»Habt ihr Magister Jakob schon davon berichtet?«

»Nein, er gab uns nur den Rat, die Schreinsakten einzusehen.«

»Ich will kein Geld aus einem Hurenhaus – weder Zins noch Kaufpreis.«

Alyss trank den Saft aus ihrem Becher, um den üblen Geschmack hinunterzuspülen. Ja, sie brauchte Hilfe in dieser Angelegenheit. Und wenn sie auch lieber alle ihre Sorgen alleine tragen würde, das hier überstieg ihre Fähigkeiten. Sie hörte Wiltruds giftige Stimme schon sticheln, spürte die Blicke der anderen Händlerinnen und Kauffrauen, mit denen sie häufig im Badehaus freundlichen Umgang pflegte, vor allem aber fürchtete sie die Kommentare der Männer – Kunden, Lieferanten, Nachbarn … Ja, sie brauchte Hilfe. Sie würde sie annehmen.

»John, Marian, helft mir.«

»Natürlich. Lass uns eine Nacht darüber schlafen.«

Alyss zog den feinen Schleier von ihren Haaren und faltete ihn sorgfältig zusammen. Catrin hatte ein wahres Kunstwerk geschaffen. Und während sie den zarten Stoff glattstrich, fiel ihr eine weitere Frage ein.

»Wem ist Arndt im Hurenhaus begegnet? Wer wusste von seiner Rückkehr?«

John und Marian sahen einander an.

»Verdammt kluges Weib, deine Schwester.«

»Wohl wahr. Du oder ich?«

»Gemeinsam. Keiner von uns beiden sollte der Eselin Wynfrida alleine gegenübertreten müssen.«

»Aber einer von euch sollte auch diese Buhle in Riehl aufsuchen und ihr ein paar Fragen stellen.«

»Auch das wird geschehen, Alyss. Und nun geht schlafen, und sorgt Euch nicht. Wir werden Euch von der klebrigen Last Eures Erbes befreien.«

»›Es gibt die Welt uns allen
Auf Honig bittre Gallen‹,
wie der bescheidene Dichter Freigedank sagt. Danke.«

17. Kapitel

Gislindis hatte das Häuschen geputzt, Brot gebacken, Laken ausgebessert und ein paar Schriftübungen gemacht. Ihre Finger hatten sich daran gewöhnt, die Feder zu halten, und die Tintenkleckse wurden immer weniger. Auch hatten die Worte begonnen, zu Bildern zu werden, und wenn sie Rose schrieb, dann sah sie auch eine Rose.

Doch der Erfolg machte sie nicht glücklich.

Mats wurde noch immer im Kerker gehalten, und ihr fehlte seine geschäftige Art. Ihr fehlte es auch, mit ihm auf den Markt zu gehen oder die Häuser zu besuchen und ihre Dienste anzupreisen. Zumindest misshandelten sie ihn im Turm nicht, dessen hatte sie sich vergewissert. Er wurde zwar wie ein dummes Tier behandelt, aber er litt keine Not.

Gislindis war klug, scharfsichtig und weitblickend. Sie kannte die Menschen, ihre Laster und ihre Tugenden, besser vielleicht als jeder Beichtiger.

Natürlich hatte sie sich Gedanken gemacht, warum gerade ihr Vater ausgenutzt wurde, um bei dem Mord an Arndt van Doorne eine falsche Spur zu legen. Sie hätte gerne ihre Gedanken dazu mit jemandem ausgetauscht, aber all ihre Freundinnen und Bekannten würden nur ungläubig oder fasziniert zuhören und anschließend die wüstesten Gerüchte verbreiten.

Es gab nur zwei Menschen, denen sie sich anvertrauen konnte, Frau Alyss und Herrn Marian. Mit Frau Alyss hatte sie schon gesprochen, die dachte wie sie selbst auch. Aber sie musste ebenfalls vorsichtig sein. Immerhin war es ihr Gatte gewesen, der den Tod gefunden hatte, und es war nicht verborgen geblieben, dass es zwischen den Eheleuten zu manch herbem Streit gekommen war. Gemunkel gab es genug, und böswillige Zungen schärften sich an den Vorstellungen, wie es der Weinhändlerin wohl gelungen war, so gründlich und schnell zur Witwe zu werden. Zumal ein ansehnlicher Nordmann oft bei ihr zu Gast war.

Sie hatte eine Warnung ausgesprochen, mehr aus ihrer Eingebung heraus, aber da war noch mehr als ein schwarzgeflügeltes Böses, das im Hinterhalt lauerte. Da war der Glaube des Volkes. Und der würde, sich lustvoll an dem Übel ergötzend, zu einer Flut anwachsen, der kein Einhalt geboten werden konnte. Sie selbst hatte es schon zu spüren bekommen – die Tochter des Mannes, der des Mordes beschuldigt wurde. Sie wagte sich kaum noch vor die Tür.

Gedankenverloren spielte sie mit der Feder.

Sie konnte Herrn Marian eine Botschaft schicken.

Aber sie zögerte. Seit sie den Herrn des Hauses vom Spiegel kennengelernt hatte, war ihr klar geworden, dass die leichtherzige Tändelei mit seinem Sohn ein Ende haben musste. Denn unseligerweise hatte sie sich in den jungen Patrizier verliebt, doch für sie beide konnte es keine Zukunft geben. Es trennten sie Stand und Ansehen, und über die Kluft zwischen ihnen gab es keine Brücke. Um sich weiteres Herzeleid zu ersparen, hatte Gislindis beschlossen, Marian vom Spiegel so gründlich wie möglich aus dem Weg zu gehen.

Als es an der Tür klopfte, fuhr sie aus ihren Gedanken auf. Vorsichtig öffnete sie einen Spaltbreit und erkannte ausgerechnet die Frau, an die sie noch eben gedacht hatte.

»Tretet ein, Frau Alyss.«

»Danke, Gislindis. Geht es Euch gut?«

»Es langweilt mich, so untätig im Haus zu sitzen. Bringt Ihr Neuigkeiten?«

»Die und Fragen.«

»Behaltet also Eure Silberlinge, im Tausch für die Neuigkeiten bekommt Ihr die Antworten.«

»Ein redliches Angebot.«

Gislindis räumte ihre Schreibkästchen ein, und sie setzten sich an den langen Tisch.

»Arndt van Doorne war tatsächlich in dem Hurenhaus am Hungksrücken – er hat es vor einigen Monaten gekauft.«

Gislindis fehlten die Worte, dann fand sie sie wieder, und als sie sie ausstieß, nickte ihre Besucherin beifällig.

»Ja, so etwas Ähnliches ging mir auch durch den Kopf. Man soll zwar über Verstorbene nichts Übles reden, aber in diesem Fall …«

»In diesem Fall wüsste man kaum etwas Gutes zu sagen, da habt Ihr wahrlich recht, Frau Alyss.«

»Habt Ihr noch einmal mit Eurem Vater sprechen können, Gislindis?«

»Nein, ich …«

Donnernde Schläge krachten an die Haustür, und sie zuckten zusammen.

»Aufmachen. Die Wachen!«

»Großer Gott!«, schrie Gislindis auf.

Alyss drückte ihr die Hand. Wieder donnerte es an der Tür.

»Macht auf. Weglaufen könnt Ihr nicht.«

Zitternd erhob sich Gislindis und ging zum Eingang. Drei bullige Büttel, in Harnisch und bewaffnet, standen mit grimmigen Mienen davor.

»Gislindis, Tochter von Mats Schlyffers, Ihr werdet beschuldigt, Euren Vater zum Mord an dem wohledlen Herrn Arndt van Doorne angestiftet zu haben. Ihr werdet im Turm befragt.«

Einer der Männer trat vor und senkte den langen Stab mit dem Halseisen.

»Lasst das!«, befahl Alyss. »Sie begleitet Euch freiwillig!«

»Wer seid Ihr?«

»Alyss vom Spiegel. Der Tote war mein Gatte.«

»Hah!« sagte der Büttel, und in dem Augenblick schloss sich das Eisen um ihren Hals. »Zwei auf einen Streich.«

Vollkommen entsetzt fasste Alyss sich an die Kehle. Gislindis nahm ihre Hand.

»Gehen wir!«, sagte sie mit fester Stimme.

Es war ein Spießrutenlaufen. Den ganzen Weg von der alten Stadtmauer bis zum Eigelsteinturm wurden sie angegafft, angepöbelt und mit Schmähworten bedacht. Gislindis biss die Zähne zusammen, hielt weiter die Hand ihrer Begleiterin fest, die mit versteinerter Miene neben ihr ging und keine Regung zeigte. Die Schlyfferstochter machte sich Vorwürfe. Bitterste Vorwürfe. Sie hätte es sich denken können, dass früher oder später irgendein missgünstiger Geselle sie und auch die Witwe des Opfers anklagen würde.

Endlich hatten sie den Turm erreicht, das Halseisen wurde gelöst, und sie wurden in ein halbdunkles Gelass geführt. Es war ein anderer Wachmann, der kurz darauf mit zwei Decken in der Hand zurückkam und sie ihnen zuwarf.

»Warum sind wir hier, Wachmann?«, fragte Alyss heiser.

»Wohledle Frau, der Schöffe Overstoltz will Euch befragen. Mehr weiß ich auch nicht.«

»Danke, Wachmann.«

Als die Tür hinter ihm zugefallen war, breitete Gislindis die Decke auf dem Strohsack aus, setzte sich nieder und schlang die Arme um die Knie.

»Meine Schuld, Frau Alyss. Meine Schuld.«

Arme legten sich um sie und hielten sie fest.

»Nicht deine Schuld, Gislindis. Ich fürchte, eher die meine. Wir haben diese schleimige Bleichwurz von Overstoltz gekränkt, und nun will er seine Rache haben.«

»Ich hätte Euch warnen müssen, wohledle Frau.«

»Quatsch. Und, Gislindis, lass doch endlich die Wohledle. Sei meine Freundin. Ich brauche eine, und du auch.«

Es war eine so entsetzliche Situation, so abgrundtief

grauenvoll. Gefangen, angeklagt, der Willkür von Vogt und Schöffen ausgesetzt. Die Angst übermannte Gislindis, und sie umklammerte Alyss, barg ihren Kopf an ihrer Schulter und seufzte zitternd auf.

18. Kapitel

Auch an die Tür von Johns Kammer bei Frau Mechtild wurde donnernd geklopft. John, der seine Frachtpapiere prüfte, sah ungehalten auf, als Frieder vor ihm stand. Der Junge keuchte und schnaufte, als sei er schnell gelaufen.

»Was gibt es? Hast du Jerkin gemeuchelt?«

»Master John, Frau Alyss ist verschwunden. Habt Ihr sie gesehen?«

Sehr langsam legte John die Pergamentrolle nieder.

»Seit wann, Frieder, ist sie verschwunden?«

»Sie wollte heute nach der Sext zu Gislindis gehen. Und zur Terz war sie noch immer nicht da. Und in Gislindis' Haus ist niemand. Und die Nachbarin sagt, die Büttel waren da.«

Frieder rang seine Hände.

»Wen hast du sonst noch nach ihr gefragt?«

»Niemanden. Ich bin gleich zu Euch!«

»Sie könnte bei ihrer Mutter sein.«

»Ja, aber sie wollte mit den Jungfern zum Schneider gehen, wegen Leocadies Brauttruhe. Aber sie kam nicht. Darum hat mich die Hilda ja zur Gislindis geschickt. Und da waren die Büttel gewesen.«

»Begleite mich zum Turm, Frieder.«

John rang seine aufsteigenden Befürchtungen nieder und gab sich gelassen. Aber mit seinen langen Schritten konnte der Junge kaum mithalten.

Am Eigelsteinturm angekommen, verlangte er bar jeder Verbindlichkeit den Turmvogt zu sprechen. Offensichtlich machte er einen derart herrischen Eindruck, dass man ihn auch nach kurzer Wartezeit in die Amtsstube des Mannes führte.

»Ja, wir haben diese Gislindis Schlyffers und Alyss van Doorne zur Befragung festgesetzt. Es besteht der Verdacht, dass sie gemeinsam den Mord an van Doorne geplant und durch Mats Schlyffers haben ausführen lassen.«

Kalt breitete sich der Zorn in John aus.

»Wer hat diesen Verdacht geäußert?«, fragte er leise.

»Der Schöffe Endres Overstoltz hat uns mit der Festnahme beauftragt.«

»*Indeed!*«

»Was heißt das, Meister Johann?«

»Tatsächlich. Wann wird er sie befragen?«

Der Mann zuckte mit den Schultern.

John kämpfte das Bedürfnis nieder, etwas sehr Hartes auf den Schädel des Turmvogts niederkrachen zu lassen.

»Wer zahlt die Kerkermiete für die beiden Frauen?«

»Wird sich schon jemand finden. Die van Doorne ist ja nicht unvermögend.«

»Frau Alyss hat den Namen van Doorne nie getragen. Sie siegelt mit ihrem Familiennamen, Turmvogt. Und der lautet vom Spiegel.«

»Umso besser, die sind auch vermögend.«

Etwas sehr, sehr Hartes, am besten auch Stumpfes, damit die Schädeldecke splittern und das matschige Hirn dieses Ochsen herausquellen würde.

Trotz dieses frommen Wunsches gelang es John, einigermaßen ruhig zu fragen, wie hoch die Miete sei, und als er den stattlichen Betrag hörte, griff er in seinen Beutel und warf die Münzen auf den Tisch.

»Sorgt für Bequemlichkeit, Heizung, Essen, Wasser.«

»Natürlich. Wir haben gerne so reichlich zahlende Gäste bei uns.«

Nur ganz knapp entging des Turmvogts Schädel dem Schicksal, mit ganzer Wucht gegen die Mauer zu prallen.

Als sie wieder auf der Straße standen, war Frieder blass.

»Und jetzt, mein Junge, wirst du bitte Herrn Marian berichten, was du eben erfahren hast. Ich begebe mich zu Magister Jakob. Er soll sich dort einfinden.«

»Wo… wo finde ich Herrn Marian?«

»Frag bei Frau Almut nach. Aber sprich zunächst nicht mit ihr darüber, was wir eben in Erfahrung gebracht haben.« Und als er die jämmerliche Miene des Jungen bemerkte, fügte er hinzu: »Wir werden sie in kürzester Zeit wieder aus dem Kerker herausholen, *youngman*. Vertrau mir.«

»Ist gut.«

Marian, der im Haus seiner Eltern über den Schriften der Anatomia brütete, fuhr zusammen, als Frieder in die stille Bibliothek gestolpert kam.

»Zu Magister Jakob, Herr Marian. Schnell!«

Marian sprang auf.

»Es geht ihm schlechter?«

»Weiß nicht. Nur… Master John bittet Euch. Beeilt Euch, es drängt!«

»Schon gut, ich will nur meine Tasche…«

»Braucht Ihr nicht. Es geht um Frau Alyss. Schnell!«

Der Junge wirkte derart aufgelöst, dass die klammen Finger der Angst Marians Herz umklammerten. Er rannte fast die Stiegen hinunter, warf sich im Laufen eine Heuke über und stürmte aus dem Haus.

»Was ist mit meiner Schwester?«, zischte er dabei Frieder an.

»Sie ist im Turm. Und Gislindis auch.«

»Teufel und Verdammnis«, keuchte Marian und gab einem fauligen Kappes einen derart heftigen Tritt, dass er quer über die Straße flog und gegen einen Torpfosten klatschte.

Bis zu Magister Jakobs Haus sagte er nichts mehr. Dann schickte er Frieder zur Witschgasse zurück mit dem Auftrag, über das Vorgefallene zu schweigen, bis er selbst in der Lage sei, das Hauswesen über den Stand der Dinge zu unterrichten.

Im Studierzimmer des Notarius hatte John bereits seine langen Beine ausgestreckt, und der Magister beschrieb mit eiliger Feder ein Dokument.

»Was ist passiert?«, fragte Marian, ohne sich mit höflichen Grüßen aufzuhalten.

»Frau Alyss hat um die Mittagszeit Gislindis aufgesucht. Offensichtlich hat der Schöffe Overstoltz die krause Vorstellung entwickelt, dass sie zusammen mit Gislindis Mats dazu gedungen hat, den van Doorne umzubringen«, antwortete John mit kaum unterdrückter Wut in der Stimme.

»Ja, ja, der Overstoltz«, murmelte der Notarius tonlos.

Marian sagte nichts. Aber er dachte umso mehr. Bis sich der rote Schleier des Zorns etwas gelichtet hatte, brieten der Schöffe und Arndt bereits mehrere Ewigkeiten lang in der Hölle. Ganz tief unten.

Schließlich sagte er: »Wo hält sich diese grindige Saurübe auf? Ich werde ihm mit einem schartigen Messer die Kehle barbieren.«

»Gemach, mein Freund. Auch ich habe ihm schon in Gedanken jeden Knochen im Leib einzeln gebrochen. Aber es scheint, dass unser bedachtsamer Notarius der spitzen Feder den Vorrang vor dem Schwert gibt.«

»Sie sticht am rechten Fleck, meine Herren, doch wäre ich in der Lage, ein Messer zu führen – ich wählte es in diesem Fall.«

Der langweilige Klang der notariellen Stimme glättete Marians Gefieder, und er nickte.

»Spitzt sie gut. Was schlagt Ihr vor?«

»Ich werde an der Befragung teilnehmen. Eben stelle ich den Antrag dazu.«

»Gut.«

»Dann werde ich die Urteilsschelte vorbereiten.«

»Was da heißt?«

»Dass ein schöffenbarfreier Mann das Urteil der Schöffen öffentlich schelten kann.«

»Wer ist schöffenbarfrei?«

»Jeder, der für das Amt des Schöffen zugelassen werden kann – Adel und freie Bürger. Aber das nur für den Notfall. Zuvor wollen wir es mit einer Supplikation versuchen. Es werden sich wohl Männer dazu bereitfinden.«

»Ihr sprecht in einer Zunge, die mir fremd ist, Magister Jakob.«

»Die Zunge der Juristen. Supplikation ist die kniefällige Bitte um Gnade.«

»Ich gehe jederzeit für meine Schwester auf die Knie, aber sie braucht keine Gnade. Sie ist unschuldig, ebenso wie Gislindis«, fauchte Marian.

»Ja, ja, ich weiß. Aber Ihr wollt eine schnelle Lösung.«

»Dann bereitet die Bittschrift vor, Magister Jakob. Ich werde für Frau Alyss bitten. Auf Knien flehen, wenn nötig.«

»Ihr seid ein Fremder und ein Handelsherr, Master John. Ich zweifle nicht an Eurem Stand und Eurer Ehre, doch …«

»Wir haben auch zwei Ritter, die für meine Schwester die Knie beugen werden.«

»Ja, Sir Fredegar und Sir Arbo werden es tun. Reicht das, Notarius?«

Der nickte.

»Und der Abt von Groß Sankt Martin wird sich auch auf die Knie begeben.«

»Ihr habt einflussreiche Freunde, Herr Marian.«

»Und einflussreiche Feinde.«

»Ja, ja, der Overstoltz.«

»Hört endlich auf, so sinnreich ›ja, ja, der Overstoltz‹ zu murmeln, Magister. Was *ist* mit dem modrigen Leberegel?«, blaffte Marian.

»Er ist ein Mann mit großen Ambitionen und hat sich

seinen Weg – mhm – sorgsam bereitet. Soweit ich es herausgebracht habe, stützt er sich auf allerlei Nachforschungen, die sein Secretarius für ihn anstellt.«

»Secretarius – Gott, Mann, muss man Euch jeden Wurm aus der Nase ziehen? Wie heißt er, wer ist er, wo findet man ihn?«

»Langsam, Herr Marian, langsam. Der Secretarius nennt sich Anton Scriver und ist ein Bastardsohn irgendeines Overstoltz'.«

»Na wunderbar. Die ganze Sippschaft ist an dem Geklüngel beteiligt.«

»Das will ich nicht ausschließen. Ihr könntet diesen Scriver natürlich aufsuchen und herausfinden, was er über Frau Alyss und die Schlyfferstochter in Erfahrung gebracht hat. Ihr mögt da Eure Methoden haben. Ich hingegen bin nicht befugt, derartige Untersuchungen anzustellen. Meine Aufgabe ist es, mit Wort und Feder die Gerechtigkeit zu erzwingen.«

»Dann tut das. John, wir warten dem Secretarius auf. Am besten mit der Saufeder.«

»Du alleine, Marian, ich habe anderes vor. Aber lass so viel von ihm übrig, dass ich auch noch mein Vergnügen an ihm habe.«

»Was hast du vor, John?«

»Nach Villip zu reiten. Die Angelegenheit, scheint mir, sollte der Lord selbst erfahren. Und zwar von mir, nicht von anderen.«

Es gab Marian einen Stich, dass er nicht daran gedacht hatte.

»Ich sollte ihm die Nachricht bringen.«

»Solltest du, mein Freund, doch brauchen dich deine Mutter, deine Schwester und Gislindis hier. Du bist ein Verwandter und kannst mehr bewirken als ein Fremder.«

Das leuchtete Marian ein, und wenn auch widerwillig gab er zu, dass John wirklich der beste Überbringer der bösen Nachricht war. Ivo vom Spiegel schätzte ihn, auch wenn er es nicht mit großen Gesten zeigte.

»Nun denn. Ich will zunächst das Hauswesen beruhigen und dann meine Mutter von dieser overstoltzen Unverschämtheit in Kenntnis setzen. Magister Jakob, verzeiht meine ungehaltenen Worte. Ich bin in großer Sorge.«

»Schon recht, schon recht. Ich sende Botschaft, wenn ich von der Befragung höre.«

»Fühlt Ihr Euch denn überhaupt schon kräftig genug dafür?«

»Herr Marian, ein gesunder Ärger ist ein hervorragendes Arzneimittel gegen jegliche Art von Schwäche.«

»Ach, Ihr seid zu solchen Regungen wie Ärger fähig?«

»Ja, ja, Herr Marian. Lodernder Zorn wogt in meinem Herzen. Und nun geht, und verplempert meine Zeit nicht.«

Als John und Marian wieder vor dem Haus standen, schüttelte John den Kopf.

»Er ist eine seltsame Eule, dieser Notarius.«

»Ein Kauz, sagen wir. Ja, das ist er. Aber ich habe den Verdacht, dass er ebenso weise ist, wie man es diesen Vögeln nachsagt.«

»Ich breche noch in der nächsten Stunde auf zu Lord Ivo, doch vorher will ich mit Sir Fredegar sprechen. Wo mag ich ihn finden?«

»Voraussichtlich im Gästehaus der Benediktiner. Vater Lodewig wird wissen, wo er sich aufhält.«

»Gut. Ich bin bald zurück.«

»Danke, John.«

»Sie ist mir viel wert, Marian.«

»Ich weiß. Wo finde ich Bob?«

»Am kleinen Kriegsmart. Hat dort in der Herberge neben dem Brauhaus eine Kammer bezogen.«

Frau Almut war sprachlos, und das war sie wahrlich selten. Dann allerdings wurde sie sehr beredt, und Marian lernte einige ihm völlig neue Begriffe aus der Tier- und Pflanzenkunde kennen, die alle ein recht anschauliches Bild des Endres Overstoltz malten. Hornloser Froschlöffel, kriechender Hauhechel, ausgetretene Latschenkiefer, stengellose Krätzmilbe und strumpfloses Sumpfblutauge waren noch die mildesten davon. Dann wurde seine Mutter wieder nüchtern und pragmatisch.

»Ich besuche sie.«

»Besser nicht, Frau Mutter. Diese Turmtröpfe könnten auch Euch verdächtigen. Lasst Frau Clara ihr graues Gewand ins Spiel bringen.«

»Mal sehen.«

»Ich bitte Euch.«

»Mhm. Na gut. Dann geh jetzt zur Witschgasse. Die Jungfern und Frau Hilda werden in Aufruhr sein.«

So war es auch. Das gewöhnlich friedfertige Hauswesen tobte vor Wut. Natürlich hatte Frieder nicht schweigen können, und mit Heulen und Zetern fiel es über Marian her. Es brauchte eine Weile, bis er sich durchsetzen, die unterschiedlichsten Hinrichtungswünsche besänftigen und das Vertrauen in die juristischen Künste des Notarius stärken konnte.

Dann aber begann er ebenfalls mit seiner *interrogatio*.

»Jemand muss Overstoltz oder seinem Bluthund Gerüchte und Halbwahrheiten zugetragen haben, sodass er einen guten Grund hatte, meine Schwester gefangen zu setzen. Hat einer von euch einem Fremden über die Streitigkeiten in diesem Haus berichtet?«

Betretenes Schweigen.

»Ich habe nicht geklatscht«, brummelte Hilda. »Aber die Nachbarn … Der Herr hat oft gebrüllt.«

»Ja, das Weib des Kappesbauern nebenan, die lurt oft über die Mauer«, sagte Peer. »Und eine böse Zunge hat die auch. Mit Frau Alyss tut sie schön, wenn sie ihr die Tagzeit sagt, aber den Malefiz hat sie getreten und den Spitz mit Steinen beworfen.«

»Ich habe Herrn Arbo erzählt, dass der Herr Arndt grausam zu Frau Alyss war«, ließ sich Leocadie hören.

»Ich hab's Lore erzählt«, meinte Lauryn betroffen. »Das mit der Bratengabel und so. Ich glaube, das war nicht recht.«

»Ich hab es niemandem gesagt. Nicht mal meiner Mutter«, behauptete Hedwigis und sah selbstzufrieden dabei aus. Dann aber weiteten sich ihre Augen. »Aber der Hauspfaff, also Mag … also der Hermanus, der hat es auch mitbekommen.«

Marian ballte die Fäuste.

»Ich hab's der Rodwyn erzählt, aber die ist in England«,

erklärte Frieder. »Hier niemandem. Auch meinen Eltern nicht.«

»Du hast im Badehaus darüber geredet«, sagte Tilo.

»Hab ich nicht.«

»Hast du wohl. Weil doch der Herr Marian dem Arndt zwei Zähne ausgeschlagen hat.«

Frieder wurde rot.

»In welchem Badehaus, Frieder?«

»An der Kolumba-Kirche.«

Marian schüttelte den Kopf.

»Dann weiß es die ganze Stadt.«

Frieder scharrte betroffen mit den Füßen.

»Gut, vergossene Milch kann man nicht wieder einsammeln. Der Schöffe Overstoltz hat einen Secretarius, Anton Scriver, der für ihn den Klatsch zusammenträgt. Den Kerl brauchen wir. Hat jemand schon mal von ihm gehört?«

Alle verneinten.

»Dann versucht herauszufinden, wo er sich herumtreibt. Markt, Badehäuser, Hafen, Schänken. Ihr Jungfern aber nur auf dem Markt, verstanden? Hedwigis, du könntest mit Lauryn auch die Brouwers aufsuchen und Hermanus fragen, ob er mit dem Scriver geredet hat. Aber geht nie alleine aus. Sollte euch irgendwer ansprechen oder fragen, haltet den Mund. – Das gilt für alle.«

»Ja, Herr Marian.«

Der nächste Besuch galt dem Brauhaus am Kleinen Kriegsmart, wo er Robert mit einigen Handelsgehilfen der Tuchhändler traf, die über Transport und Lagerung der Ballen verhandelten. Auf Marians Wink hin verließ er die Gruppe, und auf dem Weg zu den Weingärten an der Stadtmauer berichtete er auch ihm die Neuigkeiten.

»Scriver, gut, ich werde mich umhören. Gott, Marian, ich hoffe, der Teufel hält eine besonders schwarze Hölle für meinen Bruder bereit.«

Mit diesem frommen Wunsch verabschiedete er sich, und Marian trottete erschöpft zum Alter Markt zurück, um sich berichten zu lassen, was Frau Clara für seine Schwester und Gislindis hatte tun können.

19. Kapitel

Alyss und Gislindis waren inzwischen in demselben Gelass untergebracht, in dem auch Catrin ihre Zeit verbracht hatte. Es war nicht ungemütlich, die reichliche Kerkermiete gestattete ihnen allerlei Annehmlichkeiten, einschließlich eines Krugs ihres eigenen Pfälzer Weins. Der Turmvogt, der gewöhnlich ihr Kunde war, hatte ihn ihr selbst gebracht. Aber dennoch war ihre Stimmung düster. Alyss, weil sie wütend war, Gislindis, weil sie Angst hatte. Angst verspürte Alyss nicht. Sie war sicher, dass ihr Bruder alles daransetzen würde, sie aus dem Turm zu befreien. Sie und Gislindis. Frau Clara hatte ihnen schon versichert, dass alle ihre Freunde sich für sie einsetzen würden. Jeder wusste, dass sie unschuldig waren.

Allerdings hatte dieser hirnlose Schöffe sich offensichtlich in seine Theorie verbissen und würde alles daransetzen, ihnen eine Schuld zuzusprechen. Es würde eine unangenehme Zeit werden, und Gislindis lief zudem auch noch Gefahr, als Zaubersche angeklagt zu werden, sollte irgendein missgünstiger Stoffel sich ihres Handlesens erinnern und es zur Sprache bringen.

Sie hatten in der Nacht Seite an Seite geschlafen, unruhig und von Träumen gequält. In der Frühe hatte der Wachmann, dessen Güte Alyss sich schwor, später zu vergelten, ihnen gesüßten Brei gebracht. Und sie in seinen ungelenken Worten gewarnt: »Der Overstoltz wird nachher kommen. Er bringt Euch in den Keller. Aber er darf Euch nicht peinlich befragen. Denkt daran.«

Dass er das nicht durfte, wusste Alyss, aber ihr Vertrauen in den Schöffen war nicht allzu groß. Vieles, was verboten war, geschah dennoch.

Und natürlich wurde sie kurz darauf von einem anderen Büttel gerufen und ziemlich grob in den Keller gezerrt. Trotz aller Standhaftigkeit packte die Furcht sie, als sie den finsteren Raum betrat, in dem nur zwei rußende Fackeln das Gemäuer erhellten. Es roch nach Angst, nach Blut, nach Schmerzen. Das Stöhnen und die Schreie der Gefolterten schienen noch in der Luft zu hängen. Marian hatte vor einigen Monaten einen Fuhrknecht hier besucht, und es hatte ihn krank gemacht.

Sie schluckte trocken, als der Büttel sie auf einen Schemel stieß. Dann fiel die Tür zu.

Der Aufenthalt zwischen den Werkzeugen der Pein sollte sie vermutlich mürbe machen. Also schloss sie die Augen, um sich den Anblick zu ersparen. Langsam und tief atmete sie durch und versuchte, sich ihr stilles Sanktuarium im Rebgarten vorzustellen. Die letzten Rosen rankten sich um das Spalier, der Lavendel zu ihren Füßen war verblüht und hing in dicken Kräuterbündeln im Haus, um seinen reinen Duft zu verbreiten. Vogelsang erfüllte die Luft, Spatzen tschilpten, Amseln flöteten, und sie hörte Herolds kriegerisches Krähen. Elstern hüpften und flatterten zwischen den rotbelaubten Rebstöcken, spreizten spielerisch ihr schwarz-weißes Federkleid. Klug schauten ihre Augen oft zu ihr hin, wenn sie ruhig dort saß. Manchmal erschien deren Krächzen ihr wie Menschenworte, eine fremde Sprache vielleicht, aber von Bedeutung und tiefem Sinn.

Meistens wurde ihre Seele dort ruhig und erhob sich zu einem der schönen Gebete, die Pater Henricus sie und ihren Bruder als Kinder gelehrt hatte. In dem Lobpreis der Freiheit, der Natur und ihren Elementen hatte sie immer Frieden gefunden. Und so murmelte sie auch jetzt in dieser dunklen, von Angst und Entsetzen durchdrungenen Kammer diese Worte.

»Höchster, allmächtiger, guter Herr, dein sind der Lobpreis, die Herrlichkeit und Ehre und jeglicher Segen. Dir allein, Höchster, gebühren sie, und kein Mensch ist würdig, dich zu nennen.

Gelobt seist du, mein Herr, durch Bruder Wind

und durch Luft und Wolken und heiteren Himmel und jegliches Wetter, durch das du deinen Geschöpfen den Unterhalt gibst.

Gelobt seist du, mein Herr, durch Schwester Wasser,

gar nützlich ist es und demütig und kostbar und keusch.

Gelobt seist du, mein Herr, durch Bruder Feuer, durch das du die Nacht erleuchtest;

und schön ist es und liebenswürdig und kraftvoll und stark.«

Knarrend ging die Tür auf, und von einem Fackelträger begleitet trat ein großer, schwerer Mann ein, dessen Robe ihn noch wuchtiger erscheinen ließ. Neben ihm der gebeugte Turmschreiber. Hinter ihm aber überragte beide eine hagere Gestalt, vertraut und – Alyss atmete tief auf – befugt, auf die Rechtmäßigkeit der Befragung zu achten.

Magister Jakob, er hatte sich die Beteiligung an der Befragung erkämpft. Sehr zum Unwillen des Schöffen, wie sie an dessen Blicken erkannte, die er dem grau gewandeten Notarius sandte.

»Alyss van Doorne!«, donnerte Endres Overstoltz und wurde prompt von der tonlosen Stimme des Magisters unterbrochen.

»Um der rechten Form der Befragung zu genügen, Herr Schöffe, muss ich Euch bitten, auf die korrekte Anrede der zu befragenden Person zu achten. Ihr wollt doch nicht, dass das Protokoll angefochten werden kann.«

»Die ist aber die Witwe van Doorne.«

»Witwe ist sie, doch ihr Name lautet so nicht.«

»Häh?«

Wäre die Situation nicht so ernst gewesen, hätte Alyss beinahe ein Kichern unterdrücken müssen.

»Wie heißt du, Weib?«, herrschte Overstoltz sie also an.

»Gewöhnlich verwendet man die Anrede der wohledlen Frau«, belehrte der Magister ihn schon wieder völlig tonlos. Was den Schöffen erneut in Wut brachte.

»Die Malefikantin hat alle Ansprüche auf jegliche Form der Ehrerbietung verloren. Die ist des Mordes angeklagt.«

»Von wem, Herr Schöffe?«

»Von mir höchstpersönlich, Notarius. Es gibt Indizien.«

»Welcher Art sind die von Euch angesprochenen Indizien?«

»Das geht Euch nichts an, Notarius.«

»Ich mögt verzeihen, Herr Schöffe, doch ich bin befugt, hierin Aufklärung zu erwirken. Als Advocatus derer vom Spiegel steht es mir zu, Eure Anklagepunkte zur Kenntnis zu erhalten.«

Diese vollkommen monoton gesprochenen Worte schienen den Overstoltz zu reizen, doch Magister Jakob hatte offensichtlich gründliche Erfahrung im Procedere der Befragung, und jedes Mal, wenn der Schöffe ansetzte, ihr eine Frage zu stellen, ertönte wieder ein leidenschaftslos vorgebrachter Einwand. Vor Alyss' staunenden Augen spielte sich eine Posse sondergleichen ab, bei der sie allerlei Wissenswertes erfuhr – über Endres Overstoltz. Zu Protokoll genommen wurde indes von ihr lediglich, dass sie mit dem Namen Alyss vom Spiegel ihre Geschäfte tätigte und das Siegel mit dem Wappen ihres Vaters führte.

Irgendwann, nach einer gefühlten Ewigkeit, rauschte der Schöffe zornschnaubend aus dem Keller, ohne auch nur ein Wort mit Alyss gewechselt zu haben. Der Magister und der Turmschreiber folgten ihm gemächlich, und Alyss vermeinte ein ganz leises »Dammich« gehört zu haben.

Der freundliche Wachmann führte sie zu ihrem Gelass zurück, wo Gislindis sie blass und unruhig erwartete. Erst hier erlaubte sie sich, mit einem hilflos schluchzenden Lachen auf dem Strohsack niederzusinken.

»Gislindis, das war ein unbeschreibliches Komödiantenspiel. Magister Jakob hat aus dem Schöffen den vollendeten Hanswurst gemacht.«

»Es wird sich rächen.«

»Nein, das wird es nicht. Ich habe einiges bei dieser

Posse in Erfahrung gebracht. Das eine ist, dass der Mann wahrlich kein Fetzchen Sachverstand in Rechtsdingen hat. Gislindis, er wird auch dich befragen, und ich habe so eine Ahnung, dass auch du einen Beistand haben wirst. Also hab keine Angst, sag so wenig wie möglich, und hör gründlich zu.«

Ein zaghaftes Lächeln huschte über Gislindis' Gesicht.

»*Das* ist eines meiner großen Talente, Alyss.«

20. Kapitel

Zitternd zog Lore das, was einmal eine saubere Schürze gewesen war, um ihre Schultern. Dunkel und feucht war es hier in diesen alten Gemäuern. Sie hatte sich verkrochen wie ein krankes Tier, tiefer und tiefer in die Aduchten, die alten Kanäle unter der Stadt, die ihr schon früher häufig als Versteck gedient hatten. Doch diesmal versteckte sie sich nicht vor ihrem schmierigen Schwager oder aufdringlichen Tagelöhnern, keifenden Waschweibern oder diebischen Gassenkindern. Sie versteckte sich vor sich selbst.

Modrig roch es, nach fauligem Wasser, den verwesenden Kadavern kleiner Tiere. Ratten huschten über ihre Füße, es tröpfelte zwischen den Steinen an der Decke und nässte ihre Haare. Glitschiges Gewächs schimmerte an den Wänden, nur noch ein ferner Lichtschein aus dem Eingang weit hinter ihr kroch an der Feuchtigkeit der Mauern entlang.

Doch Lore achtete nicht darauf. Die Hässlichkeit ihrer Zuflucht war nichts gegen das Grauen in ihr selbst. Die Dunkelheit, das Entsetzen, die würgende Übelkeit – sie konnte dem nicht entfleuchen, auch wenn sie noch so tief in die Unterwelt floh.

Dennoch ging sie weiter, bis sie fast nichts mehr sehen konnte. Sie stieß sich die Zehen, die Schultern, den Kopf an und lehnte sich schließlich an einen Pfeiler. Irgendwoher kam Zugluft und brachte den fernen Geruch von brennendem, harzigem Holz mit. Unsagbar erschöpft rutschte sie an dem kalten Stein nach unten, bis sie auf dem lehmigen Boden saß. Sie legte den Kopf auf die Knie und gab dem trockenen Schluchzen nach, das sich aus ihrer Kehle drängte.

Was hatte sie nur getan?

Sie war verloren, hoffnungslos, vernichtet.

Lore, schuldbeladen und elend, konnte nicht wie Alyss Trost im Gebet finden. Sie kannte nur einen fernen Gott, einen grausamen Richter, der jedes Vergehen mit Höllenstrafen ahndete. Und die Hölle hatte sie nun selbst gewählt. Nicht die heißen Flammen, sondern die kalte Dunkelheit, in der sie für ihre Taten büßen würde. Kein Erlöser würde sich ihrer annehmen, keiner der Heiligen Fürbitte für sie leisten. Gnade hatte sie nicht zu erwarten.

Wieder huschte eine Ratte an ihr vorbei, zerrte am Saum ihres Kittels. Sie wehrte sich nicht. Es war ihr Schicksal, von den Bewohnern der Unterwelt gepeinigt zu werden.

Was hatte sie nur getan?

Dabei war sie doch einst so stolz darauf gewesen, die Hinterhältigkeiten der Menschen zu kennen, hatte Laster und Untugenden gesehen, verstanden, dass der Mensch dem Menschen eine Bestie war, nur auf eigenen Vorteil bedacht.

Bis sie Frau Alyss getroffen hatte.

Frau Alyss hatte sie aus der Dunkelheit geführt. Sie

hatte ihr nicht nur Essen und Kleidung gegeben, sondern sie auch mit Achtung behandelt. Sie und ihr Hauswesen hatten Lore das Licht in der Welt gezeigt.

Und das hatte sie verraten.

Frau Alyss war in den Kerker gebracht worden.

Nur weil sie, die dumme Lore, zu spät erkannt hatte, dass sie dem Falschen vertraut hatte.

Sie wusste jetzt ganz genau, warum man Frau Alyss gefangen genommen hatte.

Vergangenen Samstag war es gewesen. Ein schöner Tag, an dem sie ihren eigenen Tätigkeiten nachgehen durfte – kein Unterricht bei den Beginen, kein Gänsehüten am Teich, keine Hausarbeit bei dem Staubmagister. Sie hatte ihre alten Freunde getroffen, sich ein paar Münzen damit verdient, Päckchen und Botschaften zu überbringen. Am Nachmittag hatte sie sich von ihrem Verdienst eine saftige Pastete gekauft und sich unten am Hafen der Niederländer auf die Kaimauer gesetzt, um zuzusehen, wie die Schiffe anlegten und entladen wurden.

Ein junger Mann hatte sich zu ihr gesetzt, ebenfalls die Beine baumeln lassen und sie fröhlich angegrinst. Er war ein hübscher Jüngling gewesen. Und sie so dumm. Seit sie Frieder und Tilo kennengelernt hatte, hatte sich ihre Sicht auf die Männer verändert. Sie waren nicht alle so wie der Schwager, der ihr ständig an den Leib grapschen wollte, oder die Kerle in den Schänken, die grob nach ihr griffen, wenn sie merkten, dass unter den weiten Lumpen ein Mädchen steckte. Frieder und Tilo waren spaßig und freundlich, auch wenn sie sie oft neckten. Aber das konnte sie gut erwidern. Und Herr Marian, der war so höflich, auch zu ihr. Oder gar Herr Master John. Das war ein Mann! Der hatte ihr sogar die Sorge um Frau Alyss anvertraut. Und die Gänse. Und alles. Sogar der Magister, der war zwar ein trockener Furz, aber heimlich war er ein ganz weichherziger Mann. So wie der mit dem Kätzchen spielte. Er war sogar ziemlich lustig. Wenn sie ihm freche Antworten gab, dann zwinkerte er meistens und hatte seinen Spaß daran.

Ja, es gab auch nette Männer, und der, der sich an dem Samstagnachmittag zu ihr gesetzt hatte, war auch so einer gewesen. Hatte sie gedacht. Er hatte einen rotbackigen Apfel aus seiner Tasche geholt und ihn ihr angeboten. Erst hatte sie sich geweigert, ihn anzunehmen, aber dann hatte er gemeint: »Ach, der ist nicht vergiftet, Jungfer. Der ist nur die ganze Zeit, seit ich ihn vom Baum gepflückt habe, in meiner Tasche auf und ab gesprungen und hat gesagt, er sucht ein rotbackiges Mädchen, das ihm ähnlich sieht. Nur von der möchte er verspeist werden.«

Das fand sie so komisch, dass sie ihn angenommen und gleich hineingebissen hatte.

Sie hätte wissen müssen, dass die Schlange diesen Apfel gewählt hatte, um sie ins Verderben zu führen.

Aber der Apfel war süß und saftig, und der junge Mann gab launige Bemerkungen über die herumstolzierenden Handelsgehilfen, den feisten Kapitän, die schrillen Fischweiber und die hochmütigen Kaufleute ab, die hier am Hafen zusammentrafen – meist nicht ohne Zwischenfälle. Sie hatten miteinander gelacht, die Sonne schien, und die Enten am Ufer balgten sich um die letzten Krümel ihrer Pastete. Anton heiße er, sagte der Junge, und aus den Tintenflecken an seinen Fingern schloss Lore, dass er ähnlich wie Tilo ein Schreiberling war. Natürlich hatte sie mit ihren eigenen Schreibkünsten angegeben, und er hatte von seinem Herrn erzählt, der so krude Vorstellungen davon hatte, wie die Federn angespitzt sein mussten. Er war ein ganz furchtbar Ordentlicher, der immer Wert darauf legte, dass das Tintenfass genau im richtigen Winkel auf dem Pult stand und die Pergamente immer die gleiche Größe haben mussten. Sie erzählte von dem Magister, der zuließ, dass seine Katze ihm die Federn stahl, von den Gänsen bei Frau Alyss, deren Federn sie wiederum dem Magister brachte. Irgendwie hatte er sie dazu verlockt, über das Hauswesen zu sprechen, über die Pflichten, die sie darin übernommen hatte – sie war, während sie das alles erzählte, sehr stolz darauf gewesen, dass sie Teil dieser Gemeinschaft war. Und natürlich hatte sie auch über die Sorgen gesprochen, die der Hausherr Frau Alyss bereitet hatte. Sie selbst hatte ja gesehen, wie böse er sie geschlagen hatte, hatte sein Gebrüll mitbekommen, hatte Frau Alyss' Leid gespürt, als ihre Brautkrone gestohlen worden war, und dass sie ihn dann des ehelichen Gemachs verwiesen hatte, war ihr natürlich auch nicht verborgen geblieben. Angespornt von Antons Wissbegierde hatte sie mehr und mehr von den Streitigkeiten erzählt und den Arndt van Doorne als einen brutalen Saufaus und selbstsüchtigen Zänker dargestellt, der Frau Alyss das Leben nur schwer machte. Und dann hatte sie auch über Master John gesprochen, der, wenn es keiner bemerkte, Frau Alyss mit solcher Sehnsucht ansah, dass sich einem das Herz im Leibe umdrehte.

Bis zum Vesperläuten hatten sie geschwatzt, dann hatte Anton sich verabschiedet.

Sie hatte ihn danach nicht wieder getroffen, obwohl sie Ausschau nach ihm gehalten hatte.

Aber vorgestern hatte sie ihn gesehen. Wie er zusammen mit dem Schöffen Overstoltz zum Turm gegangen war. Und gestern hatte man Frau Alyss gefangen genommen und sie beschuldigt, den Arndt umgebracht zu haben.

In dem Augenblick war ihr alles klar geworden.

Anton hatte sie ausgefragt.

Und sie, dümmer als jede Gans, hatte ihm bereitwillig alles erzählt, was sie über Frau Alyss und ihren Ehemann wusste.

Ihr war so elend.

Sie wünschte sich nur noch zu sterben.

In ihrem Jammer achtete sie nicht auf die schlurfenden Schritte, die sich ihr näherten. Sie schreckte erst auf, als ein flackerndes Handlicht das schwärenbesetzte Gesicht einer zerlumpten Gestalt aufleuchten ließ.

»Ha!«, krächzte die Kreatur. »Frisches Fleisch!«

Mit einem Kreischen sprang Lore auf und flüchtete tiefer in die Aduchten.

21. Kapitel

Marian hatte eine ungeahnte Energie an den Tag gelegt. Nachdem er seine Mutter unterrichtet und sich um das aufgelöste Hauswesen gekümmert hatte, war er zu Pater Henricus geeilt und hatte ihn um Hilfe gebeten. Erstaunlicherweise hatte der sanftmütige Pater wenig gesagt, doch als er erfuhr, dass der Schöffe Endres Overstoltz die Anklage erhoben hatte, war ein unerwartet kämpferischer Funke in seinen Augen aufgeblitzt.

Anschließend hatte Marian sich wieder zum Haus in der Witschgasse begeben, um die Nacht dort zu verbringen, und am Morgen schon hatte er Leocadie zu den Benasis begleitet, wo sie Ritter Arbo um das Gnadengesuch bitten – und möglicherweise auch die hochangesehene Familie der Benasis selbst für ein solches Unterfangen gewinnen wollte. Dann hatte er sich mit Magister Jakob getroffen, der ihm in seiner üblich unbewegten Stimme von der Befragung seiner Schwester durch den Schöffen Endres Overstoltz berichtete.

Diese Schilderung munterte Marian merklich auf.

Anschließend war er in sein Heim am Alter Markt zurückgekehrt und gleichzeitig mit zwei staubigen Reitern eingetroffen. John und an dessen Seite Ivo vom Spiegel hielten eben ihre Rösser an. Marian eilte an die Seite seines Vaters, um ihm aus dem Sattel zu helfen, wurde aber rüde zurückgewiesen: »Noch bekomme ich meine morschen Knochen selbst vom Gaul!«

So war es zwar auch, aber dennoch blieb Marian dicht an seiner Seite, und unauffällig stützte der Herr vom Spiegel sich für einen kleinen Augenblick auf ihn. Auch John kam von seinem Pferd, wankte ein wenig und sagte: »Ein toller Ritt, my Lord. Das sind meine Seebeine nicht gewohnt.«

»Gehen wir ins Haus. Ist deine Mutter zugegen, Sohn?«

»Sie ist in der Witschgasse.«

»Und deine Schwester?«

»Wurde soeben im Beisein des sehr wohlgelehrten Magisters Jakob von einer bleichen Krautrübe namens Overstoltz befragt und hat nicht mehr und nicht weniger dabei als ihren Namen zu Protokoll gegeben.«

Der Herr vom Spiegel stand wieder sicher auf seinen Beinen und knurrte im Gehen wütend: »Ach ja, der Overstoltz.«

»Das sagt der Magister auch immer. Was bedeutet es, Herr Vater?«

Ivo vom Spiegel blieb vor der Tür stehen und sah Marian an.

»Ein Wurm.«

Und mit tiefem Erschrecken erkannte Marian, dass in den Augen seines Vaters eine schwarze Flamme loderte. Ungehalten, erbost und verärgert hatte er ihn schon oft erlebt, eine derartige Wut, wie sie sich nun darin spiegelte, kam jedoch nur sehr selten vor.

»Reden wir in der Bibliothek weiter«, schlug er vor.

»Ja. Folgt mir, Falkner!«

Die Haushälterin flatterte aufgeregt um den Herrn des Hauses und die Besucher, wurde aber streng angewiesen, sich zu ihren Töpfen zu begeben und nicht zu stören. Ivo vom Spiegel setzte sich auf den mit Pelzen belegten Scherensessel, Marian und John zogen sich Stühle herbei.

»Ich könnte einige einflussreiche Männer damit beauftragen, sich der Angelegenheit anzunehmen. Nötigenfalls den Erzbischof selbst«, sagte er grollend. »Aber ich vermute, ihr habt euch eigene Gedanken dazu gemacht. Sprich sie aus, mein Sohn.«

Marian straffte die Schultern.

Sein Vater bat ihn um seine Meinung!

»Ja, Herr Vater, wir haben bereits einiges in die Wege geleitet. Supplikationen werden eingereicht, Urteilsschelte vorbereitet.« Und dann erklärte er, warum sie Vorsicht walten lassen wollten. Ivo vom Spiegel nickte.

»Klug gedacht, Sohn. Du hast den Geist deiner Mutter geerbt, der ebenfalls zu verwinkelten Gedankengängen fähig ist. Ein Mörder läuft in der Stadt herum, dem es nurmehr recht ist, wenn andere unter Verdacht stehen. Lassen wir ihn glauben, dass wir an Mats' Unschuld zweifeln. Nicht jedoch an der meiner Tochter und ihrer Freundin.«

»Lord Ivo, es mag der schwierige, aber mögliche Weg sein, dem Schöffen zunächst das Handwerk zu legen. Ihr seid ein Mann von großer Kenntnis der Verhältnisse in Köln. Was könnte uns dabei helfen?«, fragte John.

»Dreck und Schande.« Ivo nickte, und seine schwarzen Brauen zogen sich dräuend zusammen. »Die Overstoltzens tragen ihren Namen zu Recht – ein arrogantes Pack, einer wie der andere.« Dann unterbrach er sich, seine Brauen nahmen ihren gottgegebenen Platz über seinen Augen wieder ein, und ein winziges Fältchen zuckte in deren Winkeln auf. »Bis auf einen.«

»Wer, Herr Vater, sollte aus der overstoltzen Familie ein Mann von Demut sein?«

»Pater Henricus, Sohn. Und daher eine gute Wahl, ihn zur Verteidigung der Gefangenen einzusetzen.«

»Oh!«, entfuhr es Marian. »Deshalb also!«

»Was meinst du mit ›deshalb‹?«

»Es war da etwas Streitbares in Pater Henricus' Miene, als ich ihn um Hilfe bat.«

»Mhm. Ja.« Ivo vom Spiegel rieb sich die Stirn, und ein Staubwölkchen stieg aus seinen weißen Haaren auf. »Da gibt es noch einen bizarren Gesellen aus diesem Klüngel, der uns nützlich sein könnte. Johann Overstoltz – er haust auf der Burg Efferen und spielt den alchemistischen Quacksalber.« Noch einmal versank der Herr des Hauses in tiefem Sinnen, und weder Marian noch John rührten sich. »Ach ja, der Overstoltz«, murmelte Ivo vom Spiegel schließlich. »Ach ja.«

Marian gab sich Mühe, nicht aus der Haut zu fahren.

»Was ist mit ihm?«

»Fredegar ist in Köln, sagtet ihr? Gut. Fredegar hat ihn einst aufgesucht. Er wird uns mehr über ihn sagen können. Der Tropf behauptete, Gold machen zu können, erinnere ich mich.«

»Das hilft uns aber mit dem Endres nicht weiter; der stammt nicht von denen in Efferen ab, sondern von denen vom Vogelsang«, wagte Marian einzuwerfen, da sein Vater sich in Erinnerungen zu verlieren schien.

»Der Gerard vom Vogelsang ist tot, seine Söhne haben bei den Unruhen die Stadt verlassen.«

»Und doch heißt es, dass dieser Endres sein Sohn ist. Der wäre dann also zurückgekommen.«

»Die von Efferen und die vom Vogelsang sind verschwägert. Der Quacksalber müsste demnach ein Onkel dieses Wurms sein, wenn das stimmt. Wir werden das überprüfen. Wo Alchemisten ihr Werk betreiben, gibt es immer Dreck.«

»Weil sie daraus Gold zu machen behaupten«, meinte John und grinste.

»So ist es, Falkner, so ist es. Wühlen wir also Dreck auf, und vielleicht finden wir Gold.«

»Sir Fredegar eifert danach, uns behilflich zu sein.«

»Dann darf er sich dieser Aufgabe annehmen. Und nun zu Magister Jakob …«

Die Ausführungen des Herrn wurden unterbrochen, denn Frau Almut stob in den Raum.

»Ich grüße Euch, mein Gemahl. Ihr seht schmuddelig aus. Ein Zuber mit heißem Wasser wartet auf Euch.«

»Weib, kann ein Mann nicht mal staubig bleiben?«

»Nicht in meinem Haus.«

Eine schwarze Braue hob sich bis an den Haaransatz.

»In *Eurem* Haus?«

»›Du umgibst dein Hab und Gut mit Dornen, warum machst du nicht vielmehr vor deinem Mund Tür und Riegel?‹, hat schon Sirach gefragt.«

Ein tiefes Brummen leitete die Antwort des Herrn ein:

»›Eine Frau, die ihren Mann nicht glücklich macht, lässt seine Hände schlaff werden und lähmt seine Knie‹, hat er auch gesagt. Hilf mir auf meine lahmen Knochen, Sohn, damit ich sie in ein heißes Bad stecken kann. Dieses Weib dort soll mir den Rücken walken!«

»Sogleich, mein Herr, aber vorher muss ich noch eine neue Sorge berichten. Marian, Master John, das Hauswesen beklagt Lores Abwesenheit. Seit Donnerstag ist sie pflichtvergessen.«

»Wir kümmern uns darum, my Lady. Und um die Overstoltzens ebenfalls.«

So lahm konnten die Knochen des Hausherrn nicht sein: Er folgte seinem Weib aufrecht und in straffer Haltung.

»Er ist über siebzig, dein Vater. Aber ist geritten wie der Teufel«, sagte John, als sie alleine waren.

»Er schont sich nie. Manchmal macht er mir Angst damit.«

»Marian, ein Vater wie Lord Ivo ist unsterblich.«

Marian sah nachdenklich zu der Tür hin, durch die der Herr verschwunden war.

»Ja, er wird immer in unseren Herzen leben«, flüsterte er. Und dann: »John, er hat auf meinen Rat gehört.«

»Warum sollte er nicht?«

»Vielleicht bin ich doch nicht nur ein Mehlwurm in seinen Augen.«

John schlug ihm kräftig auf den Rücken.

»Du bist sein Sohn, Marian. Und der von Lady Almut. Er verehrt sie zutiefst, habe ich den Eindruck. Auch wenn sie sich angrummeln.«

»Jedes Mal, John, wenn sie die Bibel zitiert, erklärt sie ihm ihre Liebe.«

»Und umgekehrt. So scheint es mir.«

Marian sah die Sehnsucht in Johns schwerlidrigen Augen aufschimmern. Sein Vater hatte ihn verstoßen, seine Mutter gab ihm die Schuld daran, sein Weib war eine kalte Hexe – Wärme und Liebe gab es wenig in seinem Leben.

Außer einer Hoffnung…

»Auf, John, kümmern wir uns um das Verschwinden der scharfschnäbligen Gänsehirtin. Ich hoffe, die Häscher haben sie nicht auch noch in den Kerker gebracht.«

»Nimm du dich ihrer an. Ich werde mich mit meinem Diener Bob auf die anderen Fährten begeben.«

Lauryn hatte die Aufsicht über das Hauswesen übernommen, das einigermaßen willig ihren Anweisungen folgte. Eine kurze Befragung ergab, dass Lore seit Donnerstag nicht mehr zu den Mahlzeiten erschienen war. In der ganzen Aufregung hatte man sich keine Gedanken darüber gemacht, jetzt aber war man beunruhigt. Marian gab kurze Anweisungen.

»Frieder, Lores Angehörige wohnen am Fischmarkt. Such sie dort. Tilo, du fragst Bader Pitter, ob die Päckelchesträger sie gesehen haben. Lauryn und Leocadie, ihr erkundigt euch bei den Beginen, wann sie das letzte Mal dort gesehen wurde. Hilda, wenn du auf den Markt gehst, schau bei Magister Jakob vorbei. Und sag Peer, er soll im Turm nach ihr fragen. Hedwigis, du bleibst hier und gibst Bescheid, wenn sie auftauchen sollte.«

»Ja, Herr Marian.«

Das Hauswesen schwärmte aus, und Marian setzte sich für eine Weile erschöpft an den Küchentisch. Hedwigis stellte unaufgefordert Brot und Käse vor ihn und rührte dann schweigend in dem Kessel über dem Herd. Als er den ersten Bissen nahm, merkte er, wie hungrig er war. Seit dem gestrigen Abend hatte er nichts mehr zu sich genommen. Als er die letzten Krümel mit Traubenmost heruntergespült hatte, schenkte er der Jungfer wieder seine Aufmerksamkeit. Sie sah bedrückt aus.

»Habt ihr inzwischen etwas über diesen Scriver herausgefunden, Hedwigis?«

»Ja, ich denke schon. Ich habe Herrn Wynand gefragt, und der hat Hermanus gefragt. Ich war nicht dabei, aber Herr Wynand hat mir danach erzählt, dass Hermanus sich mit einem jungen Schreiber angefreundet hat, der für einen Schöffen tätig ist. Wir glauben, dass es der Anton Scriver ist, obwohl er sich Tonius nennt.«

»Hat er eine Beschreibung von ihm?«

»Nur, dass er wohl ein recht ansehnlicher junger Mann ist und gewandt mit Feder und Worten.«

»Dann wird er es sein, und wie ich Hermanus kenne, wird er ordentlich schmutzige Wäsche gewaschen haben.«

Hedwigis nickte und bot Marian einen süßen Wecken an.

»Ich hab das früher auch getan, Herr Marian. Und das war sehr unrecht.«

Das Mädchen sah wirklich betroffen aus, und er achtete sie für ihre Einsicht.

»Ja, Hedwigis, das hast du. Aber wenn jemand seinen

Fehler einsieht und ihn nicht wiederholt, dann ist er auf dem rechten Weg.«

»Trotzdem, Herr Marian. Der Herr Merten war vorhin hier und wollte seine Aufträge mit Frau Alyss durchgehen. Und da haben wir es ihm erzählen müssen.«

Das war keine besonders gute Nachricht, aber aus irgendeiner Quelle würde Merten es sowieso erfahren.

»Er hat sich sehr geärgert, Herr Marian, und er hat gesagt, er will auch alles daransetzen, dass Frau Alyss freikommt.« Sie drückte ihre Finger auf die Wurzel ihrer langen Patriziernase und fügte ein bisschen verlegen hinzu: »Ich glaube, Herr Merten macht ihr den Hof.«

Marian fuhr auf.

»Bitte?«

»Na ja, bei mir hat er es ja auch mal getan. Und er hatte ein Fläschchen mit Duftwasser dabei, das hat er ihr ins Kontor gestellt.«

»Er ist ein wankelmütiger Geck, der seine Gunst wahllos verschenkt. Meine Schwester wird ihn in seine Schranken zu weisen wissen.«

»Ja, das denke ich auch, Herr Marian. Wann kommt sie zurück?«

»So bald wie möglich. Der Herr vom Spiegel ist heute Vormittag eingetroffen.«

»Oh. Dann wird es wieder ein Donnerwetter geben.«

»So der Allmächtige will.«

22. Kapitel

Im Turmgelass wartete Alyss mit sorgenvollen Gedanken auf Gislindis' Rückkehr. An diesem Vormittag hatte der Büttel die Schlyfferstochter zur Befragung geholt. Auf der einen Seite vertraute Alyss darauf, dass ihre Freunde auch ihr helfen würden, dass sie nicht der Willkür dieses erbsenhirnigen Schöffen ausgeliefert war, aber die Ungewissheit nagte dennoch an ihr. Magister Jakob hatte als Advocatus ihrer Familie seinen Einfluss geltend gemacht. Für Gislindis aber würde er möglicherweise nicht aus einer solchen Position heraus handeln können, denn es war ihr Vater, der des Mordes beschuldigt wurde. Unruhig und mit zerrauften Zöpfen lief sie in der kargen Kammer auf und ab. Die Handarbeit, die Frau Clara ihr gebracht hatte, eine komplizierte Bortenweberei, hatte sie liegen lassen; ihre Finger würden die Fäden doch nur heillos verknoten.

Endlich aber öffnete sich die Tür, und mit gesenktem Haupt trat Gislindis ein. Als der Riegel von außen wieder vorgeschoben worden war, setzte sie sich auf den Schemel unter der schmalen Fensterluke und hob das Gesicht.

Erleichtert atmete Alyss aus.

Gislindis grinste.

»Magister Jakob?«

»Nein, Pater Henricus.« Und dann kicherte sie. »Ich wusste nicht, dass man mit heiligenmäßiger Sanftmut Idioten zähmen kann. Ob all die biblischen Worte, die der gute Pater zitiert hat, wirklich in diesem Buch stehen, kann ich nicht beurteilen, Alyss. Aber er war so voll der Gnade und predigte eine so wortreiche Nächstenliebe, dass der Overstoltz auch mir kaum eine Frage stellen konnte.«

»Oh ja, darin ist er gut, unser Pater Henricus. Und damit verzeihe ich ihm auch all die vielen Male, bei denen er mir mit seiner weltfremden Güte die Geduld geraubt hat. Er glaubt aufrichtig das, was er sagt. Und damit ist er unanfechtbar.«

»Der Schöffe wirkte ausgezehrt, als er schließlich die Befragung für beendet erklärte.«

»Für seine unsterbliche Seele war sie sicher ein Heil. Und für dich?«

»Eine Offenbarung. Ich habe mich an einen Endres erinnert.«

Alyss setzte sich auf ihren Strohsack und sah sie begierig an.

»Erzähl!«

»Ich bin ihm ja bisher nicht von Angesicht zu Angesicht begegnet, und sein Name sagte mir wenig. Aber als ich sein Gesicht sah … Er ist älter und schwammiger als einst, aber die hellblonden Haare sind dieselben, auch die Augen … Ja, an den hellen, wässrigen Augen erkannte ich ihn. Oder vielleicht auch nicht?«

Gislindis versenkte sich in die Linien ihrer eigenen Hand, als hätte sie daraus Bilder hervorzaubern können.

Alyss wartete geduldig. Nach einer Weile sprach Gislindis weiter.

»Als Ronya noch lebte, wohnten wir in einem Häuschen am Malzbüchel. Meine Mutter hatte eine gute Freundin dort, die Mutzenbäckerin Momke. Momke war eine liebe Frau, und ich bekam oft süßes Schmalzgebäck von ihr zugesteckt. Sie verachtete Mats nicht wegen seiner Sprache und Ronya nicht wegen ihrer Herkunft. Momke hatte einen Sohn, der sie hin und wieder besuchte. Er war sechzehn oder siebzehn Jahre älter als ich und bei einem Adligen eine Art Gehilfe des Verwalters.«

»Endres?«

»So lautete sein Name. Ich erinnere mich an ihn – da mochte ich so fünf oder sechs Jahre alt gewesen sein. Seine hellblonden Haare leuchteten in der Sonne wie ein Heiligenschein, und ich fragte meine Mutter danach. Aber die lachte nur und meinte, der Mann sei alles andere als ein Heiliger. Der sei der Bastardsohn eines Patriziers und darauf auch noch eingebildet.«

»Hat deine Mutter oder Mats ihn verärgert?«

»Mats macht sich keine Feinde, Alyss. Aber vielleicht fand Endres ihn abstoßend. Das passiert oft. Und Ronya – ich weiß es nicht. Ich war noch sehr klein, er schon ein Mann. Mag sein, dass sie ihn beleidigt hat. Er war nicht eben freundlich zu seiner Mutter, und als er seinen Besuch beendet hatte, weinte sie. Ronya hatte, wenn sie sich über jemanden ärgerte, eine Art, ihn ihre Verachtung spüren zu lassen, die mitten ins Herz traf. Aber ob sich Endres an mich als Kind erinnert und deshalb seine Wut an mir auslassen will…?«

»Das kann man nicht wissen. Er scheint mir von sehr nachtragendem Charakter zu sein. Catrin hat er eine Schwachsinnige genannt, die die Eltern bei den Beginen einsperren mussten – nur weil sie seinen Heiratsantrag vor zwölf Jahren abgelehnt hat.«

»Bösartig, ehrgeizig, dumm und nachtragend. Eine schlechte Mischung.«

»Und ein Bastard – vermutlich ein Overstoltz. Was, wenn das wirklich stimmt, Gislindis, ein seltsames Licht auf seinen Stand wirft. Um Schöffe zu werden, muss man nämlich ehelicher Geburt und ohne körperlichen Makel sein.«

Gislindis sah von ihrer Hand auf.

»Die Momke war nicht verheiratet. Nein, ich glaube nicht.«

»Vielleicht zur linken Hand?«

Sie zuckte mit der Schulter, und Alyss' Gedanken rasten. Wenn man dem Overstoltz nachweisen konnte, dass er sich den Schöffenstuhl erschwindelt hatte, ergaben sich ganz neue Möglichkeiten.

»Wer immer von unseren Freunden oder Verwandten zu uns gelassen wird, dem müssen wir, ohne dass die Wachen es bemerken, diese Überlegung mitteilen.«

»Ja, das sollten wir.«

Gislindis' graue Augen begannen zu schillern.

Sie sah in die Zukunft, schloss Alyss zufrieden daraus.

23. Kapitel

Lore blieb verschwunden, auch am Sonntag hatte niemand eine Spur von ihr gefunden. Magister Jakob, den Marian wieder aufgesucht hatte, sah ganz gegen seine übliche gelassene Art sogar ein wenig beunruhigt aus.

»Das Kind weiß sich zu wehren«, versuchte Marian ihn zu trösten. »Sie kennt die Ecken und Winkel der Stadt gut genug, um sich zu verbergen.«

»Aber warum nur?«

»Vielleicht hat sie Angst, ebenfalls angeklagt zu werden. Oder … Johns Diener Bob ist von einer Magd der Beginen angeklagt worden, heißt es. Möglicherweise war das Lore. Die Pförtnerin sagte, sie habe ein paarmal einem struppigen Bettler etwas zu essen zugesteckt.«

»Lore hat Essen fortgegeben?«

»Sie ist jetzt immer gesättigt, Magister Jakob. Daraus mag sich sogar bei ihr eine gewisse Mildtätigkeit entwickeln. Und Bob bot wirklich einen liederlichen Anblick. Er mochte ihre Angst und ihren Verdacht erregt haben. Als sie dann erfahren hat, dass er zu Master John gehörte, konnte sie befürchten, für ihr Handeln bestraft zu werden. Die Gassenkinder haben eine höllische Angst vor den Wachen und dem Kerker. Vermutlich nicht zu Unrecht.«

»Ich sorge mich. Dammich! Ich sorge mich um das Kind!«

»Wir suchen sie weiter. Ich begebe mich nachher zu Bader Pitter und höre, ob die anderen Päckelchesträger sie irgendwo entdeckt haben. Sie muss Essen und einen Schlafplatz gefunden haben.«

Der Magister nickte und zog einige Pergamente aus der Lade.

»Ich habe Protokolle von Zeugenbefragungen erhalten. Eine Frau Franziska, Wirtin zum Adler, hat Eure Schwester schwer belastet.«

»Was?«

»Sie behauptet, Frau Alyss habe den Weinhandel ihres Gemahls herrschsüchtig an sich gerissen, sei in undurchsichtige Wechselgeschäfte mit den Friesen aus dem Wik verwickelt und würde mit ihrem Wein den Turmvogt bestechen. Außerdem habe sie ihre Tochter Stina ins Unglück gestürzt und behauptet, sie habe sich Liebestränke von einer Zauberschen besorgt.«

»Herrgott, was für eine kleine Giftkröte!«

»Ein Schreiber namens Hermanus hat ebenfalls bezeugt, dass Frau Alyss ein außerordentlich herrschsüchtiges Weib sei, nur daran interessiert, möglichst große Gewinne zu machen und den Armen die Almosen vorzuenthalten. Außerdem habe sie mit ihren Zänkereien den Herrn Arndt aus dem Haus getrieben und selbst vor seinen Augen eine Buhlschaft mit einem englischen Tuchhändler begonnen.«

»Hermanus' Pelz wird in Kürze von den Brouwers feilgeboten. Ich häute ihn mit eigener Hand.«

»Die Nachbarin in der Witschgasse hat zu Protokoll gegeben, dass im Haus van Doorne, wann immer der Herr anwesend war, großes Geschrei herrschte und dass Frau Alyss ihn gewaltsam aus ihrer Kammer geworfen habe.«

»Sie wird fauligen Kappes fressen!«

»Herr Merten hat ausgesagt, dass Arndt van Doorne, sein Stiefvater, Frau Alyss' Mitgift verschwendet, ihre Brautkrone entwendet und verkauft und sie mehrmals geschlagen habe. Außerdem führe sie höchst gewissenhaft ihre Geschäfte und genieße bei allen Kunden einen guten Leumund.«

»Nanu!«

Marian mochte Merten nicht sonderlich. Er hielt ihn für einen Tagedieb, der auch vor kleinen Betrügereien nicht zurückschreckte. Ein verderbter junger Mann ohne Zucht und großem Ehrgefühl. John teilte diese Beurteilung, Alyss hingegen behandelte Merten mit einiger Nachsicht. Wie dem auch sei, hier hatte er sich erstmalig als nützlich erwiesen. Dennoch ...

»Overstoltz scheint sich seine Zeugen gut auszuwählen. Es gibt nicht viele Menschen in der Stadt, die derartige Gehässigkeiten über meine Schwester auszusagen bereit sind. Weit mehr würden ihre Freundlichkeit und Lauterkeit anerkennen.«

»Wohl wahr.«

»Ist Euch aufgefallen, dass er kein einziges Mitglied ihres Hauswesens befragt hat?«

Magister Jakob nickte.

»Er hat eine *theoria* entworfen, der Overstoltz. Morgen wird er sie dem Schöffengericht vorlegen. Er behauptet, Mats habe Arndt van Doorne umgebracht, weil Frau Alyss ihren Mann loswerden wollte. Das beweise ihre Trennung von Tisch und Bett und die Brautschatzfreiung. Dazu habe sie Gislindis um Hilfe gebeten, die ihren schwachsinnigen Vater mit Zauberkräften dazu gebracht hat, ihn zu erstechen.«

Gislindis! Marian spürte einen heftigen Stich in seinem Herzen. Ebensowenig wie seine Schwester durfte Gislindis von der verwesten Bleichwurz Overstoltz angeklagt werden.

»Ihr seht blass aus, Herr Marian. Bedient Euch von dem Krug. Er enthält unvermischten Rotwein aus Eurer Schwester Keller.«

Dankbar füllte sich Marian einen halben Becher voll und trank in kleinen Schlucken.

»Was können wir tun, Magister Jakob?«

»Ich habe Gnadengesuche vorliegen, die dem Gericht übergeben werden. Ich vertraue darauf, dass die übrigen Schöffen gemeinsam doch mehr Hirn haben als der Overstoltz und die Anklage fallen lassen.«

»Ach ja, der Overstoltz«, sinnierte Marian plötzlich, da er sich an die Ausführungen seines Vaters erinnerte.

»Ja, ja, der Overstoltz. Ich habe ein wenig gestöbert, Herr Marian.«

»Wir auch. Was fandet Ihr?«

»Widersprüche. Ah – da war der Gerard Overstoltz vom Vogelsang. Ein geltungssüchtiger Ratsherr zu Zeiten. Gezeugt hat er in seiner Ehe mit Mynta drei Kinder, so heißt es. Zwei Söhne, Hermann und Werner, und eine Tochter namens Nesa. Gerard verließ diese Welt im Jahre 1391.

Werner wurde 1396 der Stadt verwiesen und kehrte 1399 zurück in das Rheingassenhaus. Hermann verstarb in Aachen, die Tochter im Kindbett.«

»Kein Endres?«

»Doch, Endres Overstoltz vom Vogelsang wird beurkundet als der eheliche Sohn des Gerard. Zumindest in den Urkunden, die dem Schöffenkolleg vorliegen. Diese aber sind Abschriften der Abstammungsurkunde, die der Patron der Overstoltzens, der von der Rheingasse, gesiegelt hat.«

»Man könnte nachdenklich werden.«

»Aber man braucht Beweise, Herr Marian.«

Man würde Beweise suchen, versprach sich Marian, als er sich auf den Weg zu Pitters Badestube machte. Aber zuerst galt es, nach Lore zu fragen.

Das Badehaus war am Sonntag geschlossen – für den Tag des Herrn hatte man sich am Vortag gereinigt. Dennoch empfing ihn Pitter, wenn auch nicht mit freundlicher Miene.

»Es gibt hier nichts mehr für Euch zu tun, Herr Marian.«

»Ich weiß, Meister Pitter. Verzeiht, dass ich einige Monate lang Eure Zeit in Anspruch genommen habe. Ich will Euch die Ausbildung bezahlen.«

»Quatsch! Setzt Euch!«

Pitter, der eine gemütlich eingerichtete Kammer über den Badestuben bewohnte, ließ sich auf die Bank am Fenster fallen. Marian nahm ebenfalls Platz.

»Es geht nicht, Meister Pitter. Ich habe zu viele andere Sorgen, die meiner Aufmerksamkeit harren. Meine Schwester …«

»Ich weiß, dass Frau Alyss im Turm sitzt. Sollte der Turmvogt hier seinen Bart geschabt haben wollen, wird er feststellen, wie ungeschickt ich mit einem schartigen Messer bin.«

»Es ist nicht der Vogt, es ist der Schöffe Overstoltz. Und der wird dieses Haus hier leider nicht aufsuchen. Aber um meine Schwester kümmern sich Master John und mein Vater.«

»Gut so.«

»Ich bin auf der Suche nach unserer Lore. Sie scheint in irgendeiner Art auch in diese Angelegenheit verwickelt zu sein. Hat einer von Euren Jungs etwas von ihr gehört oder gesehen?«

»Wartet einen Augenblick.«

Pitter verließ die Kammer und kehrte mit einem schmalen Bürschchen zurück, das er selbst in jugendlichen Jahren hätte sein können. In dem scharfkantigen Gesicht blitzten erfahrene Augen, seine großen Ohren standen aus Büscheln mausfarbener Haare hervor.

»Niklaas, hast du etwas über Lore gehört? Der Herr Marian sorgt sich um sie.«

Abschätzend wurde Marian gemustert. Doch der Junge gab sich maulfaul, und plötzlich ahnte Marian auch, warum.

»Niklaas, ich suche sie, weil wir Angst um sie haben, nicht um sie zu schelten. Sie ist meiner Schwester eine große Hilfe, Magister Jakob vermisst ihren scharfen Schnabel ebenfalls, und die Beginen haben sie lieb gewonnen.

Wenn du irgendwas gehört oder gesehen hast, hilf uns. Es soll dein Schaden nicht sein.«

Der Päckelchesträger druckste noch etwas herum, dann stieß Pitter ihn an.

»Du weißt was, Bengel. Ich seh es dir doch an. Mich kannst du nicht hinters Licht führen, das ist dir doch klar.«

»Nee, kann man nicht, Meister Pitter.« Ein schiefes Grinsen zog sich über das magere Gesicht. »Na gut, ich sag's. Aber verpfeift mich nicht bei der Lore. Die kann nämlich ziemlich fies werden.«

»Wir schweigen, versprochen.«

»Na gut. Einer von uns hat sie am Freitag unten am Entenpfuhl gesehen. Vielleicht isse in den Aduchten.«

Bei dieser Vermutung erschauderte Niklaas. Und nicht zu Unrecht. Die alten Kanäle hatten den Ruf, allerlei finstere Bewohner zu beherbergen, von denen die Ratten noch die harmlosesten waren. Marian versuchte gleichmütig auszusehen, doch die Nachricht machte ihm Angst.

»Ich werde sehen, was man tun kann. Weißt du sonst noch was, Niklaas?«

»Die Lore, die is ne jewetz Mädche, aber do unten … do wird mer schnell zum Jefräß.«

Ja, es gab die Gerüchte, dass die Ausgestoßenen, die dort hausten, nicht eben wählerisch waren, mit dem, was sie aßen. Marian drückte dem Jungen eine Münze in die Hand, und Pitter schob ihn aus der Kammer.

»Und?«

»Ich werde sie finden.«

»Und wenn alles vorbei ist, werdet Ihr wieder an meiner Tür kratzen?«

»Nein, Meister Pitter. Oder besser nur, um ein Bad zu nehmen.«

»Ihr gebt es dran, ein Heiler zu werden?«

Marian vergrub den Kopf in den Händen. Es war alles in Unordnung geraten. Vor einem Jahr noch hatte er ganz genau gewusst, wo seine Ziele, seine Aufgaben, ja seine Bestimmung lagen.

»Herr Marian, ich habe mich sehr, sehr lange Zeit als Päckelchesträger durch diese verwinkelte Stadt getrieben. Es gibt viele Wege, um von hier nach da zu kommen. Manchmal muss man Umwege nehmen, um dahinzukommen, wo man sein Päckchen ablegen kann.«

»Wenn ich nur wüsste, wo das ist, Pitter.«

»Aber das weißt du doch, Marian. Und nun geh, und hol die kleine Lore aus der Unterwelt.«

Müde erhob Marian sich, verabschiedete sich und wanderte durch die verwinkelten Gassen zum Haus seiner Schwester.

24. Kapitel

John betrachtete Benefiz, der aufgeregt um Frieders Beine hüpfte. Soeben hatte Marian die Botschaft gebracht, dass die vermisste Maid sich in den alten Kanälen an einem Ort namens Entenpfuhl aufhalten könnte. Er war aber sogleich wieder gegangen, weil er noch einmal mit Mats im Turm sprechen wollte. Der Ritter, den John bei den Benediktinern vorgefunden hatte, hatte eben einen bemerkenswerten Vorschlag gemacht, wie man Lore finden könnte. Frieder sah aufgeregt aus.

»Ihr meint wirklich, er könnte das, Herr Fredegar?«

»Er ist zwar kein Jagdhund, aber er kennt Lore, sagst du. Hunde haben einen ausgezeichneten Geruchssinn. Wenn ihr hier ein Kleidungsstück von ihr habt, dann wird er vielleicht die Fährte aufnehmen.«

»Ich habe einen Kittel von ihr hier, den wir den Wäscherinnen geben wollten«, meinte Lauryn. »Der riecht ziemlich streng nach ihr.«

»Umso besser. Frieder, dieser Spitz scheint dir sehr zugetan zu sein. Du solltest versuchen, ihm zu zeigen, was von ihm erwartet wird.«

»Ja, Herr Fredegar.«

»Aber auf gar keinen Fall solltest du alleine mit ihm losziehen. Und schon gar nicht in die Aduchten.«

»Ich hab keine Angst vor den Menschenfressern.«

»Menschenfresser?«, erkundigte sich John.

»*Maneater*, Master John. Man sagt, die Ausgestoßenen dort unten würden fette Kinder fangen und sie essen.«

»Lore ist ein mageres, zähes Huhn«, sagte Lauryn. »An der werden sie keinen Spaß haben.«

»Es mag lediglich ein nützliches Gerücht sein, Master John«, erklärte Fredegar, »doch der Abschaum, der dort in der Finsternis lebt, ist nicht ungefährlich. Ich begleite den jungen Mann mit seinem Hund.«

»Sir Fredegar, ich glaube, es ist besser, ich gehe mit ihm. Euer Wissen über die Sippe der Overstoltzens ist gefragt. Besucht Lord Ivo, wenn ich Euch bitten darf«, bat ihn John. Fredegar sah ihn kurz an, sein Blick blieb an dem Schwert an seiner Seite hängen, und er nickte.

»Gut. Ihr seid genau der Mann dafür, Jungfern zu retten. Die Jagd ist Euch nicht fremd.«

»Weder mit Falken noch mit Hunden.«

Der Ritter verabschiedete sich.

John hatte etliche Nachtstunden damit verbracht, seine Gefühle unter Kontrolle zu bringen. Er war ein Mann des Handelns, und dass er nicht eigenhändig die Wände des Eigelsteinturms einreißen konnte, machte ihn wütend. Doch hatte er auch Geduld und Beherrschung gelernt. Mühsam, wie er sich eingestand. Die Suche nach dem verlorenen Kind war ihm eine willkommene Gelegenheit, wenigstens etwas zu tun. Mistress Alyss würde höchst unglücklich sein, wenn sie erfuhr, dass der Maid etwas zugestoßen war.

Lauryn brachte das Kleidungsstück, und Frieder hielt es

dem Spitz hin. Der tobte um den Kittel herum, kläffte und winselte und wollte danach haschen.

»Sitz, Benefiz.«

Der Hund ließ sich nieder und sah seinen Herrn mit großen Augen an.

»Zieh den Kittel über den Boden. Dann versteck ihn hinter dem Verschlag«, riet ihm John und hielt Benefiz am Hals fest.

Begierig, das neue Spiel zu lernen, folgte der Spitz kurz darauf seiner Nase.

»Man müsste es viele Male wiederholen«, meinte John, nachdem sie es ein Dutzend Mal geübt haben. »Aber so viel Zeit haben wir nicht. Legt ihm ein Lederband um den Hals, wir brauchen eine Leine, wenn er uns führen soll.«

Peer, der interessiert zugeschaut hatte, brachte bereitwillig einen breiten Riemen, an den ein Hanfseil geknüpft war. Benefiz ließ es sich von Frieder mit nur wenig Murren anlegen.

»Wo findet man diese Aduchten?«, fragte John.

»Entlang der alten Stadtmauer. Ich weiß, in der Gegend, wo sich vergangenes Jahr der kleine Satansbraten versteckt hat, da gibt es welche. Und Frau Alyss hat gesagt, unter der Apotheke von Frau Trine sind auch Katakomben. Aber besser ist es wohl drüben am Alten Graben. Davor liegt der Entenpfuhl.«

»Dann wollen wir uns dorthin begeben. Nehmen wir eine Fackel mit.«

Benefiz folgte seinem Herrn bereitwillig; seit jenem Tag, als Frieder ihn vor den Rabauken gerettet hatte, die ihm den Schwanz abgeschnitten hatten, hatte er fast seinen gesamten Vorrat an hündischer Liebe auf ihn übertragen. Ein Teil davon gehörte allerdings auch der Frau, deren heilende Hände ihm die Schmerzen genommen und ihn sanft und voll Güte beruhigt hatten.

Während sie an der uralten Mauer entlanggingen, ließ Frieder den Hund immer wieder an dem Kittel schnuppern, und einmal zerrte er sie an einen Stein und schnüffelte ausgiebig daran. Dann hob er das Bein …

»Falsch, Benefiz. Such Lore. Lore, hier, riechen!«

»Bleib eine Weile stehen, damit er Witterung aufnehmen kann, sollte sie sich hier aufgehalten haben.«

Benefiz sah die beiden Männer nachdenklich an. Er schien verstanden zu haben, was sie von ihm verlangten, aber er winselte leise.

»Gehen wir weiter. Da vorne wachsen Weiden«, schlug John vor.

»Die stehen am Entenpfuhl. Komm, Benefiz!«

Als hätte er den Ernst der Angelegenheit erkannt, begann der Spitz an dem Kittel zu zerren.

»Ja, genau. Such Lore! Bist ein guter Hund.«

Er wurde gekrault, dann hob er die Nase und witterte. Erst konnte er sich wohl nicht recht entscheiden, aber dann zog er an der Leine. Frieder folgte ihm einen schmalen Pfad entlang der Mauer, wich den Brombeerranken aus, die ihn begrenzten, und John folgte ihm, die Hand am Heft seines Schwertes. Die Gegend gefiel ihm nicht. Es war ein unerwartet warmer Herbsttag, und der Brodem, der dem flachen Gewässer entstieg, gemahnte an Verwesung.

Benefiz blieb stehen und winselte leise.

»Ist da etwas?«, fragte John.

»Ja, hier gibt es eine ausgespülte Stelle. Komisch, der Boden ist matschig, aber ein Zufluss zum Pfuhl ist es nicht.«

Sie gingen näher an die Stelle heran. Wilder Wein, gelb das Laub, und wucherndes Geißblatt rankten sich die morsche Mauer entlang. Benefiz zog wieder an seiner Leine. Und wieder winselte er.

»Er hat etwas gefunden, Master John.«

»Vielleicht nur eine Ratte.«

»Vielleicht, aber schaut, da hinter den Ranken scheint eine Öffnung zu sein.«

»Und dort liegt ein abgenagtes Apfelgehäuse. Hier sind Menschen gewesen.«

John zog das Schwert und schob damit die Ranken zur Seite.

»Ah, sieh, könnte das so eine Aducht sein?«

»Weiß nicht. Aber sieht aus, als ob es ein Stückchen hineingeht.« Frieder verzog den Mund. »Nicht besonders einladend, wenn Ihr mich fragt.«

»Wenn es ein Versteck ist, soll es das auch nicht sein. Reich dem *houndling* noch einmal den Kittel.«

Benefiz nahm den Geruch auf und trabte in Richtung des dunklen Einschlupfs.

»Könnte sein, Master John. Lore ist ein kleines Ding, die kann sich leicht darein verkriechen«, meinte Frieder leise. John aber zog schon seine Zunderbüchse hervor, um die Fackel in Brand zu setzen.

»Ich gehe vor, Frieder. Nimm du die Fackel. Und bleib dicht hinter mir.«

Die blanke Klinge in der Hand duckte John sich und kroch in den moderig riechenden Schlund. Das Mauerwerk, von kunstreichen Baumeistern zu einem Gewölbe errichtet, hatte offenbar schon Jahrhunderte überdauert. Ein langer, gerader Gang, niedrig, aber begehbar, tat sich vor ihnen auf. Benefiz hechelte. Die Flamme hinter ihm flackerte in der Zugluft.

Zugluft – es musste eine weitere Öffnung geben.

Zerstreute Tierknochen, ein alter Lederschuh, abgebranntes Holz fanden sich hier und da. Dieser Kanal wurde von Menschen und Tieren benutzt.

Dann trafen sie auf eine Abzweigung – ein weiterer Kanal bog hier ab.

»Benefiz?«

Der Spitz setzte sich auf die Hinterpfoten und hielt die Nase in die Luft. Dann kläffte er leise und setzte sich geradeaus in Bewegung.

Allerlei Getier huschte im Lichtschein davon, hier und da tröpfelte es von der Decke, rannen schmale Wasserschleier die Wände hinunter und nässten den Lehmboden. John blieb immer mal wieder stehen und lauschte. Es war unheimlich still in der Welt unter der Stadt. Oder?

Frieder keuchte unterdrückt hinter ihm. Der Junge hatte mit der Angst zu kämpfen, und auch John war es nicht besonders wohl.

Etwas veränderte sich – an einer Stelle war die Mauer eingerissen. Benefiz zog sie dorthin.

»Vorsicht, Frieder.«

John drängte sich an ihnen vorbei, schaute durch die Öffnung.

»Licht!«

Der Fackelschein verlor sich in einem pfeilergetragenen Gewölbe. Und Benefiz begann zu kläffen.

»Hier ist etwas!«

Frieder folgte dem aufgeregten Hund.

John, das Schwert kampfbereit, eilte hinterher. Und dann sah er das graue Häuflein.

Frieder ließ die Leine los, der Spitz lief zu diesem Häuflein und wackelte mit dem schwanzlosen Hinterteil. Als sich nichts rührte, heulte er auf.

Hatten sie das Kind gefunden? Besinnungslos, krank – tot? Mit der Fackel beugte sich auch der Junge jetzt über das Wesen. Rötlich schimmerten die Haare im Flammenschein. Zusammengekauert lag sie da, rührte sich nicht.

»Lore! Lore, wach auf!«

Frieder schüttelte sie an der Schulter. Nichts bewegte sich. John schob die Waffe in die Scheide und beugte sich nach unten.

»Maid Lore?« Vorsichtig legte er ihr die Hand an den Hals. »Sie lebt. Aber ihr Herz schlägt nur noch schwach. Ich trage sie.«

Das Mädchen war klein und leicht, und um sie besser durch den niedrigen Gang zu bringen, hob John sie sich auf die Schulter und legte den Rückweg fast kriechend zurück. Er atmete, genau wie sein junger Begleiter, erleichtert auf, als sie das Tageslicht vor sich sahen. Sie traten die Fackel aus, und John nahm Lore jetzt auf die Arme.

»Fabio, der Reliquienhändler, hat sein Häuschen hier, Master John. Dorthin sollten wir sie bringen.«

»Weise mir den Weg.«

Fabio war nicht zu Hause, aber das Tor zum kleinen Gemüsegärtchen ließ sich öffnen. Sie gingen hinein und John legte Lore auf eine schmale Bank. Ihre Lider flatterten, und dann schlug sie die Augen auf.

»Nicht!«, sagte sie heiser und versuchte aufzustehen.

»Bleib liegen, Lore. Erkennst du mich?«

Noch immer verwirrt sah sie ihn an, Angst lag in ihrem Blick.

»Master John, Lore, und Frieder. Und Benefiz. Er hat dich gefunden, der brave *houndling*.«

Derselbe stand vor ihr und leckte ihre herabhängende Hand.

»Kann nicht zurück. Muss sterben.«

»Nein, *child*. Du musst …«

Heftig schüttelte sie den Kopf. Frieder, geistesgegenwärtig, hatte eine Möhre aus dem Boden gezogen und an seinem Ärmel abgeputzt.

»Iss, Lore!«

Wieder schüttelte sie den Kopf.

»Ich kann sie dir auch in den Rachen schieben.«

»Lass es gut sein, Frieder. Ich werde dieses kleine *misery* nach Hause tragen. So schwer ist sie nicht.«

»Nicht.«

Lore kam auf die Beine. Schwankend.

»Da, iss!«

Frieder streckte ihr die Möhre hin. Lores Augen in ihrem dreckverschmierten Gesicht wanderten von dem einen zum anderen. Dann senkte sie den Blick und biss in die Möhre. Frieder gab ihr eine zweite.

John hingegen betrachtete sie nachdenklich. Es war ein

Anflug schmerzlichen Mitleids, das er verspürte. Nicht so sehr der jämmerliche Zustand des Kindes rührte ihn – er hatte bei Weitem Schlimmeres in den Häfen gesehen. Es war das Elend, das in ihrer ganzen Haltung lag. Schuld drückte sie nieder. Sie hatte etwas getan, das unsagbar auf ihr lastete, und wollte büßen.

Vergebung konnte ihr nur zuteilwerden von jenen, denen sie, willentlich oder unwissentlich, Schaden zugefügt hatte. Er verstand sie gut.

Und darum befahl er: »Wir gehen in die Witschgasse. Auf, Lore!«

»Ja, Herr Master.«

Sie war schwach, die Kleine. Und immer wieder stolperte sie, fiel hin, raffte sich wieder auf. Als sie zum zweiten Mal zusammenknickte, zischte Frieder ihm ein böses Wort zu und wollte ihr helfen.

»Lass sie«, sagte er leise. »Sie will leiden.«

Frieder ballte die Fäuste.

»Denk mal nach, *youngman*!«

Die Fäuste lösten sich langsam. Frieder hatte verstanden, dass er ihr nicht helfen durfte.

Benefiz nicht.

Er drängte sich an das Kind am Boden und drückte ihr seine Nase ins Gesicht, jiepte auffordernd.

Lore stand mühselig auf. Sehr langsam gingen sie weiter.

Kurz vor dem Ziel aber stolperte Lore wieder, fiel auf das Pflaster. Ein Fuhrwerk rollte heran, und John zerrte sie hoch. Er nahm sie auf die Arme, rümpfte die Nase, denn ihren völlig verdreckten Kleidern entströmte ein fauliger Geruch. Doch diesmal wehrte Lore sich nicht mehr, sie schien sich mit ihrem Schicksal abgefunden zu haben.

25. Kapitel

Eigentlich hatte Marian Mats nur aufsuchen wollen, um zu sehen, ob es ihm gut ging. Zuvor war er zu dem Häuschen an der Burgmauer gewandert, um nachzusehen, ob alles in Ordnung war. Verlassene Wohnungen waren oft das Ziel von Dieben und Plünderern. Doch die Tür war verschlossen und die Läden zugeklappt. Eine Nachbarin streckte auch sogleich ihren Kopf oben aus ihrem Fenster und herrschte ihn an: »Was wollt Ihr da?«

»Nach dem Rechten schauen, Gevatterin. Ich bin ein Freund des Messerschleifers.«

»Das kann jeder sagen!«

Eine andere, jüngere Frau öffnete nebenan die Tür und musterte ihn mit strengem Blick. Dann nickte sie.

»Ist gut, Mutter Metild. Der ist der Gislindis ihr feiner Freund. Der hat ihr's Schreiben beigebracht.«

Die Formulierung schmeckte Marian zwar nicht besonders, aber sie schien eine Bürgschaft zu sein.

»Ihr achtet auf das Heim, solange die Schlyffers fort sind?«, fragte er.

»Wir und zwei Bejinge. Die kommen jeden Tag.«

»Das ist gut. Danke.«

»Was ist mit der Gislindis? Sie hat nichts Böses getan. Und der Mats auch nicht.«

»Deshalb versuchen wir ja, sie so bald wie möglich freizubekommen, Gevatterin.«

»Mhm.«

Viel Vertrauen schienen die Frauen nicht in ihn zu setzen, aber er verbeugte sich höflich und wandte seine Schritte in Richtung Eigelstein. Seine Gedanken aber gingen, wie so oft, zu Gislindis. Es waren so heitere Stunden gewesen, die er damit verbracht hatte, sie das Buchstabieren und das Wörterbilden zu lehren. Sie war klug, sie verstand sehr schnell das Konzept der Zeichen und Laute und war jedes Mal so überschäumend glücklich, wenn sie wieder einen Satz fehlerfrei entziffern konnte. Geneckt hatten sie sich dabei, und auch seinen Witz verstand sie gut zu parieren. Warum nur hatte sie sich von ihm abgewandt? Was hatte er ihr getan, dass sie so kühl geworden war?

Hatten die Texte, die er für sie kopiert hatte, sie abgestoßen? Es waren heitere Minnelieder, keine derben Verse. Sie hatte anfangs auch gescherzt darüber, und den einen oder anderen süßen Kuss hatte er ihr entlocken können.

Mehr wollte er doch gar nicht.

Oder vielleicht doch?

Es wäre schön gewesen, ein solch lebenslustiges, gescheites und schönes Weib um sich zu haben.

Marian blieb mitten auf der Straße stehen.

Das Bild jener Geliebten, die er vor zwei Jahren auf der Handelsfahrt verloren hatte, war verblasst. Ein ferner Schmerz lag noch in seinem Herzen, eine Narbe, Erinnerung an den Verlust eines tiefen, leidenschaftlichen Gefühls. Doch die bodenlose Trauer war verflogen.

Gislindis' Ablehnung hingegen bedrückte ihn nun weit mehr.

War er so wankelmütig? Oder heilte die Zeit wahrlich auch die Wunden der Seele?

Ein räudiger Köter kläffte ihn wütend an, und Marian setzte sich wieder in Bewegung. Und plötzlich hatte er eine Eingebung – Gislindis, Griffel, Feder, Tafel, Pergament… Sie hatte, schon bevor sie schreiben konnte, zierliche Muster für Messerhefte und Dolchscheiden entworfen. Und auch Mats war geschickt darin, Zeichnungen anzufertigen.

Auf dem Absatz machte er kehrt, ging zurück zum Alter Markt, eilte in die Bibliothek, wo er seinen Schreibkasten zusammenräumte und geschwind seiner Mutter auswich.

Die Wachen ließen ihn zu Mats vor, auch wenn sie ihn nicht mit dem Messerschleifer alleine ließen. Der sah nun wieder aufmerksam aus und versuchte, mit einigen kaum verständlichen Worten seine Freude darüber auszudrücken, dass Marian ihn besuchte.

»Ja, Mats. So weit ist alles in Ordnung. Morgen tagt wieder das Gericht, und für Eure Tochter liegen Gnadengesuche vor. Aber wir suchen noch immer den Mann, der Euch im Adler das Bier ausgegeben hat. Könnt Ihr vielleicht ein Bild von ihm anfertigen?«

Begeistert nickte Mats und wies auf den Schreibkasten.

»Ie Indis, ha!«

»Ja, genau wie Gislindis könnt Ihr auch zeichnen.«

Nicht Feder und Tinte, sondern einen Silberstift reichte

er ihm. Mit diesem Stift war es leichter, feine Linien zu ziehen. Er selbst verwendete ihn, um anatomische Skizzen anzufertigen.

Mats besah sich den Stift, probierte ihn an einem Eckchen des angerauten Pergamentbogens aus und schloss dann die Augen. Während er so sinnend dasaß, die Gesichtszüge ganz entspannt, bemerkte Marian seine Ähnlichkeit mit Gislindis. Hätte Mats nicht den entstellenden Wolfsrachen, er wäre ein ansehnlicher Mann, ging es ihm durch den Kopf. Ronya, sein Weib, mochte ihn wohl so gesehen haben.

Mats öffnete die Augen, packte den Stift, und ohne zu zögern, warf er ein Gesicht auf das Blatt. Ein junger Mann, dessen Locken unter einer Scholarenmütze hervorquollen, eine scharfe Nase, lächelnde Lippen, ein leichtes Schielen auf dem linken Auge.

»A!«, sagte er triumphierend.

»Hervorragend, Mats. Ganz hervorragend. Ich bin sicher, damit erkennt man ihn wieder.«

Mats reichte ihm den Stift und nickte.

»Behandelt man Euch gut?«

Wieder nickte er und rieb sich grinsend den Bauch.

»Das Essen ist ausreichend, ja?«

So schien es, und mit einem freundlichen Schlag auf Mats Schulter verabschiedete sich Marian.

Essen war keine schlechte Idee, fand er. Es war der letzte Tag des Oktobers und damit der Tag der heiligen Notburga von Köln, einer starrköpfigen Stiftsfrau, Nichte des Königs Pippin, die sich einst geweigert hatte zu heiraten. Die Beginen nutzten diesen Tag, um ihrer zu gedenken. Aber die Messe war vorüber, und bei den Beginen würde es ein Mittagsmahl geben, das alles andere als karg war. Man konnte das Angenehme mit dem Nützlichen verbinden.

Catrin begrüßte ihn mit ungewöhnlichem Überschwang, Frau Clara bat ihn um Rat wegen der nächtlichen Krämpfe in ihren Waden, die Klagefrauen Henna und Della bestätigten ihm, dass sie sich auf Frau Almuts Rat hin um Haus und Garten des Messerschleifers kümmerten. Die Köchin fragte nach Lore, die uralte Apothekerin verwechselte ihn mit seiner Schwester und beschimpfte ihn der Unzucht, in Männerkleidern herumzulaufen, und die Seidweberinnen wollten ihm eine Länge gelber Seide für sein Liebchen aufschwatzen. Die Gerichte, die die Mägde aus der Küche auftrugen, dufteten köstlich, die gepökelte Rinderbrust mit Quittenmark war zart und saftig, die Suppe von Steinpilzen und Kräutern aus dem wohlbestückten Garten sahnig und würzig, die Dampfnudeln mit der Hollermilch – der Holunderbeerwein sei in diesem Jahr besonders gut gelungen, flüsterte Catrin ihm zu – brachten Marian sogar an den Rand eines kleinen Schwipses. Die Beginen sprachen der Hollermilch ebenfalls reichlich zu, wie er feststellte, und das Tischgespräch wurde außerordentlich lebhaft.

»Mutzen!«, sagte Catrin plötzlich neben ihm. »Mutzen! Die waren doch wichtig.«

»Ich könnte keine einzige mehr essen, Catrin.«

»Nein, die sollst du nicht essen. Mutzen – deine Schwester hat von einer Mutzenbäckerin geschwärmt. Ich habe überhaupt nicht verstanden, was sie damit wollte. Sie mag doch süße Wecken viel lieber.«

Marian schüttelte energisch den leichten Schleier der Entspannung ab. Catrin war gelegentlich etwas schusselig, aber wenn man ein wenig konzentriert nachfragte, fand man recht schnell heraus, was sich hinter ihren kryptischen Äußerungen verbarg.

»Du hast meine Schwester im Turm aufgesucht?«

»Ja, heute Morgen, noch vor der Messe. Pater Henricus wollte mit ihr und Gislindis beten. Ich habe ihn begleitet. Na, du weißt ja, wie sie manchmal ist …«

»Armer Pater Henricus.«

»Ach, sie war diesmal ganz sanft zu ihm. Nur das mit den Mutzen – sie machte sich Sorgen um die Mutzenbäckerin Momke. Ja, das war es. Ich wusste gar nicht, dass sie eine solche Frau kennt. Aber vielleicht hat sie ihr Wein verkauft?«

»Sie hat inzwischen viele Kunden. Ich werde das Hauswesen fragen.«

»Ja, und dem süßen kleinen Sohn der Momke, dem geht es wohl nicht besonders gut. Alyss meinte, du solltest dich nach seinem Befinden erkundigen.«

Jetzt spitzte Marian noch etwas aufmerksamer die Ohren. Die Bäckerin mochte noch durchgehen, aber ihr Sohn … Warum erinnerte Alyss sich nach vier Tagen im Turm an den Sohn dieser Frau?

»Wo finde ich denn die Momke, Catrin? Hat sie dir das auch verraten?«

»Am Malzbüchel, hat sie gesagt. Komisch, das sollte ich mir gut einprägen. Das ist aber seltsam.«

»Ich könnte mir vorstellen, Catrin, dass meine Schwester mit diesem Hinweis etwas bezweckt. Eine versteckte

Botschaft vielleicht – es war doch sicher ein Wachmann zugegen.«

»Ja, ja, natürlich. Darauf hätte ich auch kommen können.«

»Schon gut, Catrin. Ich kümmere mich darum.« Und dann schaute er in die Runde. »Wohledle Damen!«

Das Gekicher und Geschwätze hörte auf, und alle Blicke richteten sich auf ihn. Ganz kurz fühlte Marian sich überhaupt nicht wohl unter diesem Ansturm weiblicher Aufmerksamkeit. Aber die Gelegenheit war doch zu günstig. Die Beginen, manche von ihnen älter als seine Mutter, andere jünger als Catrin, mochten wohl von einer Mutzenbäckerin gehört haben.

»Kennt jemand unter euch die Mutzenbäckerin Momke vom Malzbüchel?«

»Bist du Schleckermaul nicht zufrieden mit meinen Dampfnudeln?«

»Doch, Frau Tina, sie waren köstlich. Und mir steht auch nicht der Sinn nach Mutzen, sondern nach dem Weib, das sie backt.«

Gemurmel erhob sich, dann sagte die alte Elsa mit ihrer krächzenden Stimme in die Runde: »Die ist tot. Schon lange. Die Momke. Ja, die ist tot.«

Das wurde ja immer bemerkenswerter.

»Und ihr Sohn.«

»Hätt keinen Sohn.«

Noch seltsamer.

»Aber es gibt doch da eine Mutzenbäckerin… die Wenke.« Die junge Pförtnerin rieb sich die Nase, und die Meisterin betrachtete sie mit schräg geneigtem Kopf.

»Walberga, du hast eine Muhme am Malzbüchel wohnen.«

»Ja, Frau Clara. Und die Mutter der Mutzenbäckerin war auch schon Bäckerin.«

»Schmecken die Mutzen von ihr?«, fragte Marian, und die Pförtnerin grinste verlegen.

»Ja, die sind gut.«

»Dann werde ich sie bei Gelegenheit auch mal probieren.«

Marian blieb noch eine Weile bei den Beginen, die jedoch von nachmittäglicher Mattigkeit übermannt wurden, und um selbst den Hollerweindunst aus dem Hirn zu bekommen, machte er sich bald darauf wieder auf den Weg zur Witschgasse, um dort mit dem Hauswesen und hoffentlich auch John oder Fredegar seine sonntägliche Beute teilen zu können. Und sich nach Lore zu erkundigen.

26. Kapitel

Marians Wunsch ging in Erfüllung, und nicht nur das, auch seine Eltern hatten sich eingefunden. Man saß im Saal, die Jungfern trugen eben die Reste eines weit schlichteren Mahls ab, als das, was er genossen hatte. Dafür war kein Hauch von Schläfrigkeit zu verspüren.

»Du kommst eben recht zu unserer Beratung«, sagte Frau Almut, als er sich auf die lange Bank neben John setzte.

»Das trifft sich, denn auch ich habe Neues zu berichten. Aber zuerst – ist Lore gefunden?«

»Wir haben sie aus der Unterwelt befreit. Aber sie ist in einem entsetzlichen Zustand«, erklärte John.

»Braucht sie meine Hilfe?«

»Sie hat ein paar Tage nichts gegessen und viel geweint, das wird die Natur heilen. Ihr Leib hat keine Verletzungen davongetragen, sagen die Maiden, die sie gebadet haben.«

»Nein, sie ist magerer, hat ein paar Abschürfungen, aber sie ist heil«, beschrieb Lauryn sie. »Nur – Herr Marian – sie hat ihren scharfen Schnabel verloren. Sie ist ganz still und demütig. Irgendwie wie versteinert. Sie sitzt ganz starr unten am Küchenkamin, und Benefiz liegt an ihrer Seite.«

»Sie hat nicht gesagt, warum sie sich versteckt hat?«

»Sie macht den Mund nicht auf. Es ist schrecklich. So kennen wir sie gar nicht«, sagte Hedwigis. »Nicht einmal mit den Gänsen hat sie gezetert.«

»Und sich auch ganz ohne Gezänk in die Bütt stecken lassen«, ergänzte Hilda. »Sie ist krank an der Seele, Herr Marian.«

»Sie fühlt sich schuldbeladen«, sagte John. »Ich vermute, sie hat etwas getan, das dazu geführt hat, dass Mistress Alyss angeklagt wurde.«

»Holt das Kind her«, sagte der Herr vom Spiegel.

Das Hauswesen hielt den Atem an.

»Ja, Herr Vater.«

Marian ging nach unten in die Küche, wo Lore noch immer bewegungslos vor sich hin starrte.

»Der Herr vom Spiegel will dich sehen, Lore. Folge mir.«

Mit hängendem Kopf schlurfte sie hinter ihm her. Sein Vater erwartete sie aufrecht vor dem Kamin stehend. Er wirkte wie das fleischgewordene Gewitter.

»Hier ist Lore, Herr Vater.«

Marian schob sie vor und trat einen Schritt zurück.

»Was, Kind, hast du angerichtet?«, donnerte der Herr vom Spiegel. »Welche frevelhafte Untat hast du begangen? Seit vier Tagen bist du pflichtvergessen. Dieses Heim ist ohne seine Herrin, und du ziehst es vor, an den Pfuhlen herumzulungern. Die Gänse kneifen die Besucher. Selbst an meinen Waden haben sie sich vergriffen. Niemand bringt sie zu ihrem Teich, niemand bringt ihre Eier in die Küche. Was treibt dich hirnlose Kreatur dazu, faul und verantwortungslos den Hof zu verlassen? Hat man dir hier nicht Fürsorge angedeihen lassen? Hat man dir nicht den hungrigen Schlund gestopft? Hat man nicht gar versucht, dir Zucht und Benehmen beizubringen? Hat man dich nicht in neue Kleider gewandet? Und hat man dir nicht jede Pflicht mit Münzen entlohnt?«

Lore biss sich auf die zitternde Unterlippe.

»›Ein fauler Mensch ist wie ein kotbeschmutzter Stein, und jeder zischt ihn aus, weil er so ekelhaft ist. Ein fauler Mensch ist wie ein Mistklumpen; wer ihn aufhebt, der muss sich die Hände abwaschen‹, so spricht der weise Sirach.«

Lore sackte in die Knie.

»Herr, ich hab die Frau Herrin verraten«, stammelte sie.

»Wem gegenüber hast du falsches Zeugnis abgelegt? Wer hat deinen kümmerlichen Sinn verführt, ihm Übles über deine Herrin zu sagen? Wem hast du mit deinen närrischen Worten das Heft des Henkerschwerts in die Hand gegeben?«

»D… dem Toni. Dem hab ich …«

Lore bekam einen Schluckauf.

»›Besser es kommt einer auf schlüpfrigem Boden zu Fall, als durch sein Reden; so geht's den Bösen: Plötzlich müssen sie fallen. Ein dummer Mensch fällt auf durch unpassende Reden; im Munde unerzogener Leute sind sie gang und gäbe.‹ Du hast deinen Mund nicht halten können. Um einem Mann schönzutun, hast du das Vertrauen gebrochen und schwatzhaft üble Nachrede verbreitet. Du hast in die Hand gebissen, die dich füttert!«

Sehr leise hörte Marian seine Mutter sagen: »Es ist gut, Herr. Lasset das Kindlein zu Euch kommen.«

Das Grollen verklang, Ivo vom Spiegels Stimme wurde weich.

»Kind, steh auf!«

Lore rührte sich nicht.

Leocadie, die Sanfte, war es, die zu ihr trat und sie sacht auf die Beine zog. Zitternd und schwankend stand das Mädchen da. Leocadie gab ihr einen leichten Schubs, und sie sank dem Herrn vom Spiegel an die Brust. Er beugte sich zu ihr, schloss seine Arme um ihren mageren Körper, zog sie eng an sich und brummte: »Dir ist vergeben.«

»Amen«, seufzte Marian.

»Praise the Lord«, flüsterte John.

»Praise the Lord«, stimmten Fredegar, Tilo und Frieder mit ein.

»Der Herr sei gelobt!«, grummelte Hilda.

Lore weinte, aber die Starre war aus ihr gewichen, und vertrauensvoll schmiegte sie ihren Kopf an die samtbedeckte Schulter des Allmächtigen.

»Lauryn, Leocadie, bringt das Kind ins Bett«, bat Frau Almut. »Sie ist völlig erschöpft. Hedwigis, eine Schale Suppe und warmer Wein werden ihr helfen einzuschlafen.«

»Ja, Frau Almut!«

Als die Jungfern verschwunden waren, strich sich Marian über die Stirn. Die väterlichen Unwetter reinigten zwar die Atmosphäre, aber sie bewirkten auch nachhaltige Erschütterungen.

»Sie hat mit dem Schreiber von Endres Overstoltz gesprochen. Dieser Kerl scheint sich an alle möglichen wehrlosen Zeugen herangemacht zu haben.«

»Nicht allerdings an Mitglieder dieses oder unseres Hauses«, meinte Frau Almut.

»Er muss gewusst haben, dass er damit Verdacht erregt hätte.« Marian sah seine Mutter an. »Frau Franziska hat meine Schwester ebenfalls verleugnet.«

»Sie kann ein Schandmaul sein. Ich werde ihr den einen oder anderen Giftzahn ziehen.«

»Seid so gut und zieht ihr dabei auch aus der Nase, wer dieser Mann hier ist.« Er legte die sorgfältig zusammengerollte Zeichnung auf den Tisch, die Mats angefertigt hatte.

Man begutachtete das Bildnis, und John bat, es auch seinem Diener Bob zeigen zu dürfen.

»Er sitzt gerne im Adler auf einen Humpen, und das Essen ist recht gut, behauptet er. Vielleicht ist er dem Mann dort schon begegnet.«

»Könnte das der Anton Scriver sein?«, fragte Fredegar. »Der Schreiber ist doch angeblich ein ansehnlicher junger Mann.«

Marian schnappte nach Luft.

»Dann wäre dieser verdammte Overstoltz tatsächlich in die Angelegenheit verwickelt.«

»Findet ihn!«, sagte der Herr vom Spiegel und erhob sich. Frau Almut stand ebenfalls auf, nahm das Pergament mit dem Bild an sich und verabschiedete sich.

»Ich werde Frau Franziskas Ruhe stören. Master John, kommt zum Abendessen vorbei, und holt Euch dieses Bild ab, um es Eurem Diener zu übergeben.«

»Ja, my Lady.« Und zu dem Herrn gewandt meinte John: »My Lord, Eure Heilkünste sind ungewöhnlich, doch wirksam. Ich hatte Angst um das Kind.«

»›Es ist besser, das Schelten der Weisen zu hören als den Gesang der Toren.‹«

»Ohne Zweifel, my Lord. ›Aber die reumütig sind, lässt er wieder zu Gnaden kommen, und die müde werden, tröstet er, dass sie nicht verzagen.‹«

Marian sah ein wehmütiges Lächeln auf den Lippen seines Freundes. Er verstand ihn nur zu gut. Auch er hatte sich einmal nach dem Donnerwetter seines Vaters gesehnt und seine heilende Wirkung erfahren.

Johns Vater hingegen hatte seinen Sohn verstoßen und lehnte es ab, mit ihm zu sprechen.

»Frieder, geh mit meiner Mutter zum Adler, und achte darauf, dass sie Frau Franziska Leben lässt, wir brauchen sie noch. Tilo, begleite meinen Vater, und such dann mit Frieder die Mutzenbäckerin Wenke am Malzbüchel auf. Fragt sie nach dem Sohn ihrer Mutter Momke aus.«

»Ja, Herr Marian!«

Als die Eltern vom Spiegel und die Jungen gegangen waren, schritt Fredegar einige Male unruhig in dem großen Raum auf und ab.

»Du hast einen widerlichen Verdacht geäußert, Marian«, meinte er schließlich. »Was könnte diesen Overstoltz dazu bringen, den Mord an Arndt van Doorne zu vertuschen? Wenn der Mann, der den Messerschleifer trunken gemacht und niedergeschlagen hat, wirklich sein Secretarius ist, dann hat er womöglich selbst den Auftrag dazu erteilt, ihn umzubringen.«

»Ein widerlicher Verdacht, in der Tat, der um so schlimmer wird, weil er meine Schwester und Mats' Tochter damit hineinzieht.«

»Haben eure Familien eine Fehde miteinander?«, fragte John.

»Nein, zumindest wüsste ich nichts davon.«

Fredegar setzte sich endlich.

»Vor sechsundzwanzig Jahren, Marian, haben zwei außerordentlich bösartige Menschen versucht, deinen Vater in den Tod zu treiben. Um ihnen das Handwerk zu legen, wurde ich ausgeschickt, bei einem Overstoltz in Efferen einen Köder auszulegen. Johann Overstoltz, der Goldmacher. Es wurde nach einer irrwitzigen Gaukelei in dem Laboratorium, bei dem der Scharlatan einer vornehmen Gesellschaft seine vermeintlichen Künste vorführte, ein großes Gelage gegeben. Ich musste daran teilnehmen. Ein Junge, ein Page vielleicht, zwei oder drei Jahre jünger als ich, wartete den Leuten auf. Er wurde als der Neffe des Burgherrn bezeichnet, und ich meine mich zu erinnern, dass er Endres gerufen wurde. Ein Junge mit sehr hellblonden Haaren, dem die anwesenden Weiber schöntaten. Und manche der Männer auch.«

»Aber hat er damals von Eurem Auftrag gewusst? Fußt darin sein Hass gegen meine Familie?«

»Ich weiß es nicht, Marian. Irgendwann später habe ich gehört, dass dieser Junge zu Raitz von Frentz als Secretarius ging. Was er nach seiner Zeit auf Burg Frentz betrieben hat, weiß ich nicht. Es hat mich, ehrlich gesagt, nicht interessiert.«

»Der Secretarius eines Burgherrn. Ob Arndt mit dem Frentz Geschäfte gemacht hat?«

»Das wird Bob beantworten können«, murmelte John und erhob sich.

»Gut – morgen ist die Gerichtsverhandlung. Gleich wie sie ausgeht, wir werden dem Overstoltz auf die Pfoten schauen«, sagte Marian.

»Aber mit Vergnügen«, erwiderte Fredegar. »Und ich bin bereit, mich morgen auf die Knie zu begeben, um für deine Schwester zu bitten.«

»Und ich werde neben Euch knien, Sir Fredegar.«

Und ich würde gerne für Gislindis knien, dachte Marian. Aber er schwieg.

27. Kapitel

Wenn man auf den Schemel stieg, konnte man aus der schmalen Luke nach draußen schauen, hatte Alyss herausgefunden. Nicht die belebten Straßen der Stadt sah man hier, sondern man blickte über die Felder und Gehölze vor der Mauer. Sie lagen im Morgennebel, und die kühle Luft ließ sie frösteln. Etwas enger zog sie das Wolltuch um ihre Schultern.

Es war ein nebeliger Morgen, der in einen spätherbstlichen Sonnentag übergehen würde. Ein Tag wie gemacht, die Reben zu schneiden, die Stangen aus dem Boden zu ziehen, die Wurzeln abzudecken. Vorbereitungen für den Winter zu treffen war wichtig, denn im November konnten die ersten Fröste die Nächte erstarren lassen.

Der Most gärte in den Fässern – man musste Proben nehmen. Die Beete im Gemüsegarten mussten umgegraben werden, die Zwiebeln gesteckt, der neue Wein aus der Pfalz geordert, die Frage nach dem Rotwein aus Burgund gelöst werden …

Es gab so viel zu tun.

Und sie saß hier, in einem Raum eingeschlossen, kaum vier Schritte lang und vier Schritte breit. Sie wollte ausschreiten, weit und mit schwingenden Röcken, Benefiz an ihre Seite, Jerkin auf der Hand. Sie wollte den Falken abwerfen und seinen Flug in die Freiheit beobachten. Sie wollte den Wind in den Haaren spüren und den Lehm unter ihren Füßen. Sie wollte die Jungfern schwatzen und kichern, den furcht- und fruchtbaren Hahn Herold seinen Kampfruf schmettern, Lore mit den heidnischen Gänsevölkern zanken hören.

Sie wollte vor allem hier raus!

Erschöpft von der Anstrengung, die es sie kostete, nicht mit den bloßen Händen die Wände zu zerkratzen – andere vor ihr hatten derartige Spuren im Mörtel schon hinterlassen –, erschöpft von den Gedanken, was alles besser sein könnte, als unschuldig im Turm eingesperrt zu sein, lehnte sie den Kopf an die kühle Mauer. Sicher, es war besser, hier oben in dem Gelass als in einer der feuchten, lichtlosen Kerkerzellen untergebracht zu sein. Sie bekamen zu essen, nicht einmal schlecht, hatten eine Kohlenpfanne, um sich zu wärmen, Decken und Polster, um bequem zu schlafen. Und sie konnte sich glücklich schätzen, eine Kameradin wie Gislindis bei sich zu haben. Ein Frau, die klug, manchmal sogar weise war, die ihr Schicksal nur selten beklagte, die selbst den widrigen Umständen noch dann und wann eine heitere Seite abringen konnte.

Und, ja, sie hatte Freunde, die alles daransetzten, sie aus der Gefangenschaft freizubekommen.

Dennoch – es zermürbte sie.

Es zermürbte sie, nicht zu wissen, ob sie Erfolg haben würden. Sie hatte es mit Willkür, Dummheit und Hass zu tun, und sie wusste gut genug, dass diese Eigenschaften andere Leute beeindrucken konnten. Endres Overstoltz hatte seine Leidenschaft darein gelegt, sie, Gislindis und Mats des Mordes zu überführen. Er würde genügend Leute auf seine Seite ziehen, nicht weil sie Beweise hätten, sondern weil sie schlichtweg Freude daran hatten, jemanden wie sie fallen zu sehen. Für allzu viele war sie tatsächlich schuld an Arndt van Doornes Tod – selbst wenn sie nicht selbst das Messer geführt hatte. Sie war ihm keine gehorsame Ehefrau gewesen. Sie hatte sich über seine Macht im Haus hinweggesetzt. Jene, die diesen Mut ihren gewalttätigen, untreuen und verlogenen Männern gegenüber nicht hatten, würden zu gerne sehen, wie sie verurteilt wurde. Und jene gewalttätigen, untreuen und verlogenen Männer, die fürchteten, dass sie ihren Frauen Vorbild sein könnte, gleichfalls.

Heute war die nächste Gerichtssitzung.

Würde die Schadenfreude oder die Gerechtigkeit siegen?

Es war unerträglich, die Ungewissheit. Würde man ihre Unschuld nicht anerkennen, drohten ihr weitere Befragungen, die irgendwann auch Magister Jakob nicht würde verhindern können. Vor allem aber drohten ihr Tage, Wochen, vielleicht Monate in dieser engen Zelle.

Sie würde so gerne ein Bad nehmen.

Sich die Haare waschen.

Einen frisch gewaschenen Kittel anziehen.

Mit John spitzige Wortwechsel führen …

Ihre Hände krallten sich in den Sims am Fenster.

Ein Flattern, ein leises »Zipzipzip«.

Mit glänzenden Augen sah ein braunes Vögelchen sie an.

Die unsagbare Schwermut verflog, und Alyss kehrte in die Gegenwart zurück.

»Vögelchen, bringst du Kunde?«

Ganz vorsichtig streckte sie ihre Hand aus.

»Zipzipzip!«

»Vögelchen, bringst du Hoffnung?«

Der Fink flatterte auf, flog ein Stückchen fort, kam aber wieder zurück. Alyss kletterte vom Schemel und nahm ein paar Brotkrumen, die noch in dem Korb lagen, und streute sie auf den Sims. Zwar flog der Vogel wieder fort, kam aber umgehend zurück und beäugte neugierig die Gabe.

»Nimm, Kleiner. So viel habe ich zum Teilen.«

Er pickte zierlich ein Krümelchen auf und sah sie wieder an. Dann pickte er weiter, bis alle Brosamen verschwunden waren.

Und während Alyss ihn beobachtete, tauchte in ihrer Erinnerung eine Geschichte auf, die ihre Mutter ihr als Kind erzählt hatte. Bevor der Herr vom Spiegel die Kutte der Benediktiner abgelegt hatte, war er, verfolgt von den Schatten seiner Vergangenheit, an den Rand der Verzweiflung getrieben worden und hatte sich zur Buße für seine Schuld lebendig einmauern lassen. Er hatte lediglich trockenes Brot und Wasser durch eine schmale Öffnung seiner Klause erhalten. Da er aber zu sterben wünschte, hatte er das Brot den Vögeln ausgestreut. Eine Nachtigall hatte sich nächtens bei ihm eingefunden und versucht, ihn mit ihrem Gesang zu trösten.

Eingemauert.

Heilige Mutter Maria, er hatte sich einmauern lassen.

Was das bedeutete, wurde Alyss jetzt erst wirklich bewusst, da sie ihrer Freiheit beraubt war.

Warum hatte er das getan? Ihr Vater war ihr immer als ein Mann von unbeugsamer Stärke und lauterstem Charakter erschienen. Sich selbst eine solche Strafe aufzuerlegen, das musste bedeutet haben, dass er eine Schuld auf sich genommen hatte, die in seinen Augen nur der Tod sühnen konnte. Ein qualvoller, einsamer Tod.

Er war gerettet worden durch ihre Mutter, die graue Begine, und einige gute Freunde. Mehr aber durch die Erkenntnis, dass Liebe und Freundschaft über Pflicht und Selbstzucht standen. Härte gegen sich selbst konnte bis zur Vernichtung gehen.

Sie war ihm sehr ähnlich, das sagten viele, die sie kannten, sinnierte Alyss. Und in gewisser Weise mochte das stimmen. Auch sie hielt ihr Leben selbst in der Hand. Vor allem, als sie bemerkt hatte, dass Arndt ihr in keinem Fall eine Stütze war, hatte ihr diese Fähigkeit, diese unbedingte Hartnäckigkeit geholfen, sich von seinen unredlichen Machenschaften zu lösen und das Hauswesen mit Anstand zu führen.

Und dennoch: Hätte sie weniger selbstsüchtig alles an sich gerissen – wäre Arndt dann der Stadt verwiesen worden? Wäre er zurückgekehrt, um ermordet zu werden?

Nein, wies sie sich rigoros an. Nein, ein Mann mit seiner verbrecherischen Gesinnung wäre ohnehin zu Fall gekommen.

Der Buchfink zwitscherte noch einmal fröhlich auf und flatterte dann fort.

Alyss stieg vom Schemel und sah sich zu Gislindis um.

Sie lag genau so, wie sie sie verlassen hatte, als sie aufgewacht war. Doch sie schlief nicht mehr. Sie starrte mit blicklosen Augen an die Wand, die Hände in die Decke verkrallt.

Auch sie litt, weit mehr als sie selbst, dachte Alyss. Auch sie war eine Frau, die es gewohnt war, die Fäden in der Hand zu halten.

Mitgefühl überschwemmte sie, und sie kniete neben ihr auf den Strohsack.

»Grüble nicht, Gislindis. Ich habe gemerkt, dass es alles noch schlimmer macht, wenn man sich vorstellt, was man alles nicht tun kann.«

Gislindis bewegte sich nicht.

»Ich weiß, Hoffen und Bangen sind eine furchtbare Folter. Ungewissheit und Hilflosigkeit lähmen uns beide, dich genauso wie mich.« Sie nahm die kalten Hände ihrer Freundin in die ihren, kaum weniger seelisch erschöpft als sie. »Ich weiß, wir müssen vertrauen …«

»Wem soll ich denn vertrauen, Alyss?« Abgrundtiefes Elend lag in den dunkel umrandeten Augen. »Ich kann nicht beten, wie dieser Pater es sagt. Ich kann mein Schicksal nicht in Gottes Hände legen. Ich finde keinen Trost darin.«

»Nicht in Gottes Hände ist unser Schicksal gelegt, Gislindis, sondern in das unserer Freunde.«

»Deiner Freunde, die meinen haben keinen Einfluss. Krämerinnen, Handwerker, Marktweiber – sie können nichts bewirken.«

»Du willst es nicht anerkennen, dass meine Familie dir Freund ist, Gislindis.«

»Sie zahlen meine Kerkermiete, und dafür danke ich ihnen. Aber für dich gibt es einen Advokaten und Männer mit Einfluss.«

»Warum machst du dich so klein, Gislindis?« Alyss seufzte. Es musste wohl doch zur Sprache kommen. Bisher hatte sie es vermieden, über Marian zu sprechen, obwohl sie viele Stunden mit Reden verbracht hatten. »Mein Bruder, Gislindis, ist dir zugetan. Glaubst du, er würde dich hier im Turm verschmachten lassen?«

Gislindis' Züge wurden abweisend.

»Was hat er dir getan, dass du ihn so heftig ablehnst?«

»Nichts.«

»Doch, es muss etwas geschehen sein, denn noch vor Kurzem war er glücklich damit, dir Honigkuchen aus der Vorratskammer zu stibitzen und die Rosen meiner Mutter zu plündern.«

»Es geht nicht, Alyss.«

»Was geht nicht?«

»Ich kann nicht Rosen und Süßigkeiten für Küsse tauschen. Leichtherzig tändeln will ich nicht.«

Alyss nickte und verstand. Eigentlich hatte sie es schon immer gewusst. Es war weit ernster als jede Tändelei, was zwischen Gislindis und Marian begonnen hatte.

»Vor zwei Jahren, Gislindis, kam mein Bruder von Spanien zurück, zerbrochen an Leib und Seele«, begann sie und erzählte von dem Weib, das er geliebt hatte und das bei dem Überfall gestorben war. Gislindis hörte zu, still und in sich gekehrt. »Und nun glaubte ich, dass er es überwunden, dass er wieder sein altes, heiteres Selbst gefunden hatte und dass die Erinnerung zu einem Schatten geworden war, mit dem er leben kann. Du hast ihm geholfen, durch dich hat er wieder lieben gelernt. Warum stößt du ihn zurück?«

Zwei Tränen rollten langsam über Gislindis' Wangen, doch sie schluchzte nicht.

»Es geht nicht, Alyss. Ihr seid Kinder hochedler Eltern, ich bin die Tochter einer Fahrenden und eines Messerschleifers.«

»Wir sind die Kinder einer grauen Begine und eines schwarzen Mönchs, du bist die Tochter einer weisen Frau und eines redlichen Handwerkers.«

»Hör auf, mir Hoffnung zu machen!«

»Nein. Hör mir zu! Marian, genau wie meine Eltern, wird alles daran setzen, *uns beide* hier herauszubekommen. Und wenn wir frei sind, Gislindis, dann schluck deinen Stolz herunter, du hochnäsige Schlyfferstochter.«

Gislindis machte den Mund auf und schloss ihn wieder.

Draußen vor der Tür hörte man Schritte.

Der Riegel wurde aufgeschoben.

Sie fassten einander an den Händen.

Marian und Magister Jakob traten ein.

»Ich bin befugt, werte Frauen, Euch mitzuteilen, dass die Anklagen gegen Euch fallen gelassen wurden.«

Alyss seufzte erleichtert auf.

Gislindis zitterte.

28. Kapitel

»Sie fuhr nieder wie der Falke auf seine Beute. Ich sah Federn fliegen und den einen oder anderen blutigen Fetzen Fleisch, Frau Alyss«, erzählte Frieder mit Genuss. John schmunzelte in sich hinein, als er sich die Szene vorstellte, wie Lady Almut über die Adlerwirtin hergefallen war. Selbst die Herrin des Hauswesens hatte ein unheiliges Leuchten in ihren grauen Augen. Sie war noch immer blass und in sich gekehrt, und er konnte es gut verstehen. Es war nicht leicht, sich wieder in den Tagesablauf einzufinden. Erinnerungen an Kerkerzeiten voll Angst und Bedrohung kamen zu unerwarteten Zeiten wie böse Träume zurück. Aber eben dieses Hauswesen, dieses seltsame, vielfüßige, gefräßige Getier, hatte so eine eigene Art, sich an sie zu schmiegen und zu schnurren. Wie dieser schwarze Kater, der eben um ihre Beine strich.

»Und was hat sie ihr entrissen?«, fragte Marian.

»Dass der Mann, den Mats gezeichnet hat, mehrmals in ihrer Schenke war. Seinen Namen wusste sie nicht, aber sie wurde dazu angehalten, ihn herauszufinden.«

»Dazu angehalten, ah ja.«

Frieder grinste. »Unter Androhung höllischer Strafen, da die kleine Adlerin trotz zerfleddertem Gefieder bockig war. Aber Frau Almut hat so ihre Methoden.« Er erschauderte theatralisch.

»Sie hat mehrsilbige Schimpfwörter verwendet?«

»In blumigster Form. Ich werde heute Nachmittag im Adler nachfragen, was die Frau Franziska herausgefunden hat. Allerdings – der Anton Scriver ist es nicht, den Mats da gezeichnet hat.«

»Das wäre wohl auch zu einfach gewesen.«

»Ja, und dann haben wir im Rausgehen auch noch den Schmied befragt.«

»Ebenfalls Federn und Fleischfetzen?«

»Nein, Master John. Er war handzahm, und wie es schien, zürnte er seinem Weib ob der schändlichen Zeugenaussagen. Er betrachtete die Zeichnung eingehend, kratzte sich mehrfach verlegen den Kopf und brummelte dann etwas, das wir nicht verstanden.«

»Worauf meine Mutter, die unter uns auch den Titel *mater inquisitoris* nicht zu Unrecht trägt, die peinliche Befragung aufnahm, nehme ich an?«

»So war es, Herr Marian. Und es war schrecklich. Hätte sie ihn an den Amboss gefesselt und mit dem Hammer gefoltert, es wäre gnädiger gewesen.«

John erheiterte sich mehr und mehr. Für Frau Almut hegte er höchste Achtung, und er vermutete, dass sie weit schärfere Formen der Zurechtweisung beherrschte als ihr blitzeschleudernder Gatte.

»Mit welchen Mitteln brachte sie den Schmied zum Geständnis der Freveltat?«

»Sie erzeugte tiefste Schuldgefühle in dem armen Mann.«

»Ja«, murmelte Marian, »darin ist sie Meisterin.«

»Und was gestand der tapfere Adler?«

»Dass er jenen Jüngling im Hurenhaus zur Eselin gesehen hatte.«

»Ei wei!«

»Und er beschwor uns bei der Liebe Gottes und mit dem Versprechen, eine fette Wildsau vorbeizubringen, diesen Umstand vor Frau Franziska zu verschweigen.«

»Was, *youngman*, eine unselige Forderung war, denn damit hat er sich auf Gedeih und Verderb in Lady Almuts Hände begeben.«

»Oh – ja, da habt Ihr recht, Master John.« Frieder feixte.

»Nun gut, damit haben wir eine weitere Frage an die geschäftstüchtige Eselsherrin.«

John beobachtete Alyss, die aber keine Bemerkung zu seiner überwältigenden Männlichkeit machte, sondern ein Stück Brot zerrupfte. Er hätte gerne seine Hand auf ihre unruhigen Finger gelegt, aber ein Instinkt mahnte ihn, vorsichtig mit ihr zu sein. Darum fragte er die beiden jungen Männer weiter aus.

»Und anschließend – habt ihr die Mützenbäckerin gefunden?«

Das Hauswesen kicherte.

»Mutzen, Master John, ist Schmalzgebackenes. Man trägt es nicht auf dem Kopf, sondern man isst es«, erklärte Lauryn lächelnd.

»Es ist schon eine schwierige Sprache, die ihr hier sprecht.«

»Zuweilen, Master John. Aber auch die Eure legt Fallstricke aus«, meinte Tilo. »Bei Euch schenkt man Freunden ein *gift*, hier verabreicht man es seinen Feinden.«

»Und während Ihr einen *fart* fahren lasst, fahren wir bei einer Fahrt irgendwohin«, ergänzte Frieder grinsend.

»Genug, *youngman*. Was könnt ihr über die Muuutzenbäckerin sagen?«

»Dass sie ein hübsches Töchterlein hat, drall und rund vom Schmalzgebackenen.«

»Frieder!«

Lauryn sandte ihm einen zornigen Blick.

»Ja, ja, schon gut. Aber sie bewunderte meine überwältigende Männ...«

»Frieder!!!«

John ließ seinen Blick über den jungen Mann schweifen, der so vergnügt seine Geschichte zu spinnen versuchte. Er war tatsächlich von einem Jungen zum Mann geworden, und er war trotz seines vorlauten Mundwerks ein rechtschaffener Geselle. Allerdings beschlichen John die Bedenken, dass er selbst ihm kein gutes Vorbild gewesen war. Etwas mehr Strenge und Zucht mochte dem Jüngling seine Grenzen weisen und sein Benehmen schleifen.

Er wunderte sich, dass er plötzlich eine solche Verantwortung spürte.

»Frieder, halt die Klappe«, sagte Tilo. »Wir haben diese Mutzenbäckerin Wenke am Sonntag nicht angetroffen, darum haben wir es am Montag, als Ihr auf das Gerichtsurteil gewartet habt, noch einmal versucht. Da fanden wir sie in ihrer Küche. Diese Wenke ist ein Weib von gut vierzig Jahren, rund und glänzend, aber von freundlichem Gemüt. Ihre Mutter Momke hat sie vor zehn Jahren zu Grabe getragen, ihren Vater schon fünf Jahre zuvor. Sie sagte aber, sie kenne Frau Alyss nicht. Und darum haben wir uns gedacht, dass vielleicht Gislindis diejenige war, die Euch diese komische Nachricht hat übermitteln lassen.«

»Klug, Tilo!«, sagte Marian. »Ziemlich klug. Und Gislindis kannte sie natürlich.«

»Sischer dat!«, konnte Frieder sich nicht zurückhalten. »Und auch die Mutter von ihr, die Ronya. Und damit kamen wir, über zwei, drei Mutzen hinweg, sehr viel weiter.«

Tilo übernahm wieder die Berichterstattung. Knapper und ohne große Ausschmückungen berichtete er, dass Wenke zwar die eheliche Tochter der Momke war, diese aber zuvor einen Bastard in die Welt gesetzt hatte. Endres, ein hellblonder Knabe, der, als er eben sieben Jahre alt gewesen war, von einem vornehmen Herrn fortgeholt worden war. Danach hatte er seine Mutter nur noch selten aufgesucht und später immer rumgetönt, er sei etwas Besseres als seine fette Mutter.

»Ein liebevoller Sohn voll Herzensanmut«, kommentierte Marian diesen Bericht. »Wusste Wenke etwas darüber, wer sein wohledler Vater ist?«

»Nicht direkt, Herr Marian. Aber Momke war, bevor sie Mutzenbäckerin wurde, Köchin im Hause des Herrn Overstoltz vom Vogelsang.«

»Mit dem sie nicht ehelich verbunden war«, fügte Frieder hinzu.

»Woraus wir den Schluss ziehen mögen, dass der Schöffe Endres Overstoltz von unehelicher Geburt und damit nicht für das Amt des Schöffen berechtigt ist. So ist es doch auch hierzulande?«, fragte John.

»So ist es. Aber auf irgendeine hinterlistige Art hat er es dennoch geschafft, das Kollegium von seiner ehrlichen Herkunft zu überzeugen.«

John beobachtete weiterhin vorsichtig die Herrin des Hauses, die zwar zugehört hatte, aber unbeteiligt wirkte.

»Mistress Alyss, was schlagt Ihr vor, das wir unternehmen sollen?«

Sie sah müde auf.

»Nichts, Master John. Ich bin frei, Gislindis ebenfalls. Lassen wir die Angelegenheit ruhen.«

»Mats ist noch im Turm und angeklagt, am Tod Eures Gatten schuld zu sein.«

»Magister Jakob wird einen Weg finden, auch ihn zu entlasten.«

»Schwesterlieb – und was ist mit dem Mörder?«

»Ich muss mich um den Weingarten kümmern. Die Reben müssen vor dem Frost geschützt werden.«

Sie stand auf und verließ die Küche.

»Alyss!«

John zog Marian am Ärmel zurück an seinen Platz.

»Lass sie gehen. Sie wird Kraft in den Weinstöcken finden.«

»Ja, ich weiß. Aber, John, so niedergeschlagen habe ich sie nur ein einziges Mal erlebt – als ihr Sohn gestorben ist. Und diesmal waren es doch nur ein paar Tage im Turm.«

»Und sie hatte Angst um ihr Leben.«

»Ich gehe zu ihr«, sagte Lauryn.

»Nein, Maid Lauryn, lasst sie alleine. Aber achtet weiter darauf, dass die Arbeiten in Haus und Hof erledigt werden. Marian und ich werden uns um die anderen Angelegenheiten kümmern. Ein Besuch bei der Eselin steht an. Bist du bereit, mich auf dem schweren Weg zu begleiten?«

»Wenn Herr Marian nicht mitgehen will, nehmt mich mit, Master John.«

»Frieder, dich juckt's schon wieder?«

Eifrig nickte der junge Mann.

»Gar sehr, Master John. Und immer an meiner überwältigenden Männlichkeit.«

»Du bist ein Ekel, Frieder«, fauchte Lauryn ihn an.

»Es gibt Holz zu hacken!«, knurrte Hilda, die bisher geschwiegen hatte. »Das vertreibt den Juckreiz.«

Bevor Frieder zu einer weiteren unpassenden Antwort ansetzen konnte, stand Lauryn auf.

»Holz ist zu hacken, die Hühner sind zu füttern, die Eier zu sammeln, der Falke muss versorgt werden, im Kontor liegen Abrechnungen, die in die Registerbande einzutragen sind. Wo ist Lore? – Die Gänse müssen zum Teich getrieben werden. Hilda, was ist auf dem Markt zu besorgen?«

John nickte Marian zu, und beide verzogen sich so unauffällig wie möglich aus der Küche.

»Sie ist eine energische Jungfer, unsere Lauryn. Man muss achtgeben, von ihr nicht zu allerlei Pflichten verdonnert zu werden.«

»Sie hat von deiner Schwester viel gelernt. Gehen wir und versuchen die Eselswirtin auszuhorchen.«

»Wäre es nicht weit sinnvoller, die Buhle in Riehl aufzusuchen, John? Wir haben in den vergangenen Tagen immer nur Brände zu löschen versucht, aber mir scheint es wichtiger zu sein herauszufinden, was dieses Weib über Arndt weiß.«

»Bob ist gestern zu ihr geritten.«

»Nun denn …«

»Es gefällt dir nicht, dieses Hurenhaus aufzusuchen?«

»Nein.«

»Ich brauche dich dennoch, Marian. Das Weib spricht Eure Sprache mit derber Zunge, die Deutung ihrer Worte fällt mir schwer.«

»Dann bringen wir es hinter uns.«

Wynfrida lächelte erfreut, als sie an das Tor klopften, doch ihre Freundlichkeit erstarb, als sie John erkannte.

»Was wollt Ihr?«

»Antworten. Lasst uns eintreten.«

»Nein.«

»Dann stellen wir unsere Fragen hier auf der Gasse.«

Sie wollte die Tür zuschlagen, Marian lehnte sich jedoch dagegen und drückte sie weiter auf.

»Einfache Fragen, Wynfrida. Euer Patron – das ist der Arndt van Doorne.«

»Das geht Euch nichts an.«

»Doch, denn er ist mein Schwager.«

»Kann jeder sagen.«

»Sicher. Wann war er das letzte Mal hier?«

»Weiß ich nicht, kenne ich nicht …«

»Er steht in den Schreinsakten als der Besitzer dieses Hauses, Wynfrida.«

Das schien die Hurenwirtin nachdenklich zu machen.

»Kommt rein.«

Wie schon bei seinem ersten Besuch rümpfte John die

Nase. Das Haus war eine üble Absteige, und die Goldgräber hätten schon längst ihren Pflichten nachkommen müssen. Sie betraten den großen Raum im Erdgeschoss, in dem drei Webstühle standen. Wynfrida scheuchte die Frauen, die sie neugierig anstarrten, mit einer unwirschen Handbewegung hinaus. Sie polterten die Stiegen nach oben. Aber John war sich sicher, dass sie oben sehr aufmerksam lauschen würden. Er gab Marian ein Zeichen, leise zu sprechen.

»Arndt van Doorne«, begann er mit gedämpfter Stimme. »Euer Patron.«

»Ein Blutsauger!«, giftete das Weib.

»Gewiss. Wann saugte er Euer Blut?«

»War an dem Sonntag vor dem Lukastag.«

»Lukastag?«

Marian sagte: »Stimmt. Der Beginn der Rübenernte fiel auf den Montag.«

»Was haben die Rüben damit zu tun?«

»Die Bauern richten sich nach dem Evangelisten. Es war ein Rübenbauer, der ihn fand.«

John überdachte das kurz und war einverstanden. Es war Zeit, der Hurenwirtin etwas Angst zu machen.

»Wann kam er, und wie lange blieb der Patron bei Euch?«

»Kam nach der Vesper. Wie lang er blieb? Weiß ich nicht. Mit der Gesa hat er's getrieben.«

»Wir werden mit der Gesa sprechen. Holt sie.«

»Warum? Was geht Euch sein und mein Geschäft an?«

»Weil, Wynfrida, man Euren Patron in den frühen Morgenstunden des Lukastags fand. Ein Messer beendete das Schlagen seines Herzens.«

John hatte die Genugtuung, die aufgeputzte Vettel unter ihrer protzigen Haube blass werden zu sehen.

»Hier ist er lebendig rausgegangen«, keuchte sie heiser.

»Schon möglich, doch wer folgte ihm, Wynfrida?«

»Ich nicht und keines meiner Mädchen.«

»Das wird sich zeigen. Holt Gesa!«

Gesa war eine der hübscheren Huren, die zuvor an den Webstühlen gesessen hatte. Doch war sie nur ein netter Anblick, ansonsten war sie dümmer als Bohnenstroh. Außer dass sie einige pikante Einzelheiten aus Arndts Bettgewohnheiten ausplauderte, bekamen sie wenig Hilfreiches aus ihr heraus. Sie bestätigte aber, dass er nach heftiger Betätigung, bei der sie einiges an blauen Flecken eingesteckt hatte, eine Kanne schweren Weins geleert hatte und dann eingeschlafen sei. Da sie sich breitester kölscher Mundart bediente, musste Marian die ihr mühsam abgerungenen Worte übersetzen. Wynfrida hatte jedoch kein Problem, sie zu verstehen.

»Du hast gesagt, er hätte dich die ganze Nacht gevögelt«, geiferte die Hurenwirtin, und Gesa zuckte zusammen.

John fragte mit nüchterner Stimme: »Ihr seid während der Zeit an seiner Seite geblieben?«

»Mir taten alle Knochen weh. Ich wollte keinen weiteren Freier«, trotzte die Dirne

»Und wann ist er gegangen?«

»Weiß ich nicht.«

»Hast du nicht gemerkt, wann er wach wurde?«

Gesas Füße scharrten auf dem staubigen Holzboden.

»Du hast den Wein mit ihm gesoffen. Meinen Wein! Mit teurem Geld bezahlt!«

Wynfrida ergoss einen Schwall unflätigster Beschimpfungen über die Dirne, und John war sich sicher, dass sie, wären er und Marian nicht zugegen gewesen, auch noch derbe Prügel eingesteckt hätte. Allerdings wusste Gesa sich ebenfalls zu wehren, und das Gezeter nahm ohrenbetäubende Ausmaße an.

John beschloss, den Sturm abzuwarten, doch Marian schien mehr und mehr ungeduldig zu werden. Plötzlich atmete er tief ein, straffte die Schultern, und mit Donnerstimme fuhr er zwischen die Zankenden.

»Ruhe, ihr trunksüchtigen Schnepfen! Macht eure schartigen Schnäbel zu, und faltet euer verlaustes Gefieder zusammen. Ein Mann ist gestorben. Und ihr seid die Letzten, die ihn lebend gesehen haben. Was glaubt ihr wohl, was passiert, wenn wir das dem Turmvogt melden?«

Schlagartig herrschte Stille. Gründliche Stille.

»Schön, und jetzt noch mal: Wann hat Euer Patron das Haus verlassen?«

»Weiß ich nicht. Bin im Morgengrauen aufgewacht, da war er weg.«

»Wer hat den Arndt hier im Haus gesehen?«

»Keiner.«

»Wynfrida!«

»Er ist erst zu mir in die Kammer, wegen dem Zins und so.«

»Habt Ihr sehr laut gestritten?«

»Sie haben laut gestritten, Herr. Und gehört haben wir es alle. Aber nur die Ines hatte einen Freier.«

»Wen?«

»Pater Godfridus«, nuschelte sie.

»Am Sonntag…«

»Er hatte gebeichtet.«

»Na, dann durfte er ja auch sündigen. War er der einzige Eurer – mhm – Gäste an jenem Abend?«

»Nein, zwei junge Burschen, Handwerker, kamen noch. Und ein Flussschiffer.«

»Namen?«

»Weiß ich nicht. Ich frag nicht jeden.«

»War einer der jungen Männer dabei, der ein wenig schielte?«

»Der Bürstenbinder hatte die Krätze, sagt die Berta. Aber schäl war der nicht. Und der andere war eene lecker Jong, eene Leiendecker.«

»Kein Schreiberling darunter?«

»Denen sind wir nicht fein genug.«

»Hat Euch der Patron gesagt, wo er gewesen ist, bevor er zu Euch kam?«

Wynfrida schüttelte den Kopf, aber Gesa schien sich an irgendwas zu erinnern. Ihre stumpfen Augen rollten von links nach rechts, und dann blickte sie an die Decke.

»Hätt singe Päd verkauft«, stieß sie schließlich hervor.

»Wann und wo?«

»Weiß ich nicht.«

John hob die Schultern. Mehr war aus den Weibern wohl nicht herauszubekommen.

»Gut, lassen wir es für heute«, sagte er.

»Geht Ihr zum Turm, wohledle Herren?«

Die Hurenwirtin war nun doch sehr beflissen.

»Nein. Nur wenn wir herausfinden, dass Ihr etwas verschwiegen oder die Unwahrheit gesagt habt.«

John stand auf, und Marian folgte ihm. Grußlos traten sie auf die Gasse.

»Bei diesen Weibern erstirbt vermutlich selbst deine überwältigende Männlichkeit?«

»Ich sehne mich nach einem Zuber mit heißem Wasser.«

»Pitter!«

»Du sagst es.«

Bademeister Pitter hatte Marian ganz offensichtlich verziehen und begrüßte ihn herzlich wie eh und je. John verzog sich in die Schwitzkammer, während Marian sich die Haare waschen ließ. Es waren nur drei weitere ruhige Männer in der Kammer, die von dem großen Badeofen erhitzt wurde. Dann und wann goss einer von ihnen Wasser auf die heißen Steine der Feuerstelle und erzeugte mächtige Dampfwolken. Der Schweiß rann John über den Körper, und allmählich sank er in ein wohltuendes Dösen. Es waren aufreibende Tage gewesen, und auch er war nicht frei von Angst geblieben. Im Frühjahr war er aufgebrochen, hatte Frieder mit nach England genommen, damit er dort bei einem alten Falkner die Kunst des Abrichtens lernte. Er hatte seine Tuche bei den Webern geordert und sein Haus aufgesucht. Er hatte einige wenige Worte mit seinem Weib gewechselt und wieder einmal vergeblich versucht, bei seinem Vater vorzusprechen. Doch es hatte ihn zurück nach Köln gezogen.

Seit er Alyss vom Spiegel das erste Mal gesehen hatte –

im Kontor, mit strenger Miene sein Geschenk, den weißen Gerfalken, zurückweisend – hatte sie seine Aufmerksamkeit erregt. Sie war anders als die Frauen, die er kannte. Keine vornehme Adelstochter, keine fromme Gattin, keine gesetzte Matrone und schon gar keine leichte Dirne. Doch anfangs hatte er sie für ein nüchternes, wenig herzliches Weib gehalten, bis er bemerkt hatte, dass sich hinter ihrem gestrengen Gebaren ein seltsam feiner Sinn für Humor verbarg und dass ihre Antworten auf seine Neckereien voller Witz und Tücke waren. Es hatte ihn erst erheitert, dann entzückt und schließlich mit sehnsüchtiger Freude erfüllt. Die Rose hatte Dornen – doch ihr Duft war Ambrosia, ihre Blätter wie Seide aus dem Morgenland. Ihr Anblick, den weißen Falken auf der Hand, stolz und mutig, weckte seine Bewunderung.

Ihre Schönheit sein Begehren.

Ihre barsche Fürsorge und ihr seltenes Lächeln hatten sein Herz berührt. Nun lebte sie darin. Und allen Hindernissen zum Trotz hoffte er.

Und weil er hoffte, hatte er Angst gehabt.

Die Schöffen hatten Sir Fredegars Supplikation anerkannt, doch John vermutete, dass Lord Ivo sie über den Rat massiv unter Druck gesetzt hatte. Die Verhandlung war schnell vorüber gewesen, eine Formalie nur. Dennoch, dieser Overstoltz hatte vor Wut gekocht. Zumal man es ihm auch noch verwehrte, den sprachbehinderten Mats peinlich zu verhören.

»Ihr seid alle befangen und bestochen worden«, hatte er gebrüllt und geschworen, er wolle den wahren Schuldigen finden.

Das wäre ja soweit erfreulich gewesen, wenn dieser Idiot auch nur die geringste Ahnung gehabt hätte, wie er den Mörder finden konnte. Und ein zorniger Idiot war gefährlich. Sein Secretarius hatte sich ebenfalls im Gerichtssaal herumgedrückt und sich bemüht, möglichst unscheinbar zu wirken. Aber John hatte sich sein Gesicht eingeprägt.

Wieder goss jemand Wasser auf die Steine, und der heiße Dampf benahm ihm fast den Atem. Er stand auf und verließ den Schwitzraum. In dem hellen Saal, in dem die Badezuber standen, hielt er Ausschau nach Marian. Er entdeckte ihn bis zu den Schultern in eine Wanne getaucht, ganz alleine, doch mit einem Brett mit Krug, Becher und einem Korb Pasteten. Seine Haare ringelten sich feucht um seinen Hals, und mit einem verschmitzten Lächeln wies er einen jungen Mann ab, der sich davon offensichtlich über sein Geschlecht hatte täuschen lassen.

»Na, Schwester Marianne? Auf Männerfang?«

»Wenn ich ein hübsches Exemplar sehe, sag ich nicht nein. Steig ein, John, ich will dir Freude bereiten.«

»Wag es!«

»Mit einem Becher kühlen Wein. Du siehst verschwitzt aus.«

Dankbar nahm John den beschlagenen Becher entgegen und streckte, soweit es in dem Zuber ging, seine Beine aus.

»Abgedampft?«

»Und erholt. Eine gute Sache, das Schwitzbad. Es klärt den Geist.«

»Ebenso wie eine Kopfmassage. Susi hat mir zwar fast die Kopfhaut abgewalkt, aber meinem Hirn hat es gutgetan. Lass uns die eine oder andere *conclusio* ziehen, John.«

»Ja, das sollten wir. Und zwar in zwei Fällen.«

»Richtig. *Primero:* Der Arndt van Doorne hat sich laut Bob am Sonntag vor Lukas irgendwann im Laufe des Tages nach Köln begeben, offensichtlich zu Pferde. Dieses Pferd hat er verkauft. Fragt sich, mit wem man am Tag des Herrn einen Pferdehandel treiben kann. Offensichtlich aber hat er jemanden gefunden und auch Geld dafür bekommen. Sodann hat er sich direkt oder auf Umwegen zur Eselin begeben, seinen Zins eingefordert, herumgehurt und gesoffen und das Haus vor dem Morgengrauen verlassen. Vielleicht in Richtung Winzerhütte. Dort oder unterwegs ist er seinem Mörder begegnet. Der ihm einen Dolch ins Herz stieß, John. Nicht in den Rücken. Weshalb der Angriff entweder überraschend kam oder er den Täter kannte. Sodann hat eben dieser Täter den trunkenen, von Bilsentinktur und einem Schlag auf den Kopf betäubten Mats zu ihm geschleppt und neben ihm abgelegt. Das blutige Messer hat er ihm ebenfalls in die Hand gedrückt. Das spricht gegen ein Handeln aus einem Impuls heraus und für ein vorbedachtes Tun. Er muss Arndt zumindest beobachtet haben, wie er in das Hurenhaus ging, dann im Adler den armen Mats überwältigt haben und anschließend wieder zur Eselin zurückgekehrt sein, um Arndt aufzulauern.«

»Er könnte auch Mats zuerst an jenen Ort gebracht und dann Arndt dorthin gelockt haben.«

»Ja, auch das ist denkbar. Gehen wir von Vorsatz aus, John?«

»Das tun wir. Dass Arndt sein Pferd verkauft hat, bedeutet nur, dass sein Feind früh genug von seiner Rückkehr erfahren hat, um das Spiel mit Mats zu planen.«

»Und Mats ist den Kölnern gut bekannt.«

»Ein gezielter Stich ins Herz spricht für einen Mann, der im Töten ausgebildet ist.«

»Ja, auch das. Söldner, Henker, Bader…«

»Metzger, Jäger, Wilderer…«

»So kommen wir erst einmal nicht weiter – verfolgen wir das Pferd. Was für eins war es, wer hat es jetzt? Wer hat den Handel beobachtet?«

»Pferdehändler, Hufschmiede, Pferdeschlachter – kommt auf das Ross an. Bob wird uns Auskunft darüber geben können. Er hat Arndt lange genug verfolgt.«

»Wann erwartest du ihn zurück?«

»Er hätte gestern schon eintreffen sollen. Ich hoffe, dass er sich heute bei mir meldet.«

»Gut, wir brauchen seine Kenntnisse. Kommen wir zu dem anderen Pfad, den wir verfolgen.«

John nickte anerkennend. Marian, wenn auch ein wenig zu hübsch für einen Mann, hatte einen geschliffenen Verstand und, wenn nötig, ein ausgesprochen kaltes Blut.

»Also, *secundo:* Da ist der Schöffe Overstoltz. Er ist gar eifrig bemüht, diesen Mord aufzuklären. Wir können unterstellen, dass er auf unrechtmäßige Weise an sein Amt gekommen ist. Das mag der Grund sein, warum er sich dem Kollegium gegenüber so großmäulig aufspielt.«

»Falsch, John, die Großmäuligkeit ist ein Erbgut der Overstoltzens.«

»Das kommt erschwerend dazu. Er ist bestrebt, den Makel seiner Geburt zu verdecken. Das bedeutet Dämlichkeit. Oder er versucht, den Mörder zu decken – entweder weil der seines Schutzes bedarf oder weil er selbst in den Fall verwickelt ist. Das bedeutet Böswilligkeit.«

»Es wird schwierig, ihm das nachzuweisen.«

»Man muss ihn zu einem Geständnis zwingen«, sagte John und lächelte böse. »Was hat Magister Jakob zu ihm zu vermelden?«

»Dass dem Schöffenkolleg eine beurkundete Abschrift der Abstammungsurkunde vorliegt, in der Endres Overstoltz als der eheliche Sohn des Gerard Overstoltz vom Vogelsang bezeichnet wird.«

»Wie kommt man an diese Urkunde?«

»Wir? Gar nicht. Werner vom Vogelsang wird uns kaum Einblick nehmen lassen. Solche Dokumente werden in Kapellen oder Kirchen verschlossen aufbewahrt.«

»Es gibt immer einen Weg, auch an verschlossene Truhen, Marian. Sie führen zwar manchmal über schlüpfrige Pfade und bedeuten schmierige Hände, aber es gibt Wege.« Und dann sank John noch ein wenig tiefer in das Wasser und plätscherte mit den Zehen. Ihm war ein Gedanke gekommen. »Altare, Kirchendiener, Overstoltz – es wäre eine sinnvolle Aufgabe für Mistress Alyss, sich hierüber kundig zu machen. Euer Pater Henricus ist doch ein Overstoltz, nicht wahr?«

Marian wischte sich mit einem Handtuch die feuchte Stirn ab.

»Du sorgst dich um sie.«

»Natürlich.«

»Ich auch. Es wird ihr helfen, etwas zu tun zu haben. Und Pater Henricus schafft es immer wieder, sie bis aufs Blut zu reizen. Gute Idee, John.«

29. Kapitel

Noch immer blühten einige Rosen an dem Spalier ihres Sanktuariums, und Alyss stand mit der Schere in der Hand davor, unschlüssig, ob sie sie abschneiden oder sie den eisigen Zähnen des Nachtfrosts überlassen sollte. Unschlüssigkeit war überhaupt das überwiegende Gefühl, das sie beherrschte, seit sie dem Turm entronnen war. Sie mahnte sich selbst zur Zucht, steckte die Schere in die Schürzentasche und wanderte zum Haus zurück. Im Hof wurden Fässer gerollt. Eine Lieferung aus Speyer war eingetroffen, und Tilo kümmerte sich mit Peer darum, sie in den Keller zu schaffen. Frieder säuberte am Brunnen leere Fässer, Hedwigis und Leocadie kamen mit schweren Körben vom Markt zurück, Lauryn schleppte mit Hilda Kohlköpfe herbei, die sie von dem Bauern nebenan erstanden hatten. Sie würden Sauerkraut daraus machen. Daraus, dass die heidnischen Völker nicht zischend und zwickend dazwischenfuhren, schloss sie, dass Lore sie zum Teich geführt hatte.

Keine einzige dieser Tätigkeiten hatte sie selbst beauftragt.

Sie blieb an das Tor gelehnt stehen und fühlte sich überflüssig. Das Hauswesen hatte sein Eigenleben entwickelt in jenen Tagen, an denen sie es unbeaufsichtigt hatte lassen müssen. Man fragte sie nicht um Rat, man sah es ihr nach, dass sie in ihrem Rebgarten herumwerkelte.

Dennoch war Alyss ehrlich genug, sich einzugestehen, dass auch sie wenig dazu tat, sich in das Tagesgeschäft einzumischen. Ihr Bruder und John hielten ebenfalls Abstand zu ihr.

Frieder rollte ein sauberes Fass zur Stallwand und reckte sich, dann sah er zu ihr hin.

Sollte sie ihn bitten, mit ihr die Rankstöcke aus dem Boden zu ziehen und die Wurzeln der Reben abzudecken?

Vielleicht würde seine Art sie aufheitern.

Unschlüssig erwiderte sie seinen Blick.

Er kam zu ihr.

»Frau Alyss, habt Ihr eine kleine Weile Zeit für mich? Ich würde Euch gerne etwas erzählen.«

»Zeit scheine ich im Überfluss zu haben.«

»Nein, habt Ihr nicht. Die Pfähle müssen aus dem Boden gezogen werden. Kommt, ich helfe Euch.«

Froh, dass er ihr die Entscheidung abgenommen hatte, kehrte sie in den Weingarten zurück und band die ersten Reben los.

»Wisst Ihr, ich habe in England eine Menge gelernt. Aber Wein bauen sie dort nicht so viel an. Darum haben die Weinhändler dort so ein hohes Ansehen. Denn trinken tun sie ihn gerne.«

»So sagt man.«

Alyss zerrte an dem Pfahl, Frieder packte mit an, und gemeinsam bekamen sie ihn mit einem Ruck aus der Erde.

»Sie machen aber einen ganz ordentlichen Apfelwein

dort, Frau Alyss. Der wird mit Gewürzen angesetzt und schmeckt ziemlich gut.«

»Mhm.«

Alyss ergriff die nächste Rebe.

»Außerdem ist er ganz schön stark, der Cider.«

»Mhm.«

»Und dann haben sie Honigwein – den Met. Aber ehrlich, Frau Alyss, ein schöner Pfälzer Wein ist mir lieber.«

Ein weiterer Pfahl kam aus der Erde.

»Oder ein Bier, so eins, wie die Adlerwirtin braut.«

Frau Franziska – ja, mit der würde sie noch ein Hühnchen rupfen müssen, schoss es Alyss durch den Kopf. Aber dann schüttelte sie den Gedanken ab. Was geschehen war, war geschehen. Sie schnitt einen langen Trieb ab und warf ihn zu Boden. Rotgoldenes Laub folgte.

»Na ja, also guten Wein haben die Engländer nicht, aber schöne Schafe. Wirklich. Die gedeihen da gut und haben langes, seidiges Fell. Kein Wunder, das die Tuche so wertvoll sind, die sie daraus weben.«

»Mhm.«

»Und die Maiden, Frau Alyss, die haben auch schönes, seidiges Haar und Wangen, rot wie Äpfel. Und ihre Lippen schmecken süß wie Honig.«

»Ach ja?«

Alyss sah von Frieders grobknochigen, von allerlei Schrunden übersäten Händen auf. Eine leichte Belustigung flog sie an.

»Du scheinst die Frauen sehr zu mögen, Frieder.«

»Ooooch ja. Ja, sie sind so aufregend, wisst Ihr. Man weiß nie so genau, was sie denken. Und manchmal kichern sie, und man weiß ganz genau, dass sie sich über unsereins lustig machen. Der Tilo wird dann immer ganz schüchtern, aber mir macht das nichts, Frau Alyss. Wir Männer sind für sie bestimmt genauso interessant wie sie für uns, stimmt's?«

Die Erheiterung schickte ein Stückchen von dem trüben Schleier fort, der über ihrem Gemüt gelegen hatte.

»Ja, Frieder, zwischen Männern und Frauen herrscht oft eine gewisse aufregende Spannung.«

»Ja, und bei manchen Maiden, Frau Alyss, da wird's mir dann auch ganz heiß. Und die Rodwyn ... also die Rodwyn hat gesagt, das geht den Jungfern auch so. Wenn sie einen Mann sehen, der ihnen gefällt.«

Aha, Frieder hatte im Lehrbuch der Minne geblättert.

»Rodwyn scheint ein kluges Mädchen zu sein. Gefiel ihr denn ein junger Mann?«

»Mhm ...«

Mit Schwung rupfte Frieder einen weiteren Pfahl aus der feuchten, lehmigen Erde und begann die bisher entfernten Hölzer zu einem ordentlichen Spitzhaufen aufzustellen.

»Und so vertraute sie sich dir an?«

»Mhmmm.« Frieder hatte rote Ohren bekommen, hielt sich aber tapfer. »Ich mochte sie ziemlich gerne, Frau Alyss.«

»Und nun vermisst du sie?«

»Ja, ich glaub schon. Vor allem nachts, Frau Alyss.« Und dann kam ein bodentiefer Seufzer. »Es war so schön traulich im Heu.«

»Sie lebte bei dem Falkner, der dein Lehrherr war?«

»Nein, Frau Alyss. Sie war Hausmaid in dem großen, kalten Haus von Master John. Sie und ihr Bruder, der kümmert sich um die Kamine und den Garten. Auch ein netter Kerl, der Willis.«

Und als Alyss diesmal zu Frieder hinschaute, lag ein höchst verdächtiges Leuchten über seinem Gesicht. Offensichtlich hatte er einen Kumpan nach seinem Geschmack gefunden.

»Armer Master John«, entfuhr es ihr.

»Och nöö. Der ist jetzt weniger arm dran.«

Der nächste Fetzen trüben Schleiers zerflatterte, und Alyss' Neugier war geweckt.

»Was, Frieder, habt ihr angerichtet?«

»Nur ein bisschen gespukt, Frau Alyss. Ganz harmlos.«

Das mochte seine Einschätzung sein, vermutlich teilten andere sie nicht.

»Gespukt?«, hakte sie nach.

»Na ja, der Nachbar dort, der war ein Jäger. Und der Willis, der kannte den Gehilfen des Gärtners. Und der hat uns die beiden Wolfsfelle gebracht. Weil ich denen doch von dem Wolfsmann erzählt habe, der im Frühjahr hier in Köln herumgegeistert ist und die Leute erschreckt hat.«

Natürlich, das mochte zweifellos abenteuerlustige junge Männer auf dumme Gedanken bringen.

»Der Vollmond also verwandelte euch?«

»In grausige Dämonen, Frau Alyss. Und Rodwyn hat uns einen Trichter gegeben, durch den man herrlich heulen und jaulen konnte.«

»Und in nächtlich leeren Hallen klang es gar grausig, nicht wahr?«

Jetzt konnte Alyss ihre Erheiterung kaum mehr verbergen. Zu sehr erinnerte sie sich an ähnliche Streiche, die Marian und sie und andere Gleichaltrige vor Jahren gespielt hatten.

»Vor allem in diesem kargen, kalten Haus ohne Schatten, Frau Alyss. Da trieb der Werwolf gerne sein Unwesen.« Und dann kicherte Frieder plötzlich. »Mistress Margaret war nicht amused.«

Es war eine unheilige Schadenfreude, die in Alyss aufwallte. So hatten diese dreisten Kinder der kalten Hexe einen ordentlichen Schrecken eingejagt. Geschah ihr recht, dieser scheinheiligen Ziege. Andererseits ... Sie setzte ein strenges Gesicht auf.

»Das war nicht recht deiner Gastgeberin und der Herrin des Hauses gegenüber.«

»Es hat aber ihre Entscheidung beschleunigt, Frau Alyss.«

»Rodwyn und Willis aus dem Haus zu werfen?«

»Oh nein. Ihr müsst wissen, dass Master John einen sehr eifrigen Priester gebeten hat, seinem Weib gut zuzureden, in ein Kloster zu gehen. Sie lebt ja ohnehin schon wie eine Nonne. Aber sie fühlte sich immer noch an ihren ehelichen Treueschwur gebunden und wollte Master John weiter an sich gefesselt halten. Aber der Priester hatte sie schon fast so weit, und als sie dann nächtens in dem verfluchten Haus von den Dämonen gehetzt wurde, fiel es ihr plötzlich leicht, das Angebot anzunehmen, sich den Karmeliterinnen anzuschließen.«

Der letzte Rest des Trübsinns verwehte wie ein Wölkchen Rauch, in das ein kräftiger Windstoß gefahren war.

»Sie hat den Schleier genommen?«

»Zusammen mit ihrer gesamten Mitgift, die Master John ihr übergeben hat.«

Alyss ließ die Hände sinken und sah zum bedeckten Himmel auf.

Oben kreiste der Falke.

Frei.

Dann sah sie Frieder an und sagte: »Danke.«

»Och – da nicht für.«

Mit weit mehr Energie zog Alyss noch zwei weitere Pfähle aus dem Boden, dann wurde sie vom Hof aus gerufen.

Marian kam ihr entgegen und deutete auf die Tordurchfahrt.

»Schwesterlieb, ich habe einen überraschenden Gast mitgebracht. Führe ihn in deinen Saal, und lass ihm deinen besten Wein kredenzen.«

Etwas verwirrt sah Alyss den Mann an, der sich jetzt aus dem Schatten der Mauern löste. Er war recht groß, und eine weit schwingende Heuke, rehbraun, gefüttert mit blauer Seide, betonte seine breiten Schultern. Seine Beine steckten in weichen braunen Stiefeln, und unter dem Barett lockten sich glänzend braune Haare. Sein Gesicht war von einem sorgfältig gestutzten und gekräuselten Bart umrahmt.

Sie erkannte ihn nicht, und dennoch lag etwas Bekanntes in seinen Augen.

»Ich grüße Euch, Alyss, und hoffe, Ihr seid wieder wohlauf nach dem Besuch dieses hässlichen Turms.«

Die Stimme.

»Robert!?«

»Euer Bruder nannte mich Lazarus, doch ich habe inzwischen gebadet und die Kleider gewechselt.«

»Aber … Solltet Ihr nicht besser …«

Marian schubste sie leicht an, und sie wies mit einer Geste auf die Haustür.

»Ja, gehen wir nach oben.«

»Ich bringe uns den Wein, Schwesterlieb. Und fasse dich.«

Oben im Saal setzte Robert sich auf die gepolsterte Bank am Fenster, und Alyss nahm in dem Scherensessel Platz.

»Ich war es leid, struppig und in rauen Kitteln herumzulaufen. John passt es zwar nicht, aber er wird sich damit abfinden müssen.«

»Sie wird für Aufsehen sorgen, Eure Wiederauferstehung.«

»Ich hoffe es. Vielleicht lockt es einen Bösewicht aus der Bedeckung. Vielmehr aber will ich wieder meine Geschäfte aufnehmen. Zwei Jahre als Handelsknecht reichen als Buße für allerlei Verfehlungen.«

»Ist er Euch ein strenger Herr gewesen, der Master John?«, fragte Marian, als er eintrat.

»Nach außen hin musste er sich so geben, Marian. Aber er ist der beste Freund, den ein Mann sich wünschen kann.«

»Ja, ich weiß.«

»Er hält große Stücke auf Euch, Marian.«

»Und ich auf ihn.«

Alyss holte gläserne Pokale aus der Kreszenz, stellte sie auf den Tisch und schenkte den goldenen Wein ein.

»Wie lautet die Geschichte, die wir über Euch verbreiten sollen, Robert?«, fragte sie, als sie ihm das Glas reichte.

»Halbwegs entlang der Wahrheit – ich besuchte damals nach dem Gaffelessen eine Dirne. Dort hat man mir damals meine Kleider geraubt, und der Mörder hat einen anderen erschlagen.«

»Welche Dirne wird das bezeugen?«

»Jene, der ich für eine beträchtliche Summe meinen Siegelring wieder abgekauft habe.«

Alyss sah den breiten goldenen Ring an seiner Hand aufblitzen. Der rote Stein trug das Siegelwappen derer van Doorne – den heiligen Maternus mit seinen drei Kirchturmspitzen. Maternus von Köln aber galt als der Patron der Rebstöcke, und aus diesem Grund nutzte Robert, der Tuchhändler, dieses Siegel nicht, sondern trug den Ring nur als Erinnerung an seinen Vater. Arndt hingegen hatte das Petschaft mit diesem Motiv geführt.

Den Siegelring hatte Robert damals abgezogen und in seinen Beutel gesteckt, als er die Kleider gewechselt hatte, um mit John der Spur seiner Tuchballen zu folgen. Yskalt, der den Kleiderdieb statt seiner erschlagen hatte, hatte den Beutel geraubt und den Inhalt getauscht oder verkauft.

»Gut, das mag angehen«, sagte Marian. »Und weiter?«

»Ich habe aus dem Tod jenes armen Bettlers in meinen Gewändern geschlossen, dass ich einen gefährlichen Feind in der Stadt hatte und entschieden, für eine Weile meine Geschäfte von meinem Haus in Deventer aus zu führen. John hat sich bereiterklärt, meiner Sicherheit zuliebe die Täuschung aufrechtzuerhalten, ich sei tot. So könnt Ihr es weitererzählen.«

»Und warum seid Ihr nun zurückgekommen?«, wollte Alyss wissen.

»Sagen wir, die Nachricht über den Tod meines Bruders erreichte mich, ich eilte heimwärts, um Euch beizustehen, Alyss, und um mein Erbe anzutreten.«

»Das wird Euch bitterlich enttäuschen, Robert, denn nicht Ihr seid Arndts Erbe, sondern ich. Aber dennoch, die Hälfte des Hauses gehört Euch.«

»Ich weiß es und bin nicht enttäuscht, sondern froh darüber, dass Ihr weiterhin dieses Haus Euer Heim nennen könnt.«

»Noch heute werde ich Eure Kammer räumen, Robert. Ich bin dort eingezogen, um nicht mit Arndt das Bett teilen zu müssen.«

»Bleibt darin wohnen, Alyss. Ich habe Unterkunft in einer guten Herberge gefunden und werde bald wieder abreisen. Es würde Eurem Ruf schaden, wollte ich jetzt in diesem Haus wohnen.«

Es war ein Hauch von Erleichterung, der Alyss anflog. Sie hatte sich an ihre gemütliche Kammer gewöhnt. Aber dennoch, es mussten die Eigentumsverhältnisse geklärt werden.

»Wir werden miteinander abrechnen, Robert. Und vielleicht reicht meine Barschaft so weit, dass ich Euch eine Anzahlung auf Euren Anteil des Hauses machen kann.«

»Ich bin sicher, dass ich Euch einen vernünftigen Preis nennen kann. Gebt mir ein paar Tage, meine Angelegenheiten hier zu regeln.«

Alyss nickte.

»Ich hoffe, Ihr regelt auch Eure Angelegenheit mit Catrin«, sagte sie leise.

Unter seinem vornehmen Bart errötete Robert.

»Habt Ihr sie noch nicht getroffen?«

»Ich bin erst seit gestern wieder ein anständiger Tuchhändler. Aber … ja, ich werde das regeln. Ja, ich glaube wirklich … Ich meine … glaubt Ihr, dass sie irgendwie … also …«

Alyss lächelte, und Robert starrte sie hilflos an.

»Catrin, Robert, hat jeden Sonntag unter Tränen an Eurem Grab Fürbitte gehalten.«

Marian ergänzte: »Und seit sie weiß, dass Johns struppiger Diener nur eine Maske trug, sind ihre Tränen versiegt, und sie erblüht selbst im Herbst wie eine Frühlingsblume.«

»Ähm … ja … nein, es tut mir so leid, dass sie traurig war.«

»Macht es einfach wieder gut. Und – ach, mir fällt gerade etwas ein.« Alyss richtete sich auf. »Werdet Ihr den Winter in Deventer verbringen? Oder in England?«

»Je nun, das hängt davon ab … nicht wahr?«

»Versteht Ihr noch etwas vom Wein, Robert?«

»Ich bin als Weinhändler aufgewachsen. Warum fragt Ihr?«

»Der Winter in Burgund ist mild und angenehm, das Reisen dorthin nicht so beschwerlich. Meine Tante Aziza führt ein großes Haus, mein Onkel besitzt große Weingüter. Und ich brauche guten Burgunder.«

Robert strich sich über den Bart. Dann lächelte auch er.

»Ihr versucht das Nützliche mit dem Angenehmen zu verbinden?«

»Und nicht nur das«, fiel Marian ein. »Es könnte noch weit nützlicher sein, wenn Leocadie vor ihrer Heirat im Frühjahr noch einmal zu ihren Eltern zurückkehrte. Mit einer achtbaren Frau, etwa einer Begine, als Begleitung.«

»Ränkeschmiede!«, stöhnte Robert.

»Schicksalsschmiede.«

Alyss strich Robert über die Hand.

»Wir handeln einen ordentlichen Gewinnanteil an dem Burgunder aus.«

»Wir werden einiges auszuhandeln haben, wenn ich zurückkomme. Aber nun habe ich noch anderes zu vermelden.«

Natürlich, Robert war als Bob seinem Bruder Arndt auf dessen krummen Wegen gefolgt. Die Heiterkeit, die Alyss erfasst hatte, fiel in sich zusammen. Aber immerhin kehrte der Trübsinn nicht zurück, sondern ein leise kochender Zorn.

»Ihr wart bei seiner Buhle in Riehl.«

»Richtig. Grämt Euch nicht darüber, es ist es nicht wert. Das Weib ist eine Witwe, recht derb und von leichtfertigem Wesen. In der Gemeinde ist sie nicht besonders gut gelitten, doch sie besitzt ein ansehnliches Haus und Felder, auf denen Weizen angebaut wird. Man munkelt, dass die Scheunen aber oft genug auch als Warenlager genutzt werden. Im Schutze der Dunkelheit legen oftmals Schiffe in Riehl an, deren Knechte dann Ballen und Fässer zu ihr bringen. Man fragt nicht danach, aber man weiß darum.«

»Hehlerei.«

»Zumindest ein Tauschplatz, von dem sie sicher profitiert.«

»Habt Ihr sie gesprochen?«

»Zunächst nicht. Nachdem Arndt bei ihr vier Tage vor seinem Tod eintraf, am Donnerstag gegen Abend, habe ich sie nur beobachtet. Er kam auf einem edlen Ross, doch ohne Waren. Und er blieb bis zum Sonntag, als ich ihn leider aus den Augen verlor. Während dieser Zeit hat er das Haus nicht verlassen.«

»Ihr habt ihn die ganze Zeit verfolgt? Seit jener letzten Märzwoche, nachdem der Allmächtige ihn das Fürchten gelehrt und er sein Testament gemacht hat?«

»Ja, ich folgte ihm von diesem Zeitpunkt an, Marian. Er suchte schon damals Unterschlupf bei jener Buhle und schaffte es noch, in der Stadt ein Geschäft abzuwickeln.«

»Er kaufte die Eselin«, bemerkte Alyss trocken.

»Eine Eselin?«

»Das Hurenhaus ›Zur Eselin‹, Robert. Ein letzter Schelmenstreich, denn nun hat es meine Schwester geerbt.«

»Großer Gott!«

»Tja, auch so eine lästige Sorge, die mich bedrückt. Aber weiter, Robert. Wohin ging er dann? Er kann kaum noch Geld gehabt haben.«

»Er brach nach Marienhafe auf, wo er von dem Häuptling Folcko die Waren aufkaufen wollte, die sie aus dem Überfall auf Johns Schiff erbeutet hatten.«

»Verdammter Kerl«, grollte Marian.

»Johns Handelsgehilfe Edward folgte ihm nach Bremen, wo er die Tuche losschlug. Da er aber raffgierig war, unterschlug er den Friesen einen Teil des Gewinns, was Folcko indes bemerkte. Es hat nach Edwards Aussagen einen mächtigen Streit gegeben, bei dem Arndt schließlich Hals über Kopf die Flucht ergriff. In Deventer übernahm ich wieder die Beobachtung. Arndt kurierte seine Wunden aus, verprasste sein Geld und vertrieb sich die Zeit mit einigen Hehlereien. Es brachte ihm nicht genug ein, und Anfang Oktober dann kaufte er dieses Ross und machte sich auf den Weg zurück nach Köln. Ich hielt einigen Abstand zu ihm, um nicht erkannt zu werden. Gut, den Rest kennt Ihr.«

»Ein edles Ross kostet Gold, Robert«, meinte Marian. »Er hat es hier an jenem Sonntag verkauft. Beschreibt es uns, vielleicht hilft uns die Spur weiter, seinen Mörder zu finden.«

Robert nickte.

»Ja, wer kauft schon am Sonntag ein Pferd? Sicher kein redlicher Pferdehändler. Es war ein schwarzer Hengst, ganz sicher von morgenländischem Blut. Doch sehr eigenwillig. Arndt kam nicht gut damit zurecht, zumal er es dann auch noch peitschte.«

»Ein schönes, eigenwilliges Pferd, daran versuchen sich gerne junge Gecken. Wir sollten Merten fragen, ob einer seiner Freunde ein solches Tier erworben hat«, meinte Alyss.

»Ja, er könnte sich erkundigen«, sagte Marian.

»Habt Ihr die Buhle bei Eurem Besuch in den vergangenen Tagen gesprochen?«

»Ja, Frau Alyss. Ich habe ihr von Arndts Tod berichtet und mich als sein Bruder ausgewiesen. Sie zeigte Betroffenheit, wenn nicht gar Trauer. Sie ist ein Weib von schlichtem Geist und händigte mir auf meine nachdrücklichen Bitten Arndts Reiserolle aus. Darin befanden sich einige Dokumente, die ich noch prüfen muss.«

»Vielleicht sogar ein Kaufvertrag über das Hurenhaus.«

»Soll ich ihn Euch übergeben?«

»Um der Liebe Gottes willen, nur nicht. Ich will nichts damit zu tun haben. Zerreißt ihn, verbrennt ihn, ersäuft ihn im Rhein!«

»Schon gut, schon gut.«

»John und ich suchen nach einer Lösung, meine Schwester möglichst ohne jedes Aufsehen von diesem lästigen Erbe zu befreien. Doch die vergangenen Tage plagten uns andere Sorgen.«

»Ich verstehe. Ich werde mich mit John beraten.«

Alyss hing inzwischen einem weiteren Gedanken nach.

»Robert – wer könnte Arndt nach dem Leben getrachtet haben? Ihr kennt ihn besser als wir alle und habt ihn jetzt lange beobachtet.«

»Alyss, ich weiß es nicht. Er hat mit einigen zwielichtigen Gestalten Handel getrieben. Die Friesen auf der Insel hätten ihn fast erschlagen. Vielleicht hat ihn einer von dort verfolgt.«

»Der hätte aber von Mats und seinen Gewohnheiten wissen müssen.«

»Auch wieder wahr. Doch sie könnten auch hier den Nordmännern aus dem Wik eine Botschaft geschickt haben.«

»Einen Menschen umbringen, dazu muss man einen guten Grund haben. Ich habe die Kaufleute aus dem Wik zwar immer für harte Männer gehalten, nicht aber für Menschen, die im Auftrag Fremder morden. Aber es wäre eine Untersuchung wert.«

»Simon, der Schmied, Marian! Unsere Mutter hat ihn handzahm gemacht. Er soll sich umhören, die Nordmänner sitzen oft im Adler. Ach ja, und dieser Scholar ebenfalls. Vielleicht gibt es wirklich eine Verbindung.«

»Na, dann werde ich die kratzige Adlerwirtin und ihren schmiedeeisernen Gemahl aufsuchen. Möglicherweise erinnert sich inzwischen einer an den Namen dieses gebefreudigen Scholaren.«

»Und ich werde in einem langen Brief Frau Aziza Euer Kommen ankündigen, Robert?«

»Nein, Schwester mein, du wirst Pater Henricus aufsuchen und ihn nach den Abstammungsurkunden der Overstoltzens ausfragen. Wir nehmen an, dass jemand darin eine Fälschung vorgenommen hat.«

»Muss ich?«

»Pater Henricus' Güte wird deine Seele erheben und deine Säfte in Wallung bringen.«

»Er muss sich in Acht nehmen, dass sie nicht überkochen.«

30. Kapitel

Marian hatte keinen Namen erhalten, aber eine sehr unwirsche Adlerwirtin kennengelernt. Mochte ja sein, dass es das schlechte Gewissen war, das sie so unleidlich machte, nichtsdestotrotz war sie alles andere als hilfsbereit. Simon entschuldigte sich zwar für sein launisches Weib, konnte aber auch nicht weiterhelfen. Weder was den Namen des Scholaren anbelangte noch was einen schwarzen Hengst betraf. Aber er wollte sich bei seinen Landsleuten vorsichtig umhören, ob jemand etwas von einem Händel mit Arndt van Doorne wusste. Allerdings war sich Marian ziemlich sicher, dass der Schmied, sollte er tatsächlich von einem solchen hören, seine eigenen Leute in Schutz nehmen würde.

Ach, es war eine elendige Suche nach einem Samenkörnchen in einem Misthaufen. Wieder war ein Tag vergangen, an dem er nichts erreicht hatte.

Er wanderte missmutig vom Eigelstein die Straße zur Stadtmitte entlang, wich einem schweren Karren mit bärtigen Propheten aus, die mit steinerner Miene der Dombaustelle entgegensahen. Offensichtlich hatte der Parler wieder eine Lieferung Statuen fertiggestellt, die nun ihren Platz in der Fassade der Kathedrale einnehmen sollten. Je näher er dem Alter Markt kam, desto geschäftiger wurde das Treiben. Die Herbstmesse hatte ihren Höhepunkt erreicht. Überall wurde gehandelt, gefeilscht, gezetert, gelacht. Münzen klirrten, Pergament raschelte, Karren, Körbe und Kiepen wurden be- oder entladen. Die Menschenmassen drängten ihn über den Handelsplatz, und plötzlich umwanden ihn wie zärtliche Schlangen die fremdartigen Düfte. Er blieb stehen, schloss für einen Moment die Augen. Lavendel, Safran, Zimt – mehr und andere Gewürze aus südlichen Gefilden verströmten ihr Aroma. Das Bild der bunten Bazare leuchtete aus einer Erinnerung auf. Er hörte venezianische Laute und kastilische, erinnerte sich, verstand sie. Hörte Zahlen und Maße, Gewichte und Münzwerte. Lobpreisungen der duftenden Seifen, der Rosenöle und feinen Salben, Beschwerden über angeschlagene Orangen und Zitronen, ein Seufzen über die Süße des türkischen Honigs, das leise Rascheln der kostbaren Seiden …

Eine leichte Hand berührte seine Schulter.

»Träumt Ihr, Herr Marian, von südlichen Gefilden?«

Langsam öffnete er die Augen und erkannte Gislindis. Sehr sittsam gewandet in einem blauen Kleid und einer weißen Schürze, die Haare unter einem blauen, bestickten Tuch verborgen. Doch dunkle Ringe lagen unter ihren seltsamen Augen, die in dem milden Herbstlicht zu schillern schienen.

»Ja, es erinnert mich an andere Märkte.«

»Mit Sehnsucht, Herr Marian?«

Er drehte sich zu ihr um.

»Ich weiß es nicht. Es ist so fern …«

»Reisen in die Ferne, ja, manche lieben es, andere Stätten zu besuchen. Meine Mutter, Ronya, hielt es selten lange an einem Ort. Und doch ist sie geblieben. Hier in Köln, an Mats' Seite. Aber es fiel ihr schwer, und heute glaube ich, dass ein Teil ihrer Selbst verkümmerte.«

»Sie war eine Fahrende. Ich bin ein Heiler.«

»Vielleicht, Herr Marian. Aber Ihr seid auch ein Kaufmann. Leugnet es nicht, das Handeln lockt Euch.«

Sie hatte recht, aber er hatte sich geschworen, den Handel aufzugeben und für seine Gabe als Heiler zu leben. Schwüre banden.

»Ich kann nicht zurück«, murmelte er, und sein Blick fiel auf die glitzernden Glasfläschchen, die ein Venezianer auf seinem Stand aufgebaut hatte.

»Könnt Ihr denn vorwärts, Herr Marian?«

»Ihr stellt unmögliche Fragen, Gislindis.«

»Wollt Ihr Antwort, Herr? Für Silber gebe ich sie Euch, ganz wie Ihr sie Euch wünscht.«

Er versuchte ihrer Nähe zu entkommen und ging ein Stück weiter auf die Stände zu. Käufer und Lastenträger, Neugierige und Bedürftige drängten sich an ihm vorbei. Er fand erst wieder einen Platz in der Nähe der Gewandschneider. Unter ihnen entdeckte er John, der in Gespräche mit Schneidermeistern und Tuchhändlern verwickelt war. Einige Stände weiter hatte ein Spezereienhändler ein Zitronenbäumchen in einem Kübel neben seinem Stand stehen.

Marian betrachtete es sinnend. Er hatte mit Spezereien gehandelt. Kostbare, empfindliche Ware. Das Handelshaus derer vom Spiegel hatte immer mit Gütern aus dem Süden das Geschäft betrieben. Die Zeit in der deutschen

Niederlassung in Venedig war die aufregendste und lehrreichste seines Lebens gewesen. Aber auch die Fahrten zu den Kontoren in Spanien … die heißen Ebenen, die eleganten maurischen Gebäude, die Schwere der südlichen Weine, die warmen Nächte, geschwängert von Blütenduft … Damals hatte er seine Geliebte kennengelernt und sich verloren in Leidenschaft und Wonne.

Hätte die Liebe in diesem kühlen Herbst den kalten Winter überdauert, oder wäre sie gewelkt wie die Weinblätter an den Reben?

»Südliche Pflanzen brauchen viel Pflege, wenn sie hier gedeihen sollen.«

Wieder drang Gislindis' Stimme an sein Ohr – gerade so, als habe sie seine Gedanken gelesen.

»Habe ich einer Schimäre angehangen?«, flüsterte er.

»Nein, Herr Marian. Ihr geht pfleglich mit dem Leben um. Aber was nahe liegt, übersieht man oft.«

»Ihr seid doch diejenige, die mich übersieht«, entfuhr es ihm.

»Nein, das tue ich nicht. Ich sehe Euch viel zu deutlich, Herr Marian.«

»Was seht Ihr in mir?«

Ihr Blick ging zu dem Zitronenbäumchen.

»Kennt Ihr das Land, wo die Zitronen blühn?«[1], fragte sie und lächelte. »Meine Mutter erzählte mir davon.« Wieder huschte ihre Hand über Marians Schulter. »Könnt Ihr vorwärtsgehen?«

---

1 Gislindis hat die Gabe der Vorhersehung, sie kann bereits Goethes Worte zitieren.

Er wollte ihre Hand fassen, aber sie war verschwunden. Irgendwo im Gewimmel sah er noch ihr blaues Kopftuch aufleuchten.

Vollkommen durcheinander bahnte er sich den Weg zur Witschgasse. Alyss, seine Zwillingsschwester – sie hatte ihn immer verstanden. Seit sie gemeinsam das warme Lager im Leib ihrer Mutter geteilt hatten, verstanden sie einander. Oft ohne Worte, und beinahe immer konnten sie einander helfen. Vielleicht fand sie die richtigen Worte, die den Mischmasch seiner Gefühle zu einem schmackhaften Brei werden ließen.

Als er den Hof betrat, vergaß er aber augenblicklich sein Ansinnen.

»Du häss doch eene Raatsch em Kappes!«, pflaumte Lore, hochrot im Gesicht, John an.

Der betrachtete die aufgebrachte Mohrrübe vor sich mit nachsichtiger Besonnenheit.

»Nein, Maid Lore, das meine ich ganz ernst. Du kümmerst dich um sie, als sei sie von edler Geburt und hohem Stand.«

»Sie is eene fuule Mähr, een frackig Saudier, een krabitzig Flappohr, een …«

»Lore, du sprichst von Frau Alyss?«, fragte Marian, dessen Bedrückung bei dieser kunstvollen Tirade flugs verschwunden war.

Lore flog herum, die Fäuste geballt, die Augen blitzend. Aber dann hatte sie die Frage wohl verstanden, klappte den Mund auf und wieder zu.

John wies auf ein mageres, graues Etwas, das sich verängstigt zitternd an die Stallwand drückte.

»Maid Lore vergaß sich ein wenig, als ich sie bat, sich um jenes hübsche Tierchen zu kümmern. Und als ich ihr in Aussicht stellte, darauf reiten zu dürfen, unterstellte sie mir einen Ratsch im Kappes. Ich frage mich, ob ich das als Kompliment an meine überwältigende Männlichkeit auffassen darf.«

»Der iss eene Strunzbüggel!«, kreischte Lore wieder los. »Der schleppt uns dieses Messveech aufn Hof!«

»Schnabel halten, Lore, sonst verbieg ich ihn dir.«

Sie schoss flammende Blicke zwischen Marian, John und dem Tier hin und her, schwieg aber.

»Eine Kerbe hast du also im Kopf, weil du diesen – Esel? – hier angeschleppt hast, John?«

»So sieht es die Maid. Doch ist die Eselin nicht mein Geschenk, sondern wurde von Robert hier für Mistress Alyss abgeliefert.«

Marian zog eine Augenbraue hoch.

»Ach ja?«

»Ja, ja.« John grinste. »Sie weiß es allerdings noch nicht, und wenn Mistress Alyss ebenso begeistert reagiert wie Maid Lore, dann wird der Abdecker sich der *jennet* annehmen müssen.«

Marian trat näher an die Stallung, um das Tierchen in Augenschein zu nehmen. Es war eine ungewöhnlich kleine Eselin, abgemagert bis auf die Knochen, struppig das Fell und von bösen Striemen überzogen. Sie rollte mit den Augen und schnappte nach ihm.

»Schon gut, Jennet, schon gut. Alyss wird dir helfen. Und dann wirst du Vertrauen fassen.« Er rief in den Stall hinein: »Peer?«

»Euer Knecht ist zum Hafen, sonst hätte ich das Geschöpf ihm übergeben und nicht dieser garstigen *shrew*. Deine Schwester hat sich mit Pater Henricus verabredet, und ich hoffe, einer von beiden kehrt bald zurück. Mich hat Robert hier dem Schicksal ausgeliefert und ist selbst geflohen.«

»Dahinter scheint eine längere Geschichte zu stecken.«

»Von der ich auch nur das Ende kenne. Ich kam just vom Markt, um einige Ballen Tuch zu kennzeichnen, die ich verkauft habe, da zerrte Robert auf der Gasse dieses Grautier hinter sich her. Vor dem Tor drückte er mir den Strick in die Hand und befahl mir knapp, es dort anzubinden. Das sei Mistress Alyss' Erbe.«

Verstehen erwachte in Marian, zusammen mit einer unbotmäßigen Heiterkeit.

»Wie mag er das geschafft haben?«

»Ich hoffe, er wird es uns in Bälde erzählen. Aber, Marian, ich muss wieder zu meinen Geschäften. Halte die junge Maid im Zaum, und gib der *jennet* ein wenig Heu oder Hafer. Das wird sie gnädig stimmen.«

John hob grüßend die Hand und ging mit langen Schritten zum Tor hinaus.

Lore stand mit bockigem Gesicht mitten im Hof. Alles Getier hatte sich irgendwohin verzogen, um ihrem wutflammenden Ausbruch zu entgehen. Benefiz war der Erste, der sich unter dem leeren Schürreskarren hervortraute und ein ängstliches Winseln ausstieß.

»Komm her, Benefiz. Der Sturm ist vorbei.«

»Isser nicht. Isser gar nicht! Was soll das älendig Gesocks da?«

»Lore, dieses Tier, das nun auf den Namen Jennet hört, hat Frau Alyss geerbt. Behandle es mit Achtung und Liebe.«

»Nee. Das beißt.«

»Lore, hol einen Sack Hafer aus dem Stall und eine flache Schütte.«

»Nee. Das tritt.«

»Lore, muss ich die Heilige Schrift zitieren wie der Allmächtige?«

Lores Gesichtsfarbe verfärbte sich von Rot auf Bleich.

»Nee. Ich geh ja schon. Auch wenn es mich beißt und tritt.«

Die Eselin ließ Lore jedoch ohne Tritt und Biss passieren, und die Schütte mit dem Hafer beäugte sie zunächst mehr als misstrauisch.

Es war ein armes, geschundenes Wesen, vermutlich immer hungrig, immer getrieben, ständig geschlagen. Marian haspelte einen Eimer Wasser aus dem Brunnen, und das wurde dann dankbar angenommen.

Inzwischen stolzierte auch Herold wieder über den Hof, angezogen von den Haferkörnern begehrte er seinen Anteil. Der wurde ihm jedoch mit den Zähnen verwehrt, und einige schwarze Federn wehten über das Pflaster. Malefiz war weit vorsichtiger, er beäugte den Neuzugang in der Menagerie aus der sicheren Höhe von Jerkins Verschlag aus.

Hilda kam mit den Jungfern vom Markt zurück, und wieder wurde der Esel mit größtem Misstrauen begutachtet. Marian kam sich allmählich wie der heilige Franziskus vor, der das Recht der Tiere auf Respekt und

Achtung verteidigte. Lediglich Leocadie war mitleidig genug, den jämmerlichen Zustand des Tiers zu bedauern. Sie brachte einen geviertelten Apfel aus der Küche, wollte die Schnitze der Eselin reichen und wurde hinterhältig gezwickt.

»Macht nichts«, sagte sie, als Marian ihr die Hand verband. »Man hat sie schlecht behandelt, Herr Marian.«

»Weshalb man sie hier gut behandeln wird.«

Da an den Messetagen alle Welt beschäftigt war, setzte er sich in Alyss' Kontor und prüfte müßig ihre Bücher. Sie war sehr ordentlich darin, und seit er ihr gezeigt hatte, wie man Geschäfts- und Haushaltsausgaben und Einnahmen trennte, konnte sie nachweisen, dass sie recht erfolgreich wirtschaftete. Auf dem Schreibpult lagen auch zwei gesiegelte Dokumente, deren Siegel jedoch erbrochen waren. Er rollte das erste auf und stutzte.

Es war ein Kaufvertrag über den Weingarten, den tatsächlich ein Edelbrecht von Merheim ausgehandelt hatte – im Namen seines Auftraggebers Robert van Doorne.

»Schlauer Bursche«, murmelte Marian anerkennend. Daher kamen also die günstigen Bedingungen, die Magister Jakob seiner Schwester unterbreitet hatte, wenn sie sich bereiterklärte, den Weingarten weiter zu bewirtschaften.

Das zweite Dokument war der Kaufvertrag zwischen Arndt van Doorne und Dries van Dytz über ein Haus am Hungksrücken. Dieser Handel war im März dieses Jahres abgeschlossen worden. Offensichtlich stammten diese Unterlagen aus dem Reisebündel, das Robert von der Witwe in Riehl erhalten hatte.

Und nun hatte er irgendetwas in die Wege geleitet, um Alyss von diesem Haus zu befreien.

Marian hoffte so bald wie möglich davon zu erfahren.

In der Zwischenzeit würde er seine verdrehten Gefühle in die Schranken weisen und sich auf den Weg zum Heumarkt machen, um nach einer Spur des schwarzen Hengstes Ausschau zu halten.

31. Kapitel

Nein, Pater Henricus, ich bin nicht gekommen, um Trost zu suchen, sondern um Fragen zu stellen. Und zwar ganz irdische.«

Der Franziskaner roch wie so oft nach Schwefel und Ruß, und seine Kutte war an den Ärmelsäumen angesengt. Er saß in dem Kellergelass, das man ihm als Laboratorium zugebilligt hatte, und aus einer langschnäbeligen Retorte tröpfelte eine ätzend riechende Flüssigkeit. Er betrieb die Alchemia zur höheren Ehre Gottes, und sein Ziel war weder Gold zu machen noch das Elixier des ewigen Lebens zu finden, sondern die Natur der Elemente zu ergründen. Jener vier Kräfte, Feuer, Erde, Wasser und Luft, die nach Auffassung der Alten und Weisen die Grundsubstanzen des Lebens waren. Gott hatte das Licht, das Feuer des Himmels, geschaffen und das Feste zwischen den Wassern. Und aus Wasser und Lehm hatte er den Menschen geformt und ihm mit seiner Atemluft das Leben eingehaucht. Pater Henricus hatte oft darüber doziert in jenen Jahren, da er ihr und Marians Lehrer gewesen war. Und wenn er sich über dieses Thema ausließ, dann fiel alle heilige Sanftheit von ihm ab, und er wurde zu einem leidenschaftlichen Gelehrten. Aus diesem Grund zweifelte Alyss hin und wieder an seinen allzu christlichen Worten. Ihm fehlte es an wahrer Einsicht in das wirkliche Empfinden der Menschen. Er hatte ein Regelwerk gelernt, genau wie das seiner Studien und Theorien – Mann und Weib liebten sich, Tote wurden betrauert, über eine Geburt freute man sich, Sünder litten unter ihren Taten, Geschwister waren einander zugetan und viele andere oberflächliche Binsenwahrheiten bildeten seinen Kanon der Gefühle.

»Kind, aber du bist eben erst zur Witwe geworden. Es stünde dir besser an, zu beten und Fürbitte zu leisten.«

»Ja, Pater Henricus. Fürbitte leiste ich für einen Unschuldigen im Kerker. Aber Fürbitte alleine wird sein Leiden nicht ändern.«

»Für wen bittet ihr?«

»Für Mats Schlyffers, Pater Henricus. Er schmachtet noch immer im Kerker. Und ihm droht nun auch noch die peinliche Befragung. Dem armen, von Gott mit einem Wolfsrachen geschlagenen Mann, der auch unter den furchtbarsten Foltern keine Fragen beantworten kann.«

Das Rezept, das sie sich ausgedacht hatte, um Pater Henricus zur Mithilfe zu verleiten, begann erste Wirkung zu zeigen.

»Sie dürfen keinen Menschen peinlich befragen, der nicht sprechen kann. So sagt es das Gesetz.«

»Das Gesetz ist das eine. Was ein Mensch tut, Pater Henricus, ist etwas ganz anderes. Auch Gislindis und ich wurden nur auf die Aussagen einiger missgünstiger Neider hin angeklagt. Unsere Unschuld wurde bezeugt, doch niemand spricht für Mats. Und Schöffe Overstoltz will ihn als Mörder verurteilt sehen, weil er keinen anderen Schuldigen findet.«

»Alyss, meine Liebe, glaubst du denn wirklich, dass er unschuldig ist?«

»Man hat ihm Bilsentinktur in sein Bier getan und ihn dann niedergeschlagen. Er hat uns sogar eine Zeichnung angefertigt von dem Mann, der das getan hat. Aber wir finden ihn nicht. Pater Henricus, Ihr kennt die Wirkung von Bilsenkraut. Ihr habt gesehen, wie benommen er war.«

Das wiederum sprach Henricus' gelehrte Seite an, und er dozierte einen Augenblick über die Gifte der Pflanzen im Gegensatz zu den Giften der unbelebten Stoffe. Geduldig wartete Alyss ab, bis er zu einer *conclusio* gekommen war.

»Ihr habt ihn erlebt, den armen Mats, dort in der Tollkammer. Tagelang dämmerte er vor sich hin. Doch nun ist er wieder bei Besinnung und kann sich erinnern. Daher hat Marian ihn um das Bild gebeten, und es zeigt einen jungen Scholaren mit einem leichten Schielen. Wir suchen nach ihm. Doch inzwischen, Pater, ist seine Tochter zwar wieder frei, doch schutzlos. Gislindis kann ohne Mats nicht auf den Markt und Messer schleifen. Bald wird sie verhungern, denn sie ist zu stolz, um Almosen anzunehmen.«

Derart schlichte Schilderung von Gefühlen verstand der Pater, und in seinem christlichen Regelwerk der Nächstenliebe stand das Mitleid mit den Schwachen.

»Aber was kann man tun, Alyss? Ich bete für sie …«

»Betet für Endres Overstoltz, Pater Henricus, denn er braucht Eure Fürbitte weit mehr. Der bedauernswerte Mann leidet sicher Gewissensqualen ob seiner Verfehlungen.«

Verwundert sah ihr alter Lehrer sie an.

»Weil er Unschuldige in den Kerker gebracht hat?«

»Nein, weil er seine Mutter verleugnet hat und falsches Zeugnis ablegen musste, um zum Schöffen zu werden.«

Verwirrt schüttelte der Franziskaner den Kopf.

»Warum sollte er das getan haben, Alyss? Die Schöffen sind ehrbare Männer, sie haben ihn gewäldigt.«

»Sicher. Doch, Pater Henricus, auch Ihr stammt aus der Familie der Overstoltzens. Hat Gerard vom Vogelsang nicht zwei Söhne und eine Tochter gehabt?«

»Was hat denn der Gerard mit dem Endres zu tun?«

»Er ist sein Vater. So sagen es die Urkunden.«

»Nie und nimmer. Werner, Hermann und Nesa, die hat ihm sein Weib Mynta geboren. Ich selbst habe sie getauft.«

»Wie kann es denn dann sein, dass die Schöffen Endres, den Sohn der Mutzenbäckerin Momke vom Malzbüchel, als seinen ehelichen Spross anerkannt haben?«

Bei seiner Familienehre gepackt, wurde der fromme Pater urplötzlich zum Overstoltz.

»Da ist Betrug im Spiel!«

»Richtig, Pater Henricus. Deswegen solltet Ihr für den armen Sünder beten.«

»Das werde ich tun, wenn er bereut und Buße tut.«

»Dann sprecht Ihr mit ihm, dass er sein Vergehen gesteht und von seinem Amt zurücktritt?«

Pater Henricus, die Hände in den Kuttenärmeln verborgen, schritt in seinem Laboratorium auf und ab. Alyss verschränkte ihre unruhigen Finger zu einem Körbchen und hielt sie still in ihrem Schoß. Aus Erfahrung wusste sie, dass sie Geduld mit ihrem ehemaligen Lehrer haben musste. Er war nun schon ein alter Mann, wenn auch noch nicht so alt wie ihr Vater. Sein Geist arbeitete unerwartet nüchtern und zielstrebig, aber bedächtiger als der ihre. Er musste, so vermutete sie, immer erst einige Hürden überwinden, die ihm sein unerschütterlicher Glaube an das Gute auferlegte.

Schließlich aber schien er einen Entschluss gefasst zu haben. Er setzte sich, verbarg den Kopf in seinen Händen, schaute dann wieder auf.

»Kind, du hast große Zweifel in mir geschürt. Gib mir Zeit. Ich will darüber nachdenken. Vielleicht muss ich mit dem Werner von der Rheingasse sprechen. Es bedrückt mich unsäglich, annehmen zu müssen, dass einer meiner Blutsverwandten einen solchen Verrat begangen haben könnte.«

»Ja, Pater Henricus, das verstehe ich. Der Herr Werner führt sicher das Familienbuch, nicht wahr? Ihr könntet ihn bitten, Einsicht nehmen zu dürfen.«

»Das Buch führt er, doch die Urkunden liegen im Altar von Sankt Katharinen«, murmelte Pater Henricus. »Wir zahlen dem Altarist von St. Maria Sion dafür, dass er den Altardienst vollzieht. Er hat den zweiten Schlüssel zu den Truhen.«

Pater Henricus versank wieder in Gedanken. Irgendwann murmelte er: »Kaum möglich, kaum möglich. Nur beide zusammen können den Schrein öffnen.«

»Was meint Ihr, Pater Henricus?«

»Oh, nichts, nichts. Ich habe nur laut gedacht.«

»Verzeiht, dass ich Eure Gedanken störte. Doch ich will Euch noch eine freudige Nachricht überbringen.«

Während sie von Robert van Doornes wunderbarer Wiederkehr sprach – die bereinigte Fassung, auf die sie sich geeinigt hatten –, dachte sie zufrieden, dass der Keimling, den sie gelegt hatte, sprießen würde, dass der Overstoltz von der Rheingasse weit weniger bedrückt als vermutlich fuchsteufelswild werden würde, wenn Pater Henricus dem Patron der Familie seinen Verdacht vortrug. Allerdings würde sie in wenigen Tagen nachfragen, ob er den Werner von der Rheingasse gesprochen hatte. Man musste den guten Pater immer ein wenig anschieben.

Vom Kloster der Franziskaner aus war es nicht weit zur Dombaustelle, und auch Alyss begegnete dem Frachtkarren mit den bärtigen Propheten. Auch sie musste sich durch das Gedränge in den Gassen und den Märkten begeben, doch anders als ihr Bruder ergötzte sie sich nicht an den fremdländischen Aromen, sondern begutachtete in feines Leder gebundene Bücher aus Papier, erstand dann einen Kegel aus weißem Zucker und ein Bündel getrockneter Feigen. Mit einigen Bekannten hielt sie kurze Schwätzchen, nahm drei Bestellungen für Wein mit und kehrte in guter Stimmung in die Witschgasse zurück.

»Iahhhh!«, dröhnte es ihr entgegen. »Iahhh!«

»Halt die Schnüss!«, keifte es dagegen.

Alyss musste sich auf die Lippe beißen, um nicht laut herauszulachen. Lore wippte auf den Füßen auf und ab, fluchtbereit und sichtlich auf das Äußerste empört. In der Hand hielt sie einen geviertelten Apfel. Leocadie,

Tilo und Frieder standen hinter ihr, Hedwigis und Lauryn hielten die Gänse in Schach. Der kleine Esel schien ebenso empört wie Lore und sichtlich willens, ihr die Leckerei zu entreißen. Als Alyss jedoch näher trat und den bejammernswerten Zustand des Esels erkannte, erstarb ihr Lachen. Sie ergriff wortlos die Apfelviertel aus Lores Hand und reichte eines mit einigen gemurmelten Worten dem Tier. Das rollte wieder vor Angst mit den Augen und zitterte.

Alyss legte den Apfel auf den Boden und reichte Tilo ihre Einkäufe weiter.

»Bring das in die Küche. Und alle halten jetzt Abstand. Wer hat das Tier hergebracht?«

»Der Herr Master John, Frau Herrin, der hat gesagt, Ihr hätt' das Beest geerbt. Er sagt, das heißt Jennet.«

Einen Wimpernschlag lang dauerte es, dann hatte Alyss verstanden – die Eselin. Es hatte da wohl ein Tauschgeschäft stattgefunden.

»Jennet heißt Eselin in Master Johns Zunge«, erklärte Frieder und trat ein wenig näher. »Die hat man nicht gut behandelt. Sie hat Angst.«

»Ich weiß.«

Alyss blieb vor dem zitternden Eselchen stehen und sammelte sich. Auch sie besaß eine Gabe. Sie fühlte mit den Tieren, und hier lag großes Elend vor ihren Augen. Leise summte sie ein paar Töne und senkte die Lider, um nicht bedrohlich zu wirken. Ein Tritt würde ziemlich wehtun, und harte Zähne hatte ein Esel auch. Dennoch wagte sie sich langsam, sehr langsam näher. »Es ist gut, Jennet. Hier bekommst du Futter und keine Schläge. Du kriegst einen Stall und Stroh, und ich werde die Wunden auf deinem Rücken salben. Ruhig, Kleine. Hier findest du Frieden.« Bedachtsam hob sie die Hand und legte sie der Eselin auf die Stirn. Sie hörte Lore quietschen, doch nichts geschah. Alyss schloss die Augen und versetzte sich in die Seele des Tieres. Schmerz, Hunger, Verlassenheit, Müdigkeit, Furcht. So viel Furcht vor Schmerzen, so viel Angst vor dem Verhungern.

Es tat ihr weh, aber es war auch gut so, dass ein Teil des Leids von Jennet genommen wurde. Benefiz schmiegte sich an ihre Beine und gab kleine fiepsende Laute von sich. Auch ihm hatte Alyss einst geholfen. Er ahnte vielleicht, dass sie mit der Eselin etwas Ähnliches tat wie mit ihm.

Das Zittern hatte aufgehört, Jennet stand ganz still. Frieder legte Alyss die Apfelviertel wieder in die Hand, und sie reichte sie dem Tier. Es griff mit den Zähnen zu, doch es biss sie nicht.

»Schon besser, nicht?«

»Ich wusste, dass du sie beruhigen würdest«, sagte Marian, der nun auch hinzugekommen war.

»Sie birgt eine Geschichte. Einen Teil davon wird mir wohl John erzählen.«

»Robert eher, denn er erhandelte sie. Wir warten auf ihn.«

»Dann wollen wir so lange versuchen, die bösen Schrunden auf ihrem Rücken zu behandeln. Hol die Heilsalbe, Bruder, und walte deines Amtes.«

Es war nicht ganz einfach, Jennet weiterhin ruhig zu halten, und als Marian das Fell gesäubert und die Wunden versorgt hatte, fühlte Alyss sich erschöpft und ausgelaugt. Es war unsagbar viel Widerstand in diesem noch jungen Tier. Aber letztlich konnte sie es in den Stall führen, und Jennet ließ den Kopf über der Futterkrippe hängen.

Das Hauswesen hielt weiterhin vorsichtig Abstand, und als Alyss sich am Brunnen das kalte Wasser ins Gesicht spritzte, kam schließlich auch Robert vorbei.

»Verzeiht, Alyss, ich habe Euch mit einem recht trotzigen Geschöpf alleine gelassen«, sagte er. »Doch ich musste dringend noch einige Amtshandlungen in die Wege leiten. Können wir uns in Euer Kontor zurückziehen?«

»Natürlich. Marian?«

»Ich komme gleich dazu«, rief er aus dem Stall.

Alyss trocknete sich Gesicht und Hände an der Schürze ab und löste dann deren Bänder. Während sie ins Haus ging, lockerte sie auch ihr Gebände und zog das Leinen vom Kopf.

»Dann kommt, und berichtet mir den anderen Teil der Geschichte, der mit Jennet zusammenhängt.«

»Jennet? Oh, ja, natürlich. Welchen Teil hat sie Euch schon berichtet?«

»Den schlimmeren, nehme ich an. Man hat sie böse misshandelt.«

»Ja, und da ich Euer mitleidiges Herz kenne, habe ich sie gegen eine andere Eselin eingetauscht«, sagte Robert leise, als sie die Kammer betraten, in der Alyss ihre Geschäftsbücher und Dokumente aufbewahrte. Er sah sich um.

»Ihr habt es verändert – es sieht weniger staubig aus als zu der Zeit, da ich dieses Kontor benutzte.«

»Ich handle mit süffigem Wein, nicht mit staubigen Tuchen.«

»Wohl wahr.« Er nahm am Fenster Platz, und sie setzte sich auf den Hocker hinter dem Schreibpult. Marian trat ein und wies sogleich auf die beiden Dokumente.

»Das dort verlangt ebenso eine Erklärung wie das Eselchen, Robert. Wir lauschen gebannt.«

Alyss rollte das erste auf und blinzelte.

»Der Ritter von Merheim …?«

»Ein reizender Kerl, Alyss, und so ungemein gefällig. Nicht dass er je irgendwelche wie auch immer gearteten Gelüste verspürt hat, einen Weingarten zu besitzen, aber er war bereit, sich an einem kleinen Gaukelspiel zu beteiligen und Namen und Siegel dafür herzugeben.«

»Wer also hat den Weingarten gekauft, Robert?«

»Habt Ihr je Einsicht in die Schreinsakten genommen?«

Alyss und Marian sahen sich verdutzt an.

»Ähm – nein. Oh, wir hätten vermutlich darin nicht seinen Namen gefunden. Doch welchen würden wir nun darin lesen?«

»Den meines jüngst verstorbenen Bruders. Womit, Alyss, Ihr nun die Erbin und rechtmäßige Besitzerin dieses Stückchen Landes seid.«

Ein Gefühl warmer Freude durchflutete Alyss. Sie hing so sehr an diesem Grundstück, das sie mit eigenen Händen wieder fruchtbar gemacht hatte. Dann aber erkannte sie die Verpflichtung, die Robert eingegangen sein musste.

»Ihr habt über den edlen Merheimer Arndt das Geld dafür gegeben, damit er mir meine Mitgift zurückzahlen konnte.«

»So könnte man es ausdrücken. Alyss, macht Euch keine Gedanken darüber. Ich kann es mir leisten, und ich habe schon oft zuvor die Schulden meines leichtsinnigen Bruders beglichen. Glaubt mir, meine Wut war grenzenlos, als ich hörte, wie er das Land zum Verkauf anbot.«

»Ihr wart damals noch in Köln?«

»Ja, als Johns überaus fauler Handelsknecht, der sich weniger um die Geschäfte kümmerte, als viel mehr mit der Beobachtung dieses Hauswesens beschäftigte. John und ich waren auf der Suche nach Beweisen, denn wir vermuteten damals schon, dass Arndt hinter dem Anschlag auf mich steckte.«

»Manchmal habe ich gespürt, dass er etwas verheimlichte«, sann Alyss leise. »John kann sehr wortkarg hinter seiner blumigen Rede sein.«

»Er ist dennoch ein durch und durch ehrlicher Mann. Nur weiß er die Geheimnisse anderer zu wahren. Nehmt es ihm nicht übel, Alyss.«

»Nein, das tue ich nicht.« Und wieder einmal huschte ein Lächeln über ihre Züge. »Nicht mehr.«

Robert lächelte umgehend zurück.

»Er ist ein Meister der hintersinnigen Tändelei, Alyss, aber in seinem Herzen ist er von großer Ehrlichkeit.«

»Und von überwältigender Männlichkeit.«

Robert lachte laut auf.

»Oh ja, eene Strunzbüggel ist er auch!«

»So nannte Lore ihn ebenfalls«, meinte Marian mit einem Grinsen. »Was uns zu der Eselin führt, die den Unwillen unserer scharfschnäbeligen Gänsehirtin erregte.«

»Ah ja. Eine Geschichte, die unter uns bleiben sollte.

Alyss, selbst aus dem Grab heraus hat mein Bruder noch versucht, Euch und anderen Schwierigkeiten zu machen. Es ergab sich, dass ich heute Vormittag hier anklopfte, um Euch diese beiden Dokumente zu übergeben und Euch meine Vorgehensweise zu erklären. Ihr wart zu den Franziskanern ausgeflogen, wie mir Hilda erzählte. Darum legte ich die Pergamente hier im Kontor ab und schwätzte eine Weile mit ihr. Ihre Pasteten sind so appetitlich wie zuvor, ich hatte sie vermisst. Aber kurzum, während dieser köstlichen Stunde sprach ein Mann vor, der sich als Rosshändler bezeichnete und forderte, John of Lynne zu sprechen, wohnhaft im Hause des Arndt van Doorne.«

»Was für eine Frechheit!«, schnaubte Marian.

»Ja, das aber war nicht alles. Ich fragte nach seinem Begehr, und er legte mir einen Wechsel vor.«

»Ei wei, das Spiel kennen wir doch.«

»Ganz recht. Ein von Arndt gesiegeltes Pergament, das behieß, dass John of Lynne einem Domenicus ten Hoeve siebzehn Kölner Mark am Messtag zu Köln zu zahlen habe, womit Arndts Schulden an ihn beglichen seien. Ich überzeugte ihn, dass ich John of Lynne in allen geschäftlichen Belangen vertreten könne, da er mein Kompagnon sei.«

»Der Rosshändler war jener ten Hoeve?«

»Richtig, und er hat vor zwei Monaten dem Arndt ein Pferd verkauft, gegen eben diesen Wechsel.«

»Und der hat den so einfach angenommen, ohne John zu kennen?«

»Er kannte John, er ist in Deventer kein Unbekannter, Frau Alyss, und hat den Ruf, ein redlicher Kaufmann zu sein. Ich verwickelte ten Hoeve in ein Gespräch und stellte fest, dass er etwas weniger redlich war. Mich flog also eine Idee an, die einige Eurer Sorgen vermindern konnte. Statt der beträchtlichen Summe von siebzehn Kölner Mark bot ich ihm also den Besitz eines Hauses an, das ich – verzeiht diese Anmaßung – von meinem just verstorbenen Bruder Arndt geerbt hatte und das einen stattlichen Zins abzuwerfen pflegt. Er war nach einigem Nachdenken höchst angetan von dem Vorschlag, und wir setzten ein Dokument auf. Allerdings gab ich zu bedenken, dass der Wert des Hauses weit über der genannten Summe lag, und er erklärte sich bereit, mir ein Tier aus seinem Angebot zu überlassen.«

»Da er mit derart kostbaren Rössern zu handeln pflegte, nehme ich an, dass er überrascht war, als Ihr das magere Eselchen wähltet.«

»Überrascht sicher, doch er ist ein heller Kopf und erkannte auch den Hintersinn darin. Dass ich als würdiger Tuchhändler nicht eben glücklich über ein ererbtes Hurenhaus sein konnte, verstand er. So haben wir beide ein günstiges Geschäft abgewickelt. Ich zerrte Jennet her und eilte dann zum Ratshaus, um die Eintragung in den Schreinsakten in Auftrag zu geben.« Robert schaute auf den roten Siegelring an seiner Hand. »Nun ja, dieses Siegel war hilfreich dabei, die Wahrheit ein klein wenig zu verbiegen. Aber eine Notlüge wird der Herr mir wohl verzeihen.«

»Es ist niemand zu Schaden gekommen.«

»Und einer Eselin wird es nun besser gehen.«

»Ich danke Euch, Robert. Ja, ich habe Euch sehr viel zu danken.«

»Vergesst nicht, dass auch ich Euch viel zu danken habe. Ich werde jetzt einen Besuch bei Eurer Frau Mutter machen. Wie ich hörte, weilt Frau Catrin heute bei ihr.«

»Richtet ihr meine Grüße aus. Und nehmt Euer Herz mutig in die Hand, Robert!«

Er stand auf und sah auf sie nieder.

»Mir ist bang wie einem Jüngling, der zum ersten Mal einem Weib begegnet.«

Marian stand ebenfalls auf.

»Soll ich Euch begleiten und Euch die süßen Worte der Minnesänger zuflüstern?«

Robert straffte sich.

»Das eine oder andere wird mir vielleicht selbst einfallen.«

32. Kapitel

Nachdem Robert gegangen war, schritt Marian einige Male unruhig im Kontor auf und ab. Seine Ziehschwester Catrin würde sich vermutlich nicht lange zieren, wenn Robert van Doorne sich nun endlich erklärte.

Aber dieser Umstand hatte ihm seinen eigenen unausgegorenen Gefühlsbrei wieder in Erinnerung gebracht.

»Bruderlieb, du verbreitest plötzlich wogende Düsternis. Ist es dir nicht recht, dass Robert um Catrin wirbt?«

Marian fuhr zusammen.

»Doch. Natürlich. Doch. Ich wünsche es beiden, dass sie zueinander finden.«

»Aber…?

Er hob eine Schreibfeder auf und zerknickte sie.

»Marian! Meine Feder!«

»Was? Oh, verzeih.«

Sie nahm ihm das gezauste Ding ab und legte es vor sich.

»Was ist los?«

»Wenn ich es wüsste.«

»Dich hat große Unruhe erfasst, und ich glaube, sie hat nichts mit Robert oder Arndt zu tun. Komm, wir wollen ins Kloster gehen.«

»Ins Kloster? Nein, wahrlich nicht mein Ziel.«

»Ich weiß. Aber wir tun es dennoch. Ich will dem Bruder Gärtner von Sankt Pantaleon einige Ableger seiner Kräuter abschwatzen.«

»Na gut. Obwohl es andere Dinge zu erledigen gibt.«

»Gibt es, aber manches kann auch warten.« Sie legte sich das Gebende mit schnellen Bewegungen wieder an und versteckte ihren langen schwarzen Zopf darunter.

Sie hatte recht, dachte Marian. Es gab Zeiten, da musste man mit sich selbst ins Reine kommen. Er schloss sich ihr also an, als sie mit weitausholenden Schritten, den leeren Weidenkorb am Arm, Richtung Waidmarkt ging und dann dem Bachlauf folgte, der hier den Färbern und Gerbern bei ihrem Handwerk half. Sie ließen die Häuser aber bald hinter sich, und als sie durch die wohlbestellten Weingärten wanderten, in denen Arbeiter und Mönche die Reben für den Winter versorgten, hatte er allmählich die Worte zusammengesammelt, mit denen er seine ungemütliche Stimmung beschreiben konnte.

»Ich habe Gislindis getroffen.«

»Ja.«

Er trottete weiter neben seiner Schwester her.

Fünf Tage und Nächte war sie mit Gislindis zusammen in dem engen Gelass im Turm eingesperrt gewesen. Worüber mochten sie gesprochen haben? Alyss war, das fühlte er, inzwischen sehr innig mit der Schlyfferstochter. Was hatten sie einander anvertraut?

Die runden Doppeltürme von Sankt Pantaleon tauchten vor ihnen auf.

»Sie hat mich gefragt, ob ich vorwärtsgehen kann«,

murmelte er, als sie die hohe Mauer erreichten, die das Kloster und die Kirche umgab.

»Ja.«

Alyss klopfte an die Pforte und erklärte dem Mönch, der durch das Fensterchen schaute, dass sie Bruder Barthel zu sprechen wünschte.

»Oh, Frau Alyss, ja. Er ist im Garten, wie üblich. Tretet ein.«

»Mein Bruder Marian, er begleitet mich.«

»Seid willkommen im Namen des Herrn.«

Sie durften durch das Tor treten, und der behäbige Benediktiner wies sie nach links, wo ein ordentlicher Lattenzaun einen gepflegten Garten umgab.

»Ich habe mit Frau Clara und Catrin vor einigen Wochen hier einen Besuch abgestattet, um Kürbispflanzen für den Garten im Konvent abzuholen. Darüber bin ich mit dem Gärtner ins Gespräch gekommen«, erklärte Alyss. »Sie haben einige sehr ausgefallene Pflanzen hier.«

Marian überblickte die säuberlich abgegrenzten Beete, zwischen denen schmale Kieswege entlangführten. Heilkräuter hatte er bei Jan und Trine kennengelernt und erkannte schon auf den ersten Blick, dass hier wirklich alle notwendigen Gewächse gediehen. Ein ältlicher Mönch in brauner, lehmiger Kutte kniete mit Schere und Korb zwischen den Minzen und entfernte welke und verholzte Teile. Als Alyss ihn ansprach, erhob er sich, und für eine Weile vergaß Marian sein Anliegen und erfreute sich an den fachkundigen Erläuterungen des Mannes. Der ließ sie jedoch alleine, als die Glocken ihn zur Non riefen.

Alyss suchte sorgsam einige Wermutpflanzen aus, Beifuß und etwas Polei- und Katzenminze und legte auch die drei Zwiebeln der Lilien in den Korb, die Bruder Barthel ihr geschenkt hatte. Dann schlenderte sie zu der Bank unter der uralten Eibe, und Marian gesellte sich zu ihr. Der November mochte mit Frost drohen, doch an diesem Nachmittag hatte die Sonne noch einmal alle Kraft zusammengenommen, und in dem geschützten Garten wärmte sie ihm die Glieder.

»Hat Gislindis dir aus der Hand gelesen, Bruder mein?«

»Nein, das hat sie nicht. Und doch schimmerten ihre Augen seltsam. Kann sie Gedanken lesen?«

»Nein, aber sie kann in Gesichtern lesen, Marian. So wie ich auch in deinem lesen kann.«

»Und was siehst du darin?«

»Zweifel. Verwirrung. Ratlosigkeit.«

Er seufzte.

»Ist wohl nicht so schwer zu erkennen, was?«

Er zupfte ein Minzenblatt ab und zerrieb es zwischen den Fingern. Ein frischer Duft stieg dabei auf.

»Poleiminze. Wie man sagt, wird sie in fernen Ländern mit Gold und Ebenholz aufgewogen. Sie vertreibt die Flöhe, ein Aufguss aus den Blättern hilft gebärenden Frauen und allgemein gegen Leibschmerzen. Nimmt man zu viel, wirkt es als Gift und treibt die Föten ab.«

»Du hast bei den Apothekern viel über die hiesigen Kräuter gelernt.«

»Das ist das Gebiet, das mir die meiste Freunde bereitet hat. Mit Salben und Tinkturen, Pillen und Pulvern muss ich keine Schmerzen verursachen.«

»Mit Knocheneinrenken, Schneiden und Hebammendiensten schon.«

»Aber ich kann doch meine Gabe nicht verleugnen. Ich muss doch helfen«, stöhnte Marian auf.

»Und kannst dennoch nicht alle und jeden heilen. Genau wie wir nicht jeden Hungernden nähren, jeden Bedürftigen schützen, jeden Nächsten lieben können.«

»Nein, das kann man nicht …«

»Ich habe auch schon manches Mal darüber nachgedacht. Es gibt viel Leid in der Welt. Wir können nur dort etwas tun, wo es uns berührt. Ich habe die Eselin behandelt, Marian, doch Hunderte von anderen Eseln werden tagein, tagaus geschlagen und geschunden.«

»Du hast den Spitz geheilt, dem Falken den verletzten Flügel gerichtet, Magister Jakobs Kätzchen Hilfe gebracht, und dennoch sterben Hunde, Falken und Katzen jeden Tag. Ich weiß.«

»Es sind die Tiere, die meiner Fürsorge anvertraut wurden. Wer, Marian, bedarf deiner Fürsorge?«

»Niemand.«

»Marian!«

»Ja, ich bin düsterster Stimmung.« Er zupfte an einem weiteren Kraut in ihrem Korb, und würziger Duft erfüllte die Luft. »Bitter, doch hilft der Wermut der Galle und vertreibt das Kopfweh.«

»Eine bittere Medizin, du solltest sie nehmen.«

»Offensichtlich.«

Marian lehnte sich zurück. Ja, es war unumgänglich, eine bittere Arznei zu schlucken. Und das hieß wohl einzusehen, dass er den falschen Weg eingeschlagen hatte.

Einen Weg, für den er gekämpft hatte, doch auf dem er gescheitert war. Er konnte das Versprechen, das er sich selbst gegeben hatte, nicht halten. Er war wankelmütig und unzuverlässig, ein schwacher Charakter. Ein Mehlwurm eben.

»Sie hat mich gefragt, ob ich vorwärtsgehen kann«, murmelte er wieder.

»Und, kannst du, Bruderlieb?«

Er streckte sich. Beladene Koggen, schwere Fuhrwerke, tiefliegende Flussschiffe. Fässer mit Seiden, Säcke voll Gewürzen, Korallen, Perlen und feinstes Glas. Händler mit scharfen Augen und flinken Fingern auf den Rechenbrettern, zähes Ringen um Preise und Gewichte, sorgfältige Prüfung der Qualität. Die großen Messen entlang der Handelswege, die Gemeinschaft der Reisenden, Hilfe und Konkurrenz, Gerüchte und Spekulationen …

Marian seufzte.

Es war eine aufregende Zeit gewesen, und unter den Händlern galt er als angesehener Mann, denn der Schatten seines Vaters lag über ihm und gab ihm Schutz und guten Leumund.

Gegen die Vandalen hatte er ihn jedoch nicht schützen können.

Er hatte für sich selbst kämpfen müssen und hatte beinahe alles verloren.

»Was nahe liegt, übersieht man oft«, hatte Gislindis gesagt. Er hatte nicht darauf reagiert, aber ihre Worte klangen jetzt in ihm nach. Sie war eine weise Frau und erkannte manches, das noch unter den Nebeln der Zukunft lag. Nicht dass sie eine Wahrsagerin gewesen wäre, aber genau wie er hatte auch sie eine Gabe, das Wesen der Menschen zu erfühlen.

Was lag nahe?

Die Glocken begannen zu läuten, aus dem Kloster erklangen die letzten Worte des Psalms, den die Mönche gesungen hatten.

»*Erravi, sicut ovis, quae periit: quaere servum tuum quia mandata tua non sum oblitus.* Ich bin wie ein verirrtes und verlorenes Schaf; suche deinen Knecht, Herr, denn ich vergesse deine Gebote nicht«, flüsterte Marian. Und dann sah er auf.

»Ich kann, Alyss. Und ich werde vorwärtsgehen.«

»Unserem Vater wirst du damit seinen größten Wunsch erfüllen.«

»Als verlorenes Schaf?«

»Wie viele Männer hat er schon zerschlissen wie brüchiges Leinen, seit du ihm erklärt hast, dass du nicht seine Nachfolge antreten wirst?«

»Er könnte auch mich verschleißen.«

»Hat er es je zuvor getan?«

»Nein. Ich dachte immer, er nähme Rücksicht auf mich. Aber …«

»Na?«

»Neulich, da hat er sich auf mich gestützt. Heimlich nur, aber er … Alyss, der Allmächtige brauchte mich.«

»Gelobt sei der Herr! Es wurde langsam Zeit, dass du das merkst.«

Seltsamerweise fühlte Marian sich plötzlich leichter, wirkte die Welt wieder bunter, sangen die Vögel lauter, und die Luft prickelte in seinen Lungen.

»Gehen wir. Ich habe noch einiges zu regeln.«

»Ja. Gehen wir. Ich berichte dir auf dem Rückweg von unserem overstoltzen Pater Henricus.«

33. Kapitel

Zwei Tage später, am Montag nach der Messewoche, beobachtete John mit stillem Vergnügen eine kleine Szene auf dem Hof des Hauswesens. Mistress Alyss stand vor Lore, die sich wieder einmal bockiger als die *jennet* zeigte. Es war ihr aufgetragen worden, das Tier zusammen mit den Gänsen an den Weiher hinter dem Haus zu führen, damit es auf der kleinen Wiese weiden konnte.

»Das ist ein böses Tier. Da steckt der Teufel drin. Das fass ich nicht an. Ich nicht.«

»Lore, die Eselin mag ein Jahr alt sein. Und sie hat bisher nichts als Hunger und Prügel kennengelernt.«

Lore drehte die Füße inwärts und sah auf den Boden.

»Sie ist misstrauisch gegen alle Welt und fürchtet sich vor neuen Schlägen.«

Lore drehte die Füße auswärts.

»Güte hat sie nie erfahren und nie ausreichend Futter bekommen.«

»Sie beißt. Sie tritt. Sie ist böse.«

»Einst kam ein schmutziges, mageres Mädchen in dieses Haus. Das biss und trat und zeterte. War es böse?«

Lores Füße trappelten.

»Ihr habt mich in die Bütt gesteckt!«, brach es aus ihr heraus. »Das war fies!«

»Notwendig, nicht fies. Lore, bist du uns böse?«

Der gesenkte Kopf wurde heftig geschüttelt.

»Was einem gegeben wird, vergilt man – Schläge mit Schlägen, Güte mit Güte.«

»Aber das Beest ist nicht gut zu mir.«

»Warum sollte es? Du bist ja auch nicht gut zu ihm.«

Lore schaute endlich auf.

»Ich mach's. Aber Ihr müsst das verbinden, wenn es mich beißt.«

Es klang unsäglich trotzig.

»Versprochen, Lore. Und heute Mittag gibt es einen Extrawecken mit Birnenmus. Geh und rede sanft mit Jennet.«

»Ja, Frau Herrin.«

Unglücklich schlurfte Lore zum Stall.

Alyss sah ihr nach.

Und John lächelte.

Sie zähmte ihr Hauswesen mit sanfter Gewalt.

Seit zwei Wochen war er nun wieder in Köln, und er hatte noch keine Stunde mit ihr alleine verbringen können. Die Anklage gegen sie, die Suche nach dem Mörder, die Messe und Geschäfte, die er zu tätigen hatte, all das hatte seine Zeit aufgefressen, die er damit verbringen wollte, ihr von der Wendung in seinem Leben zu berichten.

Margaret war ins Kloster gegangen, hatte das Gelübde der Keuschheit abgelegt, und seine Ehe war nun aufgelöst.

Als er nach Ostern zu seiner Reise nach England aufgebrochen war, hatte Alyss in ihm Hoffnung geweckt. Und mit Hoffnung war er zurückgekehrt. Manche Nacht hatte er darüber nachgedacht, wie es sein würde. Hatte Pläne gemacht, Möglichkeiten durchgespielt. Er konnte hier bleiben, in Köln. Nur einmal im Jahr über den Kanal reisen, um Tuche zu kaufen. Oder er konnte sie bitten, mit ihm zu kommen, sein kaltes Heim mit Wärme zu füllen. Oder Lord Ivo bitten, ihn in dessen Handelshaus aufzunehmen.

Dass Arndt van Doorne einem Mörder zum Opfer gefallen war, mochte furchtbar sein, dennoch hatte dieser Umstand das letzte Hindernis zwischen ihnen aus dem Weg geräumt.

Was blieb, war die Frage, ob seine Mistress Alyss ihm noch immer zugetan war. Oder hatten Tod und Kerker sie verstört und anderen Sinnes werden lassen?

Lore kam mit der Eselin aus dem Stall. Das Tier hatte nun ein breites Lederhalfter, nicht mehr einen rauen Strick um den Hals, aber so recht bereitwillig folgte es der Maid nicht.

»Nun komm schon, du Messveech. Süßes Messveech. Liebes Messveech«, säuselte die Kleine. Jennet schnappte nach ihrem Kittel.

Was immer da in zärtlichstem Tonfall über ihre Lippen quoll, erschloss sich John nicht, die kölsche Zunge war ihm noch immer nicht geläufig. Poetisch war es gewiss, doch sicher waren es keine Minnelieder, sondern eine Sammlung einfallsreicher Flüche.

Mistress Alyss verbiss sich darob ein Lachen, ging zu dem unwilligen Gespann und zauselte die Eselin zwischen den Ohren.

Die keilte aus.

Lore hüpfte weg.

»Geh in den Gemüsegarten, Lore. Es gibt noch ein paar Möhren. Hol sie.«

Lore schoss fort, Alyss redete besänftigend auf das Grautier ein. Und als Lore mit den Karotten zurückkam, sagte sie: »Halt sie ihr vor die Nase, und lock sie damit. Wenn sie ein Stück gefolgt ist, gib ihr eine. Und nenn sie Jennet, nicht Mistvieh.«

»Ja, Frau Herrin.«

Etwas zögerlich streckte die Maid den Leckerbissen aus, und die Eselin machte ein paar Schritte darauf zu. Lore ging wieder vor, das Tier folgte.

»Mit Futter und sanfter Strenge zähmt Ihr alle wilden Geschöpfe«, sagte John. »Sogar störrische junge Maiden.«

»Sie ist nicht ohne Mitgefühl, unsere Lore. Nur hat ihr die Erfahrung ein herbes Wesen verliehen. Manchmal …«

Ein trauriger Schatten flog über ihr Gesicht, und John nickte.

»Euch fehlen eigene Kinder, Mistress Alyss.«

»Mein Sohn wäre jetzt sechs Jahre alt.«

»Und meine Kinder wurden nie geboren.«

»Ja.«

Es war nicht die rechte Zeit, über Kinder – geborene oder ungeborene – zu sprechen. Peer brachte mit Tilo und Frieder den Frachtkarren in den Hof, Benefiz umtänzelte sie, Hilda scheuchte den schwarzen Hahn in den Hühnerstall.

»Ich habe den Namen jenes Scholaren erfahren, Mistress Alyss.«

»Oh! Und? Wer ist es?«

»Ein Caspar van Mechelen, behauptet ein junger Bursche, der mit seinen Kumpanen im Adler saß. Er ist tatsächlich ein Studiosus, doch ein armer Bettelstudent. Seit jenem Abend, als er mit den Münzen nur so um sich geworfen hat, haben sie ihn jedoch nicht mehr gesehen.«

»Ein Bettelstudent, der zu Geld gekommen ist?«

»Was Schlimmes vermuten lässt.«

»Ja, da könnte es zwei Möglichkeiten geben – entweder hat er Arndt umgebracht und seinen Geldbeutel geraubt, oder er wurde dafür bezahlt, den Mord zu begehen. In beiden Fällen tat er wohl gut, die Stadt zu verlassen.«

»Ihr habt es schnell erkannt, Mistress Alyss. Doch nun haben wir Namen und Bild, wir werden herausfinden, wohin er sich gewandt hat. Die Messetage sind vorüber, ich werde mich umhören.«

»Die Professoren haben Verzeichnisse, wer in welcher Fakultät studiert. Fragt meinen Vater, Master John. Er kennt die Rektoren und Dekane der Universität. Er wird Euch raten, wen Ihr danach fragen könnt, und seine Weisung wird Euch die richtigen Türen öffnen.«

»Dann will ich Lord Ivo aufsuchen und hoffen, dass ich ihm nicht ungelegen komme.«

»Er schätzt Euch, Master John. Eher solltet Ihr Euch davor in Acht nehmen, dass er Euch in ketzerische Dispute verwickelt.«

»Die mir eine nicht unbeträchtliche Freude bereiten würden. Fast so viel, wie eine hymnische Lobpreisung meiner überwältigenden Männlichkeit aus Eurem Mund, Mistress Alyss. Nun, vielleicht ergibt sich später dazu eine Gelegenheit.«

»Zur Lobpreisung?«

»Würdet Ihr nicht?«

»Eure überwältigende Überheblichkeit, über die könnte ich Hymnen anstimmen.«

»Sie macht meinen Zauber aus, Mistress Alyss. So wie bei Euch Euer stacheliger Liebreiz.«

»Fort mit Euch, bevor ich pike.«

Mit leichtem Herzen machte John sich auf zum Hause derer vom Spiegel. Die dornige Rose stach ihn noch, und der süße Schmerz erquickte seine Seele.

Der Herr des Hauses war anwesend, und John wurde von dem Majordomus in das große Kontor geführt. Dort, an einem breiten Pult, saß Lord Ivo über einem Folianten und prüfte offensichtlich die Eintragungen.

»Falkner? Was führt Euch zu mir? Haben meine Kinder sich wieder in Schwierigkeiten gebracht?«

Er sah wohl aus, der alte Herr. Es schien, als hätten sich einige Sorgenfalten verflüchtigt. Nun, seine Tochter war von der Anschuldigung freigesprochen, und wie man auf den Märkten hörte, liefen die Geschäfte des Handelshauses prächtig.

»Mistress Alyss zähmte soeben eine störrische Maid und eine ebenso störrische Eselin. Ich hatte nicht den Eindruck, dass sie Eurer Hilfe bedürfte. ›Sie tut ihren Mund auf mit Weisheit, und auf ihrer Zunge ist gütige Weisung.‹ Ganz so, wie Salomo sagt.«

»›Eine Tochter bereitet dem Vater viele unruhige Nächte, von denen niemand weiß, und die Sorge um sie nimmt ihm den Schlaf‹«, grummelte der Herr, und John bemerkte die Fältchen in seinen Augenwinkeln.

»Doch Ihr wirkt ausgeruht, Lord Ivo, und guter Dinge.«

»Je nun, mein Sohn hat seine Besinnung wiedergefunden. Er wird meine Nachfolge antreten, und ich bin diese strohköpfigen, dickwanstigen Nichtstuer endlich los, die glauben, das Handelsgeschäft bestehe nur aus dem Verkosten der Gewürze in den Weinkrügen.«

»Marian wird wieder den Fernhandel betreiben?«

»So sagt er. Und ich könnte mich zur Ruhe betten, wäre da nicht meine Tochter.«

»Worüber sorgt Ihr Euch, Lord Ivo? Sie führt ihr Heim und ihr Geschäft auf das Sorgfältigste.«

»Tut sie. Was bringt Euch zu mir, Falkner?«

Diese abrupte Wendung überraschte John milde, doch er ging augenblicklich darauf ein.

»Wir suchen einen Scholaren, einen Bettelstudenten. Und Mistress Alyss bedeutete mir, dass Ihr, Lord Ivo, mir bei der Suche an der Universität behilflich sein könntet.«

»Ah, sicher. Die Rektoren. Ich schreibe Euch eine Empfehlung.«

Schon griff er zu Feder und Pergament, doch rüde wurden sie beide unterbrochen. Die Tür flog auf, und der Haushofmeister stolperte herein, gefolgt von zwei Wachmännern mit gezogenen Schwertern.

»Herr …!«, stammelte der arme Mann und wurde auf den Boden gestoßen.

»Ivo vom Spiegel, Ihr seid angeklagt des Mordes an Eurem Schwiegersohn Arndt van Doorne!«, verkündete einer der Wachmänner.

Er hatte noch nicht ausgesprochen, da war John bereits aufgesprungen und hatte ihm mit einer schnellen, unerwarteten Bewegung das Schwert aus der Hand gerissen und hielt es dem anderen Wachmann an die Kehle.

»Lass die Waffe fallen, Kerl!«

Das Schwert fiel klirrend zu Boden. Der entwaffnete Büttel erwachte aus seiner Überraschung und griff danach. Ein schneller, gemeiner Tritt hielt ihn davon ab. Keuchend knickte er ein.

»Lord Ivo, verlasst das Kontor.«

»Nicht, bevor ich eine Antwort habe. Extrahiert sie aus diesem Idioten.«

John drückte die Klinge etwas fester auf den Hals des Mannes, den er mit stählernem Griff festhielt.

»Du da unten, wenn du nicht willst, dass ich deinem *comrade* die Kehle durchschneide, antworte. Wer klagt an?«

»Geht Euch nichts an«, stöhnte der am Boden.

Der andere stöhnte auch und versuchte sich zu befreien. John nahm das Schwert von seinem Hals, ließ ihn einem Moment aufatmen und schlug ihn dann mit dem Heft kraftvoll gegen die Schläfe. Als der Wachmann zu seinen Füßen lag, stelle er den Stiefel in seinen Nacken.

»Etwas fester aufgetreten, *lad*, und das Genick ist gebrochen.«

Ivo vom Spiegel hatte sich erhoben und trat hinter seinem Pult vor. Mit beiden Fäusten ergriff er das Wams des anderen, zerrte ihn mit erstaunlicher Kraft auf die Füße und donnerte: »Wer wagt es, mich anzuklagen, Tropf?«

»D… der Schöffe…« Er wurde geschüttelt, dass ihm die Zähne klapperten.

»Overstoltz? Ja?«

»Ja …«

Es krachte, als der Mann durch die Tür flog.

»Entfernt diesen Müll, Falkner.«

»Mit Vergnügen, my Lord.«

John ließ den Benommenen liegen, zerrte den anderen durch den Gang und warf ihn auf die Straße. Dann erwies er dem zweiten Wachmann denselben Dienst und kehrte zurück.

»My Lord, ich empfehle Euch, schnellstmöglich nach Villip zu reiten. Ich werde hier dafür sorgen, dass dem Overstoltz der Hals umgedreht wird.«

Der Herr saß, ein wenig schwer atmend, hinter seinem Pult.

»Ruft mir meinen Sohn, Falkner«, keuchte er.

Die bläulich verfärbten Lippen alarmierten John, und er stürmte ins Haus. Frau Almut kam ihm bereits aus den Wirtschaftsräumen entgegen.

»Marian?«

»Im Lager, hinten.«

Mit langen Schritten rannte er hinaus und fand Marian in der Remise, wo er einen Frachtkarren inspizierte.

»Der Lord, Marian. Ich glaube, sein Herz …«

»Maria!«, sagte Marian und stieß ihn zur Seite.

Langsamer folgte ihm John, und auch sein Herz wurde von den kalten Fingern der Furcht umklammert.

Lady Almut, der Haushofmeister und Marian kümmerten sich um den Herrn des Hauses. Das Wams und das Hemd waren an seinem Hals geöffnet, ein Flakon mit einer Arznei lag auf dem Folianten.

»Kein Ritt nach Villip«, sagte er leise. »Helft mir auf, Falkner.«

Er war ein großer, starker Mann, der Lord, doch die Aufregung hatte ihn sein Alter spüren lassen. Behutsam stützte John ihn und folgte Lady Almuts Weisung. Als sie das Gemach mit dem hohen Pfostenbett erreicht hatten, half er ihm, sich niederzulegen, dann wandte John sich an Marian.

»Zeit zu handeln. Lass das Haus von einigen Bewaffneten bewachen, Marian. Und wir werden dem Overstoltz einen Besuch abstatten.«

»Erst meiner Schwester. Sie weiß etwas mehr über ihn.«

»Auch recht. Aber zuvor muss ich in mein Quartier. Ohne Waffe trete ich dem *scoundrel* nicht entgegen.«

34. Kapitel

Merten hatte sich wieder einmal unangekündigt eingefunden und legte Alyss die Bestellung von sechs Fässern Wein vor.

»Lass sie dir von Peer aus dem Keller bringen, Merten. Und – du hast bei der Gerichtsversammlung letzte Woche für mich gesprochen, Merten. Dafür danke ich dir von Herzen.«

»Es war ein Unrecht, was man Euch angetan hat. Und böse Verleumdungen wurden ausgesprochen.«

»Ja, das war es. Und der arme Mats wird noch immer im Turm gefangen gehalten. Sag, das wollte ich dich schon gefragt haben: Hast du je irgendein Gerücht gehört, dass Arndt ein edles Ross verkauft hätte?«

»Ein edles Ross? Nein.«

Einen kleinen Moment war Alyss irritiert, denn Mertens Blick huschte zur Stallung hinüber und wieder zurück.

»Nun ja, Merten, du kommst mit Männern aus reichen Häusern zusammen, und angeblich soll Arndt auf einem schwarzen, feurigen Hengst in die Stadt geritten sein. Doch von dem Pferd fehlt jede Spur.«

»Meint Ihr, man hätte ihn wegen dieses Tiers erschlagen?«

»Wer weiß? Aber es heißt, er habe es verkauft. Am Sonntag.«

Diesmal sah Merten ihr fest in die Augen.

»Am Sonntag? Ungewöhnlich. Woher habt Ihr das Gerücht?«

Eine warnende Stimme flüsterte Alyss plötzlich zu, nicht über Robert zu sprechen. Noch wusste Merten nichts von seiner Wiederauferstehung.

»Ein Handelsknecht will ihn bei dem Geschäft beobachtet haben.«

»Und der weiß nicht, wem er das Tier angedreht hat?«

»Nein, das wusste er nicht. Ich hoffte, dass du möglicherweise davon gehört haben könntest.«

»Ich kann mich erkundigen, Frau Alyss. Aber«, er lächelte sie verschmitzt an, »nicht alle reichen Tagediebe kenne ich, und seit ich ein ehrbarer Händler bin, habe ich auch nicht mehr viel Zeit, mich mit ihnen zu treffen.«

»Nun gut, vielleicht ist es auch nicht wichtig. Für wen hast du die neuen Lieferungen vorgesehen?«

»Der Jens Husmann ist angetan von Euren Weinen. Er hat zwei anderen Gutsherren davon ausgeschenkt, die wollen nun auch den Pfälzer haben. Ein Freund von mir in Deutz hat seinem Vater ein Fass bringen lassen, auch der will weiteren Vorrat. Und der Johann vamme Thurme, der Burgherr von Dellbrück, verlangt ebenfalls danach.«

»Vamme Thurme? Das ist doch der Mann, in dessen Burggraben man Yskalt gefunden hat.«

»Ah, jetzt, wo Ihr es sagt. Ja, das ist er wohl. Ein schönes Jagdgebiet dort.«

»Wo du dir nach harter Arbeit dein Vergnügen gönnst.«

»Nur selten noch, Frau Alyss. Ich finde noch immer nicht Euer gänzliches Vertrauen, nicht wahr? Was muss ich tun, edle Frau, dass Ihr mich mit Wohlwollen betrachtet?«

»Mein Wohlwollen hast du, Merten. Doch ich habe wenig Zeit. Viel ist in den vergangenen Tagen liegen geblieben, und vieles muss neu geordnet werden.«

Er verbeugte sich geschmeidig vor ihr, und sie kehrte ins Haus zurück, um den Jungfern, wie sie es versprochen hatte, beim Zuschneiden warmer Kleider zu helfen. Die kalte Jahreszeit kündigte sich an, und einige Lagen schöner Tuche mussten zu gefütterten Umhängen verarbeitet werden. Dass der Pelzhändler Wynand sich um Hedwigis bemühte, hatte den Vorteil, dass sie allerlei Pelzrestchen zur Verfügung hatten, die Leocadie höchst geschickt um die Kapuzen der Umhänge zu drapieren wusste.

Sie machten ihr wenig Sorgen, die jungen Mädchen, die allmählich zu Frauen wurden. Leocadies Tränen waren getrocknet, seit sie sich auf ihre Hochzeit vorbereitete, und die Aussicht, noch einmal zu ihren Eltern reisen zu können, hatte sie mit lieblicher Entzückung aufgenommen. Hedwigis hatte viel von ihrer Garstigkeit abgelegt, seit Wynand Brouwer sie mit höflicher Achtung behandelte. Es schien, dass nun auch ihre patrizische Mutter sich damit abgefunden hatte, dass sie das Weib eines angesehenen Händlers werden sollte. Leocadie und Hedwigis tuschelten oft über Hochzeit und Ehe. Lauryn war die Einzige, deren Zukunft Alyss noch ein wenig bedrückte. Hedwigis hatte einmal von einer Dreierhochzeit gesprochen. Lauryn sollte mit ihrem Stallmeister zusammen mit ihr und Leocadie in die Ehe gegeben werden, war ihr Vorschlag. Das Mädchen hatte dazu geschwiegen.

Dieses Schweigen sollte bald enden, beschloss Alyss und nahm sich vor, bei einer passenden Gelegenheit ein ernstes Wort mit Lauryn zu wechseln.

Alleine, nicht mit den anderen zusammen.

Jetzt saßen die drei fröhlich schwatzend und nähend zusammen. Bei ihnen Malefiz als schwarzsamtiger Kringel auf einer Decke neben der Kohlenpfanne, die die Dachkammer wärmte, ein Korb mit Honigkuchen war bis auf ein krümeliges Stückchen geleert, und ein Strauß aus getrockneten Kräutern verbreitete ein süßes Aroma.

Alyss begutachtete die Arbeiten, wies hier und da auf etwas zu grobe Stiche und krumme Nähte hin, aber eigentlich arbeiteten sie alle sehr ordentlich. Sie wollte eben ein Lob aussprechen, als sie Marian von unten rufen hörte.

Mit klappernden Pantinen lief sie die Stiege hinab.

John, grimmig, mit einem Schwert gegürtet, Marian, ebenso grimmig, einen Dolch an der Seite, warteten auf sie.

»Was ist passiert?«

»Der Overstoltz wollte unseren Vater in den Turm bringen lassen.«

»Heilige Muttergottes!«

»John hat die Büttel aus dem Haus geworfen, aber Vaters Herz nahm es nicht gut auf.«

»Was ist ihm?«

»Ich gab ihm seine Arznei, Mutter kümmert sich um ihn.«

»Und wir wollen jetzt den Overstoltz besuchen, Mistress Alyss. Euer Bruder meint, Ihr könntet uns dazu hilfreiche Argumente liefern.«

Kalter Zorn machte Alyss starr.

»Besuchen wir Maria im Spiegel«, sagte sie. »Und befragen wir den Altaristen dort.«

»Dann leg deine Schürze ab, Schwester mein, und bedecke dein Haupt mit einem sauberen Tuch!«

Sie lief in ihre Kammer zurück und wollte mit fliegenden Händen einen gekräuselten Schleier über ihre Haare legen, als sie wieder einmal erschrocken von ihrem Bett zurückwich. Blutrote Rosen waren über ihr Kopfpolster gestreut.

Und diesmal war sie ganz sicher, dass nicht John sie hierher gelegt hatte. Doch die Sorge um ihren Vater ließ sie nicht weiter über die Gabe nachdenken. Während sie zwischen Marian und John zum Waidmarkt lief, berichtete sie beiden, was sie von Pater Henricus in Erfahrung gebracht hatte.

»Der Altarist von Maria im Spiegel wird von den Overstoltzens bezahlt, den Altardienst in Sankt Katharina zu versehen. In dem Altar liegen die Urkunden der Familie.«

»Er wird uns die Truhe nicht freiwillig öffnen«, meinte Marian.

»Abwarten«, knurrte John.

»Mit Drohungen sollten wir warten, bis wir wissen, wer der Altarist ist. Vielleicht hat Pater Henricus schon bei dem von der Rheingasse vorgesprochen.«

Das Kloster Maria Sion, auch bekannt als Maria im Spiegel, lag nur unweit des Holzmarkts. Marian und John traten zurück, als Alyss an die Pforte der Zisterzienserinnen klopfte.

Die Nonne, die sie durch die kleine Öffnung musterte, ließ sich, als sie ihren Namen und ihre Familie nannte, herab, sie einzulassen. Nicht jedoch die beiden Männer.

»Ich muss Eure Frau Oberin sprechen, ehrwürdige Schwester. Es geht um meinen Vater, den Ratsherrn Ivo vom Spiegel.«

Da die Familie vom Spiegel einst zu den einflussreichsten Stiftern des Klosters gehört hatte, schien der Name Eindruck zu machen. Eine Novizin wurde gerufen, die Alyss zu der Oberin führte, die in einer kalten, kargen Kammer drei Nonnen beim Kerzenziehen beaufsichtigte. Sie war eine ruhige Frau, doch nicht sehr schnell von Verstand, und Alyss, die mühsam ihre Ungeduld meisterte, entlockte ihr erst nach einer längeren, gewundenen Ausführung den Namen des Altaristen. Hunold von Kelse wohnte in einem kleinen Häuschen nahe Sankt Katharina, lautete schließlich die Auskunft. Kaum hatte sie ihre Beute in den Fängen, beendete Alyss das höfliche Geplänkel und verabschiedete sich hurtig. Dass die Oberin ihr beleidigt hinterhersah, störte sie nicht.

»Was für eine geschwätzige, hohlköpfige Gans«, knurrte sie, als sie wieder mit ihrem Bruder und John auf der Seyengasse stand. »Zu Katharina!«

Sie hätten sich den Umweg über das Kloster sparen können, denn Hunold von Kelse hielt sich in der kleinen

Kirche des Deutschordens auf und putzte einen silbernen Hostienbehälter. Er war ein dicklicher älterer Mann von großer Behäbigkeit und larmoyantem Gebaren.

»Ja, werte Herren, ich verrichte den Dienst für den hochedlen Herrn Overstoltz von der Rheingasse. Seit vierundzwanzig Jahren nun schon. Und nie hat es zu einer Beschwerde Anlass gegeben«, sagte er und schielte auf Johns Schwert. »Aber ich muss Euch bitten, die Waffen in diesem Gotteshaus abzulegen.«

»Wir bleiben nicht lange«, beschied ihn Marian kühl. Alyss gewahrte, dass auch er im höchsten Maße ungeduldig war. »Beantwortet einfach unsere Fragen.«

»Ich glaube nicht, dass ich berechtigt …«

»Ihr seid es. Ihr hütet, wie wir von Pater Henricus Overstoltz erfahren haben, die Truhe mit den Urkunden der Familie in diesem Altar.«

»Dafür bin ich angestellt. Und bisher hat es nie eine Klage gegeben.«

»Gewiss nicht. Und ganz gewiss verfügt Ihr über ein ausgezeichnetes Gedächtnis, nicht wahr?«

»Ja, dessen kann ich mich rühmen.«

»Ihr besitzt einen Schlüssel zu dem Urkundenschrein, nicht wahr?«

»Ich trage ihn beständig bei mir. Niemand kann ihn mir entwinden.«

»Natürlich nicht.«

Alyss erlaubte sich einen Seitenblick auf Johns Gesicht und sah ein verächtliches Zucken in seinem Mundwinkel. Vermutlich wäre es ihm ein Leichtes gewesen, sich augenblicklich den Schlüssel anzueignen.

»Nein, entwinden kann niemand Euch diesen Schlüssel, aber darum bitten kann Euch jedermann.«

Hunold richtete sich zu seiner ganzen Größe auf und wurde patzig.

»Man mag mich bitten, bedrohen, bestechen oder foltern – es nützt gar nichts. Das Schloss kann nur geöffnet werden, wenn der Herr Werner selbst mit seinem Schlüssel zugegen ist.«

»Also eine höchst sichere Verwahrung der Urkunden. Wann hat der wohledle Herr Werner das letzte Mal die Truhe geöffnet?«

»Nach der Taufe der Adelheidis – das war vor zwei Monaten. Warum stellt Ihr mir solche Fragen?«

Hunold von Kelse wurde langsam misstrauisch, befürchtete Alyss. Immerhin schien aber Pater Henricus noch nicht mit dem Patron gesprochen zu haben. Sie bewunderte Marian für seine Art, das Gespräch zu führen.

»Es geht darum, einen Heuchler zu entlarven, der sich den Namen der Familie unrechtmäßig angeeignet hat und uns zu schaden wünscht. Es soll doch kein Schatten auf die Führung Eures Amtes fallen, nicht wahr?«

»Oh heilige Katharina, was redet Ihr? Nie habe ich einen Fremden Einblick in die Urkunden nehmen lassen. Und nie hat ein anderer als der Herr Werner den Schrein mit mir geöffnet.«

»Auch zu Zeiten, als er der Stadt verwiesen war? Er verließ sie, wie fast alle der alten Familien, 1396 und kehrte erst 1399 wieder zurück. Hat niemand während dieser Zeit die Geburten und Taufen, die Eheschließungen und Sterbefälle beurkundet?«

Der Altarist machte einen erschrockenen Schritt rückwärts und stieß einen hohen Kerzenleuchter an.

»Nein … doch … vielleicht …«

»Ihr habt ein ausgezeichnetes Gedächtnis, sagtet Ihr. Hat in jenen drei Jahren der Herr Werner nicht einen Stellvertreter beauftragt, sich um diese Belange zu kümmern und ihm den zweiten Schlüssel überlassen?«

Hunold von Kelse beschäftigte sich ausgiebig mit dem wackelnden Kerzenleuchter und richtete ihn genauestens wieder aus.

»Nun, da Ihr davon sprecht«, hub er an. »Ja, doch, einmal kam der Herr Johann vorbei und wollte einige Urkunden in den Schrein legen. Natürlich habe ich ihm das erlaubt. Er ist schließlich ein Overstoltz und der Onkel des Herrn Werner.«

»Johann Overstoltz von Efferen?«

»Der nämliche. Genau.«

Diesmal war ein Aufblitzen in Marians Augen, das Alyss wahrnahm.

Sie waren auf der richtigen Spur.

»Ihr erinnert Euch dank Eures ausgezeichneten Gedächtnisses ganz gewiss auch daran, wann dies geschehen ist.«

Schmeichelei schien den Altaristen gesprächiger zu machen als harsches Befragen. Er schaute sinnend an die Decke und zählte dann auf: »Der Herr Werner übernahm das Amt im Jahre des Herrn 1391 und legte als Erstes die Sterbeurkunde des Gerard vom Vogelsang in die Truhe, dann folgte die Hochzeit der Maria mit dem von Hardefust noch im Herbst des Jahres …«

Er hatte wirklich ein geradezu biblisches Gedächtnis, stellte Alyss fest. Er schien jedes Ereignis memorieren zu können. Einmal in Bewegung gesetzt, zitierte er die Namen wie Moses die Geschlechter. In den Jahren des Verbundbriefstreites hatte wie erwartet keine Öffnung des Schreins stattgefunden, dann aber hatte Johannes von Efferen 1398 den zweiten Schlüssel mitgebracht, und hier geriet Hunold ins Stottern.

»Ich weiß nicht, welche Angelegenheit seine Urkunde betraf«, stammelte er hilflos.

»Wann kam denn der Herr Werner wieder zu Euch?«

Der Altarist blinzelte, atmete auf und fuhr mit den Familienereignissen fort, die ab 1399 beurkundet worden waren. Er erwähnte auch die Abschrift der Abstammungsurkunde für den Endres Overstoltz.

»Wunderbar, das habt Ihr ganz wunderbar zusammengefasst, Ihr wart uns eine große Hilfe«, lobte Marian ihn, als der Sermon verklungen war. Und zu Alyss und John sagte er kurz: »Zur Rheingasse!«

Sie ließen den verdatterten Altaristen grußlos stehen und eilten zurück über den Waidmarkt in Richtung Maria Lyskirchen. Hier stand in der kleinen Gasse, die zum Rhein führte, das Haupthaus der Overstoltzens.

»Hoffen wir, dass der Patron anwesend ist«, meinte John.

»Wir werden ihn schon auftreiben. Es war eben Messe, auch er wird in seinem Kontor seine Einnahmen und Ausgaben berechnen.«

»Gut. Mistress Alyss hat ihre Arbeit getan, du hast dich wacker mit dem Altaristen geschlagen. Dies hier ist meine Aufgabe.«

»Ja, Master John. Doch bedenkt, der Mann ist ein Patrizier. Und die Overstoltzens sind besonders auf ihre Würde bedacht.«

»Er wird einen gleichwertigen Gegner bekommen.«

Alyss sah ihn an.

»Ja.«

Diesmal war es John, der vortrat und an die Tür des stolzen Hauses pochte. Sechs Stockwerke hoch war es gemauert, besaß einen eindrucksvollen Stufengiebel und zahlreiche Rundbogenfenster.

Man tat ihm auf, ein gestrenger Haushofmeister musterte ihn mit kühlem Blick.

»Euer Begehr?«

»Richte deinem Herrn aus, Lord John of Norwich wünscht ihn zu sprechen.«

Heilige Jungfrau Maria, konnte John hoffärtig auftreten, dachte Alyss. Von dem jovialen Tuchhändler Master John war keine Spur mehr zu erkennen in dem ernsten, herrischen Adligen.

Der Haushofmeister war gut geschult, er erkannte einen Herrn, wenn er vor ihm stand.

»Tretet ein, Lord John. Wen darf ich als Eure Begleiter nennen?«

»Mistress Alyss und Master Marian vom Spiegel.«

Eine tiefe Verbeugung folgte.

Die Overstoltzens mochten sich als die höchstrangigen Mitglieder der Kölner Gesellschaft dünken, die vom Spiegel jedoch befanden sich allenfalls um eine Haaresbreite unter ihnen.

Die prächtige Eingangshalle duftete von dem Bienenwachs, mit dem die aufwändig geschnitzte Holztreppe, die beiden Ebenholztruhen und ein schmaler Tisch poliert worden waren, die Wand schmückten farbenprächtige Teppiche mit ritterlichen Szenen, ein Leuchterkranz mit Dutzenden von Kerzen hing von der Decke.

Reichtum strahlte das Haus aus.

»Tuchhandel, nicht wahr?«, fragte John, während der Bedienstete davoneilte, um ihren Besuch anzukündigen.

»Tuchhandel. Da siehst du mal, wie weit du es bringen kannst, John.«

John blieb ernst, sah sich unter den schweren Lidern um und schien alles genau aufzunehmen.

Der Haushofmeister kam zurück und geleitete sie in einen noch prächtigeren Saal im ersten Stock. Glas und Silber funkelten, kostbare Seidenteppiche bedeckten einen langen Tisch, Lederpolster, Pelz- und Samtdecken lagen auf den Sitzgelegenheiten. Werner Overstoltz, hochgewachsen, in dunkelroter Robe, trat ihnen entgegen. Alyss rügte sich heimlich, nicht eines ihrer kostbaren Gewänder angelegt zu haben, und versuchte den fehlenden Glanz durch eine ebenso stolze Haltung auszugleichen. John, in seinem einfachen Wams und Stiefeln, gelang das mühelos.

»Lord John?«

»Lord Werner.«

»Ihr suchtet mich zu sprechen. In welcher Angelegenheit?«

Alyss und Marian schien der Patron der overstoltzen Familie überhaupt nicht wahrzunehmen.

»Euer Neffe beschuldigt Lord Ivo vom Spiegel, den Weinhändler Arndt van Doorne umgebracht zu haben.«

»Und, tat er es?«

»Nein.«

»Was habe ich damit zu tun?«

»Ihr bezeugtet die Ehelichkeit von Endres Overstoltzens Geburt.«

»Und?«

»Ein Meineid, Lord Werner.«

»Was unterstellt Ihr mir?«, brüllte der Overstoltz auf, und Alyss zuckte zusammen.

John nicht. Er musterte sein Gegenüber kühl.

»Lautstärke, Lord Werner, ist kein überzeugendes Argument.«

»Verlasst mein Haus!«

Große Gesten beeindruckten John ebenfalls nicht.

»Nicht, bevor die Angelegenheit geklärt ist. Wenn Ihr wollt, im Guten.«

»Droht Ihr mir?«

»Ja.«

Man konnte den Overstoltz noch verblüffen. Doch er fing sich und begann zu lachen.

»Dreist seid Ihr, Lord John. Das muss man Euch lassen.«

»Und Ihr seid stolz. Wenn dieser Stolz nicht zerschlagen werden soll, dann redet mit uns.«

»Ihr macht mich, zugegebenermaßen, neugierig. Setzen wir uns.«

Der Patron wählte einen Sessel, einem Thron gleich, John einen mit breiten Polstern. Marian zog Alyss auf eine Bank seitlich daneben. Sie beide versuchten, sich so unsichtbar wie möglich zu machen.

»Nun los, Lord Tuchhändler oder Lord Falkner.«

»Lord of Norwich von Geburt, aber das andere bin ich auch. Wir sprachen mit Hunold von Kelse, Eurem Altaristen in Sankt Katharina.«

»Was trieb Euch dazu?«

»Der Verdacht der Urkundenfälschung.«

Einen winzigen Moment lang flackerte es in Overstoltzens Augen, bemerkte Alyss.

»Bestätigte von Kelse diesen Verdacht?«, fragte er indes leutselig.

»Ja.«

Diesmal zuckte er tatsächlich zusammen.

John schwieg.

»Ihr habt nach Eurer Rückkehr den Altar aufgesucht und neue Dokumente in dem Schrein abgelegt. Ist Euch dabei nichts aufgefallen, wohledler Herr?«, fragte Alyss leise.

Endlich sah er sie an. Dann wandte er sich wieder John zu. Der sagte: »Ihr wisst es und habt es geduldet, stimmt's?«

Marian sagte leise: »Die Geschlechter haben an Macht verloren. Um einen Teil zurückzugewinnen, habt Ihr geduldet, dass Endres Overstoltz seine Abstammungsurkunde fälschte, um das Amt des Schöffen zu erlangen.«

Das Gesicht des Patrons wirkte steinern.

»Er hat seinen Onkel Johann überredet, während Eurer Verbannung die Truhe zu öffnen«, flüsterte Alyss.

Dann schwiegen sie alle drei.

Dem Overstoltz musste sehr unbehaglich zu Mute sein.

Stolz zu schlucken war ärger, als eine Kröte zu verspeisen.

Nach einer langen Weile räusperte er sich.

»Was verlangt Ihr von mir?«

»Gerechtigkeit.«

»Wiedergutmachung.«

Und John fasste es zusammen: »Standesehre.«

Der Overstoltz nickte.

»Unser Vater, wohledler Herr, hat ein krankes Herz. Wir bangen um sein Leben, seit die Büttel vor der Tür standen und ihn wie einen räudigen Hund in den Turm schleppen wollten. Auf Anklage des Schöffen Endres Overstoltz.«

Wieder sah der Patron sie an und nickte.

»Der Herr vom Spiegel ist ein ehrenwerter Mann. Die Anklage wird umgehend zurückgezogen. Ich wünsche ihm eine schnelle Genesung, Frau Alyss. Und nun verlasst mein Haus. Ich habe Angelegenheiten zu regeln.«

Die Kröte war geschluckt, der Stolz ungebrochen, doch weder in der Haut des Schöffen noch in der des Altaristen wollte Alyss nun gerne stecken.

Der Haushofmeister geleitete sie zur Tür, und wieder auf der Gasse meinte Marian: »Beeindruckend, Lord John.«

»Mistress Alyss hat mir oft genug meine überwältigende Arroganz bescheinigt. Ich dachte, hier könnte sie über Stolz triumphieren.«

»Sie stand Euch gut an, my Lord«, sagte Alyss und sah ihn an.

»Nennt mich nicht so, Mistress Alyss.«

»Warum nicht?«

Marian trat ihr auf den Fuß. Sie ignorierte es und sah John weiter fragend an.

»Der Titel steht mir nicht zu.«

»Und doch verwendetet Ihr ihn soeben.«

»Für den einen Zweck.«

»Werdet Ihr ihn wieder führen?«

»Wünscht Ihr es, Mistress Alyss?«

»Wollt Ihr es, John?«

Er schaute in die Ferne. Vor ihnen lagen die hohen Stapelhäuser des Rheinhafens.

»Ich habe geschworen, ihn nicht mehr zu führen«, murmelte er.

»Wem geschworen, John?«, fragte Marian.

»Lasst uns gehen.«

»Ja, gehen wir. Aber du schuldest meiner Schwester eine Antwort. Irgendwann.«

»Sie wird eine erhalten. Ich werde mich jetzt auf die Spur des Studenten machen. Kümmert Ihr Euch um Lord Ivo.«

Alyss nickte und meinte: »Wenn Ihr Rat braucht, was die Verzeichnisse der Studenten angeht, so könnte Euch wahrscheinlich auch Magister Jakob weiterhelfen, Master John.«

»Ja, eine gute Idee. Ich suche ihn auf.«

»Tut das, und berichtet ihm auch von Eurer Unterhaltung mit dem Overstoltz. Die Schilderung wird ihn in Entzücken versetzen.«

»Glaubt Ihr, dass Magister Jakob befugt dazu ist?«

»Wozu?«

»Zum Entzücken.«

Alyss lächelte.

»Verschafft ihm die Befugnis, John.«

Er lächelte zurück, hob grüßend die Hand und strebte Richtung Lyskirchen. Alyss setzte ihren Weg mit Marian am Rheinufer fort.

»Ich bringe dich noch zum Haus, dann begebe ich mich zu Trine und Jan. Ich will einen Vorrat an Medizin für unseren Vater holen.«

»Vermutlich hat Mutter schon Trine gerufen.«

»Ja, kann auch sein. Alyss, ich werde wieder auf Reisen gehen. Was, wenn er dann einen solchen Anfall hat?«

»Dann wird Mutter sich darum kümmern.«

»Noch nicht einmal …«

»Marian!«

»Ja, richtig, Schwester mein. Ich muss mich daran gewöhnen. Nur hoffe ich, dass, wenn immer der Allmächtige beschließt, diese Welt zu verlassen, ich dann bei ihm sein kann.«

»Er wird das zu richten wissen. Sein Wille ist allgewaltig, das wissen wir doch.«

»Ja, wahrscheinlich wird er sowieso älter als Methusalem.«

»Wann wirst du reisen?«

»Bald. Nach Venedig. Der Leiter des dortigen Kontors bereitet unserem Vater Sorgen.«

»Du hast das Land gemocht, erinnere ich mich.«

»Ja. Die Zitronen blühen das ganze Jahr dort.«

Diese leicht unverständliche Aussage verwunderte Alyss, aber sie fragte nicht nach, denn sie hatten das Haus am Alter Markt erreicht.

»Bis später, Schwesterlieb.«

Alyss erfuhr von ihrer Mutter, dass der Herr vom Spiegel in einen sanften Schlaf geglitten sei und Jan van Lobecke bereits einige Flakons und Tiegel mit Arzneien gebracht hatte.

»Er wird das Zeug verschmähen, aber ich weiß schon, wie ich ihn dazu bekomme, es einzunehmen«, sagte Frau Alyss.

»Ja, da bin ich ganz sicher. Und eine Gefahr droht ihm nun von dem Schöffen nicht mehr.«

»Berichte.«

Frau Almut war befugt, ihr Entzücken zu zeigen, und sie tat es ausgiebig.

»Das wird dem Herzen deines Vaters neue Kraft verleihen. Dein John ist ein willensstarker Mann.«

»Er ist nicht mein John.«

»Ach, das habe ich früher auch immer von deinem Vater behauptet.«

Alyss zwinkerte.

»Habt Ihr?«

»Ja, obwohl meine Seele schon vom ersten Mal, als ich ihn traf, wusste, dass wir zusammengehörten. Ich wollte es nur nicht wahrhaben.«

Sie selbst hatte es ja auch erkannt, vom ersten Mal an. Aber da waren so viele Schwierigkeiten gewesen. Jetzt aber waren die großen Hindernisse beseitigt – sie war zur Witwe geworden, Johns Weib hatte den Schleier genommen. Und dennoch hatten sie sich, seit er zurückgekehrt war, kein einziges Mal sprechen können. Er schmeichelte ihr auf seine tändelnde Art, sie fuhr dagegen ihre Stacheln aus. Das blieb ihnen beiden, sich ihrer Zuneigung zu versichern. Doch das Sehnen wuchs jeden Tag ein wenig mehr.

»Dein Vater würde es gutheißen«, sagte Frau Almut.

»Und Ihr?«

»Auch wenn ich dich dadurch verlieren werde – ja.«

»Warum verlieren?«

»Glaubst du wirklich, dass er in dein Häuschen einziehen würde, um sich als Tuchhändler in Köln niederzulassen?«

So weit hatte Alyss noch nie gedacht. Und was sich damit auftat… Hatte sie nicht eben selbst danach gefragt, ob er seinen Titel wieder zu führen gedachte?

Wie immer ihre Entscheidung ausfiel, sie würde Schmerzen bereiten.

»Ich weiß nicht, was ich tun soll, Mama«, seufzte sie.

»Frag deine Freundin Gislindis.«

»Vielleicht. Aber erst, wenn Mats freigekommen ist.«

»Wird nicht auch seine Anklage fallen gelassen, wenn der Schöffe Endres Overstoltz sein Amt niederlegt?«

»Ich fürchte, dazu muss man mehr Überzeugungskraft aufwenden. Immerhin hat man ihn mit der Mordwaffe neben der Leiche gefunden.«

»Ja, das macht ihn nun wirklich verdächtig.«

»Wir haben zumindest den Mann erkannt, der ihn niedergeschlagen hat. Bald werden wir auch da weiterkommen. Aber nun sagt, Frau Mutter, hat Robert van Doorne am Freitag unsere Catrin hier angetroffen?«

Die Miene ihrer Mutter erhellte sich merklich.

»Ach, die Minne! Ja, er kam, und stattlich sieht er aus. Früher erschien er mir zwar wie ein redlicher Mann mit einem klugen Kopf, aber nun hat er Haltung und Würde erlangt.«

»Harte Arbeit, karge Kost, lange Reisen – ein unbequemes Leben hat er geführt und Gefahren bestanden. Das mag seine Achtung vor sich selbst erhöht haben.«

»Zweifelsohne. Dennoch war er bleich und zittrig, als er diesen Raum betrat und vor Catrin stand.«

»Ja, er hatte Angst.«

»Sie jedoch nicht, Alyss. Deine Ziehschwester, die zu beben und zu stottern beginnt, wenn ihr Gemüt in Aufregung gerät, stand gefasst auf und trat auf ihn zu. ›Robert‹, sagte sie, ›ich habe auf Euch gewartet.‹« Frau Almut wischte sich eine Träne aus dem Augenwinkel. »Er sank auf die Knie vor ihr, sprachlos. Aber er küsste ihre Hand und steckte ihr seinen Siegelring an den Finger. Ach – mehr Worte waren auch nicht nötig.«

Alyss schluckte hart. Nein, mehr war nicht nötig. Sie wussten beide um ihre tiefe, innige Liebe zueinander.

»Wird Catrin ihn nach Burgund begleiten?«

»Sie leuchtete wie eine Rose im Sonnenaufgang, als er ihr von diesem Plan berichtete.«

»Dann werde ich Leocadie erzählen können, dass sie bald ihre Eltern wiedersehen wird.«

Ihre Mutter lächelte.

»Und ich freue mich, im Frühjahr meine Schwester Aziza wiederzusehen. Übrigens – Peter war gestern hier und berichtete, dass Wynand Brouwer um Hedwigis angehalten hat und er seine Zustimmung gab. Wiltrud wurde mit einigen weißen Hermelinen dazu überredet, hoheitsvoll mit dem Kopf zu nicken.«

»Aha. Sehr wirkungsvoll. Aber mir scheint, Hedwigis weiß noch nichts davon.«

»Peter wollte ihr es heute sagen. Vermutlich wirst du sie in heller Aufregung vorfinden, wenn du zurückkehrst. Wiltrud besteht aber darauf, dass ihre Tochter nun nicht mehr in deiner Obhut Hühner füttern, sondern sich auf das würdige Leben in seinem Handelshaus vorbereiten soll.«

»Ja, mir fehlt ja auch jegliche Vornehmheit.« Dann spürte Alyss plötzlich eine leise Traurigkeit. »Sie fliegen alle aus. Leocadie nach Burgund, Hedwigis nach Hause, Marian nach Venedig. Es wird ruhig werden in meinem Haus.«

»Nimm neue Jungfern auf. Tilos Schwestern sind alt genug, und wenn du willst, werde ich mich umhören, wer von den zahllosen Spiegel-Abkömmlingen das rechte Alter hat.«

»Ja, vielleicht. Aber… Ich glaube, ich werde noch ein paar Tage damit warten. Wann soll Hedwigis heiraten?«

»Na, rate mal.«

»Oh, natürlich mit Leocadie und dem Ritter zusammen. Das muss Frau Wiltrud ja gefallen.«

»Bleibt dir noch Lauryn.«

»Ja, bleibt noch Lauryn.« Alyss stand auf. »Mit deren Herzeleid sollte ich mich nun beschäftigen.«

Das Hauswesen schnatterte – Hedwigis sonnte sich im Mittelpunkt der Aufmerksamkeit. Alyss beglückwünschte sie, und mit züchtig gesenkten Lidern nahm die Jungfer die Huldigungen entgegen.

»Aber, Frau Alyss, ich werde Euch schon heute verlassen müssen. Meine Frau Mutter besteht darauf, dass ich die letzten Monate in ihrer Obhut verbringe.«

»Natürlich, Hedwigis, Leocadie wird dir helfen, deine Sachen zusammenzupacken. Und vielleicht magst du ja hin und wieder zu einem Besuch vorbeikommen.«

»Ja, vielleicht. Oder Ihr kommt mich in meinem neuen Heim besuchen.«

Alyss nickte nur – schon war die Hochnäsigkeit zurückgekehrt. Aber sei's drum, damit würde sich zukünftig Wynand auseinandersetzen müssen.

»Lauryn, wir beide sollten uns um den Rebgarten kümmern. Die Wurzeln müssen abgedeckt werden.«

»Ja, Frau Alyss.«

»Ich hole nur noch meine Schürze.«

Alyss suchte ihre Kammer auf, und wieder schreckte sie vor dem blutroten Flecken zurück. Richtig, es hatte jemand rote Rosen auf ihr Polster gelegt – über die ganze overstoltze Aufregung hatte sie diesen Vorfall völlig vergessen. Sie sammelte die Blätter ein und legte sie auf den Tisch, dann band sie sich ein schlichtes Tuch um den Kopf, legte die Schürze an und schlüpfte in die hölzernen Pantinen. Mit den Blüten in der Hand ging sie nach unten und warf die Blumen in das Herdfeuer.

Dennoch fragte sie sich, wem sie diese minnigliche Aufmerksamkeit zu verdanken hatte. John nicht, obwohl sie ihn bei der ersten Gabe in Verdacht gehabt hatte, da er sie so gerne mit dornigen Rosen verglich. Ihr Bruder brachte ihr zwar hin und wieder kleine Geschenke mit, aber rote Rosen in ihr Bett streuen, das sah ihm nun wirklich nicht ähnlich. Frieder? Dem war so etwas zuzutrauen. Andererseits – er war noch so jung, die Reize gleichaltriger Maiden waren vermutlich bei Weitem verlockender als die einer Frau von weit über zwanzig Jahren. Blieb noch Merten, fiel ihr ein. Er war am Vormittag gekommen, um eine Lieferung Wein abzuholen.

Marian hatte ihr seinen Eindruck mitgeteilt, dass Merten ihr den Hof machte.

Stimmte das etwa? Wie peinlich!

Sie würde dem stracks ein Ende bereiten müssen.

Aber jetzt war erst einmal Lauryns Herzeleid aus dem Weg zu räumen.

Die Sonne stand schon tief, und eigentlich war es viel zu spät, um noch eine Arbeit im Weingarten zu beginnen. Aber Lauryn war schon dabei, die zurückgeschnittenen Rebpflanzen mit Reisig zu bedecken.

»Lass es gut sein, Lauryn. Die Arbeit kann bis morgen warten.«

»Aber Ihr …«

»Ich wollte ungestört mit dir reden. Gehen wir zur Rosenlaube.«

Kläffend kam Benefiz angesprungen und begehrte teilzuhaben an dem Leben seiner Menschen. Er war es zufrieden, als Alyss seinen Kopf kraulte, und heftete sich an ihre Fersen.

»Habe ich etwas falsch gemacht, Frau Alyss?«, fragte Lauryn bang, als sie die Bank unter dem Spalier erreicht hatten.

»Nein, du hast gar nichts falsch gemacht. Du bist ein

sehr umsichtiges, kluges junges Weib. Und wie ich höre, hast du mich während meiner Abwesenheit mit ebendieser Umsicht vertreten.«

»Oh, danke.«

»Ich glaube, Lauryn, dass du von euch drei Jungfern diejenige bist, die wirklich einen großen Haushalt zu leiten in der Lage ist.«

»Ohmm. Na ja, Leocadie wird Herrin einer Burg.«

»Und hat einen Burgvogt und dessen Weib, die die Verwaltung und den Haushalt führen.«

»Hedwigis …«

»Wird es noch lernen.«

Lauryn biss sich auf die Lippe.

»Ja, das wird sie wohl müssen. Wenn Herr Wynand nicht sehr nachsichtig ist.«

»Ich habe euch dreien versucht, so viel wie möglich beizubringen. Den Nutzen daraus müsst ihr nun selber ziehen.«

»Schickt Ihr mich jetzt fort, Frau Alyss?«

»Nein, Lauryn. Du bleibst so lange bei uns, bis du verheiratet bist.«

Das Mädchen wurde rot und schaute auf seine Hände im Schoß.

»Lauryn, es ist Zeit, der Wirklichkeit ins Gesicht zu sehen.«

Sie nickte.

»Deine Mutter hat dich in ihrem Schmerz über den Tod ihres Gatten mit Wulf, dem Stallmeister, verlobt. Du aber hast, seit ich dich hier beobachten kann, eine stetige Neigung zu Tilo gezeigt. Ist sie noch vorhanden?«

»Warum fragt Ihr das?«

»Weil ich selbst, Lauryn, einmal eine falsche Entscheidung getroffen habe. Eine Ehe dauert ein Leben lang.«

»Ich soll meine törichten Gefühle für Tilo aufgeben, ja?«

»Du sollst eine Entscheidung treffen. Und zwar sehr bald, Lauryn. Tilo wird das Tuchhändlergeschäft seines Vaters übernehmen, und er wird es gut machen. Master John wird ihn in England unterstützen, Herr Robert hier in Köln oder in Deventer. Wulf wird immer Stallmeister bleiben.«

Nun sah Lauryn sie mit großen Augen an.

»Frau Alyss, aber der Wulf will mich. Tilo nicht.«

Ein feines Lächeln schwebte über Alyss' Lippen.

»Bring ihn dazu.«

»Ähm … Oh. Mhm … Ich weiß nicht, wie. Ich meine, ich bin ihm doch lästig.«

»Nein, das bist du nicht. Als du krank warst, hat er sich sehr um dich gesorgt, und immer wenn ich Wulf erwähne, wird seine Miene säuerlich.«

»Ist das so? Ja, er hat mir Blumen geschickt. Aber, Frau Alyss, ich kann doch nicht plötzlich anfangen, mit ihm zu tändeln und zu kosen. Das macht ein Weib doch nicht.«

»Nein? Das machen aber viele Weiber. Aber du hast recht. Tilo ist ein nachdenklicher junger Mann, ganz anders als dein Bruder Frieder, der seit Neuestem ständig seine überwältigende Männlichkeit bestätigt haben will. Der Weg zu Tilos Herzen geht über Verständnis und Vertrauen. Sprich mit ihm über seine Zukunft. Hör ihm gut zu. Rate ihm.«

»Und dann?«

»Schau, was passiert.«

Sie standen auf und gingen schweigend durch den dämmrigen Rebgarten. Als sie das Tor erreicht hatten, blieb Lauryn plötzlich stehen.

»Frau Alyss, wenn ich einem Haus vorstehen soll, müsste ich da nicht auch wissen, wie man das Haushaltsbuch zu führen hat?«

Erfreut ob dieser klugen Ansicht stimmte Alyss zu.

»Ja, Lauryn, das solltest du wirklich. Ich werde Tilo anweisen, dir zu zeigen, was dabei zu beachten ist.«

»Ach ja, das wäre sehr praktisch.«

In tiefem gegenseitigem Verständnis betraten sie die Küche, um im Kreise des hungrigen Hauswesens das Abendessen einzunehmen.

35. Kapitel

Dunkel war es in den Gassen. Vom Rhein zog feuchtkalte Luft zwischen den Häusern hoch und legte sich wie klamme, ungewaschene Laken um die Häuser. In Lumpen gehüllte Gestalten drückten sich an Hauswände, als ein Fackelträger zwei Männer durch die verwinkelten Straßen führte. Ein Nachtkarren mit seiner übel stinkenden Last rollte ratternd über den holprigen Untergrund, Männer fluchten.

Ein magerer Schatten huschte an ihnen vorbei, humpelnd, schniefend.

Irgendwo heulte ein Hund, kreischten Katzen, die sich um ihr Revier stritten. Oder um ein paar Fischreste, die vom Tagesfang übrig geblieben waren.

Der Schatten stolperte, jaulte leise auf, blieb eine Weile im Dreck liegen. Als sich Schritte von harten Stiefeln näherten, raffte er sich auf und floh den helleren Straßen entgegen.

Hier waren noch nicht alle Läden geschlossen, leuchtete noch Licht hinter den Fenstern der Häuser. Aus einem klang Gesang und Flötenspiel, aus einem anderen fröhliches Gelächter. Düfte von würziger Suppe und gebratenem Fisch mischten sich mit dem feuchten Dunst.

Erschöpft hinkte der Schatten voran, tastete sich an

den Häuserwänden entlang und erreichte schließlich eine Toreinfahrt. Auch hier hörte man aus dem Haus Stimmengemurmel, Löffelklappern, das Scheppern der Kelle in einem großen Kessel.

Vorsichtig versuchte der Schatten das Tor zu öffnen – es bewegte sich lautlos, der Riegel war noch nicht vorgeschoben. Ein kleines, erleichtertes Seufzen hallte in der Einfahrt wider. Dann fiel das Tor zu, und fast lautlos huschte der Eindringling über den Hof.

Benefiz hob die Schnauze und jiepte leise. Dann legte er seinen Kopf wieder auf die Pfoten und ließ ihn gewähren.

Die Stalltür knarrte ein wenig, dann wurde auch sie wieder geschlossen. Stroh raschelte, und Hufe scharrten.

»Messveech«, sagte der Schatten schniefend. »Ach, Messveech!«

Rau und noch immer struppig war das Fell, aber der Leib der kleinen Eselin war warm, und zitternd schmiegte Lore sich an ihren Bauch.

Alyss wurde durch ein eindringliches Klopfen an ihrer Kammertür geweckt. Sie blinzelte – es war noch dämmrig, der Morgen früh und kalt.

»Frau Alyss, wacht auf!«

Hildas Stimme.

Es musste etwas passiert sein.

Alyss schwang die Beine aus dem Bett und öffnete die Tür.

»Was gibt es, Hilda?«

»Peer sagt, Ihr sollt zum Stall kommen.«

»Was ist dort?«

»Sollt selber nachsehen. Nehmt ein Tuch mit, es ist kalt.«

Ihr Wolltuch um die Schultern, die nackten Füße in den Holzpantinen folgte Alyss ihrer Köchin über den Hof. Peer stand an der Stalltür und legte, als sie hinzutrat, den Finger auf die Lippen. Vorsichtig spähte sie hinein. Der Karrengaul stand ruhig und verträumt an seiner Krippe, im Stroh aber lag die Eselin, und dicht an sie gerollt ein schmuddeliges Lumpenbündel. Sie schlich näher und erkannte den vertrauten Rotschopf. Und mit blankem Entsetzen bemerkte sie die Blutspuren in Lores Gesicht.

»Eine Decke, Hilda. Und einen Kessel mit heißem Wasser. Peer, schick Frieder, er soll meinen Bruder holen.«

Sie kniete sich neben Jennet nieder, die ein ängstliches Schnauben von sich gab, aber liegenblieb. Irgendwann am vergangenen Abend musste das Mädchen sich in den Stall geschlichen haben. Noch bevor sie das Tor verriegelt hatte. Warum war sie nicht zu ihnen ins Haus gekommen? Ohne sie zu berühren, musterte Alyss die zusammengekrümmte Gestalt gründlich. Ihr Gesicht war geschwollen, Kinn und Wangen blau verfärbt. Jemand hatte sie brutal verprügelt. Ihr vielleicht auch Schlimmeres angetan. Scham und Elend mochten sie daran gehindert haben, zu ihnen in die Küche zu kommen.

Lauryn kam mit einer Decke und kniete neben ihr nieder.

»Heilige Jungfrau, was ist ihr geschehen?«, wisperte sie und breitete die Decke vorsichtig über Lore.

»Sie wird es uns sagen, wenn sie aufwacht. Richte ihr

Hedwigis' Bett, Lauryn. Ich denke, wir werden sie eine Weile zu uns nehmen.«

»Armes Ding. Aber die Eselin versteht sie.«

»Ein gemeinsames Schicksal verbindet.«

Lauryn erhob sich und verließ den Stall, Alyss wollte sich ebenfalls erheben, aber Lore stöhnte und bewegte sich.

Jennet kam auf die Beine und drückte sich an die Stallwand.

»Lore, was ist passiert? Lore?«

Alyss wollte dem Mädchen über die Schulter streichen, aber Lore stieß einen Schrei aus und rückte von ihr fort. Mit angstvoll aufgerissenen Augen sah sie um sich.

»Du bist bei Jennet im Stall, Lore. In Sicherheit.«

»Fr… Frau Herrin?«

»Du hast den Weg zu uns gefunden. Kannst du dich bewegen? Hast du Schmerzen? Wunden?«

Sie stöhnte, als sie sich bewegte.

»Messveech«, flüsterte sie.

»Jennet ist da, aber sie ist aufgestanden. Man hat dich geschlagen, ja?«

Lore nickte.

»Wer?«

»Der Thys, der Trudlin ihr Mann.«

»Wer ist die Trudlin?«

»Minge Schwester.«

»Bei der du wohnst?«

»Ja, Frau Herrin. Er wollte meine Münzen. Und er hatte gesoffen. Und…«

»Hat er dir mehr angetan, als dich zu schlagen?«

»Wollt er, aber ich bin wech. Glaubt Ihr, die Bejinge lassen mich bei ihnen wohnen?«

»Wenn du bei den Beginen wohnen willst, werde ich dafür sorgen, dass sie dich aufnehmen. Aber du kannst auch hier in die Kammer der Jungfern ziehen. Hedwigis ist zu ihrer Familie zurückgegangen.«

Ein kleiner Hoffnungsschimmer zeigte sich in dem zerschlagenen Gesicht.

»Besser. Danke, Frau Herrin.«

»Aber baden musst du.«

»Ist recht, Frau Herrin.«

»Und Herrn Marian erlauben, deine Verletzungen zu behandeln.«

Lore schauderte.

»Lore, er ist ein Heiler. Und er ist mein Bruder.«

Sie hatten sie gebadet, Marian sanft und geduldig all die vielen Prellungen und Striemen gesalbt und verbunden, doch sein Gesicht wurde grimmiger und grimmiger. Als Lauryn Lore endlich mit nach oben in die Schlafkammer genommen hatte, legte Alyss ihm die Hand auf die Schulter.

»Es war nicht vergeudet, dass du all dies gelernt hast, Bruder mein.«

»In diesem Fall danke ich meiner Gabe. Sie wird jetzt weniger Schmerzen haben. Lass sie viel schlafen.«

»Ja, für sie ist gesorgt – wie geht es unserem Vater?«

»Er sitzt schon wieder im Kontor und behauptet, das täte seinem Herzen besser, als dumpf die Decke über sich zu betrachten.«

»Damit hat er möglicherweise recht. Und nun brauche ich eine Schüssel Morgenbrei mit Honig und Rosinen.«

»Leckermaul.«

Der Tag nahm seinen üblichen Verlauf, Alyss besuchte mit Frieder zusammen einige Kunden und sammelte ihre Außenstände ein. Zahlwoche – die Woche nach der Messe – war die rechte Zeit, Schulden zu begleichen und Rechnungen zu stellen. Der Münzbeutel an ihrem Gürtel wölbte sich prall, als sie zum Mittagsläuten zurückkehrte. Sie hatte Frieder gebeten, sie zu begleiten, um ihn ein wenig zu beobachten. Doch seine Begeisterung, wie er gleichermaßen Jungfern und Hürchen nachschaute, überzeugte sie alsbald, dass er gewiss keine minnigliche Neigung ihr gegenüber empfand.

Hilda hatte Pasteten gebacken, und der Duft nach Schmalz, Speck und Thymian lag in der Luft über dem Hof. Und der Falke kreiste hoch oben unter dem herbstgrauen Himmel. Da Leocadie jedoch mit einem Korb Eiern aus dem Hühnerstall kam, Frieder mit Alyss unterwegs gewesen war, musste John den Vogel fliegen gelassen haben.

»Master John ist im Rebgarten, Frau Alyss«, bestätigte Leocadie ihr auch sogleich.

»Gut, Frieder, bring Tilo die Börse. Er soll das Geld zählen und in der Truhe einschließen.«

Sie ging durch das Tor und sah sich um. John lehnte an der Mauer und sah dem Falken nach. Als er sie bemerkte, ging er auf sie zu.

»Ihr seht geschäftig aus, Alyss. Ich kann Gold und Silber in Euren Augen funkeln sehen.«

»Eine hübsche Schmeichelei, aber es ist mehr Kupfer und Silber, das ich einnahm.«

»Doch reicht es, um das Hauswesen mit köstlichen Pasteten zu füttern.«

»Dazu allemal. Und einen hungrigen Mann würde ich auch noch satt bekommen.«

»Macht keine Versprechungen, Alyss, er könnte sich als unersättlich erweisen.«

»Dann werde ich diesen Falken zurückrufen und ihn auf den Grillspieß stecken.«

»Ist das das Schicksal derer, die Ihr gezähmt habt, my Mistress?«

Sie sah zu Jerkin auf, der rüttelnd über der Wiese stand. Gleich würde er hinabstoßen, und ein Geschöpf würde sterben.

»Gezähmt? Nur weil er auf meine Hand kommt, wenn ich ihm Futter biete?«

»Ganz zahm, my Mistress. Und nicht nur um des Futters willen«, raunte John nahe an ihrem Ohr. Ein Schauder lief über ihren Rücken.

Der Falke kam nieder, ein ersterbender Schrei kündete vom Ende seiner Beute. Doch weder sie noch John riefen ihn zurück.

»Ihr lasst ihm die Freiheit, seine eigene Jagd zu führen. Lasst die Bande nicht zu lose, my Mistress. Ich will Euch noch immer zu Pferde mit ihm jagen sehen.«

»Das steht nur der Königin zu, wie Ihr wohl wisst.«

»Eben darum.«

»So fühlt Ihr Euch als der Vasall der Königin?«

»Ergeben ihr, my Lady.«

»Gut. Seid Ihr in der Lage, für mich einen Mann zu verprügeln?«

Fast hätte Alyss gekichert, als sie Johns Verblüffung sah.

»So er kleiner, schmächtiger und feiger ist als ich.«

»Vermutlich größer, stärker und viel dümmer.«

»Dann soll mir das ein Vergnügen werden, my Lady. Doch warum begehrt Ihr Blut zu sehen?«

»Weil dieser Mann, ein Fischer, wie ich mich zu erinnern meine, eine sehr kleine, sehr schmächtige Jungfer geprügelt hat. Wir fanden Lore heute Morgen bei der Jennet im Stall, grün und blau und voll blutiger Striemen. Sie entkam der Schändung nur knapp.«

Eis loderte unter den schweren Lidern auf.

»Wo finde ich den *son of a bitch*?«

»Am Fischmarkt. Thys ist sein Name, verheiratet mit der Trudlin, Lores Schwester.«

»Ich finde ihn.«

»Geht nicht alleine. Er wird Freunde haben.«

»Danach nicht mehr.«

»Dennoch.«

»Frieder wird mir den Rücken freihalten.«

»Gut. Aber zuvor sollt Ihr gestärkt werden, Ritter mein.«

36. Kapitel

Sie kamen kurz vor der Vesper zurück, John und Frieder. Und das Gesicht des jungen Mannes glühte vor Aufregung. Er legte ein Bündel neben den Tisch und strahlte Alyss und Hilda an.

»Mann, hat der Fäuste!«, sagte er. »Mann, hat der Beine!«

»Master John?«

Der grinste.

»Tretmühlenarbeit.«

»Lebt der Thys noch?«

»Ja, aber es wird ihm lange Zeit wenig Freude bereiten.«

»Wir haben Lores Sachen mitgebracht. Viel besitzt sie ja nicht«, meinte Frieder. »Mann, was für ein Loch, in dem sie haust. Und die Schwester ist eine dumme Trutsche. Oder der Thys hat ihr schon das Hirn aus dem Kopf geprügelt.«

»Auch das wird er in der nächsten Zeit nicht mehr machen.«

»Und wie viel habt Ihr eingesteckt?«, brummelte Hilda.

»Ein, zwei Kratzer. Es sollte ja nicht aussehen, als ob ich einen wehrlosen Mann schlage.«

»Lasst sie Euch verbinden, damit Ihr nicht die Krätze davon kriegt.«

»Er hatte ein Fischermesser«, erklärte Frieder. »Allerdings nicht lange. Es flog auf einmal weit davon, also habe ich es aufgeklaubt.« Er zeigte es vor, und Alyss erstarrte. Es hatte eine sehr lange, dünne und sehr scharfe Klinge. Ein Messer, geeignet, die zähe Haut der Lachse zu durchschneiden. Dann sah sie das Blut.

»Es sieht aus, Master John, als müsstet Ihr wieder einmal Wams und Hemd ablegen.«

»Immer wollt Ihr mir an den bloßen Leib, Mistress Alyss«, maulte er, nestelte aber schon an seiner Weste. Hilda schickte Frieder, einen Eimer Wasser zu holen, und ging, um den Salbentopf und Leinenbinden herbeizuschaffen.

Der linke Ärmel des Hemdes war mit getrocknetem Blut verschmiert, und Alyss half John, es vorsichtig auszuziehen. Schon zweimal zuvor hatte sie seine Wunden versorgt, und die Narben etlicher Schlachten kannte sie bereits. Diesmal war es jedoch wirklich nur ein verhältnismäßig geringer Kratzer, aber als sie ihre Hand über seine Schultern gleiten ließ, stöhnte er leise.

»Nicht, Alyss. Oder mehr. Aber nicht hier.«

»Quält Euch die Wunde so sehr?«

Er sah zu ihr hoch.

»Mehr als Ihr Euch vorstellen könnt, my Mistress.«

Wärme, dann Hitze und schließlich loderndes Feuer ergriff ihren Körper.

Frei!

»Halte ich das Heilmittel in meinen Händen, John?«

»Nur du. Muss ich flehen?«

Frei!

»Nein«, hauchte sie. Dann riss sie sich zusammen, denn Frieder kam mit dem Wassereimer zurück und Hilda mit Verbandszeug und Salbe. Verarztet war John schnell, Frieder brachte ihm eines seiner Hemden, und als das restliche Hauswesen sich zum Essen in der Küche versammelt hatte, fand sich auch Lore ein. Alyss bemerkte an John noch einmal das Auflodern eisiger Wut, als er das zerschlagene Gesichtchen sah.

»Wir haben deine Sachen hergebracht, Maid Lore.«

»Ja, Lore, und dabei ist der Thys ganz dumm über Johns Fuß gestolpert« erklärte Frieder grinsend.

Lore sah von einem zum andern, dann dämmerte ihr offensichtlich, was sich ereignet haben musste.

»Und auf die Schnauze gefallen?«, fragte sie.

»Mächtig, Lore. Mächtig auf die Schnauze gefallen. Und ich glaube kaum, dass er noch einmal wagen wird, die Hand gegen dich zu erheben.«

Lore malte mit dem Finger einen Kringel auf den Tisch.

»Hat er verdient, der Sauhungk.«

»Deine Schwester wird er auch nicht mehr schlagen«, sagte John leise. »Und schau in dem Bündel nach, ob wir alles mitgenommen haben, was dir gehört.«

»Master John war so schlau, deinen Strohsack auszuleeren. Hübsches Sümmchen hast du da drin versteckt.«

»Is vom Päckelchestragen. Das wollte er von mir haben.«

»Er wird sich zukünftig seine Kupfer selbst verdienen müssen«, sagte Alyss kalt.

Es klopfte an der Tür, und Hilda kam gleich darauf mit Merten und Marian zurück.

»Noch mehr hungrige Mäuler«, verkündete Marian und setzte sich neben Lore. Sie rückte unwillkürlich ein Stück von ihm weg, blieb aber sitzen und beantwortete friedlich seine Fragen nach ihrem Befinden.

Merten lächelte Alyss gewinnend an.

»Ich bitte um Obdach, Frau Alyss. Eure Küche ist so viel wärmer und lauschiger als die im Hause meiner Großmutter. Sie hat das Gliederreißen und ist zänkisch und hackt auf mir herum wie eine hungrige Möwe.«

»Dann setz dich zu uns. Eine Pastete werden wir noch übrig haben.«

Alyss bemühte sich darum, gleichmäßig freundlich zu ihm zu sein, doch ein leises Misstrauen machte es ihr schwer. Merten hatte es schon immer verstanden, sich einzuschmeicheln, die Rosen in ihrem Bett aber waren wahrlich mehr als Schmeichelei. Doch hier im Kreise des Hauswesens wollte sie sich dazu nichts anmerken lassen.

Marian schien mit Lores Auskünften zufrieden zu sein und hörte sich Frieders erneute Schilderung von Johns Heldentat an.

»Ich fühle mich nicht befugt, den Thys aufzusuchen und ihn mit meiner Heilkunst zu beglücken«, meinte er schließlich.

»Ah, befugt – ehe ich es vergesse, Mistress Alyss. Ich suchte auf Euren Rat hin Magister Jakob auf und freue mich, Euch mitteilen zu können, dass er wahrlich befugt schien, über unser overstoltzes Vorgehen Entzücken zu empfinden. Mehrmals hintereinander sagte er« – und hier machte John die tonlose Stimme des Notarius vollendet nach –: »›Ja, ja, der Overstoltz!‹«

Das Hauswesen prustete.

»Hat Magister Jakob auch bei dem Studenten weiterhelfen können, Master John?«, fragte Alyss, als die Belustigung sich gelegt hatte.

»Er wird mich morgen zu dem Rektor Hegghe begleiten, um Einsicht in die Verzeichnisse der Studiosi zu nehmen.«

»Ihr sucht einen Studenten?«, fragte Merten.

»Ja, einen Caspar van Mechelen. Er war es wohl, der den armen Mats niedergeschlagen hat. Wir müssen ihm einige Fragen stellen.«

»Caspar? Dazu braucht Ihr nicht zum Rektor zu gehen. Ich kenne ihn.«

Alle horchten auf, und Marian ergriff das Wort.

»Wir hätten dich früher fragen sollen. Es hätte uns viel Ärger erspart. Erzähl, wo finden wir diesen Caspar?«

Merten lächelte und sonnte sich in der Aufmerksamkeit.

»Er ist ein Bettelstudent und wohnt in der Burse an der Rechtsschule. Ein armseliges Leben, aber er ist ein geselliger Bursche, und einigen meiner Bekannten gefallen seine launigen Späße. Vor allem hat er ein Händchen für Geflügel – wie auch Ihr, Master John.«

»Er ist ein Falkner?«

»Nein, doch seine beiden Vögel sind beinahe ähnlich kostbar. Er besitzt zwei Hähne, die bisher noch jeden Kampf gewonnen haben.«

»Ein Bettelstudent …«

»Er hat sie selbst herangezogen. Er hält sie draußen vor Melaten bei einem Bauern.«

»Wo wir ihn auch antreffen würden?«

»Häufiger, fürchte ich, als in den Lektionen.«

»Das trifft sich. Dann werden wir morgen versuchen, ihn dort aufzutreiben.«

»Nach der Terz. Ich begleite Euch, Master John. Ich weiß, wo sich der Bauernhof befindet. Und ein Hühnchen habe ich auch noch mit ihm zu rupfen.«

John nickte, Marian ebenfalls. Alyss überlegte, ob sie sich anschließen sollte, aber da meldete sich Frieder schon wieder zu Wort.

»Nein, du hast dein Abenteuer gehabt, Frieder. Ich brauche dich hier, um den Rebgarten für den Winter herzurichten. In der letzten Zeit sind so viele Pflichten liegen geblieben.«

Und damit hatte sie sich selbst verboten, die drei Männer zu begleiten.

Andererseits – was sollte sie auch dabei? Wenn sich ihr Verdacht bestätigte, würden sie diesen Caspar auch ohne ihre Hilfe zum Turm schleppen.

37. Kapitel

Marian schritt zwischen John und Merten aus. An seinem Gürtel hing ein Dolch, John war mit seinem Schwert gegürtet, und auch Merten trug ein Messer an der Seite. Doch die Waffen sollten als Drohung dienen, nicht den Tod des Bettelstudenten bewirken. Er hatte Mats trunken gemacht, möglicherweise war er es auch gewesen, der die Bilsentinktur in sein Bier gegeben und ihn – aus welchem Grund auch immer – niedergeschlagen hatte. Diesen Grund galt es herauszufinden.

Der Vormittag war kalt, ein Hauch von Reif lag auf den Blättern der Büsche und Bäume. Sie färbten sich hier und da schon gelb und rot und würden, wenn die ersten Stürme kamen, das Laub verlieren. Holzrauch quoll aus den Kaminen, der Geruch von Geräuchertem kitzelte Marians Nase, ein Karren mit Schweinehälften rollte vorbei. Es war Schlachtzeit.

Sie ließen Aposteln hinter sich, verließen die Stadt durch die Hahnenpforte, und Merten wies auf die Aachener Straße, die breit und belebt vor ihnen lag.

»Nach Melaten müssen wir uns ein Stück links halten, dann finden wir den kleinen Hof.«

Marian nickte nur. Hier vor den Stadtmauern erstreckten sich Felder und Weiden, das Siechenhaus, in dem die

Aussätzigen ihr Dasein fristeten, lag etwas abseits der Straße.

John verhielt sich schweigsam, Marian wusste, dass er Merten nicht sonderlich traute. Zwischen den beiden Männern herrschte ein unausgesprochenes Misstrauen. Und er selbst mochte den geckenhaften Tagedieb auch nicht sonderlich. Aber er war nützlich – in diesem Fall. Wenngleich auch Marian auf der Hut war, dass Merten sie nicht in eine Falle führte.

Sie bogen in einen schmalen Feldweg ein, an dessen Ende eine Kate und eine Scheune standen.

»Der Bauer heißt Alef, glaube ich«, meinte Merten, als sie das Gatter erreicht hatten. Eine Magd in schmuddeligem Kittel harkte Stroh und Mist zusammen, eine Ziege meckerte irgendwo hinter dem Gemäuer.

Das Weib sah auf und wischte sich mit dem Ärmel die Nase ab.

»Was wollt Ihr?«

»Ist der Caspar bei euch?«, fragte Merten. Sie machte eine Kinnbewegung über die Schulter. Offensichtlich hielt er sich hinter der Scheune auf. Sie gingen über den Hof und fanden hinter dem hölzernen Verschlag einen eingefriedeten Hofbereich, in dem einige prachtvolle Hähne zwischen weißen Hennen herumstolzierten. Auf einer Planke auf zwei Böcken stand ein derber, geschlossener Weidenkorb, in dem vermutlich der Kampfhahn transportiert wurde. Einige Metallsporne lagen daneben, Messer, eine Zange und eine Schere ebenfalls, und ein praller Körnersack lehnte an einer Strebe. Der Mann, der einen zweiten Weidenkorb reparierte, sah auf, als er die Ankömmlinge gewahrte, und

Marian bewunderte Mats' Kunstfertigkeit – er hatte die Züge des Scholaren mit seiner Zeichnung genau getroffen.

»Caspar van Mechelen?«, fragte er.

»Der bin ich, Herr.« Dann sah er zu Merten und grinste. »Merten, willst du meine Hähne begutachten?«

»Nein, Caspar, die Herren haben Fragen an dich. Und ich auch. Beantworte sie.«

»He! Was bist du so unfreundlich? Ich hab nichts Unrechtes getan. Der letzte Kampf lief ganz korrekt. Sogar Pater Urban hat auf meinen Dämon gesetzt!«

Besagter Dämon war offensichtlich ein bunter Hahn, der gerade eben heftig auf einen anderen einpickte. Caspar trennte die beiden voneinander.

»Es geht nicht um Hahnenkämpfe, Merten. Sondern darum, dass wir vermuten, dass Ihr, Caspar van Mechelen, einen Mann niedergeschlagen habt!«

Caspar plusterte sich auf: »Was wollt Ihr damit sagen?«

Merten fauchte ihn an: »Dass du ein Idiot bist. Einen unschuldigen Mann, der nicht sprechen kann, hast du Trunkenbold besinnungslos geschlagen.«

Marian wollte eingreifen, aber John hielt ihn mit einem leichten Griff an seinem Ärmel zurück. Der Studiosus warf Korb und Messer hin und baute sich vor Merten auf. Offensichtlich hatte er ein ähnlich angriffslustiges Gemüt wie seine Kampfhähne.

»Jetzt hör aber auf. Du warst es doch, der sich an das Liebchen heranmachen wollte!«

»Ich? Du musst besoffener gewesen sein als ein Mühlenstößer.«

Als er das Liebchen erwähnte, wurde Marian hellhörig.

»Was heißt das?«, fuhr er dazwischen.

»Dieser Trottel ist von Witz und Sinnen«, ereiferte sich Merten, und Caspar lief rot an.

»Trottel, Idiot? Du hast …«

»Du hast dem Evert seinen Hahn vergiftet. Mit Bilsen, sagt er. Ihm ist der verdammte Vogel nach dem Kampf verreckt!«

»So ein Blödsinn. Nur weil du auf den falschen Hahn gesetzt hast, setzt du solche Gerüchte in die Welt? Ich hab dir gesagt, der Kampf verlief einwandfrei!«

»Es war Betrug. Und hat mich einen Beutel Geld gekostet.«

Wütend stieß Merten mit dem Fuß nach dem Hahn, der Dämon genannt wurde. Der krakeelte, die anderen stimmten ein, Caspar ging auf Merten los.

Wieder hielt John Marian zurück.

Die beiden Männer rangen miteinander. Fielen in den Staub. Die Hähne und Hühner stoben davon. Fäuste krachten auf Knochen, Stöhnen und Grunzen ertönten. Merten fiel gegen die Planke, Körbe und Sporne flogen herum. Ein Sack mit Körnern platzte. Dann plötzlich ein Schrei. Ein Röcheln. Merten rollte sich von Caspar herunter, drückte sich die Hand an den blutenden Arm. Einer der scharfen Sporne lag auf dem Boden.

Ein Messer steckte in Caspars Brust.

»*Damned*«, murmelte John, und Marian beugte sich zu dem Studiosus nieder.

Blutiger Schaum bildete sich vor dessen Mund. Seine Augen verloren ihren Blick, und mit seinem letzten Atem sagte er: »Verräter!«

»Allmächtiger!«

Marian bekreuzigte sich.

»Merten, Ihr habt ihn umgebracht!«, stellte John fest.

Merten aber schaukelte wie benommen hin und her.

»Merten!«

Er würgte, ließ den Kopf zwischen den Knien hängen.

Der Bauer und die Magd waren hinzugekommen, hielten aber vorsichtig Abstand.

John ging auf die beiden zu.

»Wohnt der Student bei Euch?«

»Nein, Herr. Nur manchmal schläft er in der Scheune.«

»Führt mich zu seinem Lager.«

Die Magd hielt sich den Kittelsaum vor den Mund und starrte auf den Leichnam. Der Bauer trottete zu dem Verschlag. Marian wandte sich an Merten.

»Zeig deinen Arm.«

Merten schien noch immer benommen, und so löste er dessen Finger. Der Ärmel war aufgerissen, ein langer Kratzer zog sich über den Unterarm. Tief war er nicht, und die Blutung versiegte schon. Aber der Schreck über die Verletzung schien Merten vollkommen verwirrt zu haben.

»Blut«, stöhnte er.

»Du stirbst nicht daran.« Mit seinem Messer schnitt Marian den Ärmel ganz ab und verband damit eilig die Wunde, damit Merten das Blut nicht mehr sah. »Du bist der Idiot, Merten. Warum, verdammt noch mal, hast du diesen Streit angefangen?«

Merten fuhr sich durch das Gesicht und hinterließ eine blutige Schliere auf seiner Wange.

»Das wollte ich nicht. Nein, das wollte ich wirklich nicht. Aber er hatte plötzlich diesen Sporn in der Hand, Marian. Er wollte ihn mir ins Auge stoßen.«

»Warum musstest du ihn auch dermaßen reizen.«

»Gott, ich war so wütend. Marian – ich glaube, Caspar hat meinen Stiefvater umgebracht. Er war es. Ich hab die ganze Zeit darüber nachgedacht.«

»Woher willst du das wissen?«

»Er kannte ihn. Arndt war manchmal bei den Hahnenkämpfen dabei. Und er setzt immer hoch.«

»War er an jenem Sonntag auch bei einem Hahnenkampf?«

»Keine Ahnung. Ich wusste ja nicht mal, dass er in der Stadt war.«

Es wäre möglich, dachte Marian. Arndt hatte sein Pferd verkauft – irgendwelchen Gecken, mochte dann mit dem Geld zu einem Hahnenkampf gegangen sein und anschließend ins Hurenhaus. Wenn Caspar ihn da gesehen hatte, wie er mit dem vollen Beutel geprahlt hatte – es wäre wohl eine Versuchung gewesen … Nun, man konnte den armen Studiosus nicht mehr befragen.

John kam mit langen Schritten zurück und zeigte eine Geldbörse vor.

»Fand sich in seiner Schlafrolle«, sagte er. »Zwei Silberstücke sind noch drin.«

»Fragen wir Alyss, ob sie sie kennt.«

»Ja. Was machen wir mit dem Toten?«

»Gehen wir zur Hahnenpforte. Die Wachen sollen ihn holen. Es war Notwehr, wir können es bezeugen«, sagte Marian bedrückt.

Alyss hörte sich schweigend den Bericht an und besah sich die Börse.

»Ja, es ist Arndts Geldbeutel. Ich selbst habe ihn ihm vor Jahren geschenkt.« Auch sie wirkte unglücklich. »Es wäre besser, ihr hättet diesen Bettelstudenten gefangen genommen.«

»Die Todesstrafe wäre ihm gewiss gewesen, Mistress Alyss.«

»Ja, ich weiß. Dennoch – Merten hätte nicht sein Henker sein müssen.«

»Habt Ihr Mitleid mit ihm?«

»Ja, ein wenig. Er hat viel verloren in seinem Leben.«

»Mag sein, Schwester, doch er hat nie viel dazu getan, etwas zu gewinnen. Und diese Tat war unnötig. Ich verstehe sie noch immer nicht. Ein Streit, eine Rauferei – warum musste sie mit dem Tod enden?«

Und warum hatte das letzte Wort aus Caspars Mund »Verräter« gelautet? Aber das sprach Marian ihr gegenüber nicht laut aus. John gegenüber aber erwähnte er es, als sie später alleine waren und zu dessen Quartier bei Frau Mechtild gingen.

»Ja, Marian. Es scheint mir zu einfach. Ich fürchte, dass noch immer mehr dahintersteckt, als wir derzeit erkennen können. Doch es droht nun weder Lord Ivo noch deiner Schwester im Augenblick eine Gefahr. Und Mats wird, da wir nun einen Schuldigen vorweisen können, auch der Mord nicht mehr zur Last gelegt werden können.«

»Du hast recht. Aber genau wie du habe ich ein ungutes Gefühl. Und ausgerechnet jetzt muss ich nach Venedig reisen.«

»Wann brichst du auf?«

»Am Montag.«

»Ich bleibe über die Wintermonate hier.«

Marian sah zu ihm hin.

»Ach ja?«

»Es ist so beschwerlich, während der Herbststürme über den Kanal zu reisen. Und hier gibt es ein gemütliches Haus, in dem meine überwältigende Männlichkeit wertgeschätzt wird.«

»Strunzbüggel!«

Aber Marian war erleichtert. John würde Alyss – und seine Familie – mit seinem Leben schützen, wenn notwendig.

»Ich muss die Nachricht von Caspars Schuld und seinem Tod überbringen. Und die meiner Abreise ebenfalls.«

»Auf Maid Gislindis wird deine Schwester ein Auge haben.«

»Ja, das wird sie.«

Er verabschiedete sich von John und wanderte über den Alter Markt zur alten Stadtmauer. Als er an der Tür des Häuschens klopfte, das Mats und Gislindis bewohnten, öffnete ihm eine ältere Frau, die ihn neugierig begutachtete.

»Ich habe Botschaft für Gislindis, Weib, die ihren Vater betrifft.«

»Hoffentlich gute Botschaft, sie zehrt sich auf vor Sorge.«

»Gute Botschaft.«

»Dann tretet ein.«

Die Frau rief nach Gislindis, und sie kam die Stiege herunter.

»Was gibt es, Eislin?«

»Ein hübscher Mann mit einer guten Nachricht.«

Sie trug einen sauberen Kittel, die Haare unter einem weißen Tuch versteckt, doch ihre Augen waren dunkel umschattet, und ihr Gesicht wirkte mager und müde.

»Herr Marian.«

»Gislindis. Es sind Ereignisse eingetreten, die dazu führen werden, dass Euer Vater sehr bald aus dem Turm freikommt.«

»Eislin, sei so gut und lass uns eine Weile alleine.«

»Das ist nicht schicklich.«

»Es ist schicklich, Frau Eislin. Und es ist eine Angelegenheit, die zunächst einmal nur Mats' Tochter etwas angeht.«

Zögerlich bewegte sich das Weib auf den Ausgang zu – es war sicher weniger die Angst um die Schicklichkeit als die Neugier, die ihren Wunsch zu bleiben beflügelte. Doch sowohl Gislindis als auch Marian schwiegen, bis sie endlich die Tür hinter sich zugezogen hatte.

»Ihr Ohr wird sich an das Schlüsselloch drücken«, sagte er leise. »Gehen wir in die Werkstatt nach hinten.«

Gislindis ging voran, setzte sich auf einen Schemel und fragte: »Was habt Ihr erfahren?«

Marian berichtete ihr von der Suche nach Caspar van Mechelen und dessen unseligem Ende.

»Und so glaubt Ihr, dass er den Arndt van Doorne ermordet hat?«

»Es spricht vieles dafür.«

»Ja, das tut es wohl.«

»Ihr seid misstrauisch?«

»Es steht mir nicht zu, das zu sein. Mein Vater ist von der Anklage befreit.« Sie spielte sinnend mit einer Dolchscheide, die geflickt werden musste. »Ihr seid nicht zufrieden damit, wie sich die Dinge gelöst haben?«

»Nein, nicht ganz. Und, Gislindis, ich habe nun Euren Rat angenommen und darauf gesehen, was nahe liegt.«

»Und was fandet Ihr?«

»Das Vermögen, meinen Vater glücklich zu machen. Ich habe ihm versprochen, seine Nachfolge anzutreten.«

»Als Handelsherr.«

»Ja, als Handelsherr. Weshalb ich in fünf Tagen nach Venedig aufbrechen werde.«

»Dorthin, wo die Zitronen blühen.«

»Und die Winter milde sind. Wenn das Frühjahr hier einzieht, komme ich zurück.«

Marian nestelte an seinem Beutel und zog eine silberne Münze hervor und hielt sie Gislindis hin.

»Seht, ob meine Reise glücklich ist, weise Gislindis.«

»Ihr wollt das wirklich?«

»Wer wollte nicht wissen, was das Schicksal bringt?«, fragte er mit einem Lächeln. »Vor allem, welches mich erwartet, wenn ich heimkehre.«

Gislindis nahm mit spitzen Fingern die Münze von seiner Handfläche und legte sie auf den Tisch. Dann ergriff sie seine Hand und betrachtete die Innenseite. Lange beugte sie den Kopf darüber, und ihm wurde heiß und kalt. Schließlich hielt er es nicht mehr aus und fragte: »Was seht Ihr, Gislindis?«

Tonlos antwortete sie: »Nichts. Nichts, Herr Marian. Ich kann nichts sehen. Es ist nur Nebel dort.«

»So werde ich im Nebel verschwinden?«

Gislindis ließ seine Hand los.

»Nein, Herr Marian, das ist es nicht. Meine Gabe hat mich verlassen.«

Sie schob die Münze zu ihm hinüber.

»Ihr seid seit Tagen in Sorgen. Sie wird zurückkehren, wenn Euer Leben wieder geordnet verläuft. Und dennoch, liebliche Gislindis, könnt Ihr meine Frage schon heute beantworten, denn dafür braucht Ihr Eure Gabe nicht. Und das wisst Ihr sehr wohl.«

Sie sah auf, mit traurigen Augen.

»Nein.«

»Endgültig und unwiderruflich?«

Ihre Wangen röteten sich.

»Ihr wisst es doch auch, Herr Marian.«

»Das Leben verläuft in seltsamen Windungen, das habt Ihr selbst einmal gesagt.«

»Meines in anderen als das Eure.«

Marian nickte. Es war nicht die richtige Zeit, nicht der richtige Ort. Er hatte seine Entscheidung getroffen, musste in die Ferne ziehen, sie sorgte sich um ihre eigene Zukunft.

»Gislindis, darf ich Euch dennoch um Eure Hilfe bitten?«

»Jederzeit, Herr Marian. Ihr habt so viel für Mats und mich getan …«

»Wir haben in Caspar van Mechelen den Mörder des Arndt van Doorne gefunden, aber diesmal bedrückt mich eine Ahnung, dass damit nicht die ganze Wahrheit an den Tag gekommen ist. Habt Acht auf meine Schwester.«

»Selbstverständlich.« Und dann lächelte sie endlich wieder. »Wenn Mats bald seinen Schleifstein auf den Markt bringt, werde ich meine Ohren offen halten. Man hört viel, wenn die Klingen singen.«

Marian erhob sich.

»Danke. Und nun will ich mich verabschieden. Montag in der Frühe wird mich ein Schiff nach Süden bringen.«

Gislindis stand ebenfalls auf.

»Ich wünsche Euch glückliche Fahrt, Herr Marian.«

»Und ich mir eine Abschiedsgabe.«

Er legte den Arm um sie und zog sie an sich. Er spürte ihren Widerstand, doch ließ er sich davon nicht beirren.

»Es wird nicht wehtun, Gislindis.«

»Euch nicht.« Und dann gab sie nach. »Aber es ist ein süßer Schmerz.«

Und sie legte ihre Arme um seinen Nacken und küsste ihn mit tiefer, trauriger Leidenschaft.

38. Kapitel

Ein Herbststurm hatte die Blätter verweht und einige Schindeln vom Dach geholt. Doch der Sonntag prunkte mit hellem Sonnenschein und reiner, klarer Luft. Alyss legte das tannengrüne Samtgewand an, das den Sommer über in der Truhe geruht hatte. Ein leichter Lavendelduft umgab es, denn sie legte Kräuterbeutel zwischen die Kleider. Ihre langen schwarzen Haare hatte sie am Vortag gewaschen, und Lauryn half ihr, sie auszukämmen und zu Flechten aufzustecken. Ein aus Goldfäden gewirktes Netz fasste sie ein, ein gewundenes Tuch aus Seide, bestickt mit kleinen Perlen, schmückte ihr Haupt.

»Ihr solltet häufiger solch schöne Kleider tragen, Frau Alyss.«

»Ja, vor allem, wenn ich im Lehm des Rebgartens arbeite.«

Lauryn kicherte.

»Mir erzählt Ihr, ich solle einem großen Haus vorstehen, aber Ihr wurzelt in den Gärten herum und nehmt den Mägden die Arbeit weg.«

Ein bisschen betroffen ließ Alyss die Hände sinken, mit denen sie eben den Kopfputz zurechtgezupft hatte.

»Ja, aber … Ich sollte mich vornehm in den Saal setzen und feine Stickarbeiten machen, meinst du?«

»Dann und wann. Und mit anderen wohledlen Frauen plaudern, Feste geben und mit Eurem Falken zur Jagd reiten.«

»Und wer keltert den Wein, wer verkauft die Pelze, wer füttert das Hauswesen und bringt den Jungfern und Burschen Manieren bei?«

»Tja, Manieren könntet Ihr ihnen auch in schönen Gewändern beibringen. Aber Lore zum Baden zu überreden – da habt Ihr recht, das bedarf grober Kittel.«

Alyss nahm das pelzgefütterte Jäckchen, und Lauryn half ihr, die Schleppärmel des Kleides durch die Ärmelöffnungen zu ziehen.

»Benimmt sie sich ordentlich, die Lore?«

»Ja, Frau Alyss. Das tut sie. Sie ist ein bescheidenes Geschöpf, das noch nicht viele Annehmlichkeiten kennengelernt hat. Das weiche Bett behandelt sie mit großer Ehrfurcht und wäscht sich jeden Abend die Füße, bevor sie hineinsteigt. Und die ganze Nacht bleibt sie völlig bewegungslos liegen, als hätte sie selbst im Schlaf noch Angst, die Decke zu zerknittern.«

»Sie wird sich dran gewöhnen. Offensichtlich hat sie das Päckelchestragen aufgegeben.«

»Ja, sie geht jetzt nur noch zu den Beginen und zu Magister Jakob. Und sie hat angefangen, Hilda zur Hand zu gehen.«

»Kochen gefällt ihr. Und gute Köchinnen sind begehrt in den großen Häusern. Warten wir ab, wie beständig sie ist. Kommt Tilo seiner Aufgabe nach, dich in der Buchführung zu unterrichten?«

»Mit großem Ernst, Frau Alyss. Und er findet mich

recht gelehrig. Wir disputieren sehr angeregt über die Darstellung von Schulden und Gewinnen und Rechnungen und Ausgaben.«

»Das ist erfreulich zu hören.«

»Ja. Doch er spricht auch davon, im nächsten Jahr wieder nach England zu reisen. Mit einem Handelsgesellen seines Vaters.«

»Das muss er tun, wenn er das Geschäft in Zukunft übernehmen will. Er wird nun achtzehn Jahre alt und kann seinem Vater beim Tuchhandel schon zur Hand gehen.«

»Und ich werde sechzehn, Frau Alyss.«

»Zwei Jahre, Lauryn. Warte zwei Jahre.«

»Meine Mutter will nicht so lange warten.«

»Willst du es?«

Lauryn sah Alyss aufrichtig an.

»Ja, ich warte.«

»Dann rede ich mit deiner Mutter.«

Und Lauryn seufzte, als sei ihr eine Last von den Schultern genommen worden.

»Danke.«

Sie machten sich bereit, das Haus von Baumeister Peter Bertolf aufzusuchen. An diesem Sonntag kam die Familie zusammen, um die Verlobung von Hedwigis und Wynand Brouwer festlich zu begehen, und Alyss nahm sich vor, ein ausführliches Gespräch mit ihrer Tante Mechtild, Tilos verständiger Mutter, zu führen. Vielleicht war es eine ganz gute Idee, die Jungfer im nächsten Jahr ihrer Obhut anzuvertrauen. Frau Mechtild war eine gewitzte Händlerin, die ihr eine Menge beibringen konnte.

Mit Leocadie, Lauryn, Frieder und Tilo wartete Alyss auf ihren Bruder, der sie zu dem Haus begleitete, das auch schon ihr Großvater, Meister Conrad, bewohnt hatte. Der Vater ihrer Mutter Almut war ein höchst ehrgeiziger Mann gewesen, der es bis in den Rat der Stadt geschafft hatte, und seinem Heim war ein entsprechender Wohlstand anzusehen. Frau Wiltrud hatte diesen Wohlstand um einigen Glanz gemehrt, und so erwartete sie auch eine reich gedeckte Tafel in dem großen Saal. Hedwigis sonnte sich, wie Alyss fand, wieder einmal darin, im Mittelpunkt zu stehen. Jegliche Bescheidenheit hatte sie abgelegt, doch auch ihre Hochnäsigkeit schien ein wenig gemildert. Wynand Brouwers Freundlichkeit schliff offensichtlich an den scharfen patrizischen Kanten.

Erfreut begrüßte Alyss auch Fredegar, der ein fürstliches safrangelbes Wams trug, das von Goldfäden glitzerte. Leocadie erblühte, als sie den ihr anverlobten Ritter Arbo erblickte, der in dunkelrotem Brokat ihrem lilienweißen Gewand einen schönen Rahmen bot. Und dann sah sie John. In Schwarz. Ohne jeglichen Zierrat. Und er gefiel ihr besser als alle Ritter und Patrizier, Kaufherren und Gaffelherrn zusammen.

Ihre Eltern trafen ein, und als sie zu ihrem Vater trat, fragte sie ihn nach seinem Befinden.

Doch es war ihre Mutter, die mit dumpfer Stimme antwortete: »›Alle seine Tage sind voller Schmerzen, und voll Kummer ist sein Mühen, dass auch sein Herz des Nachts nicht Ruhe findet.‹ Genau wie das des mieselsüchtigen Predigers.«

»So fällt er Euch lästig, Frau Mutter?«

»Umgekehrt ist es der Fall, und wie fühle ich in den letzten Tagen mit Sirach, der schon klagte: ›Eine schwatzhafte Frau ist für einen stillen Mann wie ein sandiger Weg bergan für einen alten Mann.‹«

»Und dennoch seht Ihr gesund und ausgeruht aus, nicht als habet Ihr einen langen, sandigen Anstieg hinter Euch, Herr Vater.«

»Ihr macht zu viel Getue um mich. Tochter, du kannst der Schlyfferstochter ausrichten, dass man morgen bei der Gerichtssitzung über Mats eine geringe Strafe verhängen wird wegen Trunkenheit. Die Geldbuße ist bereits bei dem Notarius hinterlegt.«

»Danke. Ich nehme an, Ihr habt auch etwas über den Schöffen Endres Overstoltz in Erfahrung gebracht?«

»Ja, ja, der Overstoltz«, murmelte der Herr vom Spiegel, und ein ausgesprochen unheiliges Lächeln zuckte um seine bärtigen Mundwinkel.

Alyss spürte Marian hinter sich, und John stand nun neben ihr.

»Befriedigt unsere Neugier, Lord Ivo. Wir bitten Euch.«

»Wie man hört – aber das ist natürlich nur Gemunkel und nicht wert, an meine Ohren zu dringen –, hat neulich ein ehemaliger Schöffe im Schutze der Dämmerung die Stadt verlassen, um in Efferen Unterschlupf zu suchen. Aus den Annalen des Schöffenkollegs ist ein Name gestrichen worden.«

»Ja, ja, ein stolzer Name«, murmelte Marian.

Ein Raunen ging durch den Saal, als die letzten Gäste eintrafen. Und auch Alyss musste blinzeln.

Am Arm des in dunkelblaues Tuch gewandeten Robert

betrat eine Frau den Raum. Schlank, anmutig und in silberdurchwirktem grauem Gewand lächelte sie unter der hohen Haube in die Runde.

»Catrin? Ist das Catrin?«

Frau Almut sagte: »Ist sie. Ich habe meine Truhen für sie geöffnet. Sie haben heute Morgen in aller Stille das Eheversprechen abgelegt, Vater Lodewig selbst hat sie getraut. Doch schweig darüber, wir wollen Hedwigis nicht den Triumph nehmen.«

Die Jungfer bekam also die ihr gebührende Aufmerksamkeit, das heitere Fest endete mit dem großen Abschiednehmen. Marian, Robert, Catrin und Leocadie würden am nächsten Morgen die Stadt verlassen.

Das Hauswesen begann den Montag schläfrig, nur Lore war eifrig dabei, das Geflügel zu versorgen, und als Alyss auf den Hof hinaustrat, führte sie Jennet am Halfter aus dem Stall. Gog und Magog folgten schnatternd und zischend und bekamen von ihrer Hirtin eins auf den Schnabel. Jennet nutzte die Gelegenheit, schnappte nach Lores Schürzenband und zog daran. Doch sie entging Lores Strafpredigt. Sie lachte sogar, legte der kleinen Eselin den Arm um den Hals und flüsterte ihr irgendetwas Vertrauliches in das lange graue Ohr.

»Noch ein paar Tage, und sie lässt Lore auf ihrem Rücken reiten«, sagte Frieder neben Alyss. Und grinste dann. »Gleich und gleich gesellt sich gern!«

»Und das gegenseitige Vertrauen mag die Wunden heilen, die man ihnen zugefügt hat. Lass Jerkin fliegen, Frieder, es wird ein schöner Herbsttag.«

»Ja, Frau Alyss. – Frau Alyss?«

»Frieder?«

»Der Herr Fredegar, er hat mich gefragt …«

»Na, was?«

»Er möchte Falken und Merline auf seinem Gut züchten. Ich könnte dort sein Falkner werden, hat er gesagt.«

»Was dir weit mehr gefallen würde, als auf meines Vaters Gut zu arbeiten.«

»Ja, Frau Alyss. Verzeiht, ja.«

»Aber du hast nur einige Monate bei Master Johns Falkner gelernt.«

»Ja, aber Master John hat gesagt, er bleibt bis zum Frühjahr hier, und wir werden zwei junge Turmfalken fangen, mit denen ich dann arbeiten soll. Wenn Ihr einverstanden seid.«

Er war so voller Begeisterung. Und John für ihn ein Vorbild. Es gab kaum ein besseres für einen lebhaften jungen Mann wie ihn.

»Ich bin einverstanden, Frieder. Für heute gibt es nicht viel zu tun, vielleicht solltest du Tilo und Peer bitten, dir zu helfen, einen weiteren Verschlag zu bauen.«

»Oh, Frau Alyss, wirklich?«

»Ja, wirklich.« Sie lächelte, und er kniete vor ihr nieder.

»*Youngling*, du zeigst gute Manieren«, sagte John. »Hast du deinen Wunsch vorgetragen?«

»Und erfüllt bekommen, Master John. Was führt Euch zu dieser frühen Stunde her?«

»Geschäfte.« Er wies auf den Karren, den zwei stämmige Knechte begleiteten. »Die letzten Tuchballen müssen zu den Gewandschneidern gebracht werden. Dann habe auch ich ein wenig Zeit, um vielleicht einen jungen Falken zu fangen.«

»Dann geht Euren Lustbarkeiten nach.«

Es wurden allerdings ganz andere Lustbarkeiten daraus.

Um die Mittagszeit hatte sich das Hauswesen mit knurrendem Magen wieder vollständig eingefunden, und auch Merten klopfte höflich an die Tür. Alyss gewährte ihm Gastfreundschaft, doch als Frieder ihn nach dem Zusammentreffen mit Caspar van Mechelen ausfragen wollte, schritt sie ein.

»Es ist vorüber. Lasst uns dazu schweigen«, sagte sie ruhig.

»Ja, Frau Alyss. Und es gibt Unterhaltsameres zu berichten. Hört, eine Gruppe Gaukler und Spielleute hat sich auf dem Alter Markt versammelt. Sie haben eine Bühne aufgebaut und zeigen ihre Kunststücke. Sie tanzen auf dem Seil und haben einen zahmen Bären dabei. Wollt Ihr mich nicht begleiten, um ihnen zuzuschauen?«

Alyss überlegte kurz. Sie selbst hatte wenig Freude daran, diesem Mummenschanz beizuwohnen, aber sie spürte die begehrlichen Blicke des Hauswesens, einschließlich derer von Hilda, die an derartig kindlichen Vergnügungen ihren Spaß hatte.

Natürlich, vorhin hatte sie selbst gesagt, dass heute wenig Pflichten anstanden, und so nickte sie.

»Begleitet Merten zum Markt. Auch du, Hilda. Der Falke, Frieder, wird auch noch einen Tag warten können, und die Bücher im Kontor ebenfalls. Ich hingegen will mir ein paar Stunden der Besinnung gönnen.«

Verhaltener Jubel brach aus, und als die Schüsseln und Becher gespült waren, zog der kleine Tross davon. Lore allerdings war auch nicht dabei, sie zockelte nach dem Essen mit Gänsen und Esel wieder zum Teich.

Alyss verschnaufte, als sie alleine im Haus war. Dann kramte sie aus ihrer Truhe das Büchlein des bescheidenen Dichters Freigedank hervor und setzte sich ans Fenster, um wieder einmal einige seiner klugen Worte zu lesen und darüber nachzusinnen. So fand sie diesmal den Spruch über die Wahrheit bedenkenswert:

»Sag ich die Wahrheit allezeit,
Ich fände manchen Widerstreit;
Das muss ich oft im Stillen klagen,
Man kann zu viel des Wahren sagen;
Sagt ich, was ich weiß, nur halb den andern,
Müsst ich bald auf fremdem Boden wandern.«

Wahrheit, das hatte sie in den vergangenen Wochen gelernt, hatte viele Seiten. Manche sahen die eine, die andere nicht. Ja, sie hatte mit Arndt gehadert. Das hatte man ihr zum Vorwurf gemacht. Doch Arndt war ein Betrüger und Brudermörder gewesen. Das hatten die einen gesehen und geschwiegen, die anderen konnten es nicht sehen oder wollten es nicht. Ein Richter hatte ein schweres Amt, wenn er ein gerechtes Urteil fällen wollte.

Hier fiel ihr der Schöffe Endres Overstoltz ein, der mit Scheuklappen die Wahrheit gesucht hatte. Neben all seinem falschen Stolz und der Fälschung seiner Abstammungsurkunde war das sein größter Fehler gewesen. Ein Bastard war nicht deswegen unfähig, ein hohes Amt auszufüllen, weil er nicht ehelich geboren war. Man hätte über seine Herkunft schweigen können, wenn er klug und umsichtig nach Recht und Unrecht unterschieden hätte.

Zu vielen solchen Überlegungen kam Alyss, während sie auf den Hof hinaussah, auf dem Benefiz und Malefiz friedlich nebeneinander lagen und dösten.

Der Kater jedoch stand eben auf und streckte sich, der Spitz kläffte erfreut auf und trabte mit dem schwanzlosen Hinterteil wackelnd zur Toreinfahrt.

Kurz darauf klopfte es unten, und eine Stimme rief: »Mistress Alyss, seid Ihr zu Hause?«

Ihr Herz beschleunigte seine Schläge, und mit eiligen Schritten lief sie nach unten.

»John?«

»Alyss – alles ausgeflogen?«

»Gaukler sind in der Stadt. Die Verlockung war zu groß, und so habe ich dem Hauswesen Urlaub erteilt.«

»Ja, man belustigt sich an allerlei Possen und lauter Musik. Ihr jedoch suchtet die Stille?«

»Ein wenig Besinnung. Doch schwere Gedanken machen das Hirn müde. Mögt Ihr einen Becher Wein mit mir trinken?«

»Gerne.«

Er setzte sich neben den Küchenkamin, der noch Wärme ausstrahlte, und Malefiz schlich sich zu ihm, um sich neben seinem Bein einzurollen und leise zu schnurren. Benefiz folgte ihm und legte sich über seine Füße.

»Nur gut, dass Lore mit den Gänsen und der Jennet zum Weiher gezogen ist, sonst würden sich vermutlich auch das Federvieh und der Esel um Euch versammeln«, sagte Alyss und stellte Krug und Becher auf den Tisch.

»Lasst Ihr dieses Getier auch nachts in Eure Kammer? Ich erinnere mich an einen Besuch, bei dem schon Hund und Katz mit Euch in den Federn lagen.«

»In kalten Nächten wärmen wir einander – andere Menschen suchen dazu Schwälbchen auf.«

»Ja, ja, vor allem Männer.« Er lächelte sie an. »Doch habe ich ihre Nester nur einmal besucht, um mich von ihnen wärmen zu lassen – damals, als Robert verschwinden musste.«

»Ja, ich weiß.«

»Danach habe ich ihre Freuden nicht mehr genossen.«

»Ja, ich weiß.«

»Ich habe es nur behauptet, um Euch zu necken.«

»Ja, ich weiß.«

»Und was wisst Ihr nicht, my Mistress?«

»Warum Ihr die lauschigen Nestchen gemieden habt.«

John lachte leise und nahm ihre Hand.

»Weil ich eine Rose fand, dornig und zornig, in deren Ranken ich mich verfing.«

»Ich habe Euch oft gestochen, John.«

»Weil Ihr Euch wehren musstet. Das weiß ich. Doch nun, my Mistress, sind meine Fesseln gelöst. Genau wie die Euren.«

»Ja, ich weiß.«

»Auch das?«

»Frieder berichtete von den Werwölfen in Eurem Heim.«

»Wie bitte?«

»Oh, *das* wisst Ihr nicht?«

Alyss berichtete ihm von der Scharade, die Frieder und

seine beiden Freunde aufgeführt hatten, um Margarets Entscheidung, ins Kloster zu gehen, zu beschleunigen.

»*Scallawags*«, sagte John und begann zu lachen.

»Ja, ein böser Streich.«

»Nicht böser als der, den Margaret mir gespielt hat«, sagte John, nun wieder ernst. »Als ich nach Ostern draußen in Eurem Sanktuarium saß, da machtet Ihr mich auf eine Möglichkeit aufmerksam.«

»Ja, ich äußerte den bösen Verdacht, dass Euer frommes Weib vielleicht den Verrat an Eurem Vater beging.«

»Ich bedachte das gründlich, und ich forschte nach. Und schließlich befragte ich mein frommes Weib.« Er fuhr sich mit beiden Händen durch die blonden Haare. »Alyss, ich kann grausam sein.«

»Ja, ich weiß.«

»Ich war es. Nicht dass ich sie geschlagen hätte, aber mit Worten habe ich sie in weit größere Angst und Schrecken versetzt, als es der nächtliche Spuk dreier junger Menschen je gekonnt hätte. Sie gestand.«

»Doch Euer Vater hörte es noch nicht.«

»Sie hat von Stund an ein Schweigegelübde abgelegt.«

Alyss lehnte den Kopf an seine Schulter. Sein Arm legte sich um sie und hielt sie fest.

»Die Tage werden kürzer, die Nächte länger und kälter. Wäre es sehr vermessen zu bitten, my Alyss, dass ich dann und wann das Bett mit Benefiz und dem Kater teilen dürfte?«

»Wenn dir die tierische Wärme lieber ist als die Zärtlichkeit eines Weibes, dann richte ich dir die andere Schlafkammer.«

»Wenn ich ja wüsste, dass das Weib nicht allzu dornig kratzt, würde ich es gar wagen, bei ihm Unterschlupf zu suchen.«

»Versuch es, ob es kratzt.«

Und sie kratzte nicht, sie pikste nicht, sie stach nicht, sondern erwiderte seinen Kuss mit großer Hingabe.

Donnernde Schläge krachten gegen das Tor.

»Lord John!«, rief jemand. »My Lord!«

John ließ Alyss los, sie stand auf.

»Lord John?«, flüsterte sie.

»Ich öffne.«

Er ging durch den Flur zur Vordertür, und sie hörte einen Mann atemlos in Johns Zunge sprechen. John wies ihn nach drinnen und führte ihn in die Küche.

»Gebt dem Boten ein Glas Wein, Mistress Alyss. Und auch etwas zu essen.«

Ein Mann, staubig, müde, mit lehmigen Stiefeln, fiel auf die Bank und trank durstig den Becher leer, den sie ihm gereicht hatte. Er murmelte Dankesworte, als sie Brot und den Schmalztopf vor ihn stellte, und John stützte seine Hände auf den Tisch. Sein Gesicht war steinern.

»Alyss, mein Vater schickt ihn. Er liegt im Sterben.«

»Dann musst du zu ihm.«

»Ich will nicht, my Alyss.«

»Doch, du willst. Du würdest es dir nie verzeihen, wenn du nicht gingest.«

»Ein schneller Segler liegt im Hafen, ein Schiff in Bergen.«

»Wie lange wirst du brauchen?«

»Zwei oder drei Tage. Vielleicht reicht es noch.«

»Was brauchst du?«

»Nichts. Aelfrid hat alles dabei, was ich benötige.« Dann aber dachte er kurz nach. »In deinem Kontor finde ich Tinte und Pergament?«

»Natürlich.«

Er wechselte einige Worte mit dem Boten, der nickte und nahm noch einen Becher Wein entgegen.

Alyss folgte John in ihr Kontor. Mit eiligen, doch schön lesbaren Buchstaben schrieb er eben den zweiten Teil eines Textes. Er sah kurz auf.

»Wie lautet dein vollständiger Titel? Der auf deinem Siegel?«

»Alyss vom Spiegel, Bürgerin von Köln.«

Er schrieb weiter, sie zündete eine Kerze an und stellte ihr Siegelwachs bereit.

»Hier – in Deutsch, Englisch und Latein: Ich bevollmächtige dich hiermit, meine Geschäfte zu führen.« Er holte aus seinem Beutel ein Petschaft und nahm das Wachs entgegen, um es über der Flamme zu erwärmen. Blutrot tropfte es auf das Pergament, und als John den Stempel abhob, erkannte Alyss das Wappen mit Burg und Löwe. Doch schon tropfte John weiteres Wachs daneben, zog den Ring von seinem Finger und drückte auch dessen Wappen hinein – der Falke erschien.

Dann ergriff er Alyss' Hand und schob den Siegelring auf ihren Finger. Daraufhin zog er ihn an seine Lippen.

»Ich komme wieder. Ich gelobe es.«

»Ja, my Lord.«

»Wenn du das wünschst.«

Sie betrachtete den Siegelring und sagte leise:

»Ich zog mir einen Falken
länger als ein Jahr.
Da ich ihn mir gezähmet,
wie ich ihn wollte han,
und ich ihm sein Gefieder
mit Golde wohl umwandt.
Er hob sich in die Höhe
und flog ins andre Land.«

»Jerkin ist auch bisher immer wieder auf deine Hand zurückgekommen.«

So war es, und dennoch musste Alyss sich bemühen, die Tränen zurückzuhalten, als John aufstand. Ein schneller Abschied, vielleicht besser als ein langer. Der Bote hatte seine Mahlzeit verzehrt und erhob sich ebenfalls, verbeugte sich vor John und ihr, und sie ging voran, um ihnen die Tür zu öffnen.

»Leb wohl, my Alyss«, sagte John, und seine Stimme klang rau. Sie traten auf die Straße, und eben kam Merten mit Tilo, Frieder und Lauryn zurück.

John bemerkte sie nicht, umarmte sie und küsste sie noch einmal. Dann ließ er sie los und ging mit schnellen Schritten davon.

Ein wenig benommen sah Alyss ihm nach. Erst als Lauryn sie am Ärmel fasste, in den Hof zog und fragte, was geschehen sei, kam sie wieder zu sich.

»Sein Vater hat nach ihm geschickt. Er liegt im Sterben.«

»Oh mein Gott!«

Frieder und Tilo gesellten sich zu ihr, Merten war verschwunden. Alle drei wirkten betroffen.

»Er wollte sich immer mit seinem Vater versöhnen«, sagte Tilo leise.

»Ja, das war sein größter Wunsch«, fügte Frieder hinzu. »Nun, Tilo, dann wirst du mir jetzt helfen müssen, einen jungen Falken zu fangen.«

»Tut das«, sagte Alyss und fasste sich. Dann drehte sie langsam den Ring an ihrem Finger. Er hatte ihr sein Wappen mit dem Falken gelassen.

Sie seufzte.

39. Kapitel

Blanke Scheren, scharfer Stahl
schneiden glatt ein jedes Mal,
schaben, kratzen und barbieren,
schnitzen, scheren, ziselieren,
was das Handwerk so bedarf,
Mats macht Eure Klingen scharf.«

Gislindis sang und tanzte wieder fröhlich auf dem Alter Markt zum Kreischen von Mats' Schleifstein. Fröhlich nach außen hin und lächelnd nahm sie die kleinen Münzen ein, klatschte warnend auf zudringliche Finger, wies junge Gecken in die Schranken. Sie lauschte den Matronen und ihrem Getuschel, den Scherzen der Marktleute, dem Geschwätz der Wäscherinnen, den Angebereien der Stadtwachen. Vor allem aber hörte sie darauf, was die Reisenden, die Fremden, die Pilger zu berichten wussten. Von fernen Ländern wollte sie Nachrichten hören – vor allem von jenen südlichen Gefilden, wo die Zitronen wuchsen.

Wenn Bittsteller ihr eine Silbermünze reichten, las sie wieder aus ihren Händen, und manchmal kam nun auch wieder die Gabe über sie.

Sie hatte Alyss aufgesucht, wie sie Marian versprochen hatte, und fand ihre Freundschaft ungebrochen. Der Falke war ausgeflogen, doch sie sah sein goldenes Gefieder in der Frühlingssonne aufblitzen. Aber sie verhehlte Alyss nicht, dass noch immer ein schwarzer Schatten hoch über ihnen beiden kreiste – kaum fassbar, immer wieder schwindend, zurückkehrend, unstet. Eine Drohung, vielleicht nicht jetzt, vielleicht nicht hier, doch irgendwo lauernd.

Eine Woche war es her, dass Marian aufgebrochen war, seinem Ziel war er nun schon nahe. Doch wann immer sie versuchte, sein Schicksal zu ergründen, legte sich Nebel über ihre Sicht. Es machte ihr Angst.

Ein junger Scholar reichte ihr seinen Dolch, damit Mats ihn schleifen sollte, eine Schneiderin brachte drei Scheren. Ein kleiner Junge starrte neugierig den Funken nach, die flogen, wenn Stahl auf Stein traf. Und plötzlich versperrte eine hohe Gestalt ihr die Sicht.

»Wohledler Herr«, sagte sie und versank in einem tiefen Knicks.

»Schlyfferstochter!«

»Wie kann ich Euch dienen, Herr? Wie können Mats und ich Euch danken, Herr?«

Graue Augen unter schwarzen Brauen hielten sich an ihrem Blick fest.

»Indem du meinen Sohn dazu bringst, dir die Ehe anzutragen«, grollte er. Dann drehte er sich um und schritt davon.

Mit offenem Mund starrte Gislindis ihm nach.

»Allmächtiger«, stieß sie hervor.

Der Herr vom Spiegel sah sie über seine schwarz gewandete Schulter an.

»So sagt man.«

Von Andrea Schacht bereits erschienen

Die Ring-Trilogie

Der Siegelring (35990)

Der Bernsteinring (36033)

Der Lilienring (36034)

Die Beginen-Romane

Der dunkle Spiegel (36774)

Das Werk der Teufelin (36466)

Die Sünde aber gebiert den Tod (36628)

Die elfte Jungfrau (36780)

Das brennende Gewand (37029)

Die Alyss Romane

Gebiete sanfte Herrin mir (37123)

Nehmt Herrin diesen Kranz (37124)

Der Sünde Lohn (37669)

Katzenromane

Die Lauscherin im Beichtstuhl.
Eine Klosterkatze ermittelt (36263)

MacTiger – Ein Highlander auf Samtpfoten (36810)

Pantoufle – Ein Kater zur See (37054)

Historische Romane

Rheines Gold (36262)

Kreuzblume (37145)

Göttertrank (37218)

Goldbrokat (37219)

Die Ungehorsame (37157)
Das Spiel des Sängers (37475)
Die Gefährtin des Vaganten (geb. Ausgabe, 0349)

Fantasy-Romane
Der Ring der Jägerin (37783)
Die Blumen der Zeit (37753)
Jägermond. Im Reich der Katzenkönigin (26897)
Jägermond. Im Auftrag der Katzenkönigin (03104)